HEYNE <

SAMANTHA JAMES

Betörende Versuchung

Roman

*Aus dem Amerikanischen
von Geeske von Moorstedt*

WILHELM HEYNE VERLAG
MÜNCHEN

Titel der Originalausgabe
A PERFECT GROOM

Umwelthinweis:
Dieses Buch wurde auf chlor-
und säurefreiem Papier gedruckt.

Deutsche Erstausgabe 09/2006

Printed in Germany 2006
Umschlagillustration: Pino Daeni / Thomas Schlück GmbH
Umschlaggestaltung: Nele Schütz Design, München
Satz: IBV Satz- und Datentechnik GmbH, Berlin
Druck und Bindung: GGP Media GmbH, Pößneck
http://www.heyne.de

ISBN-10: 3-453-77137-0
ISBN-13: 978-3-453-77137-6

Prolog

Justin hatte es schon immer gewusst, dass er bösartig war. Obwohl die drei Sterling-Geschwister die gleichen Eltern hatten und zusammen aufwuchsen, waren sie dennoch sehr verschieden.

Sein ältester Bruder, Sebastian, war der Vernünftige, der Verantwortliche: zielstrebig und verlässlich, fleißig, umsichtig und verhielt sich stets korrekt. Seine kleine Schwester Julianna hingegen war süß, verträumt und verspielt.

Justin jedoch … schien in jeder Hinsicht der Sohn seiner Mutter zu sein. Er hatte jedenfalls die größte Ähnlichkeit mit ihr, nicht nur äußerlich – die kristallklaren Augen, schimmernd wie die edelsten Smaragde, die edlen und fein geschnittenen Gesichtszüge, das schöne, dunkle Haar –, sondern auch … nun ja, in anderer Hinsicht. Er war überzeugt, in so ziemlich jeder …

Er konnte sich noch gut an jene ersten Jahre erinnern, nachdem seine Mutter mit ihrem Liebhaber durchgebrannt war. Er vermutete, sie hatte viele davon gehabt.

Natürlich war dies eines der Dinge, über die niemand offen redete, aber gesprochen wurde dennoch darüber, wenn auch hinter vorgehaltener Hand. Und Justin war zwar kein Bücherwurm, aber ein aufmerksamer kleiner Junge, dem keine Silbe des Dienstbotenklatsches entging. Auch nicht deren verstohlene Seitenblicke, die Mitleid darüber ausdrückten, dass seine Mutter die drei Kinder in der Obhut des Vaters zurückgelassen hatte. Dieser war in jeder Hinsicht ein absonderlicher Mensch. In der Tat schien er auch nicht eines der Kinder leiden zu können. Sebastian nicht, und nicht einmal die süße, anbetungswürdige Julianna. Und erst recht nicht den Wildfang Justin.

Die Lehrer erklärten Justin zum hoffnungslosen Fall. Ein undisziplinierter und unaufmerksamer Unruhestifter, der sich nicht bändigen ließ. Und im Unterricht zeigte er nicht die herausragenden Leistungen wie Sebastian.

Schon früh hatte er erkannt, wie gut es war, dass Sebastian der Erstgeborene war. Justin wusste, er selber würde nach dem Ableben seines Vaters einen fürchterlichen Marquis von Thurston abgeben. Irgendwie tat er immer Dinge, die er gar nicht tun sollte. Er dachte an Sachen, an die er nicht denken durfte. Vor allem sprach er Dinge aus, die besser unausgesprochen blieben – besonders seinem Vater gegenüber. Kein Wunder also, dass er mit ihm ständig überkreuz lag. Er konnte nicht stundenlang still sitzen. Er rutschte auf seinem Stuhl hin und her, starrte aus dem Fenster und wünschte sich irgendwohin.

Schon am ersten Tag, an dem er sich zu seinem Bruder ins Schulzimmer gesellen musste, missfiel ihm das Ganze. So beschloss er eines Tages einfach, dass es nun genug sei. Nach dem Mittagessen schlich er sich davon, ohne jemandem Bescheid zu geben.

Vielleicht hätte Justin damit rechnen sollen, dass der Lehrer – Mr. Rutherford – umgehend seinen Vater informierte, wenn er nicht wieder auftauchte. Vielleicht hatte er sogar damit gerechnet.

Nicht ganz sicher war er sich jedoch, ob sein Vater deshalb tatsächlich sein Arbeitszimmer verlassen würde.

Für einen achtjährigen Jungen war es natürlich äußerst amüsant, all die Leute dabei zu beobachten, wie sie nach ihm suchten. Er hockte oben in den Ästen eines Baumes im Garten und schaute nach unten, während die Diener wie aufgescheucht zwischen den Ställen und auf dem Gelände von Thurston Hall herumsausten. Er kicherte, als der Vater vor dem Baum hin und her lief. Aber plötzlich hielt er inne … und schaute nach oben.

Das Missfallen über seinen zweitgeborenen Sohn stand dem Vater deutlich ins Gesicht geschrieben.

»Warum bist du nicht im Schulzimmer?«, wollte er wissen.

»Weil ich hier bin«, gab der kleine Junge zurück. »Ist das nicht offensichtlich?«

»Komm jetzt da herunter, du verdorbener kleiner Nichtsnutz!«

Der Junge hörte auf zu kichern. Er reckte sein Kinn. Seine grünen Augen blitzten. »Nein«, antwortete er.

Der Vater ballte die Hände zu Fäusten. »Komm *sofort* da herunter!«

Die Wut des Vaters stachelte den kleinen Meuterer nur noch an. Mit ausgestreckten dünnen Ärmchen langte er nach dem knorrigen Ast über sich. Während er höher und höher kletterte, bekam er das Krachen unter seinem Fuß nicht mit. Triumphierend blickte er durch herumwirbelnde Blätter hinunter in das hinaufstarrende Antlitz seines Vaters.

Der Ast gab nach. Justin wollte den Sturz abfangen und landete hart auf seinem Handgelenk. Er vernahm ein schnappendes Geräusch, als ein heißer, stechender Schmerz ihn bereits durchfuhr – wie Dutzende von Messerstichen im ganzen Körper. Eine Sekunde lang war er wie gelähmt. Konnte nicht einmal atmen. Der Schmerz war so heftig, dass er glaubte das Bewusstsein zu verlieren.

Schließlich rollte er sich auf den Rücken. Der Vater stand über ihm, sein Gesichtsausdruck düster und glühend vor Wut. Tief beugte sich der Marquis zu ihm herunter. »Steh auf, sofort!«, befahl er. Grob umfasste er den anderen Arm des Jungen und zog ihn hoch.

Als sie nebeneinander standen, stand Justins Hand in einem unnatürlichen Winkel von seinem Gelenk ab. Der Schmerz war so stark, dass er würgen musste. Tapfer kämpfte er dagegen an, biss die Zähne zusammen und funkelte seinen Vater an.

»Hör auf damit!«, bellte der Vater auf seine übliche Art. »Lass es sein!«

»Womit soll ich denn aufhören?«, fragte Justin. Die offensichtliche Ruhe des Jungen machte den Vater nur noch wütender.

»Schau mich nicht so an!«

»Wie denn?«

»So wie ... wie *sie* es getan hat!«

Der Junge spürte, wie etwas in ihm aufstieg, eine unsägliche Wut, ein Gefühl, das er nicht unterdrücken konnte – und auch nicht wollte. In diesem Augenblick hasste er seinen Vater. Er hasste ihn dafür, wie er seinen Bruder Sebastian unablässig streng kontrollierte, dafür, wie er seine kleine Schwester Julianna einfach ignorierte. Ihm war es egal, dass der Vater ihn nun mit der Birkenrute züchtigen würde.

Er hasste ihn ... und er ahnte, dass dies auf Gegenseitigkeit beruhte.

»Wer, *sie*?«, fragte er eisig. »Meinst du Mama?«

Blinde Wut loderte in den Augen des Vaters auf. »Halt den Mund, Junge! Sei still!«

Er versetzte Justin einen Schlag ins Gesicht.

Der Junge ging erneut zu Boden. Doch dieses Mal kam er aus eigener Kraft wieder auf die Füße. Mit blitzenden Augen schaute er seinen Vater an. »Nein, das werde ich nicht!«, rief er. »Sie konnte dich genauso wenig leiden wie ich, Papa, genauso wenig wie Sebastian … oder jeder andere Mensch! Wahrscheinlich ist sie deshalb weggegangen!«

Der Marquis schnappte nach Luft. »Wie kannst du es wagen, so zu mir zu sprechen! Bösartig bist du, das ist es, Junge. Absolut bösartig!« Unflätige Ausdrücke kamen über seine Lippen.

Es war nicht das erste Mal, dass sein Vater ihn dermaßen beschimpfte – und es sollte auch nicht das letzte Mal sein. Von diesen Beschimpfungen erzählte er niemandem. Nicht einmal Sebastian …

Die ganze Zeit über bot der Junge seinem Vater stolz die Stirn. Kein schmerzverzerrtes Gesicht, er blinzelte nicht einmal – obwohl jedes Wort seinem Herzen, seiner ganzen Seele einen Stich versetzte. Als schließlich ein düsteres Schweigen herrschte, reckte er lediglich das Kinn etwas höher.

»Ich schätze, Sie sind jetzt fertig, Sir?«

Sein Tonfall war voller Verachtung und einer Kälte, zu der er in seinem Alter, nach seiner kurzen Lebenserfahrung überhaupt nicht in der Lage sein sollte. Er schürzte spöttisch die Lippen, und da holte der Marquis zu einem weiteren Faustschlag aus.

Und plötzlich war Sebastian da. Er schob sich zwischen die beiden. »Papa, hör auf!«, schrie der Ältere. »Sieh mal, Justins Hand … da stimmt doch was nicht!«

Und in der Tat, so war es.

Ein Arzt wurde herbeigerufen. Justin lag im Haus auf seinem Bett. Der Arzt hob eine Braue.

»Es ist gebrochen«, verkündete er. »Ich denke, ich kann den Knochen wieder zusammenfügen, mein Junge, aber ich will ehrlich sein: Es wird höllisch wehtun. Wenn du also schreien willst …«

Der Marquis stand lauernd direkt hinter dem Arzt.

Justins Blick traf den seines Vaters. Der Kloß in seinem Hals war so groß wie ein Apfel. Ihm brannten die Augen ... der Anblick des Vaters verzerrte sich für einen Moment, bevor er ihn wieder deutlich erkennen konnte.

In diesem Augenblick erhaschte er ein befriedigtes Grinsen auf dem Gesicht seines Vaters – und er erkannte, dass dieser nur darauf wartete, dass er sich wand, jammerte und weinte. Er presste die Lippen zusammen. Seine Mutter hatte sich nicht unterkriegen lassen. Sebastian auch nicht. Und auch *er* würde dem Vater den Gefallen nicht tun.

Sebastian drückte Justins Schulter. »Justin«, flüsterte er. »Es ist in Ordnung, wenn du –«

»Ist es nicht«, lehnte der Junge entschieden ab. Er richtete den Blick fest auf den Vater. »Ich werde nicht weinen. Niemals!«

Der Arzt nickte ihm zu und beugte sich über ihn. Es war ein schreckliches Knacken zu vernehmen, als der Knochen wieder an seinen Platz rutschte. Justins schmaler Körper bäumte sich auf; der Rücken wölbte sich. Die kleinen Finger der anderen Hand krallten sich in die Laken. Als es vorbei war, lag er da, weiß im Gesicht und keuchend.

Aber er weinte nicht. Nicht das kleinste Geräusch kam über seine Lippen ...

Der Marquis schnaubte verächtlich. Wortlos drehte er sich um und verließ steifbeinig das Zimmer.

Bösartig.

So oft es ging, wann immer er *konnte,* verhöhnte der Vater seinen zweiten Sohn. Er brüllte und schrie es heraus, er sagte es leise, aber immer nur, wenn kein anderer zugegen war.

In seiner Kindheit und Jugend erlebte es Justin Sterling kein einziges Mal, dass sein Vater mit stolzgeschwellter Brust oder leuchtenden Augen Notiz von seinen Leistungen genommen hätte.

Ihm war bewusst, dass es keinen Sinn hatte, nach Anerkennung zu trachten. Der Marquis empfand für seinen jüngsten Sohn nichts als Geringschätzung.

So verging die Zeit, und aus dem dünnen Kind wurde ein großer, schlanker und gut aussehender Jüngling. Sein Aufenthalt in Eton wurde durch zahlreiche Zwischenfälle und eine Menge Briefe der Schule an den Marquis getrübt. Die Missbilligung des Vaters wuchs in gleichem Maße wie die des Sohnes.

O ja, seine Mutter hatte dem Ansehen der Familie geschadet, doch Justin war der endgültige Ruin. Seine Taten waren entsetzlich, sein Benehmen grauenvoll. Missfiel etwas seinem Vater, dann gefiel es *Justin.*

Und er genoss es von ganzem Herzen.

Er trank, er spielte und er hurte herum. Und wenn sein Vater davon erfuhr, nun – umso besser.

Eines warmen Juniabends, er war siebzehn, kam er kurz vor Morgengrauen ins Haus gestolpert. Er hatte eine sehr vergnügliche Nacht mit einer Flasche Portwein und der Tochter des Müllers verbracht, und beides hatte ihn ziemlich erschöpft.

Verflixt, das Mädchen war erfinderischer, als er sich hatte träumen lassen. Und sie war auch äußerst talentiert mit ihrem Mund –

»Wo zum Teufel noch mal hast du dich herumgetrieben?«

Der Vater versperrte ihm den Weg.

Ein Grinsen umspielte Justins Mundwinkel. »Oh, mein Herr, Ihr wünscht einen Bericht über die nächtlichen Aktivitäten?«

Die Anrede, mit der er seinen Vater bedachte, entsprang nicht etwa besonderer Höflichkeit; er hatte bereits vor

Jahren aufgehört, ihn Papa zu nennen. Mittlerweile würde er sich nicht einmal dazu herablassen, ihn Vater zu rufen.

Er deutete mit der Hand in Richtung des Arbeitszimmers des Marquis, dessen Tür nur angelehnt war. »Vielleicht sollten wir Platz nehmen. Es könnte nämlich etwas dauern, denn meine Abendunterhaltung war interessant, um es mal so auszudrücken. Ich will Euch jedoch lieber warnen, denn es könnte passieren, dass Ihr ein bisschen schockiert sein werdet –«

»Lass es sein!«, zischte der Marquis. »Ich habe nicht die Absicht, mir deine schmutzigen Geschichten anzuhören!« Er schaute Justin abschätzig von oben bis unten an. »Mein Gott, du bist betrunken, oder?«

Justin hielt dem Blick stand und machte eine höfische Verbeugung – so höfisch, wie es ihm sein betrunkener Zustand erlaubte. »Genau beobachtet.«

Der Vater verzog angewidert den Mund. »O Gott, wie ich wünschte, du würdest fortgehen und niemals wiederkommen!«

Justins zeigte erneut sein spöttisches Grinsen. »Ein Grund mehr zu bleiben.«

Der Marquis ballte seine Hände zu Fäusten. »Ich schwöre dir, ich kann dich dazu zwingen. Ich habe die Macht, es wahr zu machen, dass du dich hier nie wieder blicken lässt!«

»Aha! Aber was würde das über Euch aussagen? Erst habt Ihr Mutter vertrieben und dann mich vor die Tür gesetzt. Wie auch immer. Ihr müsst mich ja nicht mehr allzu lange ertragen. Ich gehe Ende des Sommers nach Cambridge, schon vergessen?«

»Und wie ich mich freue! Jeder Tag, den du hier bist, ist die Hölle auf Erden.«

Justin legte den Kopf schräg. »Diese Empfindung ist ganz meinerseits.«

»Guck dich bloß mal an, du bist ja so betrunken, dass du kaum noch stehen kannst!«, blaffte der Marquis ihn an. »Und du stinkst nach billigem Parfüm! Mein Gott, du bist in jeder Hinsicht die Brut deiner Mutter! Was hab ich mich für diese Hexe geschämt! Sie hat meinen guten Namen beschmutzt, so wie du es tust! Und all die Jahre musste ich mir ansehen, wie du mich anstarrst, mit *ihren* Augen, *ihrem* Lächeln. Du hast mich ständig daran erinnert, was sie getan hat, was sie war – eine Hure, die ihre Beine für jeden Kerl breit gemacht hat, der sie haben wollte. Und du bist keinen Deut besser als sie. Dein Blut ist verdorben«, tobte er, »so verdorben, wie sie es war. Keine anständige Frau wird dich nehmen, Junge. Keine anständige Frau wird dich je *haben* wollen!«

Justins Augen funkelten. In diesem Augenblick wollte er nur noch zuschlagen, *zurückschlagen,* den Vater so verletzen, wie der ihn verletzt hatte.

»Wenn Mama so eine *Hure* war«, versetzte er schneidend, »wie kannst du dir dann sicher sein, dass du überhaupt der Vater *deiner* Kinder bist –«

Plötzlich brach er ab. Er starrte seinen Vater an.

»Lieber Himmel«, fuhr er dann kaum hörbar fort, »das bist du auch nicht, stimmt's?«

Der Marquis gab keine Antwort. Das Schweigen wurde drückend.

Justins Lippen verzogen sich. »Na, das ist ja großartig! Der Marquis von Thurston …, dem die Frau weggelaufen ist und die dann auf der Flucht nach Frankreich mit ihrem Liebhaber umgekommen ist …, wurde mit ihren Kindern sitzen gelassen. Und er fragt sich immerdar, ob überhaupt *eines* von ihnen das seine ist! Und natürlich konntest du uns auch schlecht irgendwohin abschieben, richtig? Du musstest uns annehmen, weil du es einfach nicht wusstest.«

Der Marquis war bleich geworden. »Halt den Mund, Junge.«

Justin begann zu lachen. Und wenn er einmal lachte, konnte er nicht mehr aufhören …

»Aufhören!«, brüllte der Vater. Dann blitzte Arglist in seinen Augen auf. Er tat einen bedrohlichen Schritt nach vorn.

Aber plötzlich kam alles ganz anders. Der Marquis gab ein röchelndes Geräusch von sich. Die Augen traten ihm aus den Höhlen, seine Hand klammerte sich an das Halstuch … dann sackte er in sich zusammen.

Justin konnte den Blick nicht von dem Körper seines Vaters wenden, der auf dem polierten Marmorboden lag. Eine schreckliche Sekunde lang war er nicht im Stande sich zu rühren.

Dann kehrte sein Verstand zurück, und er fiel an des Vaters Seite auf die Knie. Vorsichtig streckte er die Hand aus. »Vater?«, flüsterte er.

Die leeren Augen des Marquis starrten an die Decke.

Justin fing an zu zittern. Ein furchtbares, widerliches Gefühl ergriff ihn. Er sprang auf die Füße. Und dann rannte er bis zu seinem Zimmer, als wäre der Teufel höchstpersönlich ihm auf den Fersen …

Der Marquis war tot. *Tot.*

Justin würde niemals jemandem erzählen, was in dieser Nacht zwischen ihnen beiden vorgefallen war. Er würde es immer als ein Geheimnis in seinem Innersten bewahren. Niemand würde jemals erfahren, dass er dabei gewesen war … dass er es war, der seinen Vater umgebracht hatte.

Erstes Kapitel

London, 1817

Die Atmosphäre bei White's unterschied sich in keiner Weise von einem gewöhnlichen Abend. Eine Gruppe gut gekleideter Herren umkreiste den Glücksspieltisch. Durch den durchdringenden Brandy- und Zigarrengeruch war die Luft dick. Justin Sterling saß, die Beine lang ausgestreckt, in einem grünen Samtsessel und überflog in aller Ruhe die Tageszeitung, als habe er keine anderen Sorgen auf dieser Welt; und in der Tat hatte er auch keine. Mit seinen langen, übereinander geschlagenen Beinen bot er ein Bild der absoluten Entspannung.

»Bei meiner Seele!«, unterbrach ihn eine spöttische Stimme. »Du hast dich also doch mal wieder herabgelassen, uns mit deiner Anwesenheit zu beehren!«

Justin blinzelte über den Zeitungsrand, um dem Blick seines Freundes Gideon zu begegnen.

Gideon schaute auf den daneben stehenden leeren Sessel. »Darf ich?«

»Wie, da fragst du?« Justin legte die Zeitung beiseite. Gideon war bekannt dafür, dass er tat, was ihm gefiel – wann und wo es ihm gefiel. Ein Mann ganz nach Justins Geschmack.

»Nun«, meinte Gideon, »nachdem ich deine schreckliche Laune erlebt habe, als du abgereist, dachte ich, wäre es wohl klüger.«

Da war etwas dran. Selbst seine Schwägerin Devon hatte bei seiner Abreise eine Bemerkung über seine miserable Stimmung gemacht. Justin wusste selbst nicht, wieso er so schlecht gelaunt war. Er hatte keinen Mangel an Gesellschaft, weder an männlicher noch an weiblicher, und auch nicht an familiärer. Alles, wonach es ihm verlangte, war leicht zu bekommen. Was konnte sich ein Mann denn *sonst* noch wünschen?

Er wusste es einfach nicht. Und genau das war der springende Punkt.

Deshalb hatte er vor drei Monaten beschlossen, dass ein Tapetenwechsel gut tun würde, und hatte England verlassen, um nach Paris, Rom, Wien zu fahren ... Er reiste nach Herzenslust und *vergnügte sich* nach Herzenslust.

Jetzt war er wieder zurück.

Und kein bisschen zufriedener als vorher.

Justin griff nach seinem Portwein. »Ich grüße dich«, murmelte er vor sich hin.

»Na, schön. Aber ich muss schon sagen, du siehst ausgesprochen gut aus.« Gideon betrachtete den perfekten Sitz von Justins Anzug aus weicher Wolle. »Den verdankst du aber deinem Schneider – Weston, würde ich mal tippen?«

Justin senkte den Kopf. Weston war der führende – und teuerste – Schneider der Stadt. »Du tippst richtig.«

In ihrer Nähe brach raues Gelächter aus.

»Zweitausend Pfund für den Mann, der sie rumkriegt!«

Als Justin hinüberschaute, machte Sir Ashton Bentley gerade eine unsichere Verbeugung. Justin war keinesfalls überrascht; Bentleys Vorliebe fürs Trinken schien immer stärker zu sein als seine Toleranzgrenze hoch.

»Heb den Einsatz an, dann lohnt es sich«, polterte ein anderer.

Die Stimmen gehörten zu einer Gruppe von Männern, die sich in der Nähe des berühmten Bogenfensters von White's gruppiert hatten. Normalerweise versammelten sich hier Beau Brummell und sein Gefolge; heute waren sie jedoch nicht anwesend. Wie es schien, gestaltete sich die Unterhaltung dort recht angeregt.

Schallendes Gelächter erklang. »Noch nie hat man von ihr einen echten Fauxpas erlebt, wahrscheinlich gibt es den erst in der Hochzeitsnacht!«

»Sie wird mit niemandem ins Bett gehen, bevor sie nicht verheiratet ist!«, johlte jemand anderes. »Fragt doch Bentley!«

»Ha! Wird überhaupt nicht nötig sein, dass ich sie heirate oder ihr auch nur einen Antrag mache, um sie rumzukriegen. Noch vor Ende der Ballsaison lese ich ihr das Gras aus dem Haar, oder mein Name ist nicht Charles Brentwood!«

Ein anderer lachte vor sich hin. »Die willst du ins Gebüsch kriegen? Höchst unwahrscheinlich.«

»Zweitausend, und ich kriege sie rum!«, prahlte Patrick McElroy, zweitgeborener Sohn eines schottischen Grafen. »Und ihr zukünftiger Gatte, falls sie sich je herablässt, einen auszuwählen von diesen ganzen Narren, die um sie herumscharwenzeln, wird nie wissen, dass er nicht der Erste war.«

»Und wie genau werden wir wissen, dass die Tat vollbracht ist?«, kam die unvermeidliche Frage. »Behauptung und Erfolg sind zwei verschiedene Dinge.«

Genau über diesen Punkt hatte Justin auch gerade nachgedacht.

»Das ist wahr!«, kam der Ruf. »Wir brauchen Beweise!«

»Eine Trophäe!«, jubilierte einer. »Wir brauchen eine Trophäe!«

»Eine Locke sollte genügen! Es gibt in ganz England sicher nicht noch so einen flammend roten Schopf!«

Offenbar war das Objekt der Begierde irgendeine junge Debütantin. Mit Sicherheit war McElroy viel zu vulgär. Und Brentwood besaß einfach keine Finesse, was das schöne Geschlecht anging. Justin tat das junge Ding fast Leid – wer auch immer es sein mochte.

Er hatte die Gruppe nicht aus den Augen gelassen. »Ein Haufen geiler Böcke, scheint's«, murmelte er, an Gideon gewandt, vor sich hin. »Aber ich muss zugeben, ich komme fast um vor Neugierde. Wer ist diese Frau, die sie offensichtlich so fasziniert?«

Gideon verzog spöttisch die Mundwinkel. »Na, wer schon? Die Unerreichbare.«

»Die, was?«

»Nicht was, sondern wer. Du bist zu lange weg gewesen, mein Freund. Seitdem sie innerhalb von zwei Wochen drei Heiratsanträge abgelehnt hat, wird sie die Unerreichbare genannt. Sie ist jedoch sehr *en vogue*, musst du wissen. Die Auserwählte der Ballsaison, bis jetzt.«

Justin verdrehte die Augen. »Genau das, was die Londoner Gesellschaft braucht. Noch so eine eintönige, langweilige und geistlose Debütantin.«

»Nicht wirklich eine Debütantin. Sie ist fast einundzwanzig, obwohl sie nie eine offizielle Einführung hatte. Und sie ist alles andere als geistlos.« Gideon begann zu lachen. »Das ist das letzte Wort, mit dem ich die Unerreichbare beschreiben würde.«

»Und welches Wort würdest du am ehesten für sie benutzen?«

Justin führte sein Glas zum Mund, während Gideon die Lippen schürzte. »Hm. Ich glaube, eines reicht da nicht! Sie ist wirklich sehr reizend, aber, o Gott, wie soll ich mich ausdrücken? Sie ist unkonventionell, trotzdem sind alle völlig verrückt nach ihr. Ganz sicher ist sie nicht langweilig und alles andere als eintönig. Niemals weiß gekleidet. Und ihre Haare sind tatsächlich feuerrot.« Er nickte in Richtung der Männergruppe. »Eine Locke wäre wahrlich die passende Trophäe.«

»Das hört sich aber nicht so an, als wäre sie ein ganz taufrischer Diamant.«

»Sie ist nicht die übliche Sorte von Debütantin. Vielleicht macht das ja gerade den Reiz aus. Wie soll ich es nur ausdrücken? Sie ist … eine Frau von statuenhaftem Format.« Gideon seufzte dramatisch auf. »Sie hat die Anmut eines Fisches auf dem Trockenen. Und sie kann überhaupt nicht tanzen.«

Eine perfekt geschwungene Braue hob sich. Justin senkte sein Glas, um Gideon ungläubig anzustarren. Er erschauerte gekünstelt. »Das Mädel hat also gigantische Ausmaße, ist ein Tölpel und fast schon eine alte Jungfer, hat aber drei Anträge bekommen?«

»In der Tat«, bestätigte Gideon leichthin, »und Vermögen hat sie auch keines.«

»Ach, du meine Güte, sind denn alle Männer in der Stadt verrückt geworden?«

Gideon lachte. »Ja, verrückt sind sie wohl. Verrückt nach *ihr*. Ich würde schätzen … ungefähr die Hälfte der Männer ist entzückt, fasziniert, verknallt. Werfen sich ihr zu Füßen und gestehen ihre Liebe. Die andere Hälfte treibt sich hier bei White`s herum«, Gideon machte eine ausladende Handbewegung – »und überlegt, wie sie ihr an die Wäsche könnten, wie du hören kannst.«

Als ewiger Zyniker zog Justin eine Braue hoch. »Na ja, und du selbst hörst dich ja auch ganz schön begeistert an. Bist du ihr etwa auch erlegen?«

Ein Lachen war Gideons Antwort. Justin kannte ihn lange und gut genug, um sofort zu wissen, dass er etwas zu verbergen suchte. Justin starrte ihn an. Gideon war kaum der Typ, dem so schnell etwas peinlich war.

»Erzähl mir jetzt bloß nicht«, sagte er gedehnt, »dass du einer von den Narren bist, die ihr einen Antrag gemacht haben?«

Seinem finsteren Blick nach zu urteilen, verstand Gideon hier keinen Spaß mehr.

Aber Justin konnte es nicht lassen, ihn weiter aufzuziehen. »Sie hat dich in die Schranken verwiesen, stimmt's?«

»Sei doch nicht so verdammt selbstgefällig«, schnauzte Gideon.

Justin nippte an seinem Portwein. »Ach woher, das würde ich mir doch nicht träumen lassen.« Er schaute nachdenklich in sein Glas. In seinem Kopf wirbelten die Gedanken durcheinander; er konnte rothaarige Frauen eigentlich nicht leiden – mit gutem Grund. Sie erinnerten ihn an –

»Du guckst so erbost, Justin. Was ist los mit dir?«

»Wenn du es unbedingt wissen musst. Ich habe gerade an ein gewisses weibliches Wesen gedacht, das mir vor Jahren eine Lektion erteilt hat.«

»Was, *dir*?«

Oje, an die Szene, die sich unfreiwillig in seinem Kopf abspielte, wollte sich Justin gar nicht erinnern. Sie hatte seinem Stolz einen gewaltigen Stoß versetzt; nun ja, dieser mochte zu der Zeit auch ein bisschen zu übertrieben gewesen sein. Warum sich dieses Mädchen ausgerechnet ihn als Zielscheibe ausgesucht hatte, konnte er sich nicht erklären. Und natürlich hatte Sebastian nie aufgehört, ihn mit diesem kleinen Biest aufzuziehen. Kindheit hin oder her – er hatte niemals vergessen und vergeben, wie dieser Wildfang ihn erniedrigt hatte.

Er brachte ein schmallippiges Lächeln zu Stande. »Tja, die Moral von der Geschichte ist wohl, dass keiner von uns so umwerfend ist, wie er glaubt.«

Er offenbarte nicht, dass die betreffende Dame zu jener Zeit bloß ein Kind war – und er selbst älter. Es war keine Frage, dass Gideon sich daran endlos geweidet hätte.

So lenkte er die Unterhaltung wieder zum aktuellen Thema zurück. »Sie muss schon etwas Besonderes sein, diese Unerreichbare, wenn sogar du mit ernsten Absichten hinter ihr her bist – und das als der berüchtigtste Schwerenöter der Stadt.«

»Oh, nicht doch, diesen Titel möchte ich dir keinesfalls absprechen.«

Gideon hatte seine Fassung wieder gefunden. »Wie dem auch sei, falls du jedoch denkst, dir würde es besser ergehen, solltest du vielleicht erwägen, am Wettstreit teilzunehmen.« Er deutete mit dem Kopf in Richtung der Männergruppe, wo man immer noch über die Unerreichbare sprach, wenn auch bereits etwas derber.

Bentleys Stimme war zu vernehmen, bevor Justin antworten konnte. »Dreitausend Pfund für denjenigen, der die Unerreichbare defloriert!«

»Oho«, bemerkte Gideon, »der Einsatz steigt.«

Justin schüttelte den Kopf. »Du lieber Himmel, ist der betrunken. Irgendwer sollte ihn hier rausschaffen, bevor er erneut zum Spieltisch geht und sein letztes Hemd verspielt.«

»Wer ist dabei?« Insgesamt fünf Hände schnellten empor: McElroy, Brentwood, Lester Drummond, William Hardaway – ein junger Spund, kaum aus der Schule! – sowie Gregory Fitzroy.

»Die Wette gilt!«, kam ein Ruf. »Dreitausend Pfund für denjenigen dieser fünf Männer, der den Beweis erbringen kann, die Unerreichbare rumgekriegt zu haben!«

Es folgte raues Gelächter, Geldscheine segelten durch die Luft und ein Bote wurde losgeschickt, das Wettbuch zu holen. Justin war keineswegs schockiert über den Gegenstand der Wette, denn diesbezüglich gab es bei White's keine Tabus. Genauso wenig in allen anderen Gentleman-Clubs. Sie waren eben Lebemänner, Schwerenöter, entschied er selbstironisch, und Gideon und er wahrscheinlich noch die schlimmsten von ihnen.

Dennoch konnte er es nicht lassen, darüber nachzudenken, was all diese Kerle an dieser Frau so faszinierte.

Sein Blick wanderte zu Gideon. Dieser blickte verunsichert auf ihn. Justin war nicht sicher, was er von dem Aufflackern in Gideons Augen halten sollte; es schien Amüsement zu verraten.

Als Gideon den Kopf schief legte, war es ihm jedoch klar.

»Angestachelt, nicht wahr, Justin?«

Der zuckte mit den Schultern.

Gideon musste lachen. »Na, komm schon, gib es zu. Wenn es auch nicht die durchaus bemerkenswerte Summe sein sollte, die dich reizt, dann auf jeden Fall die Tatsache, dass auch *mein* Interesse von der Unerreichbaren bereits geweckt wurde.«

»Sie muss ja wahrhaft aus Eis sein, um deinen Avancen widerstanden zu haben.«

Gideon ließ weder Zustimmung noch Widerspruch erkennen. »Wenn das so ist, dann musst du ja erst recht glauben, dass du sie rumkriegen kannst.«

»Ich habe nicht vor, es zu versuchen«, erklärte Justin unumwunden.

»Tja, ich muss sagen, du enttäuschst mich.« Gideon tat schockiert. »Du, der Held unzähliger Eroberungen. Meine Güte, du wirst … du *bist* ja schon fast – wie soll ich es bloß wagen auszusprechen – solide geworden!« Er sprach es in lang gezogenen Worten aus. »Du entwickelst dich zu einem Langweiler.«

Das war ja wohl *absolut* lächerlich.

Sein Innerstes war das eines Teufels, das wusste doch wohl jeder … außer, vielleicht, sein Bruder Sebastian, der ihn manchmal mit seinen ›Ausrutschern‹ in Richtung Ansehen aufzog. Dass er zum Beispiel in einige geschäftliche Unternehmungen eingestiegen und dabei auch recht erfolgreich war. Oder dass er vor zwei Jahren, kurz vor Sebastians Heirat, das Stadthaus der Familie verlassen hatte und sich stattdessen ein eigenes Haus angeschafft hatte. Das waren sie wohl, die Fallen der Achtbarkeit.

Eine angenehme Leichtigkeit bemächtigte sich seiner. Er war schließlich schon beim dritten Glas Portwein. Trotzdem fiel sein Lächeln eher verkniffen aus. »Gib dir keine Mühe, mich ködern zu wollen«, sagte er gütlich. Gideon jedoch machte noch eine Geste in Richtung der Gruppe, die sich um das Wettbuch drängte. »Und warum gibst *du* da nicht den Ton an?«

Justin wurde allmählich wütend. »Die Frau scheint mir absolut grässlich zu sein! Das zum einen. Zum anderen ist sie wohl ein Inbegriff der Tugendhaftigkeit –«

»Ja, ohne Frage! Habe ich nicht erwähnt, dass sie die Tochter eines Vikars ist?«

Justin erschrak. Eine Vikarstochter … flammendrote Haare. Das erinnerte ihn schon wieder an … Aber, nein. Er schob den Gedanken von sich. Das konnte gar nicht sein.

»Ich mag ja vieles sein, aber ich verführe keine unschuldigen Frauen.« Er starrte Gideon mit einem verachtenden Blick an, der schon viele Kerle zum Verzagen gebracht hatte.

Aber auf Gideon schien das nicht zu wirken. Stattdessen brach er in Gelächter aus. »Verzeih mir, aber ich weiß, dass du vor keinem Weiberrock Halt machen würdest!«

»Doch. Ich verabscheue Rothaarige«, erklärte Justin gepresst. »Und ich habe eine Aversion gegen Jungfrauen.«

»Wie? Willst du damit sagen, du hast noch nie eine defloriert?«

»Ich denke nicht«, gab Justin umgehend zurück. »Du weißt, dass ich eher weltgewandte Frauen bevorzuge. Besonders die blassen, zarten Blondinen.«

»Zweifelst du etwa an deinen Fähigkeiten? Eine Frau wie die Unerreichbare muss sanft und geschickt umworben werden. Denk nur, eine Jungfrau, die du formen und dir gefügig machen kannst, so wie es dir beliebt.« Gideon seufzte übertrieben. »Vielleicht, alter Junge, hast du einfach nur Angst, dass dein viel beschworener Charme langsam nachlässt.«

Justin lächelte nur noch leicht. Sie wussten beide, dass das nicht der Fall war.

Gideon beugte sich vor. »Ich sehe schon, du brauchst noch mehr Argumente. Ohne Zweifel sind Bentleys dreitausend Pfund für dich eine armselige Summe. Also, was, wenn wir die Sache interessanter machen?«

Justin kniff die Augen zusammen. »Was hast du vor?«

Gideon sah ihm geradewegs in die Augen. »Ich schlage vor, wir verdoppeln den Einsatz, eine Wette nur zwischen uns beiden. Eine private Wette unter Freunden, wenn du so willst.« Er lächelte. »Ich habe mich oft gefragt ... welche Frau wäre in der Lage, dem Mann zu widerstehen, der als der bestaussehende von ganz England gilt? Gibt es diese Frau? Sechstausend Pfund, dass sie existiert. Sechstausend Pfund darauf, dass es die Unerreichbare ist.«

Justin sagte gar nichts. Eiskalt eine Jungfrau zu verführen, sie herzlos dazu zu bringen, sich in ihn zu verlieben, so dass er ...

Um Gottes willen. Dass er auch nur darüber nachdachte, sagte so einiges über seinen Charakter. Oder den Mangel daran. Es bewies eigentlich nur, was er schon immer wusste ...

Er war ein hoffnungsloser Fall.

Er war verdorben, trotz Sebastians Protest, und er wusste, er würde sich niemals ändern.

»Sechstausend Pfund«, erklärte Gideon nachdrücklich. »Und wert ist es jeden Penny, das garantiere ich. Aber da gibt es eine Bedingung.«

»Und die wäre?«

»Du musst es in einem Monat schaffen.«

Ein Lächeln umspielte Justins Mund. »Und was für Beweise willst du?«

Gideon kicherte. »Oh, ich glaube, ich merke schon selber, ob und wann das Mädel sich in dich verliebt.«

Er war betrunken, entschied Justin benebelt. Vielleicht so betrunken wie dieser Dummkopf Bentley. Sonst würde er ja gar nicht darüber nachdenken.

Aber er war nun mal einer, der weder einer Wette noch einer Herausforderung widerstehen konnte – und Gideon wusste das.

Da hatte es viele Frauen in seinem Leben gegeben, überlegte Justin. Er war mittlerweile neunundzwanzig Jahre, und bisher hatte keine Frau es fertig gebracht, sein Interesse länger als wenige Wochen aufrechtzuerhalten. In dieser Hinsicht war er wie seine Mutter. Mal ehrlich, eine mehr oder weniger?

Und wenn alles stimmte, was über die Unerreichbare erzählt wurde, konnte es doch immerhin ein amüsanter Zeitvertreib werden.

Er begegnete Gideons gespanntem Blick. »Dir ist klar«, murmelte er, »dass ich wohl kaum eine Wette eingehe, die ich nicht auch gewinne.«

»Was für eine Angeberei! Trotzdem denke ich, am Ende wirst du derjenige sein, der zahlt. Denk dran, du hast die ganze Horde gegen dich.« Er zeigte Richtung Brentwood und McElroy.

Justin schob seinen Stuhl zurück und stand auf.

»Irgendetwas sagt mir«, meinte er mit einem Lächeln, »dass du mir sagen kannst, wo dieser Ausbund an Schönheit zu finden sein wird.«

Gideons Augen glänzten. »Ich tippe mal darauf, das wird heute auf dem Ball der Farthingales sein.«

Zweites Kapitel

In einer Ecke des Ballsaals mühte sich Miss Arabella Templeton, um eine marmorne Säule herumzulugen und dabei unter allen Umständen selbst verdeckt zu bleiben.

Der Schein Hunderter von Kerzen spiegelte sich in dem kristallenen Kronleuchter, der Blickfang und Mittelpunkt im Ballsaal der Farthingales war. Obwohl der Saal einen wahrhaft atemberaubenden Anblick bot, wünschte sich Arabella, woanders zu sein. Egal wo, Hauptsache woanders. Leider jedoch machten Tante Grace und Onkel Joseph keinerlei Anstalten, bald aufbrechen zu wollen.

»Ist er schon weg?«, flüsterte sie.

»Nein.« Die liebreizende Georgiana suchte die Gesichter der Menge ab. »Die anderen sind verschwunden, aber Walter habe ich eben noch in der Nähe der Musiker entdeckt. Ich fürchte, ich habe ihn aber wieder verloren.«

Arabella stöhnte unterdrückt auf. *Er*, das war Walter Churchill, wahrscheinlich ein ganz netter Kerl, wie sie vermutete. Waren sie eigentlich alle, mit Ausnahme von Ashton Bentley. Aber Walter hatte sich heute Abend als besonders hartnäckig erwiesen.

Kaum dass sie angekommen waren, wurde sie auch schon derart belagert, dass sie Angst bekam zu ersticken! Ihre Füße, eingezwängt in schlecht sitzende Schuhe, taten entsetzlich weh. Das kam davon, wenn man Füße wie ein Nilpferd hatte. Alles, was sie noch wollte, war, in ihr Bett zu gehen und einen Moment für sich allein zu haben. Aber ihre Tanzliste war voll, von jetzt an bis in die Unendlichkeit. Sie hatte sich erkämpft, ein paar Tänze aussetzen zu können, doch eine Reihe von Gentlemen strich permanent um sie herum. Sie überboten sich gegenseitig darin, ihr Limonade bringen zu wollen. Besonders Walter, der sie mit seinen nie enden wollenden Konversationsversuchen fast zum Schreikrampf brachte. Verzweifelt hatte sie schließlich vorgegeben, einem natürlichen Bedürfnis nachgehen zu müssen. Daraufhin hatte sich Schweigen um sie ausgebreitet. Ihr war klar, eine derartige Offenheit hatte sie alle schockiert, aber das war Arabella mittlerweile egal.

Glücklicherweise hatte Georgiana ihr Dilemma erkannt. Die ein Jahr jüngere Georgiana hatte Arabella einige Jahre zuvor in der Abschlussklasse kennen gelernt, die sie damals beide besuchten. Eines Abends wollte Arabella im Speisesaal der Mädchen zu dem Tisch gehen, an dem sie normalerweise ihr Abendbrot allein verzehrte. Gerade ging sie an einer Gruppe von Mädchen vorbei, als die unvermeidlichen Kommentare über ihre Haare und ihre Größe einsetzten, die mehr als deutlich für ihre Ohren bestimmt waren. Mit glühenden Wangen senkte Arabella den Blick und straffte die Schultern. Sie konnte ihre langen Glieder sowieso nicht verstecken, und außerdem hatte Mama ihr immer beigebracht, stolz auf sich zu sein, so wie sie war. Entschlossen, die Mädchen zu ignorieren, war sie also weitermarschiert. Unglücklicherweise musste sie auf dem Weg zu ihrem Tisch genau an der Gruppe der Lästermäuler vorbei. Sie bekam eine besonders gemeine Bemerkung mit – von ihrer persönlichen, gottgesandten Feindin Henrietta Carlson – und das dazugehörige Gekicher. Arabella dachte keine Sekunde nach – ein Charakterzug, der ihr immer wieder zum Verhängnis wurde –, bevor sie das Erstbeste tat, was ihr gerade einfiel.

Der Anblick der klebrigen Erbsensuppe, die langsam

von Henriettas durch rosafarbene Schleifen geschmückte Löckchen tropfte, verschaffte ihr Genugtuung.

Nur durch ein mehrstündiges Gespräch zwischen Tante Grace, Onkel Joseph und der Direktorin am nächsten Tag blieb ihr der Platz in der Schule erhalten.

Dieser Abend war außerdem der letzte, an dem sie alleine in der Ecke aß. Am nächsten Abend fragte Georgiana sie schüchtern, ob sie ihr Gesellschaft leisten dürfe. Wie es schien, konnte Georgiana Henrietta kein bisschen mehr leiden als sie.

Dass die beiden in vieler Hinsicht grundverschieden waren, hatte offenbar keine Bedeutung. Die Hänseleien der anderen Mädchen waren genauso eklig wie vorher, aber dank Georgianas Freundschaft wesentlich besser zu ertragen. Arabella war stets diejenige, die ihre Gefühle nicht für sich behalten konnte, während Georgiana eher ruhiger und reservierter war, und nachdenklicher. Vor langer Zeit hatte Georgiana es einmal ganz treffend so ausgedrückt: »Der Unterschied zwischen uns, Arabella, ist, dass du immer das laut aussprichst, was ich mich nicht traue.«

Die Freundschaft hatte all die Jahre über gehalten.

Arabellas Kinderstube war ungewöhnlich, wenn nicht gar unpassend gewesen für eine junge Londoner Lady. Obwohl sie die meiste Zeit in England zur Schule gegangen war, hatte die Missionarstätigkeit ihres Vaters die Familie oft in die entlegensten Orte Afrikas und Indiens geführt. Arabella hatte London immer genossen, aber oft fiel es ihr schwer, sich an die Unmenge von Einschränkungen anzupassen, die eine anständige Dame zu beachten hatte. Eigentlich hatte Arabella nirgendwo so richtig hin gepasst. Auf den Reisen mit ihren Eltern war das auch gar nicht nötig gewesen; und so hatte sie sich daran gewöhnt, ihren eigenen Weg zu gehen.

Noch einmal versuchte sie, an der Marmorsäule vorbeizulugen, um Georgiana zu entdecken. »Georgiana?«

»Ich glaube, die Luft ist jetzt rein«, gab die Angesprochene ihre Vermutung kund.

Vorsichtig verließ Arabella ihr Versteck. »Georgiana, ich fürchte, ein vierter Verfolger ist im Anzug.«

Georgiana lachte.

»Hör auf«, grummelte Arabella, »du solltest doch diejenige sein, die unerwünschte Bewunderer abwimmeln muss, nicht ich.« Zierlich gebaut, mit seidigen blonden Haaren und einem herzförmigen Gesicht war Georgiana der Inbegriff des jungen Londoner Fräuleins – das genaue Gegenteil von Arabella.

Doch in der Tat waren sowohl Arabellas Mutter Catherine als auch deren ältere Schwester Grace in jungen Jahren wahre Schönheiten gewesen. Arabella hingegen kam sehr nach ihrem Vater. Nicht nur, dass sie seine groß gewachsene, feingliedrige Statur geerbt hatte, sondern auch diese Fülle an dicken roten Haaren ... alles Merkmale, die höchst unschicklich waren in einer Zeit, die zierliche, blasse Blondinen wie Georgiana zum Schönheitsidol erklärte.

»Meine Güte, ich liebe dein Kleid, Georgiana. Du siehst aus wie eine Prinzessin.« Ihre schmalen, behandschuhten Finger berührten Georgianas Rock aus weißer Wildseide. »Ich wünschte, ich könnte Weiß tragen, aber dann sieht mein Teint aus wie Kleister.« Sie ließ einen wehmütigen Blick an ihrem eigenen blauen Seidenkleid herunterwandern.

»Du glitzerst wie ein Juwel«, sagte Georgiana liebevoll. »Deshalb sind auch alle so hingerissen von dir.«

Arabella hielt ihr Urteil zurück. Es führte für sie sowieso kein Weg daran vorbei, in ihrer Farbenpracht aufzufallen; sie hatte durch wiederholte Versuche gelernt, dass das ein sinnloses Unterfangen war.

»Ich kenne diesen Gesichtsausdruck, Arabella. Versuch ja nicht zu diskutieren. Du bist sehr begehrt. Akzeptiere und genieße es doch einfach.«

»Du weißt genau, dass das nicht *ich* bin.« Sie kam sich vor wie einer der Elefanten, auf denen sie in Indien geritten war. Bei Anlässen wie diesem hier fühlte sie sich immer unsicher und gehemmt. Ständig musste sie sich auf die Zunge beißen, um nicht zu sagen, was sie dachte. Sie hatte einfach nicht die Geduld dazu, jede noch so kleine, überflüssige Regel der feinen Gesellschaft auswendig zu lernen, so sehr sich Tante Grace und Georgiana auch bemühten, sie ihr beizubringen.

Sie hasste diese ganze Aufmerksamkeit, die ihr in dieser Saison zuteil wurde! Ihr ganzes Leben hatte sie damit zugebracht, dem Angestarrtwerden zu entkommen. Mittlerweile hätte sie sich an den Anblick von offen stehenden Mündern eigentlich gewöhnen sollen. Sie konnte nicht einmal sagen, was schlimmer war – so feuerrotes Haar zu haben oder die größte Frau des Königreichs zu sein (wahrscheinlich der ganzen Welt, da war sie beinahe sicher). Merkwürdigerweise akzeptierte die feine Gesellschaft ihre Absonderlichkeit trotzdem, aber wahrscheinlich nur, weil Tante Grace und Onkel Joseph zu den angesehensten Mitgliedern gehörten.

Sie seufzte. »Das ist doch nur so, weil ich den ersten Heiratsantrag der Saison bekommen habe.«

»Wie auch den zweiten und den dritten.« Georgiana kämpfte mit sich, um nicht in Lachen auszubrechen. »Ich könnte ja schon fast neidisch werden, aber du bist dir deines eigenen Charmes so ganz und gar nicht bewusst.«

»Georgiana! Das alles ist überhaupt nicht lustig. Ich wünschte, ich würde nicht so einen Aufruhr verursachen. Ich hätte es mir doch denken können! Ehe ich es mich versah, redete ganz London über mich. Und im Moment kommt es mir so vor, als ob ganz London mich *anstarrt,* und all diese lächerlichen Gentlemen umkreisen mich wie die Geier. Die habe ich nämlich in Afrika gesehen, musst du wissen, und sie sind kein schöner Anblick.«

Georgiana antwortete nicht. Als sie weiter stumm blieb, schaute Arabella sie an.

»Was ist los? Was stimmt denn nicht?«

Georgiana schaute mit halb geöffneten Lippen quer durch den Ballsaal. Langsam schüttelte sie den Kopf. »Arabella, er ist hier«, flüsterte sie. »Er ist hier!«

»Walter!«, seufzte Arabella. Sie war im Begriff, umgehend wieder hinter die Säule zu springen, doch Georgiana bekam sie noch am Ärmel zu fassen.

»Nein, Arabella! *Er* ist es, der bestaussehenste Mann von ganz England! Und er kommt in unsere Richtung!«

Der schönste Mann von ganz ..., was für ein Blödsinn. In diesem Moment ertönte ein schrilles weibliches Kreischen ganz in der Nähe, gefolgt von albernem Gekicher.

Arabella reckte das Kinn und drehte sich bewusst in die andere Richtung. Wer auch immer der Kerl sein mochte, sie hatte es nicht eilig, ihn kennen zu lernen. Alle anderen weiblichen Wesen in ihrer Umgebung hingegen verwandelten sich offenbar in nervöse Schmetterlinge mit flatternden kleinen Herzen; Arabella war aber keine Idiotin, die sich bloß wegen eines Mannes so anstellte.

Georgiana stupste sie. »Arabella, sieh doch mal, er steht mit der Witwe des Herzogs von Carrington zusammen. Sie reicht ihm ihre Hand zum Kuss.«

»Georgiana, ich brauche keinen Augenzeugenbericht. Wenn ich es sehen wollte, dann würde ich bestimmt hingucken.«

»Oh, aber er ist wirklich ein toller Anblick. Ich habe ihn noch nie so nahe gesehen.«

»Mein Gott, Georgiana!« Falls sie verärgert klang, so

konnte sie es nicht ändern. »Ich dachte, du würdest dich von so einem Mann nicht so einfach beeindrucken lassen. Ohne Zweifel ist er einer der größten Wüstlinge.«

Es kam kein Widerspruch. Stattdessen sagte Georgina mit gepresster Stimme: »Arabella, er kommt hierher.«

Sie seufzte. »Ich glaube … ja … *ja!* Er kommt in *deine Richtung*!«

Arabella drehte sich demonstrativ noch weiter weg. Das war genau das, was sie jetzt noch brauchte; noch so ein Geier.

»Vielleicht hast du Unrecht«, meinte sie ruhig. »Vielleicht möchte er zu *dir*.«

Wieder kam keine Antwort. Stattdessen nur ein Schweigen, das sich endlos in die Länge zog.

Arabella klopfte mit dem Fuß auf den Boden. »Wo zum Teufel ist er denn jetzt?«

Immer noch keine Antwort. Ein seltsames Gefühl der Erregung überkam sie, sie konnte fast spüren, wie sich ihre Nackenhaare erwartungsvoll aufstellten.

»Georgiana?«

Ungeduldig drehte sie sich um … ihre Blicke trafen nicht auf Georgiana, sondern genau auf den blütenweißen Knoten einer kunstvoll gebundenen Krawatte. Ihr Blick wanderte höher – und höher! – zu einem kantigen, männlichen Kinn, einer edlen, langen Nase und männlichen Lippen, die geformt waren wie von einem großen Skulpturenmeister, um schließlich auf kristallklare Augen zu stoßen, die die Farbe von Smaragden hatten. Die Brauen darüber waren kräftig, dunkel und geschwungen.

Und dann passierte das Unfassbare. Ausgerechnet sie, die um kein Wort verlegen war, konnte nur noch schlucken. *Er* war es.

Justin Sterling.

Das Haus der Farthingales lag nur wenige Straßen von der St.-James-Street entfernt. Nach ihrer Ankunft standen Justin und Gideon erst einmal am Rande des Ballsaals.

»Es ist ja ganz schön was los hier, nicht wahr?« Neben Justin hob Gideon gerade sein Monokel ans Auge. »Lady Farthingale sich wird morgen brüsten können. Wie ich gehört habe, hat sie mindestens die halbe Stadt eingeladen.«

»Offensichtlich hat auch kaum jemand abgesagt.« Viele der Gäste standen gedrängt, Schulter an Schulter, Rücken an Rücken.

Hunderte von Juwelen glitzerten und funkelten im Kerzenlicht. Mit einem einzigen, geübten Blick maß Justin den mit Feierlustigen gefüllten Saal, das Meer der prächtigen Ballkleider und eleganten Frisuren … bis sein Blick schließlich am anderen Ende des Raumes hängen blieb.

»Aha, du hast sie also entdeckt.«

Justin hob als Antwort die Braue. »Ich muss zugeben, du hattest Recht. Sie ist unmöglich zu übersehen.«

»Ja, das ist sie. Und wie ich sehe, hat sie ihr übliches Publikum um sich versammelt.« Gideon nahm sich zwei Gläser Champagner von einem vorübereilenden Diener, der weiße Handschuhe trug. Eines gab er Justin. »Diese albernen, jungen Kerle! Alles Dummköpfe«, tönte er. »Dass sie sich einbilden, verliebt zu sein.«

Liebe. Für einen Herzschlag lang hatte Justin ein seltsames Gefühl. Es war ja nicht so, dass er nicht zu solch zärtlichem Gefühl fähig wäre. Doch er wusste, dass keine Frau *ihn* jemals würde lieben können.

»Was war es denn, wenn nicht Verliebtheit, als du diese Lady umgarnt hast?«, verlangte er zu wissen.

Gideons schiefes Lächeln reichte ihm als Antwort.

Er widmete der jungen Frau am anderen Ende des Saales erneut seine Aufmerksamkeit. Sie war ihm in der Tat sofort aufgefallen; denn nicht nur die Farbe ihres Haares hob sie von jeder anderen Frau ab. Er war überrascht, sich eingestehen zu müssen, dass Gideon Recht gehabt hatte. Die Unerreichbare war ungewöhnlich groß für eine Frau, dennoch suchte sie nicht, es irgendwie zu verbergen. Wie ein Stich durchfuhr ihn ein Gefühl der Bewunderung. Sie zeigte sich voller natürlichem Stolz – und, in der Tat, das machte sie ausgezeichnet.

Sie trug ein Ballkleid aus eisblauem Satin – einer Farbe, die eigentlich überhaupt nicht zu roten Haaren passt. Der Stoff fiel von der hohen Taille weich bis zu den Spitzen ihrer Schuhe. Das Gewand verbarg keineswegs ihre herrlichen vollen und festen Brüste. Er konnte nicht verleugnen, dass er ein begeisterter Bewunderer großer, kurvenreicher Oberweiten war. Ihre Schultern waren schlank, aber ziemlich breit für eine Frau, so dass ihr langer Hals nur noch weiblicher erschien – besonders dann, wenn sie den Kopf zur Seite neigte, wie gerade in diesem Moment. Eine Fülle von Locken fiel ihr über eine Schulter bis auf die wohlgeformte Brust.

Verlangen regte sich in seinem Inneren. Ihre Beine waren wahrscheinlich genauso beschaffen wie das, was er von ihr sehen konnte. Lang, schlank und geschmeidig, stark genug, um sich um seine Hüften zu schlingen, wenn er in sie eindrang. Na gut, gestand er sich ein, es war zwar so, wie er Gideon gesagt hatte: er mochte keine Rothaarigen. Und um Jungfrauen machte er grundsätzlich einen Bogen. Aber *diese* hier …

Er konnte sich gerade noch bremsen, als er einen unbeabsichtigten Schritt in ihre Richtung machte. Zum ersten Mal an diesem Abend verspürte er das Gefühl der Vorfreude. Er hatte noch gar nicht richtig ihr Gesicht gesehen, nur einen Blick auf ihr Profil geworfen; und das sah so viel versprechend aus wie ihre Figur verheißungsvoll aufregend. Er machte sich da keine Sorgen. Sein Geschmack bei Frauen war höchst anspruchsvoll. Er würde nie mit einer Kröte ins Bett gehen, und Gideon wusste das. Er empfand eine leichte Zufriedenheit. Diese Wette zu gewinnen würde wirklich nicht wehtun.

Gideon hatte seine Zustimmung mitbekommen. »Sie ist umwerfend, stimmt's?«

Es gab keinen Grund, näher darauf einzugehen. »Nun«, murmelte Justin, »ich denke, ich werde die Milchbärte da mal verscheuchen.« Er musste lachen.

»Verdammt!«, sagte er. »Ist ja gar nicht mehr nötig. Sie hat sich hinter der Säule am Eingang zum Speisesaal versteckt. Jetzt hat sich eine andere junge Lady zu ihr gesellt –«

»Ja, das ist Georgiana Larwood, glaube ich.«

»Kein Wunder, dass sie die Unerreichbare genannt wird. Sieht so aus, als flüchte sie vor den Männern. Oder vor *einem* von ihnen.«

»Vor dir wahrscheinlich«, meinte Gideon mit einem Lächeln.

»Höchst unwahrscheinlich«, gab Justin zurück. »Jetzt drück mir die Daumen, alter Junge.« Er trank seinen Champagner aus und stellte das Glas auf das Tablett eines vorbeilaufenden Dieners. »Oh, und komm bitte nicht schon früh am Morgen vorbei, um Details zu hören. Ich fürchte, diese Nacht könnte lang werden.«

Gideon beeilte sich, vom Tablett ein volles Glas zu nehmen. »Oh, der Meister macht sich ans Werk! Vielleicht sollte ich schnell den Notizblock holen.«

»Ach, ich bin sicher, du findest schon eine andere Zerstreuung.«

Justin schlenderte durch den Ballsaal, wobei er sich der Unerreichbaren stetig näherte. Er machte jedoch hier und da bei Bekannten Halt, um zu plaudern – unter anderem auch mit der der Witwe des Herzogs von Carrington.

Die Herzogin sah zu ihm auf; sie hatte für ihr Alter sehr lebhafte, leuchtende Augen.

»Justin!«, rief sie aus und streckte ihm die Hand entgegen. »Wie reizend, dich wieder zu sehen.«

Justin hauchte einen Kuss auf ihre Fingerspitzen. »Ich versichere Ihnen, Hoheit, das Vergnügen ist ganz auf meiner Seite.«

Die alte Dame gab ein Kichern von sich. »Weißt du, es gab eine Zeit, da hielt ich dich für einen unverbesserlichen Wüstling.«

Justin tat erstaunt. »Was! Wollen Sie damit etwa sagen, dass ich es nicht bin?«

Sie schüttelte sich vor Lachen. »Mach dir nichts aus deinem Ruf. Ich weiß es schließlich besser, mein Junge. Ich muss sagen, in den letzten Jahren gefällst du mir immer besser.«

»Das Kompliment muss ich aber auch zurückgeben, Eure Hoheit«, erklärte Justin mit ehrlicher Zuneigung.

»Bewahr dir den Charme für die jüngeren Damen, mein Junge. Gerade vor kurzem sagte ich zu Sebastian und Devon, dass es Zeit wird, dass du allmählich auf Brautschau gehst. Falls du also beim Anbahnen meine Hilfe benötigst– so stehe ich gerne zu Diensten. Denk daran.«

Justin lachte. »Ihr spielt wirklich gerne die Kupplerin, nicht wahr?«

Die Herzogin stützte sich mit beiden Händen auf den Knauf ihres Stockes. »O ja«, sagte sie, und ihre Augen funkelten wie die eines jungen Mädchens. »Weißt du noch, wie ich deinem Bruder vorschlug, er solle heiraten – und sieh mal, was daraus geworden ist!«

Justin dachte an Sebastian, der überaus glücklich war mit Frau und Familie. Obwohl in erster Linie eine Laune von Fortuna dafür verantwortlich war, dass Devon in Sebastians Leben und Herz gelangte, hatte die Herzogin dennoch maßgeblich dazu beigetragen, dass die beiden zueinander fanden, als es so aussah, als würde Sebastian seine Liebe verlieren.

»Also« – die Herzogin fuchtelte drohend mit ihrem Stock –, »sollten meine Dienste vonnöten sein, brauchst du nur ein Wort zu sagen.«

Justin lachte erneut. Die Herzogin gestikulierte mehr mit ihrem Stock als mit ihren Händen. Oftmals unterstrich sie ihre Worte mit einem Stoß dieses gefährlichen Dinges. Gott stehe jedem bei, der zufällig ihren Weg kreuzt, wenn sie ein Argument vorbringt. »Ich versichere Euch, verehrte Hoheit – sollte es dazu kommen, setze ich Euch als Erste davon in Kenntnis.«

Sie strahlte. »Hervorragend!«

Er verabschiedete sich von der Herzogin, wobei er sich tief verbeugte. Als er sich aufrichtete, traf sein Blick den von Gideon.

Der hob sein Champagnerglas zu einem stummen Gruß.

Justin lächelte in sich hinein. Das Mädchen hatte ihm den Rücken zugewandt, aber sie stand noch immer an der gleichen Stelle. Er hatte bis jetzt nicht ihr Gesicht gesehen, und er wurde plötzlich ungeduldig.

Mit drei Schritten war er bei ihnen. Er grüßte ihre Begleiterin mit einem leichten Nicken, aber seine Aufmerksamkeit galt allein ihr …

Da drehte sie sich um, dieses Mädchen, das die Unerreichbare genannt wurde.

Während er noch dabei war, festzustellen, was für einen Augenschmaus und ein Fest für die Sinne ihr Anblick bot, durchfuhr ihn bereits die furchtbare Gewissheit.

Hundert Gedanken und hundert Flüche schossen ihm

in diesem Moment durch den Kopf. Lieber Gott, hätte er doch bloß auf sein untrügliches, seltsames Gefühl gehört … er hätte es wissen sollen. Vielleicht *hatte* er es sogar gewusst.

In diesem Moment empfand er Gideon gegenüber keine Dankbarkeit mehr. Dem Schicksal gegenüber auch nicht. Denn selbst in seinen kühnsten Vorstellungen hatte er es nicht für möglich gehalten.

Aber es war so, beim Himmel.

Die Frau, die vor ihm stand, war niemand anders als der Fluch seiner Jugendjahre. Dieses verdammte kleine Biest, das als Kind so ein Quälgeist war …

Drittes Kapitel

»Miss Arabella Templeton«, schnarrte er, nachdem er die Sprache wieder gefunden hatte; er war von sich selbst beeindruckt, wie schnell ihm das gelungen war – Gott sei Dank. In Wahrheit konnte er es immer noch nicht fassen. Aber, so wahr ihm Gott helfe, er wollte es nicht zeigen. Nicht *ihr* gegenüber.

Dann sah er ihre Begleiterin an. »Miss Larwood«, murmelte er, »stimmt's?«

Georgiana errötete und machte einen braven Knicks. »Ganz recht«, sagte sie atemlos.

»Miss Larwood, es ist mir eine große Freude, mich vorstellen zu dürfen. Ich bin Justin Sterling. Ihr würdet mir jedoch eine große Freude machen, wenn Ihr mir ein paar Worte mit meiner alten Freundin Miss Templeton gestattet.«

Georgiana öffnete den Mund – und schloss ihn wieder.

»Wie das! Miss Templeton hat Euch gar nichts über unsere Bekanntschaft erzählt?« Er schüttelte den Kopf. »Ich kenne sie schließlich bereits seit Kindheitstagen!«

Georgiana wirkte sichtlich nervös. Sie warf einen schnellen Blick auf Arabella, dann wieder auf Justin.

Justin verzog den Mund zu einem Lächeln. »Ich beiße nicht«, sagte er sanft. »Und ich gebe Euch mein Ehrenwort, dass ich sie heil zurückgeben werde.«

»Aber natürlich, Mylord.« Georgiana knickste erneut und eilte davon.

Justin schaute auf Arabella. Er bedachte sie mit seinem bewährten Lächeln, das die Frauen reihenweise an den Rand der Ohnmacht brachte; alle, außer natürlich diese eine hier.

Sie sah ihn mit einem Ausdruck an, der sicher sämtliche Höllenfeuer beschämt hätte, wie er bemerkte. Er ignorierte es einfach. »Es ist lange Zeit her, nicht wahr?«

»Nicht lange genug.« Die Worte kamen durch aufeinander gepresste Zähne.

Sie war charmant wie eh und je, stellte er fest.

»Was wollt Ihr?«, fragte sie knapp.

Er tat auf beleidigt. »Ach, begrüßt man so einen alten Freund?«

Er musterte sie von oben bis unten. Gideon hatte Recht gehabt. Sie war keine konventionelle Schönheit, aber ihr Mund war die reine Sünde, und sie hatte Augen in der Farbe des Himmels. Hatte er tatsächlich nach Gideons Beschreibung gesagt, sie erschiene ihm absolut grässlich? Er war wohl der größte Idiot auf der Welt!

Aus der Nähe war sie sogar noch atemberaubender, als er vorhin noch angenommen hatte. Es war nichts mehr übrig von dem dünnen, schlaksigen, unbeholfenen Kind, dessen rotes Haar die ganze Erscheinung dominierte. Vor ihm stand stattdessen eine Frau von einer Sinnlichkeit, die all seine Sinne in Aufruhr versetzte.

Die nackte Haut ihrer Schultern glänzte wie Porzellan. An einem goldenen Kettchen hing ein kleiner Saphir, der sich in ihr samtenes Dekolletee schmiegte. Keine Federn oder Perlen schmückten ihr Haar, keine Armreifen an ihren Handgelenken. Es gefiel ihm, dass sie so schlicht gekleidet war. Sie brauchte keine zusätzlichen Accessoires, um Glanz auszustrahlen.

Denn das tat sie.

Seine Blicke fielen heiß und begierig auf die verführerische Vertiefung zwischen ihren Brüsten. Eine dunkle Hitze durchfuhr ihn, als sie einatmete. Meine Güte, dachte er, jede andere Frau in diesem Saal verblasst völlig neben ihr. Sie war wie ein reifer, süßer Pfirsich, der darauf wartete, gepflückt zu werden.

Zögernd wanderte sein Blick zu ihrem Gesicht, nur um festzustellen, dass ihre blauen Augen sich vor Wut verdunkelt hatten und sie ihre vollen Lippen zusammengepresst hatte.

Er entschied, im Moment lieber auf Abstand zu gehen. Wenn er zu nahe käme, könnte sie vielleicht ihre Finger um seinen Hals krallen.

»Was starrt Ihr mich denn so an?«, verlangte sie zu wissen.

»Ich staune nur, wie groß Ihr geworden seid. Ihr könnt sicher den meisten Männern gerade in die Augen schauen.«

Arabella versteifte sich. Schon immer hatte sie ihren Körper verabscheut. Solange sie zurückdenken konnte, war sie stets einen Kopf größer gewesen als alle anderen Mädchen.

Die Augenhöhe des Justin Sterling hatte sie jedoch nicht. Wenn sie gerade vor ihm stand, waren ihre Augen genau in der Höhe seiner Lippen, die sich in diesem Augenblick zu einem leicht hinterhältigen Lächeln formten. Aber es war eigentlich ganz schön, sich einmal nicht so groß vorkommen zu müssen.

Wenn dieser Mann nur ausgerechnet nicht *er* wäre!

»Macht Ihr Euch nicht über mich lustig«, sagte sie kurz angebunden.

Er präsentierte ihr seine ehrerbietigste Verbeugung. »Ich mache mich doch gar nicht über Euch lustig.« Er schüttelte den Kopf. Wieder glitt sein Blick an ihr entlang und verweilte auf ihren vollen Brüsten, die sich unter dem

Mieder abzeichneten. Es war eine eindeutige Art der Anerkennung. »Oh, ja«, murmelte er, »Ihr habt Euch sehr verändert.«

Im Stillen wünschte ihm Arabella alles nur erdenklich Schlechte. Laut sagte sie jedoch: »Ihr hingegen überhaupt nicht, wie ich sehe.« Aber das entsprach nicht der Wahrheit. Er war kräftiger, sogar größer, als er mit achtzehn gewesen war. Das hatte sie sofort bemerkt. Unter dem Jackett zeichnete sich sein Brustkorb deutlich ab. Die Schultern waren hager, aber breit. Breiter, als in ihrer Erinnerung ...

Diese Erkenntnis war regelrecht aufwühlend.

Er trat näher an sie heran. Sie widerstand dem Impuls, zurückzuweichen.

»Wisst Ihr«, fuhr er fort, »als mein Freund Gideon die Unerreichbare beschrieb, beschlich mich das seltsamste Gefühl. Komisch, dass ich daran denken musste?« Er seufzte. »Ach ja, aber ich habe so deutliche Erinnerungen an Euch, Miss Templeton. Nicht gerade liebevolle, aber immerhin Erinnerungen.«

»Tatsächlich?«, fragte sie kalt.

»Erinnert Ihr Euch nicht? Nun, dann lasst mich Eurem Gedächtnis auf die Sprünge helfen. Wenn ich mich recht entsinne, waren wir auf dem Anwesen der Herzoginwitwe in Kent. Es fand draußen eine Art von Unterhaltungsprogramm statt ...«

»Das war ein Theaterstück«, unterbrach sie ihn.

»Ah, ja. Na dann, wenn Ihr offenbar Euer Gedächtnis wiedererlangt habt, wisst Ihr wahrscheinlich noch, dass Ihr auf dem Boden herum gekrochen seid und irgendetwas gespielt habt, wie ich annahm. Stellt Euch meine Überraschung vor, als Ihr auf einmal, mit einem Nagel in der Hand, unter meinem Stuhl gesessen und mich durch den Schuh hindurch gestochen habt.«

»Vielleicht hättet Ihr besser Stiefel tragen sollen«, gab Arabella zurück.

»Genau das hat Sebastian auch immer gesagt. O ja, Euer kleiner Streich ist seither ein nicht enden wollender Quell der Belustigung für meinen Bruder.«

Arabella zuckte zusammen. Sie war nicht gerade stolz auf ihr Benehmen an diesem Tag, aber sie hatte nicht vor, ihm deswegen jetzt moralische Überlegenheit zuzuerkennen. »Ich glaube, ich erinnere mich. Ihr habt gehumpelt, als Ihr gingt, nicht wahr?«

»In der Tat. Ich tat mein Bestes, Euch aus dem Weg zu gehen, aber als Ihr mein Pferd saht, kamt Ihr angerannt. Ich dachte, Ihr wolltet Euch entschuldigen und wartete auf Euch. Ihr botet mir Eure Hand zum Kuss – ganz die kleine Lady! –, also nahm ich sie. Ich dachte, das sei kein Risiko, weil die Herzogin uns ja im Auge hatte.«

Während er sprach, rückte er noch näher. Dieses Mal versuchte Arabella tatsächlich, einen Schritt zurückzuweichen, aber da war die Säule hinter ihrem Rücken. Es gab keine Fluchtmöglichkeit mehr …

Und Flucht war das Einzige, woran sie denken konnte – denn das Funkeln in seinen Augen ließ ihr fast das Herz stehen bleiben und zugleich den Puls rasen. Was zum Teufel hatte er vor?

Sie schaute ihm direkt in die Augen. *Der schönste Mann von ganz England.* Ja, sie hatte Geschichten über ihn gehört. Manche Frauen fanden ihn einnehmend. Entwaffnend. Arabella fand lediglich, dass er die schlimmste Sorte von einem Schurken war, die sie sich vorstellen konnte.

»Würdet Ihr bitte gehen?«

»Aber Miss Templeton, wie unhöflich! Ich habe meine Geschichte doch noch gar nicht zu Ende erzählt.«

»Ich weiß, wie sie ausgeht.«

Er fuhr fort, als habe er ihren Einwurf nicht vernommen. »Jedenfalls hatte sich die Herzogin dann abgewandt. Ihr balltet die Hand zur Faust, holtet aus und schlugt mit aller Kraft zu. Ihr habt mich so blutig geschlagen, dass ich aussah, als käme ich aus dem Boxring. Das musste ich dann wohl auch meinen Freunden erzählen.«

»Also habt Ihr auch noch gelogen!« Sie machte kein Geheimnis aus ihrer Verachtung.

»Offenbar habt Ihr keinerlei Ahnung von der männlichen Ehre. Hätte ich etwa sagen sollen, ein Kind hat mich so zugerichtet?«

Arabella schnaubte. Keine sehr weibliche Angewohnheit. Was wusste so ein Kerl schon über Ehre? Er war nichts weiter als ein selbstgefälliger Schuft, der sich aus nichts und niemandem etwas machte und sich nur um seine Vergnügungen kümmerte.

Ihre Gemütsverfassung besserte sich nicht dadurch, dass dieser Schuft auch noch lachte! Sie verabscheute es, der Quell seines Amüsements zu sein.

Sie blickte ihm über die Schulter hinweg an. »Ich kann Euren Begleiter gar nicht sehen«, bemerkte sie spitz. »Solltet Ihr ihn nicht lieber suchen gehen?«

»Oh, ich kann Euch hier doch nicht alleine stehen lassen. Ich empfinde mich nämlich durchaus als Galan. Als ich mitbekam, wie Ihr Euch vor Euren Bewunderern versteckt habt, beschloss ich, Euch zu retten. Besonders vor Walter.«

Arabella war wütend. Verdammt! Er war ein viel zu genauer Beobachter, was nicht gut für ihn war … und für ihr Wohlbefinden.

»Ich bin überrascht, dass Ihr Euch überhaupt an meinen Namen erinnert habt«, sagte sie steif. »Das kann nur daran liegen, dass ich Euren Stolz verletzt habe.«

Wieder dieser lange, glühende Blick. »O nein, Ihr unterschätzt Euch. Ich habe gerade drei Monate auf dem

Kontinent verbracht. Und was finde ich bei meiner Rückkehr heraus? Die ganze feine Gesellschaft ist verrückt nach der Unerreichbaren. Und, wie ich zugeben muss, aus gutem Grund.«

Arabella machte den Rücken steif. »Macht Euch nicht schon wieder lustig.«

»Das ist nur eine Feststellung. Mein Freund Gideon erzählte mir zahllose Anekdoten über Eure Verehrer. Und ich schätze, sie entsprechen alle der Wahrheit. Mir ist nämlich nicht heute Abend entgangen, dass Männer eine Neigung haben, Euch anzustarren.«

»So wie die Frauen eine Neigung haben, *Euch* anzustarren.«

»Und Ihr, Miss Templeton? Gehört Ihr auch zu diesen Frauen?«

Sein Tonfall war schmeichelnd, fast schon zärtlich ... mit dem dazu passenden Lächeln.

Arabella war verwundert und mehr als wütend. Glaubte er tatsächlich, sie würde sich so herumkriegen lassen ... von ihm?

Offensichtlich.

»Lasst mich eines klarstellen, Mylord. Wenn ich Euch jemals anstarren sollte, dann nur wegen Eurer vermessenen Arroganz.«

Zu ihrer großen Bestürzung verstärkte sich sein überwältigendes Lächeln daraufhin auch noch.

Das machte sie nur noch entschlossener. »Und falls Ihr jemals dazu kommt, mich von Kopf bis Fuß erschauern zu lassen, dann nur aus Ekel. Denn ich, mein Herr, würde niemals so tief sinken, mich bloß von einem gut aussehenden Gesicht und einem gewinnenden Lächeln aus der Bahn werfen zu lassen.«

Er blieb unerschrocken. »Meine Güte, seid Ihr aber empfindlich heute Abend. Aber vielleicht täusche ich mich ja und Ihr habt Euch tatsächlich doch nicht verändert.«

»Genauso wenig wie Ihr, Sir.« Elf Jahre waren vergangen, seit sie sich das letzte Mal gesehen hatten. Elf Jahre, und er war immer noch ein mächtiger Angeber. Ein Leichtfuß. Ein Teufel. Und ein Herzensbrecher, wie sie wusste.

»Ich bin geschmeichelt, dass Ihr Euch so gut an mich erinnert.«

»Das braucht Ihr nicht«, sagte sie knapp. »Selbst wenn Euer Ruf Euch nicht vorausgeeilt wäre, ich habe immer noch ein ausgezeichnetes Gesichtergedächtnis.«

Er sah sie immer noch mit diesem verflixten Lächeln an. »Ich muss gestehen, Miss Templeton, es wird mir nicht klar, warum die Männer Euch hinterher rennen wie die Hunde dem Fuchs. Es liegt wohl kaum an Eurem verbindlichen Wesen.«

Bevor sie wusste, wie ihr geschah, ergriff er ihre Hand. Arabella versuchte, sie ihm zu entreißen, aber ihre Hand lag fest umschlossen in dem unnachgiebigen Griff seiner starken männlichen Finger.

»Wagt ja nicht zu protestieren, meine Liebe. Wir haben schließlich Publikum.«

Um Gottes willen, er hatte ja Recht. Etliche Leute schauten in ihre Richtung. Und Walter stand am Rande und sah aus wie ein geprügelter Hund.

Justin trat näher heran. »Miss Templeton, unsere Begegnung war« – er tat, als würde er nachdenken – »wieder einmal erinnernswert.«

Alle Vorsicht war verflogen. Ihre Lippen waren zu einem spöttischen Lächeln verzogen. »Und ich würde sagen, es war ein Vergnügen«, parierte sie, »aber eigentlich war es das keinesfalls.«

Der Druck seiner Finger nahm zu.

Er trat noch näher heran – so nah, dass er ihr den Blick auf den Rest der Versammelten vollkommen verstellte.

»Ein Wort zur Warnung, meine Teure. Überlegt, was Ihr tut, denn mein Ruf ist nicht ganz unberechtigt.«

Ihre Antwort kam schnell wie ein Pfeil. »Ich habe keine Angst vor Euch, Mylord.«

»Vielleicht solltet Ihr das aber.«

»Ach, aber Ihr beißt doch nicht, oder?«

»Es kann ja sein, dass ich gelogen habe. Es ist bekannt, dass ich bereits so zarte kleine Mädchen wie Euch gefressen habe.«

Arabella streckte sich zu voller Größe. »Ich bin weder ein Mädchen noch klein. Und ich schätze, Ihr würdet meine Reaktion auf so etwas als ziemlich rau empfinden.«

Er warf den Kopf in den Nacken und lachte. Sie war erneut wütend. Schon wieder war sie ein Objekt seiner Belustigung.

»Das letzte Mal habt Ihr mich nicht Eure Hand küssen lassen. Ich fürchte, das muss ich jetzt nachholen.«

Sie konnte ihn nicht davon abhalten. Bevor sie protestieren konnte, hob er schon ihre Hand. Ihre Blicke trafen sich in dem Augenblick, bevor er seinen Kopf hinabbeugte.

Dann ließ er sie los, drehte sich um und ging langsamen Schrittes davon.

Ihre Augen weiteten und ihre Lippen öffneten sich. Sie stand da, zu verwirrt, sich zu bewegen oder zu fassen, was er gerade getan hatte. Erwartet hatte sie einen leicht gehauchten Kuss auf ihre Fingerknöchel, aber es kam etwas ganz anderes …

Gebissen hatte er sie, dieser Schuft.

Viertes Kapitel

Am nächsten Nachmittag platzte Georgiana in den Salon. Arabella saß dort allein und war gerade dabei, ihren Tee zu nehmen. Ihre Tante war in der oberen Etage und machte ihren Mittagsschlaf.

»Arabella, erzähl mir, was passiert ist! Was war ich enttäuscht, dass Mama und Papa auf einmal früher nach Hause wollten!« Mit wehenden Röcken landete Georgiana auf dem Sofa neben Arabella.

Diese griff zu dem silbernen Teekännchen, das die Zofe gerade eben vor sie hingestellt hatte. »Tee, Georgiana?«, fragte sie.

»Ein Tee wäre wunderbar, danke schön. Aber jetzt musst du mir alles erzählen.«

»Ein Zuckerstückchen oder zwei?«

Georgiana versuchte, nicht zu kreischen. »Mehr hast du nicht zu sagen?«

Arabella reichte ihr eine zierliche Tasse aus Silber und Elfenbein. »Was hättest du denn gern, das ich erzähle?«

»Nun, ich würde gerne wissen, was gestern mit Justin Sterling war! Arabella, ich bin erstaunt, dass du so ruhig bist. Er hat dich *gezielt* ausgesucht, aus all den Frauen dort!«

Arabella vermutete, die einzige Art, mit Georgianas Fragen umzugehen, wäre, sie zu beantworten. »Nur weil er auf dem Kontinent war und gerade erst zurückgekommen ist. Er kam gestern deshalb dorthin, um zu sehen, was es mit der Unerreichbaren auf sich hat.« Sie verzog die Mundwinkel. Gott, wie sie diese Bezeichnung hasste. Genauso wie den Wirbel an Aufmerksamkeit, die ihr in dieser Saison zuteil wurde.

Eines stimmte natürlich – wie Tante Grace heute Morgen beim Frühstück nüchtern festgestellt hatte –, der ganze Zauber würde aufhören, wenn sie ein Angebot annähme. Und als Tante Grace dann auch noch behutsam anmerkte, dass sie ja nun schon fast einundzwanzig war …

Sie hatte sich kaum beherrschen können, nicht heulend vom Tisch aufzustehen.

Natürlich war es ihr gelungen, ihre Verletztheit hinter einer Maske zu verstecken, so wie sie es gelernt hatte. Schließlich war keine böse Absicht im Spiel. Tante Grace und Onkel Joseph liebten sie wie ihr eigenes Kind. Sie wusste auch, dass die Tante und der Onkel sie gerne gut verheiratet sähen; sie hatten auch ihre eigenen drei Töchter gut unter die Haube bekommen. Erst vor ein paar Tagen hatte Tante Grace sie ziemlich unauffällig daran erinnert, dass ihre Cousinen sich jeweils einen Grafen, einen Viscount und den zweiten Sohn eines Herzogs geangelt hatten.

Aber Arabella wollte sich keinen Ehemann ›angeln‹. Sie hatte es nicht einmal eilig, einen zu *finden*. Und sie war ganz bestimmt nicht hier in London, um sich einen zuzulegen. In der Tat lag der Grund für ihren Aufenthalt darin, dass sie bei ihrer letzten Reise nach Afrika durch die Hitze todkrank geworden war; deshalb hatten Mama und Papa darauf bestanden, dass sie eine Zeit lang bei Tante Grace und Onkel Joseph blieb, als Papa vor einem Monat wieder nach Afrika geschickt wurde.

Sie war nicht als noble Londoner Miss aufgewachsen; wahrscheinlich lag es daran, dass sich ihre Gedanken nicht ständig ums Heiraten drehten. Vielleicht taten sie es auch deshalb nicht, weil sie nie wirklich irgendwo hin gepasst hatte. Ihr Aussehen hatte sie sozusagen stets zu einer Außenseiterin gemacht. Keiner – nicht einmal Georgiana – wusste, dass Arabella keinerlei Ahnung hatte, wo sie hingehörte oder überhaupt sein wollte.

Sollte sie jemals heiraten, dann nur einen Mann, dem ihre Größe nichts ausmachte und der akzeptierte, dass sie lachte, wann sie wollte und sagte, was sie dachte … ein Mann, der sie um ihrer selbst willen liebte, so wie sie nun einmal war … mit ihren wilden roten Haaren, schlaksigen Gliedmaßen, Sommersprossen und …

Ein Mann, der sie auch dafür liebte, was sie *nicht* war und niemals sein würde.

Sie wollte jemanden so lieben können wie ihre Mutter ihren Vater.

Es hatte damals einen ziemlichen Aufruhr gegeben, als ihre schöne, elegante Mutter einen Gatten wählte, der wie eine Vogelscheuche aussah! Und dann auch noch ein Geistlicher! Catherines ältere Schwester Grace war immerhin mit dem Viscount Burwell verheiratet. Doch das, was Arabellas Eltern verband, war eine tiefe und beständige Liebe.

Und Arabella selbst wollte für sich nichts weniger als das.

Sie war in der Tat die Unerreichbare, überlegte sie. Tante Grace war begeistert gewesen, als der erste Heiratsantrag eintraf – und das auch noch von einem Grafen! Umso schockierter war sie, als Arabella Lord Thomas Wilburys Antrag ablehnte. Sie starrte Arabella an, als sei diese nicht ganz bei Troste. Arabella war sicher, dass Tante Grace dies für ihre einzige Hoffnung auf eine Heirat hielt.

Unglaublicherweise folgte sofort der zweite Antrag; diesmal von Phillip Wadsworth. Es war zwar gewiss fürchterlich oberflächlich von ihr, aber es nun mal Tatsache, dass der Mann einen halben Kopf kleiner war als sie. Vielleicht war sie da eitel, aber bei dieser einen Sache war sie ausgesprochen empfindlich.

Der letzte Antrag kam schließlich von Ashton Bentley – dieser Schuft hatte sogar versucht, sie zu küssen! –, und da nahm Tante Grace sie beiseite. Natürlich hatte Arabella sie pflichtgemäß von seinem unziemlichen Verhalten in Kenntnis setzen müssen.

»Arabella, hast du mich gehört?«

Georgianas Frage brachte sie zurück in die Gegenwart. »Worüber haben wir gerade geredet?«, fragte sie, obwohl sie sich an das Thema noch genau erinnerte.

»Justin Sterling«, half ihr die Freundin sofort auf die Sprünge.

»Ach, *der*.« Arabella hob die Teetasse an die Lippen.

Georgiana verzog das Gesicht. »Genau, *der*.«

»Er kam doch nur wegen Unerreichbaren-Geschichte«, wiederholte Arabella. »Glaub mir eins, Georgiana, er wäre nicht in meine Nähe gekommen, hätte er gewusst, wer ich bin.«

»Wieso denn das?«

»Weil er mich genauso wenig ausstehen kann wie ich ihn.«

»Arabella, ich muss zugeben, es hat mich wirklich umgehauen, als ich mitbekam, dass du ihn kennst. Warum hast du mir niemals davon erzählt?«

»Was gäbe es da schon zu erzählen? Oh, natürlich habe ich in den vergangenen Jahren immer wieder etwas über ihn gehört. Aber gesehen habe ich ihn nicht mehr, seit ich ein Kind war. Und es gab da in der Tat eine spezielle Begebenheit, die unsere Bekanntschaft charakterisiert.«

»Bitte, erzähl«, drängte Georgiana.

Arabella presste die Lippen zusammen. »Das würde ich lieber ni –«

»Oh, bitte, Arabella!«, bettelte Georgiana.

»Na gut, also dann. Es geschah auf dem Landsitz der Herzoginwitwe in Kent. Ich wollte gerade nach draußen gehen, als ich an einem Raum vorbeikam, in dem zwei Leute miteinander sprachen. Die Tür war nur angelehnt, und ich – ja, ich weiß, das war sehr unziemlich von mir –, aber ich stellte mich neben die Tür und lauschte.«

»Wer war da drin? Justin Sterling?«

Arabella nickte. »Er war dort mit einem Mädchen namens Emmaline Winslow. Das werde ich nie vergessen, denn ich fand, sie war das schönste, erhabenste Geschöpf, das es je auf dieser Welt gegeben hatte. Aber sie weinte, Georgiana, sie *weinte.* Und selbst während ich dort stand, machte Justin Sterling keinen Hehl aus seinen Gefühlen. Ich werde auch niemals seine Worte vergessen. Er sagte zu ihr, es gäbe genug Frauen, die genauso reizend seien wie sie. In der Tat, er sagte, sie sei wie eine Perle unter vielen, und er wollte sie alle einmal ausprobieren! Und nicht nur das, Georgiana. Es war die Art, wie er es sagte, so kühl, so unbeschreiblich gleichgültig!«

»Oh, das arme Mädchen!« Georgianas Stimme verriet ihr Mitgefühl.

»Sie bedeutete ihm gar nichts, Georgiana, für ihn war sie lediglich seine neueste Eroberung. Er ließ sie dann einfach stehen. Er ging hinaus, die Nase hoch in die Luft gereckt, ein angeberischer, herausgeputzter Pfau, der sich ganz eindeutig für den Größten hielt! Er ließ Emmaline allein im Haus zurück, die sich die Seele aus dem Leib weinte. Aber ich beschloss, er solle seine wohl verdiente Strafe bekommen.« Sie fuhr fort, indem sie beschrieb, wie sie ihm nach draußen folgte und unter seinen Stuhl kroch. »Ich hab mich dann mit seinem Fuß begnügt«, schloss sie, »obwohl ich es eigentlich auf ein etwas höher gelegenes Teil abgesehen hatte.«

Georgiana kämpfte mit dem Lachen. »Kein Wunder, dass er sich an dich erinnert.«

Arabella füllte ihre Teetasse nach. »Nun, er hat es doch verdient.«

»Das schon«, stimmte Georgiana ihr zu. »Aber Arabella, du machst manchmal wirklich die unglaublichsten Dinge!«

Arabella griff nach ihrer Tasse. Ihre blauen Augen blitzten. »Ich weiß«, murmelte sie vor sich hin. »Das Ganze ist ziemlich ungehörig. Aber du erzählst es nicht weiter, oder?«

»Kein Wort«, versprach Georgiana.

Arabellas Lachen verschwand. »Wie dem auch sei, jedenfalls weißt du jetzt, warum ich Justin Sterling für die abscheulichste Kreatur überhaupt halte.« Was sie nicht sagte, war, dass sein Verhalten am vorhergehenden Abend ihre Meinung nur noch bestärkt hatte. Ein Teil von ihr war noch immer entsetzt darüber, dass seine Unverschämtheit offenbar keine Grenzen kannte.

Auch erinnerte sie sich ziemlich deutlich an den Satz, den ihr Herz gemacht hatte, als er sich über ihre Hand beugte …

»Ich stimme zu, dass er einen ziemlich unsäglichen Ruf hat. Vielleicht muss er nur mal die richtige Frau treffen, die ihn von seiner Verderbtheit heilt …« Georgiana verstummte.

Arabella sah zu ihr hinüber. Ein seltsamer Ausdruck lag auf Georgianas hübschem Gesicht, eine Mischung aus Schuldbewusstsein und Besorgnis.

»Was ist los?«, fragte sie forsch.

»Ach, nichts«, murmelte Georgiana.

»Offenbar schon, sonst würdest du nicht so gucken.« Manchmal musste Georgiana ein wenig ermuntert werden. Sie war nicht so wie Arabella, die immer sofort mit dem herausplatzte, was sie gerade dachte. Eigentlich, dachte Arabella wehmütig, wäre sie gern ein bisschen mehr wie Georgiana. Es erforderte ständige Anstrengung, ihr eigenes ungestümes Naturell zu bremsen, und überdies war sie darin nicht besonders erfolgreich.

»Georgiana?«, fragte sie leise.

Diese atmete tief ein. »Ich hab nur gerade daran gedacht, wie ihr beide gestern da standet – die Unerreichbare und der schönste Mann von ganz England.«

»Ich bitte dich, nenn mich nicht so. Und ihn auch nicht.«

»Entschuldigung, ich weiß, dass du da etwas empfindlich bist … Aber gib es doch zu, Arabella. Ist er nicht das wunderbarste und prächtigste Mannsbild, das du je zu Gesicht bekommen hast?«

Arabella konnte nicht anders – plötzlich sah diese Augen vor sich, die wie Smaragde glänzten, die entschlossenen männlichen Lippen, die sich zu einem sanften Lächeln verzogen, so dass ihr beim bloßen Gedanken daran bereits die Knie weich wurden.

»Wäre mir nicht aufgefallen«, gab sie knapp zurück.

Doch Georgiana konnte sie nichts vormachen. Und bremsen konnte sie sie auch nicht.

»Ach, Arabella. Du hättest euch wirklich sehen sollen. Das war schon fast ein atemberaubender Anblick, wie ihr da zusammen ausgesehen habt … er so dunkel und umwerfend, das perfekte Gegenstück zu dir und deiner lebhaften Ausstrahlung. Und wie er sogar dich überragt. Du reichst ihm ja kaum bis zum Kinn –«

Nun ja, da war Arabella ziemlich sicher, dass ihre Augen genau auf der Höhe seiner Lippen waren.

»Ich muss es gestehen«, fuhr Georgiana fort, »es war einfach ein romantischer Anblick.«

Arabellas Tasse kam so heftig auf der Untertasse auf, so

dass Tee über den Rand spritzte. In der Absicht, einen Lappen zu holen, um den Tisch sauber zu wischen, stand sie auf. Doch als sie sich umdrehte, um zur Tür zu eilen, stieß sie mit dem Knie an das zierliche Tischchen, auf dem das Teeservice stand.

Der Tisch kippte. Die Teile des Service flogen in alle Richtungen, und ein dunkler Fleck breitete sich langsam auf Tante Graces geliebtem Aubusson-Teppich aus.

»Ach, du liebes bisschen«, fluchte sie. Georgiana, bereits an der Tür, um eine Zofe zu rufen, kicherte. Kurz darauf kehrte sie mit einem kalten Wickel zurück, den sich Arabella auf das Knie pressen konnte und setzte sich wieder hin.

»Danke schön.« Arabella schenkte ihr ein liebevolles Lächeln. »Du bist ein Schatz.« Sie machte eine Pause, um dann mit gerührter Stimme fortzufahren: »Es ist eigentlich ein Wunder, dass wir beide Freundinnen geworden sind. Wir sind so verschieden, stimmt's? Du bist anmutig und zart wie ein Tautropfen, mir hingegen liegt Anmut völlig fern; ich bin groß und laut, ein Rüpel.«

»Ach, hör doch auf, Arabella. Du verkaufst dich unter Wert. Apropos: Gehst du heute auch auf das Fest der Benningtons?«

Arabella nickte.

»Hm«, machte Georgiana. Sie hielt kurz inne. »Glaubst du, dass er da sein wird?«

Es gab keinen Zweifel, wen sie meinte. Arabella stöhnte auf. »Was für ein abschreckender Gedanke.«

Georgiana lachte, und Arabella wünschte, sie könnte das auch.

Georgiana konnte wirklich eine Nervensäge sein. Es war weithin bekannt, dass – was Frauen anging – Justin Sterling sich nur die Allerschönsten der feinen Gesellschaft aussuchte. Auch nur anzudeuten, dass sie und Justin einen atemberaubenden Anblick boten ... das war doch regelrecht lächerlich. Trotzdem musste sie sich eingestehen, dass sie sich ganz tief in ihrem Inneren sogar ein wenig geschmeichelt fühlte.

Dem Himmel sei Dank, es war nichts zu sehen von ihm. Alles in allem wurde es eigentlich ein ganz angenehmer Abend. Irgendwann ging sie, ganz außer Atem vom Tanzen, zu dem Ende des Saals, an dem Erfrischungen gereicht wurden.

»Arabella!«

Kurz vor der Schwelle drehte sie sich um. Walter Churchill kam ihr entgegen.

»Walter, hallo! Ich wusste gar nicht, dass du hier bist.«

Sie hasste sich fast dafür, wie lustlos sie sich plötzlich fühlte. Um ehrlich zu sein, war sie erleichtert gewesen, ihn bisher nicht gesehen zu haben ... und auch nicht Justin Sterling.

Sie mochte Walter, wirklich. An Justin, so sagte sie sich, brauchte sie keinen weiteren Gedanken zu verschwenden.

»Ich bin auch gerade erst gekommen«, erklärte Walter. »Arabella, bitte, ich muss unbedingt mit dir sprechen.« Er deutete auf einen kleinen Raum, der an den Ballsaal grenzte. Arabella überlegte kurz, dann folgte sie ihm zögernd.

Direkt im Eingang stand ein kleines Sofa. Dorthin führte er sie und bedeutete ihr mit einer Geste, Platz zu nehmen. Seine braunen Augen blickten vollkommen ernst, als er sich neben sie setzte – zwar nah, doch ohne sie zu berühren.

»Arabella, bitte, sag mir, dass du nicht in ihn verliebt bist!«

Arabella blinzelte. Einen Gefühlsausbruch hatte sie nicht erwartet.

»Wie bitte?«

»Ich habe euch gestern Abend zusammen gesehen. Ich habe dich mit ihm gesehen!«

Arabella holte tief Luft. »Redest du von Justin Sterling?«

»Ja. Du weißt über ihn Bescheid, nicht wahr? Ein schrecklicher Wüstling. Ein Schurke mit einer schwarzen Seele. Er hat es schon fertig gebracht, sich ein halbes Dutzend Mätressen gleichzeitig zu halten. Arabella –« Walter blickte sie flehentlich an. »Er wird dir das Herz brechen, wenn du es zulässt.«

Arabella konnte nicht anders und lachte. Du meine Güte – erst Georgiana, und jetzt auch noch Walter!

»Da kannst du ganz beruhigt sein, Walter. Ich bin standhaft. Ich würde mich nie von dieser Sorte Mann vereinnahmen lassen.«

»Ich kann gar nicht sagen, wie froh ich darüber bin, das zu hören.«

Sanft berührte er ihre Hand. »Arabella, ich finde dich anbetungswürdig. Ja, ich verehre dich ...«

»Walter, bitte.« Sie wusste, was jetzt kommen würde. Es war ja völlig offensichtlich ...

»Heirate mich, Arabella. Heirate mich. Denn ich schwöre dir, wenn du es nicht tust, brichst du *mein* Herz ...«

Arabella seufzte. Sie wusste nicht, ob sie weinen oder lachen sollte. »Walter. Walter, bitte, sag nichts mehr!«

Sein Blick zerriss ihr das Herz. Mein Gott, dachte sie mit beinahe hysterischem Gefühl, eigentlich sollte sie in der Abweisung doch bereits Übung haben.

Hatte sie aber nicht. Sie plapperte drauflos und bemühte sich, ihn zu trösten. »Walter, versuch doch zu verstehen. Ich mag dich sehr gerne. Wirklich.« Das stimmte auch, und sie verstanden sich eigentlich ganz gut, wenn auch nicht prächtig. Aber sie wusste, dass sie niemals ein Gefühl der Liebe für ihn entwickeln konnte, und das war nun einmal der springende Punkt. Falls sie jemals heiraten sollte, so wollte sie Leidenschaft und Aufregung und … und all diese Dinge würde sie mit Walter niemals empfinden können. Aber wie sollte sie das ausdrücken, ohne ihn zu verletzen?

»Du bist ein lieber und freundlicher Mann«, fuhr sie fort, »und ich fühle mich geehrt, dass du so viel von mir hältst. Ich bin sicher, du wirst eines Tages für eine Frau einen wunderbaren Ehemann abgeben.« Sie holte Luft und hoffte, es würde langsam reichen, sie betete dafür!

Walters Mund öffnete und schloss sich wieder. »Arabella«, sagte er zitternd, »was versuchst du mir zu sagen? Ich bin verliebt in dich. Und ich dachte, du hegst auch Gefühle für mich –«

»Aber nicht diese Art von Gefühlen. Walter, hör mir zu. Ich kann nicht deine Frau sein.«

Gott, steh mir bei, dachte sie. Er sah aus, als würde er gleich anfangen zuweinen. Ihr Herz fühlte mit ihm. Sie war der Typ, dem man Gefühle direkt ansehen konnte, und es tat ihr furchtbar weh, dass er wegen ihr so litt.

»Walter, versteh bitte, wie schwierig das für mich ist. Aber ich habe mir selbst vor langer Zeit ein Versprechen gegeben, und zwar, dass, wenn ich heirate – dann nur aus Liebe.«

Er schluckte. »Du liebst mich also nicht?«

»Ich fürchte, nein«, sagte sie sanft. »Mit der Zeit wirst du sicher merken, dass du mich auch nicht wirklich liebst.«

Das Schweigen war furchtbar. Er starrte sie an wie ein geprügelter Hund.

»Walter, es tut mir so Leid«, sagte sie lahm. »Aber es ist das Beste, wirklich, glaube mir.« Sie schob eine Hand unter seinen Ellbogen, erhob sich und wollte in Richtung Tür gehen, die nur angelehnt gewesen war.

Walter ging zur Tür. An der Schwelle blieb er stehen und schaute sie an.

Arabella zuckte zusammen. »Ich kann deine Kutsche rufen lassen, wenn du möchtest.«

Er schüttelte den Kopf. »Das ist nicht nötig.« Schließlich wandte er sich um und ging zurück in den Ballsaal; er ließ die Schultern hängen, so als trüge er auf ihnen die ganze Last der Welt.

Ziemlich beunruhigt sah Arabella zu, wie er den Saal durchquerte und mit einem Diener in der Nähe der Treppe sprach. Gut. Er würde schon keine Szene machen. Das hatte sie eigentlich auch nicht befürchtet, aber sie war dennoch erleichtert. Sie bezweifelte ebenfalls, dass Walter allen erzählen würde, er habe um ihre Hand angehalten – nur um abgewiesen zu werden. Das kam ihr zupasse. Sie fürchtete, wenn bekannt würde, dass sie einen weiteren Antrag abgelehnt hatte, würde die feine Gesellschaft *nie* aufhören, über sie zu reden und zu klatschen.

Sie strich den gelben Musselinstoff ihres Kleides glatt und sammelte sich, um in den Ballsaal zurückzukehren.

Und da vernahm sie das Geräusch ... fast direkt hinter sich.

Jemand klatschte Beifall.

Sie erstarrte. Die Haare in ihrem Nacken stellten sich warnend auf. Bevor sie sich auch nur umdrehte, wusste sie, wer hinter ihr stand.

»Schon wieder ein abgewiesener Verehrer«, stellte Justin fest. »Ich nehme an, bald können die alle zusammen einen Club gründen.«

Arabella gab keine Antwort. Er bemerkte, dass er sie erschreckt hatte.

»Es war nett von dir, dass du es ihm so sanft beigebracht

hast.« Er überlegte. »Ich frage mich, ob die anderen auch so ein Glück gehabt haben?«

Ihr Schweigen währte nicht lange – das hatte er auch nicht erwartet. »Ihr habt Euch hinter der Tür versteckt, richtig?«, beschwerte sie sich. »Ihr habt mir nachspioniert.«

»Das stimmt nicht. Ich war in Lord Benningtons Arbeitszimmer. Er bot mir einen neu erworbenen Brandy an, der, wie ich zugeben muss, genau meinen Geschmack traf. Aber einen Ratschlag möchte ich dir geben, Arabella. Wenn du eine private Unterredung führen willst, ist es immer besser, die Tür zu schließen.«

»Ich habe Euch nicht gestattet, mich mit meinem Vornamen anzusprechen.« Ihre gepresste Stimme stand im absoluten Gegensatz zu dem Funkeln ihrer blauen Augen. »Ihr hättet Euch bemerkbar machen müssen.«

»Dann bitte, sagt mir, wann denn? Zwischen ›ich bete dich an‹ und ›heirate mich‹?«

Ihre Augen funkelten noch mehr. Das musste man ihr lassen, wunderte sich Justin, sie besaß eine bemerkenswerte Selbstkontrolle. Wo blieb der Ausbruch, mit der er gerechnet hatte?

Er fuhr fort. »Offensichtlich weiß Walter aber nichts über unsere frühere Bekanntschaft, sonst hätte er nicht gedacht, du seiest in mich verliebt.«

Kühl blickte sie ihn an. »Du bist ein Schuft«, sagte sie ruhig.

»Nein, ich finde, ich bin derjenige, der beleidigt sein sollte. Du hast nicht gerade vorteilhaft über mich gesprochen. Und ich muss noch eines richtig stellen: Das mit dem halben Dutzend Mätressen ist grenzenlos übertrieben.« Er zuckte mit den Schultern. »Nicht dass ich das nicht wollen würde, das gebe ich ja zu. Aber es würde ein wenig meine Mittel übersteigen.«

Arabella reckte ihr Kinn. »Du hast kein Fünkchen Anstand im Leibe, nicht wahr? Was für ein Mann redet so mit einer Lady?«

Justin merkte genau, dass ihr Temperament ihrer Haarfarbe in nichts nachstand. Ihm fiel auch auf, dass er ihr immer weiter Köder vorsetzen konnte, die sie in Rage brachten – was ihm ein unheimliches Vergnügen bereitete.

»Komm schon, Arabella. Du hast eine bewundernswerte Vorstellung in der Rolle der teilnahmsvollen, mitleidigen Frau gegeben. Mein Respekt. Du hättest damit durchaus auf der Bühne stehen können.«

Seine Bemühungen trugen erste Früchte. Langsam wurde sie richtig wütend.

»Glaubst du etwa, das hat mir Spaß gemacht?«, brauste sie auf.

»Hat es *nicht*?«

Sie reckte erneut das Kinn. »Ich bin nicht so wie du«, stellte sie kalt fest. »Ich nehme Rücksicht auf Gefühle.«

»Und warum heiratest du ihn dann nicht?« Er ließ ihr keine Zeit zu einer Antwort. »Ach so, ja, weil du ja nur aus Liebe heiraten möchtest.«

Sie sandte ihm einen wütenden Blick. »Ist das so schwer zu glauben?«

Justin zuckte mit den Schultern.

»Ich habe gehört, dein Bruder hat aus Liebe geheiratet«, erinnerte sie ihn.

»Das hatte er aber nicht geplant. Er ist auf Brautschau gegangen, um eine Frau zu finden, die seine Anforderungen erfüllte. Er hatte einfach Glück, dass er dabei tatsächlich die Liebe gefunden hat.« Wieder ließ er sie nicht zu Wort kommen. »Aber wir schweifen ab. Was mir zu glauben schwer fällt, ist, dass *du* zu diesem zarten Gefühl fähig sein sollst.«

Sie presste die Lippen aufeinander. Sie sah aus, als würde es gleich aus ihr herausplatzen; als wolle sie zu einer wahren Tirade ansetzen. Zugegeben, diese Aussicht fand er ziemlich reizvoll.

Er legte den Kopf schräg. »Was denkst du gerade, Arabella?«

Ihre Augen verengten sich. »Glaub mir«, sagte sie mit erzwungener Höflichkeit, »das willst du gar nicht wissen.«

»Und wenn doch?«

»An Gras, kurz vor dem Morgengrauen«, stieß sie zwischen den Zähnen hervor. »Fällt dir irgendetwas dazu ein?«

»Ein Duell«, antwortete er gedehnt. »Wie köstlich. Ich hätte mir denken können, dass du wieder Angriffspläne schmiedest.«

In der Tat, entschied amüsiert, so düster, wie sie drein schaute, dachte sie zweifellos über diese Möglichkeit nach. Wäre sie ein Raubtier, würde sie ihn bis auf den Knochen abnagen.

»Vergib mir, aber hast du nicht gerade noch behauptet, du seiest eine Frau mit weichem Herzen? Walter hast du aber ganz schön das Fell über die Ohren gezogen, oder?«

»Beim Himmel«, fauchte sie, »hätte ich eine Pistole, dann würde ich dich an Ort und Stelle erschießen!«

»Ah. Ganz offenbar verfehlt mein Charme bei dir seine Wirkung.«

»Du hast keinen.«

»Arabella!« Er tat schockiert. »So etwas zu einem Gentleman zu sagen!«

»Ihr, Sir, seid kein Gentleman.«

Meine Herren, was war sie für ein Wildfang! Ungestüm und dickköpfig wie eh und je, vermutete er. Trotzdem hatte ihm ihre Begegnung am Tag zuvor und diese jetzt gerade mehr Vergnügen bereitet, als er seit längerer Zeit erlebt hatte. Er hatte Freude an ihrem schnellen Verstand und dem Kräftemessen, das sie beide veranstalteten. Diese dumme, leichtfertige Wette mit Gideon war doch egal. Er nahm sich vor, dies Gideon beim nächsten Mal mitzuteilen …

Merkwürdig, aber auf einmal fühlte er sich richtig heiter. Und lebendiger, als er sich je entsinnen konnte gewesen zu sein.

»Wie gut, dass du dem armen Walter einen Korb gegeben hast«, sagte er weich. »Es ist ganz offensichtlich, dass er deiner scharfen Zunge niemals gewachsen sein würde. Aber ich verspreche dir, in mir findest du einen würdigen Gegner.«

Ihre Augen wurden schmal. »Was zum Teufel soll das nun wieder heißen? Und warum grinst du mich so an, als wüsstest du mehr als ich?«

Wenn sie eines war, dann direkt, entschied er. »Keine Ahnung.«

»Dann ignoriere ich das jetzt«, verkündete sie. »Also. Ich würde jetzt gerne auf die Tatsache zurückkommen, dass du mir nachspioniert hast.«

»Das habe ich nicht. Ich dachte, das wäre dir klar geworden.«

»Ist es nicht. Aber darf ich wohl darauf hoffen, dass du nicht weitererzählst, was du gehört hast?«

»Warum nicht?«

»Weil ich Klatsch verabscheue, deshalb.«

Er hob die Brauen. »Du willst sagen, du genießt diesen Status der Unerreichbaren nicht?«

»In der Tat«, murmelte sie. »Und falls mich heute noch einer so nennt, fange ich an zu schreien.«

Er verzog die Lippen. »Na *das* sollte helfen, den Klatsch zu beenden.«

Ihr Blick traf den seinen. »Habe ich nun dein Versprechen, wirklich nichts darüber zu erzählen?«, wollte sie wissen.

»Tja«, meinte er. »Ich könnte mich ja überreden lassen.«

»Womit?«

Einem Kuss, hätte er fast gesagt. Er konnte den unerwartet aufkommenden Impuls tatsächlich gerade noch im letzten Moment unterdrücken.

Plötzlich ärgerte er sich wahnsinnig über sich selbst. Ein Kuss mit Miss Arabella Templeton ... Wie im Himmel war in seinem Kopf nur eine so groteske Idee entstanden?

Es war ein alarmierendes Eingeständnis, wenn man bedachte, dass sie sicherlich die kratzbürstigste Frau war, die er je das Pech hatte, zu treffen. Aber auf den zweiten Blick erschien ihm sein Impuls weder alarmierend noch grotesk.

Seine Blicke blieben an ihren Lippen haften. Sie hatte einen Mund, der zum Lachen wie geschaffen war, fand er. Und ihre Lippen waren so voll und sinnlich – wie alles an ihr –, um die Träume eines jeden Mannes zu erfüllen. Auch ihr Abendkleid fiel ihm diesmal wieder auf – der butterblumengelbe Farbton brachte ihren Teint regelrecht zum Schimmern.

Die Aussicht, sie zu küssen, fand er – Gott, was war nur los mit ihm? –, verführerisch. In ihrem Eifer war sie näher heran gekommen; das machte die Sache nicht einfacher, genauso wenig wie die Ernsthaftigkeit ihrer momentanen Absichten. Sie schaute nachdrücklich zu ihm auf, den Mund halb geöffnet, so dass er ihre kleinen weißen Zähne sehen konnte. Lieber Himmel, dachte er aufgewühlt, wie würde sie wohl schmecken?

»Du hast mir noch keine Antwort gegeben. Also, du erzählst nichts weiter, in Ordnung?«

Verdorben, das war er. Überhaupt zu denken, woran er dachte …

Die Musik spielte wieder auf. Er hob eine Braue. »Tanz mit mir«, sagte er nur, »und ich werde darüber nachdenken.«

Und er wirbelte mit ihr über die Tanzfläche.

Fünftes Kapitel

Er schwang sie so plötzlich herum, dass sie sich an seiner Schulter festklammerte. »Justin!« Voller Abscheu sprach sie seinen Namen aus. Zu spät erst merkte sie, dass es sein Vorname war. »Was tust du da?«

»Ich dachte, das sei offensichtlich.«

Sie wirbelten an Abigail und Lucinda Wilmington vorüber, die ihn mit offener Bewunderung anstarrten. Justin drehte den Kopf zu ihnen herum und schenkte dem Geschwisterpaar ein umwerfendes Lächeln. Abigail kicherte hinter ihrem Fächer, während Lucinda ihm einen mehr als deutlichen Augenaufschlag widmete.

Arabella klappte den Mund wieder zu. »Hat dir nie jemand gesagt, dass es der Gipfel des schlechten Benehmens ist, mit einer Frau zu tanzen und dabei anderen schöne Augen zu machen?«

»Bist du etwa eifersüchtig?«

»Unverschämtheit!«

Er warf den Kopf in den Nacken und lachte laut. »Arabella, du bist wahrhaft köstlich.«

Das war natürlich nicht sein Ernst. Sie war sich sicher, dass er eigentlich das komplette Gegenteil meinte.

»Übrigens, ich habe dir nicht verziehen«, ließ sie ihn mit Nachdruck wissen.

»Wofür?«

Sie zeigte ihm die Zähne.

Er hob seine schwere, dunkle Braue. »Meine Teuerste, stimmt etwas nicht? Hast du Sorge, dass eventuell ein wenig Basilikum von der Sahnesauce beim Dinner zurückgeblieben sein könnte? Du kannst dich beruhigen. Da ist nichts.«

Arabella hätte am liebsten aus voller Lunge geschrien. Sie musste sich jedoch damit begnügen zu flüstern. »Das hier ist Rache, nicht wahr? Deine Art, mir den kleinen Streich zurückzuzahlen, den ich dir als Kind gespielt habe.«

»Meine Güte, du bist aber misstrauisch! Wie kommst du denn auf so etwas?«

»Weil man eigentlich meinen sollte, du würdest mich meiden wie die Pest.«

»Warum sollte ich dich meiden? Das würde unter anderem bedeuten, dass ich Angst vor dir hätte.«

»Ach ja, du hast natürlich vor gar nichts Angst, und erst recht nicht vor einer Frau.«

Ihre Blicke trafen sich. In seinen Augen war ein Funkeln, auf das sie sich keinen rechten Reim machen konnte. Ihr war nur klar, was immer es auch sein mochte, sie traute ihm nicht.

»Musst du mich so anstarren?«

»Es tut mir Leid«, sagte er weich. »Das wollte ich nicht. Es ist nur, dass mir deine Sommersprossen noch nie aufgefallen sind.«

Ohne Zweifel, er verglich sie mit diesen eleganten feinen Gesellschaftsladys, mit denen er ansonsten Umgang pflegte. Arabella hatte ihre Sommersprossen noch nie so gehasst wie in diesem Moment. Bereits als Kind hatte sie deshalb ihre Haut so lange geschrubbt, bis das Fleisch fast roh war. Als sie älter wurde, trug sie dann, gewissenhaft jeden Abend, Gowland's Anti-Sommersprossen-Lotion auf; doch nichts hatte geholfen.

Arabella war diejenige, die als Erste den Blick abwenden musste. Sie verfiel in Schweigen. Mein Gott, war das hier verkrampft. Sie tanzte nicht gern. Oder besser, sie tanzte nicht gerne mit *ihm*. Zum einen war er viel zu attraktiv. Es ärgerte sie sehr, dass sie nicht unterdrücken konnte, sich dessen die ganze Zeit bewusst zu sein. Andererseits, welche normale Frau sollte das schon schaffen? Und sie war sich auch sehr bewusst, wie sich seine Hand an ihrer Taille anfühlte. Es war, als brenne sie durch den Stoff auf ihrer Haut. Und dann seine andere Hand, die die ihre umschloss, groß, stark und gebräunt … Irgendetwas Unbekanntes spürte sie in ihrem Inneren.

Er wirbelte sie wieder herum. Arabella stolperte und war gezwungen, sich auf ihn zu stützen.

»Justin, hör auf damit!«, zischte sie. Ihre Beine kamen ihr wie Stelzen vor. Und, da war sie sich sicher, ihr Gesicht war flammendrot.

»Meine Liebe, wie sollten wir denn sonst tanzen?«

»Du hältst mich viel zu fest!«

»Tatsächlich?«

Die Frage kam in mildem Tonfall und passte ganz und gar nicht zu seinem Blick. Was hatte er gestern Abend noch mal gesagt? *Es ist bekannt, dass ich bereits so zarte kleine Mädchen wie Euch gefressen habe.*

Arabella war ziemlich wütend auf sich selbst. Wenn sie sprach, klang ihre Stimme, als wäre sie außer Atem. Dabei lag dies nicht daran, wie fest er sie um die Taille fasste und an sich zog. Nein, sie hatte vielmehr damit zu tun, wie nah seine Lippen ihr waren, so, dass sie seine sanften Atemzüge an ihrer Schläfe spürte. Und durch seine Größe fühlte sie sich auf irritierende Weise zart und zierlich, und das sollte etwas heißen. Aber ach … wie sehr ihr das gefiel! Lieber Gott, dachte sie, sie konnte es nicht leugnen!

Doch dies war Justin Sterling. Der König der Schurken und Wüstlinge.

Verwirrt durch diese plötzlichen Gefühle und seine

körperliche Nähe, rüstete sie zum Widerstand, drückte den Rücken durch und … trat ihm dabei aus Versehen auf den Fuß.

Er musste lachen. »Ich habe gehört, dass Tanzen nicht gerade zu deinen Lieblingsbeschäftigungen gehört. Aber das hast du jetzt mit Absicht gemacht, oder?«

»Hab ich nicht«, stritt sie voller aufkommender Abscheu ab.

Der Druck seiner Hand um die ihre verstärkte sich.

»Justin! Um Himmels willen …«

»Ist dir schon aufgefallen, dass du mich bereits das dritte Mal beim Vornamen nennst? Und du duzt mich. Ich gehe davon aus, dass ich in deinen Augen an Ansehen gewonnen habe.«

»Ich hab nicht mitgezählt«, gab sie durch zusammengebissene Zähne zurück. »Jetzt löse doch bitte deinen Griff.«

Er blieb unbeirrt. »Der Walzer ist aber noch nicht zu Ende.«

»Justin –«

»Vier«, zählte er weiter.

Arabella riss so plötzlich den Kopf hoch, dass sie ihn fast unter dem Kinn traf. Sie sah ihn so wütend an, dass die meisten Männer sicherlich die Flucht ergriffen hätten. Aber nicht Justin. Er schaute sie weiterhin mit der sanftesten Andeutung eines Lächelns an.

»Also, pass auf«, sie tat ihr Bestes, um streng zu klingen. »Ich möchte keinen Skandal hervorrufen. Und sicher willst du das auch nicht –«

Das Lachen platzte aus ihm heraus.

Ihr Blick war warnend. »Was findest du daran so lustig?«

»Weil es das ist! *Skandal?* Meine Teure, du hast zu viel Zeit mit deinen Eltern außerhalb des Landes verbracht.

Der Name Sterling ist ein Synonym für Skandal. Noch niemals davon gehört?«

»Ich dachte, das betrifft nur *deinen* Namen«, sagte sie herausfordernd.

»Wenn du mich treffen willst, Arabella, musst du dich aber mehr anstrengen.«

Verdammt, er hatte ja wirklich auf alles eine Antwort! Sie beschied, ihre beste Waffe sei das Schweigen. Er wirbelte sie herum. Arabella stolperte und konnte im letzten Moment verhindern, mit einer großen Vase am Rande der Tanzfläche zusammenzustoßen.

Er seufzte. »Würdest du dich entspannen und dich von mir führen lassen, wäre es nicht so eine Tortur. Ich bin ein ausgezeichneter Tänzer.«

Arabella presste die Lippen aufeinander. Natürlich war er das. Er war leichtfüßig und hatte einen sicheren Schritt. Was sollte man auch sonst erwarten von so einem perfekten Mann?

Wieder trat sie ihm auf den Fuß.

»Meine Güte«, murmelte er, »wieso bist du bloß so verdammt besessen darauf, dass ich niemals mehr laufen können soll?«

Arabella errötete. Sie freute sich nicht gerade über die Erinnerung.

Einen Augenblick später hörte die Musik auf. Bevor sie noch aufatmen konnte, tauchte ein Mann neben ihnen auf. Blond und mit roten Wangen, fast so groß und kräftig gebaut wie Justin. Arabella schaute gespannt zu, denn in der Art, wie er Justin zunickte, lag eine gewisse Arroganz.

»Sterling«, begrüßte er ihn. »Gut, dich zu sehen.«

Er sprach mit einem deutlichen schottischen Akzent, bemerkte Arabella. Justin erwiderte den Gruß mit einem kurzen Nicken. »McElroy.«

Der Mann namens McElroy richtete seinen Blick auf Arabella. »Ich fürchte, ich hatte noch nicht das Vergnügen, deine Tanzpartnerin kennen zu lernen. Vielleicht bist du so gütig, uns vorzustellen?«

»Sicherlich. Miss Templeton, Lord Patrick McElroy. McElroy, Miss Arabella Templeton.«

Merkwürdigerweise klang Justin überhaupt nicht erfreut.

McElroy verbeugte sich. »Ich bin entzückt.«

Arabella lächelte und deutete einen Knicks an. »Es ist mir eine Freude, Euch kennen zu lernen, Mylord.«

In der Nähe begannen die Musiker wieder zu spielen. McElroy wandte sich Arabella zu. »Miss Templeton, dürfte ich um diesen nächsten –«

Er kam nicht dazu, den Satz zu beenden. »Tut mir Leid, alter Junge«, unterbrach Justin ihn freundlich, »aber Miss Templeton hat mir bereits diesen nächsten Tanz versprochen.«

Arabella kam nicht umhin, ihm zu folgen, als er sie förmlich hinter sich her auf die Tanzfläche zog.

Immer noch verblüfft, starrte sie zu ihm hoch. »Warum hast du das getan? Vielleicht wollte ich ja lieber mit ihm tanzen.«

»Vertrau mir«, gab er schnippisch zurück, »das wolltest du bestimmt nicht.«

Arabella ergriff die Gelegenheit und wiederholte Justins Satz von vorhin. »Bist du etwa eifersüchtig?«

Die Tatsache, dass er dies nicht mit äußerster Entschiedenheit abstritt, erstaunte sie vollkommen. Sie dachte noch immer über seinen fehlenden Widerspruch nach, als ihre Blicke sich trafen.

»Lass es mich so ausdrücken, Arabella. Es ergeht dir sicher besser, wenn du mit mir tanzt anstatt mit ihm.«

»Ich denke, das müsste ich wohl selber beurteilen.«

Sein Gesichtsausdruck verfinsterte sich. Er presste seine Lippen so fest zusammen, dass sie kaum noch zu sehen waren, und er spannte die Kiefer an. Warum, zum Teufel, war er plötzlich so aufgebracht?

»Was das Wohlergehen von unschuldigen Mädchen angeht«, stieß er in scharfem Ton hervor, »ist der Kerl gefährlich.«

»Was denn! Gefährlicher als du?«, gab sie scharfzüngig zurück. Die Richtung, die die Unterhaltung genommen hatte, war mehr als schockierend. Später jedoch sollte sie sich wundern, was in sie gefahren war.

»Davon brauchst du überhaupt nichts zu wissen.« Er kam nah an ihr Gesicht heran. »Du bist doch ein unschuldiges Mädchen, oder?«

Arabella schnappte nach Luft. »Das, Sir, geht Euch überhaupt nichts an!«

Er lächelte – offenbar hatte er seine gute Laune wieder gefunden. Auf ihre Kosten allerdings, befürchtete Arabella.

Schweigend tanzten sie weiter, bis die Musik zu Ende war.

Er beugte sich zu ihr herunter. »Das war schon viel besser«, flüsterte er, wobei sein Atem ihr Ohr streifte. »Du bist mir nicht ein einziges Mal auf den Fuß getreten.«

Er führte sie an den Rand der Tanzfläche, hielt aber ihre behandschuhten Finger nach wie vor umfasst. Arabella musste an seine Unverschämtheit am Ende des Abends zuvor denken und wagte es nicht, ihm die Hand zu entziehen – was sie jedoch am liebsten getan hätte. Aber da war so ein hinterhältiges Grinsen um seine Mundwinkel. Es lag etwas zutiefst Misstrauen Erweckendes darin, besonders, als er ihre Hand an seine Lippen führte.

»Wage es ja nicht, mich noch einmal zu beißen!«, zischte sie. »Ich schwöre, diesmal beiße ich zurück.«

Sie blickte in seine lachenden, grünen Augen. »Na, *das* würde ich ja gern erleben.«

Und tatsächlich, er biss sie nicht. Im letzten Moment allerdings drehte er ihre Hand herum. Mit dem Daumen strich er die Innenseite ihres Handgelenks hinauf, wo der Handschuh endete und die Haut unbedeckt war. Und dann spürte sie seine warme, feuchte Zungenspitze, die denselben Weg nahm ...

Arabella war sprachlos. Bei Gott, stattdessen war er mit seiner Zunge darüber gefahren!

Kaum dass sie zu Hause war, wurden ihre weißen Spitzenhandschuhe in die unterste Schublade verbannt – sie sollten nie wieder getragen werden, das schwor sie sich. Danach ging sie schnurstracks zur Waschschüssel, wo sie die gewissermaßen geschändete Hand genauso schrubbte wie früher ihre Sommersprossen. Diesen Kerl nie wieder zu sehen, würde ihr sehr gefallen!

Wenn das Glück gnädig war, dachte sie finster, ging er vielleicht wieder auf den Kontinent oder wo immer er auch gewesen war. Das war natürlich jetzt höchst unwahrscheinlich ...

In zwei Tagen hatte sie ihn zweimal gesehen. *Zweimal.* Würde ihn das Unglück ein drittes Mal ihren Weg kreuzen lassen? Aber was sollte sie schon machen? Sie konnte ihn kaum den Rest der Ballsaison lang meiden.

Und Arabella bereitete die Aussicht, Justin wieder zu sehen, nun in der Tat keine Freude. Schon am nächsten Tag musste sie erneut daran denken, denn es stand der Maskenball bei Lady Melville in Vauxhall Gardens auf dem Programm. Tante Grace war unglaublich entzückt gewesen, als die Einladung eintraf. Wenn sie Recht behielt, würden sicherlich tausend Gäste anwesend sein. Arabella hatte das alles auch ganz aufregend gefunden;

vor kurzem hatte sie nachmittags in Vauxhall beobachtet, wie ein Heißluftballon aufstieg. Nach Einbruch der Dunkelheit mussten diese Gärten wohl wahrhaft zauberhaft sein.

Aber das war, bevor Justin aufgetaucht war.

Jetzt hätte sie laut losheulen können. Würde er auch dort schon wieder anwesend sein?

Sie hoffte, nicht. Sie betete, dass er nicht da wäre.

Bei der Vorstellung, ihn zu sehen und nicht wissen zu können, was er als Nächstes vorhatte, erfüllte sie mit Angst. Letzte Nacht, mit ihm zu tanzen ... Er hatte nicht gelogen. Er war wirklich ein ausgezeichneter Tänzer. Und sie war sich so ungeschickt vorgekommen! Er hatte sie ständig zu nah an sich heran gezogen. Sie wusste noch genau, wie sich seine Hand um ihre Taille angefühlt hatte, und die Wärme, die er ausstrahlte, eine Wärme, die sie ganz durchdrang. Und wie dann seine Zunge über ihre Haut geglitten war ... du lieber Himmel, seine *Zunge!* Und außerdem sah er einfach viel zu gut aus, und sein Benehmen war viel zu ungehörig. Am schlimmsten war jedoch seine absolute Unberechenbarkeit.

Sie vertraute ihm kein bisschen, denn sie hegte den leisen Verdacht, dass es ihm Vergnügen bereitete, sie zu quälen. Mit Freuden würde er sie bloßstellen, davon war sie überzeugt.

Nein, nein, über ein Wiedersehen würde sie sich nun wirklich nicht freuen. Fast fürchtete sie sich sogar davor.

Das Ärgerlichste war jedoch, dass sie nicht aufhören konnte, an ihn zu denken!

Als Tante Grace später in den Salon schaute, fand sie Arabella auf einem Schränkchen beim Fenster sitzend. Sie starrte in den Garten. »Meine Liebe, ich muss wirklich sagen, du siehst aber ziemlich missmutig aus.«

Arabella sah auf. »Tante! Ich wusste ja nicht, dass du

schon zurück bist.« Tante Grace hatte mit einigen Freundinnen Besorgungen gemacht. Einladend klopfte Arabella auf das Kissen neben sich.

Tante Grace setzte sich zu ihr, wobei sie ihre Röcke mit leichter Hand ordnete. »Liebes, ich habe ganze fünf Minuten lang von der anderen Seite des Zimmers zugesehen, wie du ein langes Gesicht ziehst und unruhig hin und her rutschst. Was geht dir denn so durch den Kopf?«

Arabella atmete tief durch. »Nichts.«

Tante Grace betrachtete sie einen Moment lang und spitzte dann die Lippen. »Haben dir irgendwelche Gentlemen heute Nachmittag ihre Aufwartung gemacht?«

Arabella schüttelte den Kopf.

Die grauen Augen der Tante blickten sie an. »Ah, deshalb –«

»Ach, das ist es doch gar nicht! Ich hatte einfach mal Zeit für mich – und ich habe wirklich jede Sekunde davon genossen.« Jedenfalls die paar Sekunden, in denen sie nicht an Justin Sterling gedacht hatte.

Tante Grace war überrascht über ihre Heftigkeit. »Ich hatte ja keine Ahnung, dass du so unglücklich bist, Liebes.«

»Aber ich bin doch gar nicht unglücklich!«, beeilte sich Arabella zu versichern. »Ich liebe es, hier zu sein, bei dir und Onkel Joseph. Und auch London mit all der Fröhlichkeit und den Festen. Aber diese ganze Angelegenheit, und dass ich für eine Unerreichbare gehalten werde … nun, das wollte ich nicht so. Das *will* ich nicht. Mir würde es vollkommen reichen, am Rande zu stehen.«

Tante Grace musterte sie. »Das dürfte kaum zu machen sein, Liebes. Zugegeben, die feine Gesellschaft ist launenhaft. Aber du stehst nun mal in dieser Saison im Mittelpunkt, und das wird höchstwahrscheinlich so bleiben, es sei denn, du entscheidest dich für einen Ehemann.«

Arabella konnte nicht anders und sagte: »Tante Grace, und falls in diesem ganzen Jahr kein Gentleman mehr seine Aufwartung macht, das fände ich einfach grandios!«

»Ach, Liebes, ich glaube, du bist einfach nur ein bisschen überwältigt von dem Ganzen.«

Arabella schenkte ihr ein schwaches Lächeln.

»Weißt du, zu unserer Zeit – bei deiner Mutter und mir – ich glaube, die Herren haben bis hinter der Eingangstür Schlange gestanden. Stell dir vor, dein Großvater hat sich stets beschwert, nicht mehr Herr in seinem eigenen Hause zu sein!« Die Tante musste fast kichern bei der Erinnerung daran. »Bei deinen Cousinen war es ganz genauso. Ich denke, das liegt einfach in der Familie!«

Jetzt musste Arabella einfach lächeln. Keine Frage, ihre Tante war in jungen Jahren eine Schönheit gewesen. Noch heute waren ihre Wangen glatt und rosig, und die Augen leuchteten hell und lebhaft. Und wenn sie lachte, verliehen ihr die Grübchen in ihren Wangen eine fröhliche, jugendliche Ausstrahlung, die ansteckend war.

»Die Jahre haben es gut mit dir gemeint, Tante Grace, du bist immer noch eine faszinierend schöne Frau.«

Die Tante strahlte regelrecht. »Danke schön, mein Kind. Das ist lieb von dir. Aber komm schon, willst du nicht wenigstens zugeben, dass es schmeichelhaft ist, wenn all diese Herren sich dir zu Füßen werfen?«

Arabella biss sich auf die Lippe. »Na ja«, räumte sie ein, »ein bisschen vielleicht.«

»Na siehst du, wusste ich es doch. Aber zurück zum Thema zukünftiger Ehemann.«

Arabella atmete tief ein. »Tante Grace«, begann sie vorsichtig, »ich weiß nicht recht, wie ich das sagen soll, aber –«

»Ich glaube, ich weiß, was du meinst, Kind.« Tante Graces Tonfall wurde wieder forsch. »Mir scheint, dass ich zu sehr darauf gedrungen habe, dass du dich unter deinen Verehrern entscheidest. Vielleicht war ich *zu* nachdrücklich.«

Arabella entspannte sich.

»Ich gebe ja zu, dass ich übereifrig bin. Vielleicht deswegen, weil ich es liebe, eine Hochzeit zu planen. Es ist zwei Jahre her, dass deine Cousine Edith geheiratet hat. Aber ich habe den Verdacht, du kommst nach deiner Mutter und gehst deinen eigenen Weg. Deshalb verspreche ich dir hiermit, dass ich versuche werde, über das Thema ›zukünftiger Ehemann‹ kein Wort mehr zu verlieren.«

Arabella entgegnete nichts. Sie hatte ein unruhiges, unstetes Gefühl in ihrem Innern, das sie nicht deuten konnte. Auf einmal war sie ganz unruhig …

Sie konnte sich nicht überwinden, Tante Grace über die recht hohe Wahrscheinlichkeit in Kenntnis zu setzen, mit der sie, Arabella, ohnehin nicht heiraten würde. Dann gab es auch nichts zu planen. Sie besaß nicht die Schönheit ihrer Cousinen, sie hatte es auch nicht zu etwas Besonderem gebracht. Sie war … einfach anders. Sie wusste auch, dass sie mit einem Missionarsleben, wie ihre Eltern es führten, nicht zufrieden sein könnte. Sie war weder ein Blaustrumpf noch eine Kreuzfahrerin. Und sie wollte ihren Eltern auch kein Klotz am Bein sein.

Sie wusste einfach nicht, was sie wollte, und auch nicht, wofür sie überhaupt taugte! Anscheinend wusste sie nur immer, was sie nicht wollte …

Aber eigentlich konnte sie sich doch glücklich schätzen. Das wurde ihr auf einmal klar. Glücklich, dass sie ihr Leben lang von den Menschen um sie herum geliebt worden war. Plötzlich fiel ihr auch wieder ein, wieso sie schon immer so gerne mit ihrer Tante zusammen war. Niemals hatte sie sie mehr geliebt als in diesem Augenblick.

Impulsiv streckte sie die Arme nach ihr aus und ergriff ihre Hände.

»Weißt du, als ich noch zur Schule gegangen bin und Mama und Papa weit weg waren, habe ich sie schrecklich vermisst.« Vor lauter Rührung hatte sie einen Kloß im Hals, so dass sie kaum sprechen konnte. Dann aber sprudelte es nur so aus ihr heraus, und sie konnte sich nicht mehr bremsen.

»Aber wenn ich dann an dich gedacht habe, war alles nicht mehr so schlimm. Ich habe mich nicht mehr so allein gefühlt, weil ich ja dich hatte, Tante Grace. Du warst da, um mich in die Arme zu nehmen und festzuhalten, du hast mich bemuttert. Ich habe dir noch nie gesagt, wie viel mir das bedeutet hat.«

Tränen traten in die Augen ihrer Tante, und auf einmal war auch Arabella den Tränen nahe. Sanft schob Tante Grace eine Locke hinter Arabellas Ohr.

»Arabella! Oh, Arabella, ich kann gar nicht sagen, wie schön es ist, das aus deinem Munde zu hören. Ich werde stets für dich da sein, wann immer du mich brauchst. Du stehst mir genauso nah, als wärest du mein eigenes Kind. Das weißt du doch, nicht wahr?«

»Ja, das weiß ich, Tante Grace!« Von ihren Gefühlen überwältigt, umarmten sich die beiden.

Schließlich richtete sich Tante Grace auf und tätschelte Arabella die Wange. »Aber du musst mir etwas versprechen. Du sollst dir nicht mehr so viele Sorgen machen. Du bist in einer Phase deines Lebens, in der du fröhlich und glücklich sein solltest. Und … ach, ich weiß, das ist jetzt wahrscheinlich nicht der richtige Moment, besonders, weil ich versprochen habe, nicht mehr über Ehemänner zu sprechen. Aber du kennst mich ja, und ich fürchte, ich muss es dir einfach sagen … Du wirst es wissen, wenn der richtige Mann in dein Leben tritt. *Hier* wirst du es wissen –« Sie legte die Hand auf ihr Herz und lächelte –, »das war bei deiner Mutter und auch bei mir so.«

Arabella blinzelte. »Hm, aber bei dir und Onkel Joseph ... ich dachte immer, es war eine Vernunftheirat.«

»Oh, das würde ich aber nicht so sagen! Eine Verbindung aus Liebe, mein Kind.«

Tante Graces Augen funkelten wieder. Sie kicherte los. »Ich muss gestehen, ich war damals ganz schön kokett, und ich habe es ihm nicht gerade einfach gemacht. Er musste sich meine Zuneigung hart erarbeiten, aber als er erst einmal ...«

Arabella sah sie erstaunt an. Tante Grace wurde ja rot!

Grace räusperte sich. »Jedenfalls hat es nicht allzu lange gedauert, bis ich wusste, dass er der Richtige ist.« Sie erhob sich und strich ihre Röcke glatt. Die Grübchen in ihren Wangen zeigten sich. »Ja, dein Onkel Joseph war ein mächtiger Schwerenöter.«

Arabella war schockiert. Onkel Joseph war ein Mann von distinguierter und entschlossener Art, und sie konnte sich ihn beim besten Willen nicht als Lebemann vorstellen! Besonders wenn sie an sein schütteres Haar dachte.

Ihre Gedanken kreisten sofort wieder um Justin Sterling.

Aus dem Augenwinkel nahm sie wahr, dass Tante Grace zur Tür ging. Auch Arabella stand auf. Auf dem halben Wege blieb Grace stehen.

»Du hast doch hoffentlich nicht den Maskenball heute Abend vergessen, Liebes?«

»Natürlich nicht.«

»Wunderbar. Dann schicke ich jetzt Annie. Sie wird dir ein Bad bereiten. Wir wollen doch zu so einem Anlass nicht zu spät kommen.«

Drei Schritte weiter stoppte sie erneut und warf einen Blick über die Schulter.

»Übrigens, ich habe dich gestern mit Justin Sterling tanzen gesehen.«

Arabella atmete tief ein. »Was?«, sagte sie schwach. Meine Güte, hatte sie gerade Justins Namen laut ausgesprochen? »O ja, Tante Grace, ich weiß – wir sollten den Tanzlehrer noch mal kommen lassen.«

»Eigentlich wollte ich nur sagen, Liebes, ihr beide habt zusammen ziemlich umwerfend ausgesehen. Und ich kann wohl behaupten, dass ich nicht die Einzige bin, die das fand. Die Herzoginwitwe war ganz voller Zufriedenheit. Seine Erscheinung passt perfekt zu einer so leuchtend bunten Frau, wie du sie bist.«

Arabella war sprachlos. Georgiana hatte fast dasselbe gesagt. Jetzt auch noch Tante Grace …

»Ich habe mich gestern Abend kurz mit ihm unterhalten. Du erinnerst dich vielleicht, dass wir seinen Bruder, den jungen Marquis, seit Jahren gut kennen. Und tatsächlich gibt er nächste Woche ein Dinner. Aber Justin, nun … kurzum, er ist ein sehr charmanter junger Mann.«

»Tante Grace, er hat einen völlig verkommener Charakter! Sein Ruf ist –«

»Ja, ja, ich weiß, ziemlich skandalös. Aber du muss schon zugeben, dass er der bestaussehende Mann ist, den du je zu Gesicht bekommen hat?«

»Tante Grace!«, seufzte sie.

Die Tante hob belustigt eine Braue.

»Na, komm schon, Kleines. Ich bin zwar bereits etwas älter, aber meine Augen funktionieren noch ganz gut.« Sie zwinkerte Arabella zu. »Er erinnert mich sehr an deinen Onkel Joseph vor gut dreißig Jahren.«

Sie kicherte immer noch, als sie fröhlich den Raum verließ. Arabella jedoch musste sich erst einmal wieder sammeln. Sie hatte immer noch den Mund weit geöffnet vor Staunen, als die Tür sich schloss. Fassungslos sank sie auf einen Stuhl.

Dann wusste sie nicht, ob sie in Lachen ausbrechen oder den Kopf in die Händen vergraben und weinen sollte.

Georgiana … und Tante Grace. Sogar die Witwe des Herzogs von Carrington, eine sehr imposante Erscheinung, die Arabella gehörig Ehrfurcht einjagte … Ob Jung oder Alt, das schien hier egal zu sein. War Justin Sterling vielleicht so eine Art Hexenmeister? Lieber Himmel, gab es denn irgendwo eine Frau, die sich von seinem Charme nicht einnehmen ließ?

Es hatte den Anschein, dass sie die Einzige war, die dafür nicht empfänglich war. Sie würde ihm keinesfalls erliegen.

Sechstes Kapitel

Nachdem sie die Treppen in die obere Etage hinaufgestiegen war, blieb sie einen Moment vor der Tür zu Tante Graces Gemächern stehen. Sie dachte daran, den Maskenball abzusagen. Sie könnte Kopfschmerzen vorschützen. Oder einfach behaupten, dass sie gerne einmal einen ganzen Abend nur für sich allein hätte.

Als sie jedoch eine halbe Stunde später in der Badewanne saß, änderte sie ihre Meinung. Falls sie Justin sehen sollte, dann würde sie sich von ihm nicht einschüchtern lassen. Auch würde sie zu verhindern wissen, dass er die Oberhand hatte. Dafür hatte sie genug Mut.

Außerdem wollte sie seinetwegen nicht zur zurückgezogenen Außenseiterin werden. Das hätte ihm zu viel Befriedigung verschafft.

Und tatsächlich – als sie in Vauxhall eintrafen, war sie sich bewusst, dass sie dies um nichts in der Welt hätte verpassen wollen. Ihre Ankunft am Großen Rundweg hätte nicht besser zeitlich abgestimmt sein können. Kaum hatten sie auf ihren Sitzen Platz genommen, setzte das Orchester mit einem Crescendo ein. Der Abend war einfach fantastisch. Hoch in den Bäumen hingen bunte Laternen – in der Form von Halbmonden und Sternen. Arabella tat einen Ausruf des Entzückens, denn dies war eine Welt, wie sie sie noch niemals gesehen hatte.

Trotz ihres gefassten Vorsatzes konnte sie ihre Nervosität kaum unterdrücken, als sie am Eingang der Gärten warten mussten. Aber als sie hinein durften, hob sich ihre

Stimmung. Und da nichts von Justin zu sehen war, schien ihr ein wundervoller Abend sicher zu sein.

Fast alle Anwesenden trugen Masken und hatten ihre Kostüme mit großer Sorgfalt ausgewählt. Es war sehr amüsant, zu versuchen, die Identität der Gäste herauszubekommen. Da war eine elegante junge Schöne, die das Gewand wie eine griechische Göttin um ihren Körper drapiert hatte, sowie ein Pärchen, das als Romeo und Julia auftrat. Arabella selbst hatte sich ein Gewand ausgesucht, das aus mehreren Lagen hauchdünner Seide bestand und im spanischen Stil gehalten war. Ihre Locken wurden von einem edlen schwarzen Spitzenschleier verdeckt.

Am Ende eines Volkstanzes lachte sie einem feschen Piraten zu, der ihr von der anderen Seite der Tanzfläche – in der Nähe des Hauptplatzes des Gartens – her eine Kusshand zuwarf. Sie wusste, dass dies nicht Justin sein konnte, denn er war nicht von dessen großer, schlanker Statur. Ihr Herz klopfte heftig von der Anstrengung, als sie in Richtung eines nicht weit entfernten Miniatur-Tempels ging.

Darin stand einladend eine kleine Bank. Sie beschloss, dass dies der perfekte Ort sei, sich auszuruhen und wieder zu Atem zu kommen. Sie legte den Kopf in den Nacken und lauschte dem Plätschern eines nahe gelegenen Wasserfalls.

Gerade wollte sie wieder aufstehen, als sie gekünstelte weibliche Stimmen in der Nähe vernahm.

»Dir ist doch klar, dass er nicht lange ohne Mätresse sein wird«, sagte die eine.

»Das ist er nie«, stimmte ihr eine andere bei. »Aber ich frage mich, wer die nächste Glückliche sein wird?«

Arabella erstarrte. Sie waren fast genau hinter ihr stehen geblieben.

»Er hat die Angewohnheit, ständig seine Geliebten zu

wechseln. Ich würde sogar so weit gehen, zu schätzen, dass er die Hälfte der hier heute Abend anwesenden Frauen schon in seinem Bett hatte, oder?«

Wieder gurrendes Gelächter. Arabella verzog den Mund, traute sich jedoch nicht, sich zu rühren. Sie wollte nicht den Eindruck erwecken, als habe sie absichtlich gelauscht.

»Sicher, und er hat jede Menge gebrochener Herzen hinterlassen.«

»Deines doch auch«, sagte die erste Frau und fuhr fort, »nun ja, gebrochene Herzen heilen auch wieder, nicht wahr? Vielleicht solltest du dein Glück einfach noch mal versuchen.«

»Oh, ich wäre nicht abgeneigt, wenn er es auf mich absehen hätte«, meinte die zweite Frau leichthin. »Aber Agatha hat auch wieder ein Auge auf ihn geworfen. Sie war vor Jahren schon einmal seine Geliebte, falls du dich erinnerst – kurz nach ihrer Hochzeit mit Dunsbrook. Und wie viele Geliebte hat sie wohl seither gehabt? Ein Dutzend?«

»Na und, was meinst du, wie es bei ihm aussieht? Mit Sicherheit dreimal so viele!«

Arabella errötete von Kopf bis Fuß. Wie leichtfertig sie über Tändeleien, Indiskretionen, Affären und Untreue sprachen! Wie schamlos ihr Gerede über Liebhaber und die Liebe war! Lieber Himmel, sie zogen diese Worte ja regelrecht in den Schmutz!

Das war eine Welt, die sie weder erleben noch verstehen konnte oder wollte. Sie verabscheute die Welt dieser Frauen aus tiefstem Herzen. Und der Gentleman, um den sich das Gespräch drehte – welch großzügige Bezeichnung! –, schien der Schlimmste von allen zu sein.

Liebe hieß Treue und Vertrauen und alles, was dazu gehörte. Liebe war, was ihre Eltern verband. Und, sie war sicher – besonders nach ihrer Unterhaltung mit Tante Grace – auch das, was Grace und Onkel Joseph zusammenhielt.

»Ja, ich erinnere mich an die Sache mit Agatha. Noch heute kann ich mich genau an die Eifersuchtsszene erinnern, die sie hingelegt hat, als sie herausfand, dass er etwas mit Lady Anne hatte – was für ein Theater! Man hätte schwören können, er sei ihre erste und einzige Liebe. Ich kann nun mal nicht abstreiten, dass Justin Sterling ein ausgezeichneter Liebhaber ist, aber er ist schließlich nicht der einzige Mann mit solchen … Fähigkeiten.«

Der Mann, über den sie sprachen, war Justin. Oh, das hätte sie sich doch denken können!

»Na ja«, meinte die erste Stimme gehässig, »dafür wissen wir aber mit Sicherheit, wer *nicht* seine nächste Geliebte sein wird, nicht wahr?«

»O ja … die Unerreichbare.«

»Genau die.«

»Große Güte! Hast du sie gestern auf dem Fest der Benningtons gesehen. Wie sie herumgestolpert ist, wie ein … Pferd? Ich bin ganz sicher, er hat nur aus Mitleid mit ihr getanzt, obgleich ich nicht verstehen kann, wieso.«

Die Zweite rief überheblich aus: »Ja, genau! Weiß der Himmel, was die Gentlemen in ihr sehen. Ehrlich gesagt, ich glaube, das ist alles nur ein Riesenspaß, im Stillen lachen alle doch nur über sie!«

O Gott! Von einer Sekunde zur anderen war Arabellas Freude über den Abend wie weggeblasen. Ihr Glücksgefühl zerbrach wie Porzellan, das zu Boden fiel. Sie kämpfte mit sich und empfand fast schon Übelkeit vor lauter Seelenschmerz. Sie musste sich daran erinnern, wie Tante Grace erst diesen Nachmittag gesagt hatte, die feine Gesellschaft sei so launenhaft.

Die Auserwählte der Saison, genau. Lieber Himmel,

wahrscheinlich würde sie stattdessen zur Lachnummer des Jahres werden.

Sie das nicht mehr länger ertragen. Benommen ging sie hinaus, beschleunigte ihren Schritt. Auf einmal begann sie zu rennen, lief den Pfad entlang, der sich nach links und rechts entlang wand.

Als sie schließlich stehen blieb, hämmerte ihr Herz. Die Lichter des Hauptplatzes lagen weit hinter ihr; ihre Flucht hatte sie in eine dicht bewaldete Gegend geführt. Unbehaglich und ängstlich schaute sie sich um. Sie hatte sich ziemlich weit von dem Festgeschehen entfernt. Sie hatte Geschichten gehört über Diebe, die unvorsichtigen Frauen auflauerten; sie zweifelte nicht an deren Wahrheitsgehalt. Warum war sie nur so weit gelaufen?

Plötzlich vernahm sie auf dem nahen Schotterweg das Geräusch von Schritten. Ihr Blick bohrte sich in die Dunkelheit. Sie schürzte ihre Röcke und machte sich zur Flucht bereit. Da wurde sie von starken Händen gepackt, die sie herumdrehten. Eine dunkle, konturlose Gestalt ragte vor ihr auf. Zu Tode erschrocken, öffnete sie den Mund.

»Um Himmels willen«, sagte eine ärgerliche Stimme, »nicht schreien. Ich bin es nur.«

Der Mann, der sie immer noch festhielt, zog sich die Maske vom Gesicht. Ihr stockte der Atem. Sie sah zu ihm hinauf. Zwischen leuchtenden, grünen Augen bemerkte sie eine lange, elegante Nase.

»Das wäre erst recht ein Grund!«

Seine Blicke wanderten an ihr herab. »Was machst du denn hier draußen? Hier gibt es Diebe und Wegelagerer –«

»Und Wüstlinge und Lüstlinge?«, fragte sie bissig.

Er gab keine Antwort, presste jedoch die Lippen zusammen.

»Du bist mir gefolgt, nicht wahr? Wie zum Teufel hast du mich erkannt?«

»Meine liebe Arabella«, sagte er lang gezogen, »Maskerade hin oder her, da gibt es nichts an dir, das nicht ... auffällig bleiben würde.« Sein Blick blieb an ihren Haaren hängen.

Arabella fühlte sich getroffen. Sie wusste, was er meinte. Ihre Größe. Ihre Haare. Justin Sterling, mit seinem tadellosen Aussehen, hatte doch keine Ahnung, was sie ihr Leben lang hatte ertragen müssen! Er konnte überhaupt nicht wissen, wie es sich anfühlte, verhöhnt und ausgelacht zu werden.

Sie kam sich vor wie ein sonderbares Wesen, das im Zirkus ausgestellt wurde – und das Gefühl war noch nie so stark gewesen wie in diesem Moment.

Ihr Schleier glitt auf ihre Schultern herunter. Sie zog ihn wieder nach oben, so dass er die Locken bedeckte, die hochgesteckt waren. Wütender, bitterer Schmerz stieg ihr die Kehle empor.

»Musst du mich auch noch beleidigen?«, rief sie.

»Bei allen Heiligen, ich hatte keine Beleidigung im Sinn.«

»O doch, das hattest du! Ich brauche nicht auch noch an meine Mängel erinnert zu werden. Ich weiß, dass meine Haare schrecklich unattraktiv sind, aber ich kann doch nichts daran –«

»Unattraktiv! Wie kommst du denn darauf, ich würde genau das Gegenteil behaupten.« Es war in der Tat ein merkwürdiges Eingeständnis – oder nicht? Justin war nicht sicher. Er wusste nur, dass er heute Abend in der Hoffnung her gekommen war, sie zu treffen. Sie hatte sich zu einer Frau entwickelt, der es weder an Witz noch Intelligenz mangelte – eine Frau, die ihm bezüglich Schlagfertigkeit absolut das Wasser reichen konnte. Seit dem ersten und auch dem zweiten Zusammentreffen mit ihr hatte er tatsächlich so etwas wie eine zurückhaltende Bewunderung für sie entwickelt. War es da verwunderlich, dass er sich auf das nächste Treffen gefreut hatte?

»Das ist … das gehört einfach zu dir. Es macht dich aus.«

Gott, hörte sich das nichts sagend an. Er, der Meister der Verführung, der durch gekonntes Werben Einlass in die Schlafgemächer unzähliger Ladys gefunden hatte – mehr, als er sich überhaupt entsinnen konnte –, fand erschreckenderweise keine passenden Worte. Wo war seine gewohnte Schmeichelei, die routinierte Leichtigkeit, die eigentlich seine zweite Natur geworden war?

Nicht verwunderlich schien es daher, dass Arabella nicht besonders beeindruckt schien. Mit blitzenden Augen reckte sie das Kinn. »Lass mich vorbei«, sagte sie ruhig.

»Noch nicht. Wir haben noch viel zu bereden.«

»Wir haben überhaupt nichts zu bereden.«

»Nein? Falls du dich erinnerst, haben wir beide da noch eine unerledigte Angelegenheit.«

»Was für eine Angelegenheit?«

»Bist du denn so vergesslich? Wir haben doch gestern noch nicht die Gegenleistung für mein Schweigen über die Sache mit deinem armen Liebling Walter abgeklärt.«

»Er ist nicht mein Liebling, und das weißt du.«

Darauf schenkte er ihr nur ein müdes Lächeln.

»Du hast es dir in den Kopf gesetzt, mich zu quälen, nicht wahr, Justin? Als Rache für den Streich, den ich dir als Kind gespielt habe.«

»Meine Güte, hast du aber eine Laune!«

Arabella sagte nichts. Sie senkte den Kopf. Er war nahe herangetreten; der Abstand zwischen ihnen betrug weniger als eine Handbreite.

»Arabella?«, fragte er verunsichert.

Seine Nähe war entwaffnend. Er strahlte eine beunruhigende, verwirrende Männlichkeit aus. Sie fühlte sich hilflos ihm gegenüber! Auf einmal war sie nicht mehr in der Lage zu denken. Ihr Herz schlug so heftig, dass sie kaum noch atmen konnte.

»Du wirst doch nicht ohnmächtig, oder?« Der belustigte Tonfall in seiner Stimme ließ sie den Kopf abrupt heben. »Ich werde niemals ohnmächtig«, stellte sie klar.

»Nein, das würde ich auch nicht annehmen.« Er schaute auf sie. Plötzlich klang sein Ton fast grimmig. »Warum siehst du mich so an?«, fragte er knapp.

»Wie gucke ich dich denn an?«

»Als wolltest du mir etwas antun. Wenn du mich ansiehst, dann bemerke ich nur Verachtung in deinem Blick.« Da war etwas in seiner Stimme, das Unheil verhieß.

»Unsere Abneigung ist gegenseitig«, platzte sie heraus. »Kein Grund, sich irgendetwas vorzumachen.«

Seine Augen verengten sich. »Du hast meine Frage aber nicht beantwortet.«

»Das werde ich auch nicht.«

»Wieso nicht? Bist du etwa ein Feigling, Arabella?«

»Bin ich nicht!«

»Warum verweigerst du dann eine Antwort?«

»Und warum kannst du mich nicht einfach in Ruhe lassen? Wenn irgendjemand gesehen hat, wie du mir gefolgt bist –«

»Und, was dann?«

Arabella presste die Lippen zusammen. Als ob man da noch fragen müsste! Er jagte sie regelrecht, das war ihr klar. Aber wenn er die Wahrheit hören wollte, dann bitte.

»Weil ich keine Lust habe, dass dein Name mit meinem in Verbindung gebracht wird.«

Sein Blick wurde eisig. »Tatsächlich?«

»Tatsächlich.«

»Wieso, Arabella?«

»Einfach nur deshalb, weil du bist, wer du bist! Vor allem, *was* du bist!«

»Du sprichst von meinem Ruf.«

Später sollte sie sich über sich selbst wundern, dass sie ihn so herausgefordert hatte. »Ja. Ich verabscheue Männer wie dich.«

»Arabella, ich finde, du verleumdest meinen Charakter vollkommen ...«

»Charakter?« Sie sah ihn abschätzig an. »So etwas hast du nicht.«

»Ach, komm schon. Bin ich nicht ein Mann von herausragender Vornehmheit?«

Jetzt machte er sich nicht nur über sie, sondern auch über sich selbst lustig. »Wohl eher ein Mann von herausragender Verblendung«, murmelte sie.

Er legte den Kopf schräg. »Das wird ja richtig interessant. Was denkst du wirklich über mich?«

»Ich glaube, das möchtest du lieber nicht wissen.«

»Komm schon. Heraus damit.«

Arabella starrte ihn wütend an. »Du bist ein Wüstling.«

Er hob leicht seine Brauen. »Was, mehr nicht? Und deshalb kannst du mich nicht leiden?«

Wieder wütendes Starren, diesmal noch intensiver als zuvor.

»Das habe ich erwartet. Bitte, fahr fort.«

Ihre Augen wurden schmal. »Ich weiß, was du bist, Justin Sterling.«

»Du behauptest, sehr viel über mich zu wissen. Was, genau, weißt du denn nun eigentlich?«

»Alles, was ich wissen muss.«

»Zum Beispiel?«

»Du bist ein Leichtfuß«, sagte sie.

»Und?«

»Ein Schurke.«

Er konnte ein Lächeln nicht mehr zurückhalten. »Komm schon, das kannst du doch noch besser.«

»Glaubst du, ich hätte nicht bereits von deinen unzähligen Frauengeschichten gehört?«

»Das macht dir ja offensichtlich zu schaffen.«

Unglaublich, er konnte einen zum Wahnsinn bringen! Vollkommen gewissenlos. Arabella musste an die arme Emmaline Winslow denken, wie sie sich die Seele aus dem Leibe geweint hatte. Wie konnte er nur so oberflächlich sein?

»Du bist ein herzloser Lump.«

Er hob erneut eine Braue. »Ich habe meine Aufmerksamkeit noch niemals einer Frau zuteil werden lassen, der sie nicht willkommen war.«

»Das ist in deinen Augen sicherlich schon eine unglaubliche Tugend.«

Arabella reckte das Kinn. Seine Gelassenheit stachelte sie noch mehr an. »Ihr, mein Lord der Sünde –«

»Lord Sünde? Oh, das kommt ja passend aus deinem Mund, Miss Vikarin!« Er verdrehte die Augen. »Bist du schon fertig?«

Ihre Augen funkelten. »Keineswegs!«

»Na, dann, mach doch bitte weiter.«

»Du bist verabscheuenswürdig.«

Die Braue blieb oben. »Das geht auch noch besser!«

Arabella holte tief Luft. »Du bist absolut verabscheuenswert –«

»Du wiederholst dich, meine Teuerste.«

»Verabscheuenswert *und* abscheulich. Ich finde dich absolut widerwärtig. Völlig unerträglich–«

»Merkwürdig«, unterbrach er sie. »Anscheinend habe ich dieses Problem nur mit dir.«

Arabella gab einen schrillen Ton von sich. »Du bist gemein und ungehobelt –«

»Aber doch niemals zu einer Lady.«

»Offenbar findest du all das wahnsinnig amüsant. Aber ich sage dir eines: Ich sehe dich mit anderen Augen, nicht wie all diese albernen, affektierten Frauchen, die nervös hinter ihren Fächern kichern, wann immer sie dich erblicken. Keine anständige Frau wird dich jemals haben wollen. Ich bezweifle sogar, dass überhaupt eine Frau existiert, die zu deinem –« Sie gestikulierte heftig in Richtung seiner Brust.

»Herz?«, half er ihr aus.

»Was! So etwas besitzt du?«

»Ist das alles? Du verachtest mich also, weil ich eine Schwäche für schöne Frauen habe?«

»Dein Ruf ist absolut verwerflich, das weißt du.«

»Ich nehme jede Vergnügung mit, die sich mir bietet, und mein Ruf ist mit Sicherheit etwas, das ich sorgfältig kultiviert habe.«

»Du bist ein Schürzenjäger und ein Leichtfuß, Justin Sterling. Außerdem kann ich dich einfach nicht besonders leiden! Also, belassen wir es dabei, in Ordnung?« Sie versuchte, um ihn herum zu gehen.

Doch das ließ er nicht zu. Er hielt sie mit seinem Arm zurück.

»Lass mich los«, sagte sie mit Nachdruck.

»Ich glaube nicht.«

Arabella drehte den Kopf. Ein Schauer lief ihr über den Rücken. Erst jetzt hatte sie bemerkt, dass sein Lächeln vollkommen verschwunden war. Mit einem Mal lag etwas vollkommen Kaltes in seinem Blick.

In scharfem Ton sagte sie: »Was zum Teufel tust du?«

Ein unfreundliches Lächeln umspielte seine Lippen. »Ich denke, das ist offensichtlich, meine Liebe.«

Ihr blieb keine Chance zu antworten. Bevor sie reagieren oder auch nur ein weiteres Wort sagen konnte, hatte er ihr den Schleier von den Haaren gestreift.

Ihre Hand fuhr zum Kopf hinauf. »Justin! Warum tust du das?«

»Lass uns dies ein Souvenir zum Zeichen deiner Zuneigung nennen, ja?«

Er wandte sich zu ihr, so dass sie sich Auge in Auge gegenüberstanden. Mit seinem freien Arm drückte er sie an sich. Arabellas Atem kam stockend. Sie sah ihn direkt an. Dieser intensive Blick war irritierend. Zu spät erkannte sie ihre Unbesonnenheit; zu spät kam die Reue! Sie hatte ihn herausgefordert, und ein Mann wie er würde so etwas nicht so einfach auf sich beruhen lassen. Gerechtfertigt oder nicht, es war unklug gewesen, ihn so herauszulocken.

Eine glühende Hitze lag in seinen Augen, und auch etwas anderes, das sie nicht deuten konnte. Wut? Ganz sicher. Verlangen? Nein, entschied sie. Das sicherlich nicht. Aber dennoch …

»Gib ihn mir zurück«, sagte sie gleichmütig.

»Du bist nicht in der Position, Forderungen zu stellen, Arabella.«

In der Tat, dachte sie aufgebracht, sie war noch nicht einmal in einer Position, die sie so jemals für möglich gehalten hätte! Seine Nähe war überwältigend. Sie spürte, wie sich seine Brust beim Atmen an die ihre drückte. Sie war fest und breit. Wieder einmal merkte sie, wie er ihr das Gefühl vermittelte, zierlich und weiblich zu sein.

»Lass mich in Ruhe.« Sie versuchte mit allen Mitteln, Verachtung in ihre Stimme zu legen. Stattdessen klang sie bloß verzweifelt. »Ich weiß, was du da versuchst, Justin.«

»Sag es mir doch«, kam sanft seine Einladung.

Nervös benetzte sie ihre Lippen und sammelte all ihren

Mut zusammen, den sie gar nicht mehr hatte. »Du willst mich einschüchtern.«

Er lächelte boshaft. »Und? Bin ich erfolgreich?«

»Nein!«, log sie.

Doch er durchschaute sie. Das erkannte sie an der Art, wie sein Lächeln langsam breiter wurde und die smaragdgrünen Augen wie ein nächtliches Feuerwerk blitzten!

»Vielleicht solltest du tatsächlich Angst haben«, sagte er in einem Ton, der umso vernichtender klang, als er samtweich war. »Ah ja, vielleicht schon.«

Langsam ließ er den Blick über ihren Körper wandern, wobei er sehr lange und nachdrücklich an den Rundungen ihrer Brüste hängen blieb. Arabellas Herz machte einen Satz, und ihr Magen rebellierte.

»Nein«, sagte sie warnend. »Du benutzt die Frauen, Justin. Legst sie dann ab wie alte Schuhe, gedankenlos. Aber ich lasse nicht zu, dass du das mit mir machst.«

»Meine Liebe, du könntest mich gar nicht aufhalten.«

»Sag das nicht!«

»Muss ich dich an deine eigenen Worte erinnern? Ich bin ein Wüstling. Ein Schuft. Also spiel nicht mit dem Feuer. Spiel nicht mit mir! Wessen Ruf würde denn wohl leiden, wenn unsere Namen in Verbindung gebracht werden, wenn bekannt würde, dass du hier mit mir im Dunkeln stehst – hier, auf dem Pfad der Verliebten – in meinen Armen? Bestimmt nicht der meine. Bei deinem jedoch, tja …« Er beendete den Satz nicht.

O Gott! Was hatte sie getan? Sie hatte irgendetwas in ihm ausgelöst, freigesetzt, etwas Wildes und Urwüchsiges, etwas, das sie so gar nicht kannte … und das jenseits ihrer Fähigkeiten der Kontrolle lag. Er war wie ein Raubtier, dachte sie voller Panik.

»Das würdest du nicht tun«, flüsterte sie.

»Würde ich nicht?« Die Art, wie er lächelte, konnte

man fast als grausam bezeichnen. »Oh, ja, Arabella, ich sehe, du verstehst, was ich meine. Ich könnte dafür sorgen, dass es mit deinen Aussichten auf eine Heirat genau in dieser Nacht vorbei sein wird. Du sagst, dass keine anständige Frau mich je wird haben wollen. Da hast du sicher Recht. Das streite ich auch nicht ab. Aber, weiß Gott, kein anständiger Mann würde jemals *dich* nehmen wollen. Noch nicht einmal der arme, vernarrte Walter.«

Ihre Blicke trafen sich. Eine Spannung herrschte zwischen ihnen beiden. Seine Gesicht war im Dunkeln eine undurchdringliche bedrohlich Maske; jedes seiner Worte traf sie wie ein Schlag.

Denn – Gott hilf – es stimmte. Sie würde für immer mit Schande behaftet sein. Für immer ausgestoßen.

Ihr wurde klar, dass sie einem schlimmen Irrtum unterlegen war. Irgendwie hatte sie doch immer gewusst, dass Justin gefährlich war. Was sie nicht gewusst hatte, war, wie sehr – oder dass er *ihr* gefährlich werden konnte.

Ein Zittern durchfuhr sie. Ganz leicht schüttelte sie den Kopf. Ihr Blick durchbohrte ihn, glitt dann nach unten. »Tu es nicht!«, sagte sie mit erstickter Stimme. »Bitte, ruiniere nicht mein Leben.«

Genau das wollte er, das sah sie in diesem Augenblick ein. Das Gemeine, Hässliche in ihm wollte sie vorführen. Er wollte sie verletzen, sie dafür bestrafen, dass sie gesagt hatte, keine anständige Frau wolle ihn jemals haben.

Denn es war genau das, was sein Vater gesagt hatte. In der Nacht, in der er gestorben war. In der Nacht, in der *er*, Justin, ihn getötet hatte.

Zum Teufel mit ihr!, dachte er verbittert. Zum Teufel mit ihrer Lebhaftigkeit. Mit ihrer spröden, prüden Art! Dafür, dass sie so ein Drache war, so aufsässig, dickköpfig und ungestüm! Und zum Teufel mit ihrer rücksichtslosen, scharfen Zunge! Der Griff seines Arms um ihren

Rücken verstärkte sich. Steif stand sie in seiner Umarmung, aber sie zog sich nicht zurück. So gerne wollte er dem Verruchten in seinem Innern nachgeben, sich dem wilden, drängenden Bedürfnis ergeben, das seinen Kopf dröhnen und das Blut in seinen Adern pulsieren ließ, eine innere Hitze hervorrief und sich seiner bemächtigte. Sie hatte seine Lust entfacht, seine Wut angestachelt, und er wollte sie nur noch zu Boden werfen, ihren Mund erobern und schmecken und ihre Unschuld zum Teufel jagen. Zusammen mit seinem guten Gewissen. Er wollte zwischen ihre Schenkel gleiten, wieder und wieder, bis alles um ihn herum in einer purpurfarbenen Wolke der Lust explodierte.

Gott, was war er verdorben!

»Sieh mich an«, verlangte er.

Langsam hob sie den Kopf. Sie wandte nicht das Gesicht ab, obwohl sie das eigentlich wollte. Er sah, wie sie krampfhaft schluckte und sah Tränen in ihren weit auseinander stehenden Augen, spürte an ihrem tiefen, stockenden Atem, wie sie kämpfte, um ihre Gefühle in den Griff zu bekommen.

Irgendetwas in seinem Innern ließ ihn ahnen, wie viel es sie kostete, den Tränen nahe vor ihm zu stehen. Und er erriet auch, dass ausgerechnet er der letzte Mensch auf der Welt war, den sie diese Tränen sehen lassen wollte … aber was hatte er getan?

»Bitte«, flüsterte sie – so leise, dass er es kaum hören konnte. »Bitte, tu mir keine Schande an. Ich … es würde meine Tante Grace um den Verstand bringen.«

In diesem Moment verfluchte er sie, genauso, wie er sich selbst verfluchte. Er hatte sie doch einschüchtern wollen. Besiegen.

Und das war ihm auch gelungen.

Abrupt ließ er sie los.

»Geh«, sagte er mit Nachdruck. »Geh, bevor ich mir es anders überlege.«

Sie brauchte keine weitere Aufforderung, schürzte ihre Röcke und rannte an ihm vorbei in Richtung des Hauptplatzes.

Nicht ein einziges Mal drehte sie sich um.

Siebentes Kapitel

Nachdem Justin in sein Stadtdomizil zurückgekehrt war, trank er eine ganze Flasche Brandy aus. Benebelt und halb bewusstlos tastete er sich die Treppe hinauf in sein Schlafgemach. Angezogen und mit dem Gesicht nach unten fiel er aufs Bett. Er schlief sofort ein.

Am Morgen erwachte er mit fürchterlichen Kopfschmerzen … und Arabellas weichem Spitzenschleier, den er noch immer in der Hand hielt.

Stöhnend drehte er sich herum; er verspürte Übelkeit. Beim Himmel, was war er nur für ein Bastard. Er taumelte aus dem Bett und griff abermals nach der Flasche. Eines Tages, dachte er bitter, würde er vielleicht lernen, dass das Trinken nichts daran änderte, wer er war … und was er getan hatte.

Und was Arabella betraf, die Unerreichbare hatte das Undenkbare geschafft.

Sie hatte seinem Stolz einen Schlag versetzt. Irgendwie ging ihm dieses Mädchen unter die Haut! Nie hatte er so etwas wie Reue gekannt oder gefühlt. Justin machte sich keine Illusion darüber, dass er der womöglich schlimmste Schuft auf der Welt war. Er hatte es sich zur Regel gemacht, niemals zurückzuschauen. Arabella hingegen war es gelungen, dass er Selbstverachtung empfand, ein Gefühl, das selbst Sebastian kaum je geschafft hatte bei ihm hervorzurufen.

Und dafür war er Arabella keinesfalls dankbar.

Im Laufe der nächsten Tage gab er sich alle erdenkliche Mühe, diese letzte Begegnung – und *sie*! – aus seinen Gedanken zu verbannen.

Es war ein sinnloses Unterfangen.

Wütend über sich selbst und genervt vom Alleinsein, ließ er sich schließlich eines Abends eine Kutsche kommen und fuhr zu White's. Dort steuerte er umgehend den Glücksspieltisch an. Es dauerte nicht lange, da kam Gideon herangeschlendert und stellte sich neben ihn. Justin brummelte nur einen Gruß.

»O mein Gott! Nicht ganz im Reinen mit dir und der Welt, was?«

Justins Stimmung war gedrückt. Er starrte Gideon finster an. »Was geht dich das denn an?«

Der nickte in Richtung der Würfel. »Ich würde nicht gerne mit ansehen, wie du dein Vermögen verspielst. Schließlich freue ich mich schon darauf, dass eine anständige Summe davon in meiner Tasche landet.«

Justin schaute ihn an. Zwei Tage lang war er betrunken gewesen – oder sogar drei? Es war ganz ziemlich anstrengend, mit diesem benebelten Hirn zu denken. »Wovon, zum Teufel, redest du eigentlich?«

Gideon zuckte mit den Schultern. »Nun ja, es gereicht mir wohl zum Vorteil, dass du hier bist, anstatt einer bestimmten jungen Lady die Aufwartung zum Tanz zu machen, die ich übrigens gerade auf dem Fest der Barringtons gesehen habe. Du bist dir doch sicher bewusst, dass die Konkurrenz deine Abwesenheit nutzt, um die betreffende Dame zu umschwärmen? Gerüchten zufolge reißt die Schlange ihrer Verehrer nicht ab, weder gestern noch heute.«

Mit düsterem Gesichtsausdruck schnappte Justin sich Gideon am Ellbogen und zog ihn in eine Ecke. In betrunkenem Zustand war mit ihm nicht zu spaßen. War noch nie mit ihm, würde es auch niemals sein. »Unsere Wette gilt nicht mehr«, stellte er knapp klar. »Ich hätte mich nie darauf einlassen sollen.«

Gideon blieb hartnäckig. »Dafür ist es jetzt zu spät, mein Freund. So leicht kommst du mir nicht davon.«

Justin atmete schwer aus. »Verdammt, Gideon –«

»Muss ich dich wirklich daran erinnern, dass eine Wette eine Wette ist? Ich entlasse dich daraus!«

»Und ich habe nicht vor, sie ungesetzlich zu brechen. Morgen früh bekommst du einen Schriftsatz.«

Gideon hingegen verfolgte andere Absichten. »Das entspricht nicht dem, was wir abgesprochen haben«, erinnerte er Justin direkt. »Sie ist die Deine innerhalb von einem Monat, so war es, glaube ich. Ich bin fair«, sagte er achselzuckend. »Ich bereue lediglich, dass ich den nächsten Monat in Paris sein werde und nicht beobachten kann, ob du Fortschritte machst – oder nicht –, was wohl bisher der Fall war.«

Justin presste die Kiefer aufeinander. Er schwieg, während Gideon ihn neugierig ansah. »Was denn! Bereits an Boden verloren? Ist die Dame denn so standhaft trotz all deines Werbens? Tja, ich fürchte, du hast in der Tat kein Händchen …«

Gideons Lächeln machte es nur noch schlimmer. Arabella würde ihn für immer hassen; dafür hatte er bei der letzten Begegnung gesorgt. Aber so etwas würde er Gideon ganz bestimmt nicht offenbaren. »Das ist nicht deine Angelegenheit«, sagte er in scharfem Ton.

Wenigstens wusste Gideon, wann er aufzuhören hatte. Er legte den Kopf schief. »Dann also, adieu. Ich freue mich, dich zu sehen, wenn ich wieder zurück bin.«

Justin stolzierte zurück zum Spieltisch. Dort verlor er eine beträchtliche Summe. Er redete sich ein, dass es ihm völlig egal sei, mit welchem Dummkopf Arabella sich wann oder warum abgab. Das war nicht seine Sache.

Doch bereits eine Stunde später stand er am Rande des Ballsaals im Hause der Barringtons und begrüßte den Hausherrn.

Und da war *sie* …

Arabella saß in der Nähe des Tisches mit den Erfrischungen. Sie trug ein grünes Kleid mit einem tiefen, eckigen Ausschnitt, der die Rundungen ihrer Brüste enthüllte. Ihr Haar war am Kopf locker zusammengebunden. Diese Frisur fand er wunderschön, betonte sie doch perfekt ihren langen, schlanken Hals. Er dachte daran, wie es wäre, ihr die Locken aus dem Nacken zu streichen und sie dort mit dem Mund zu berühren. Ihre Haut würde warm und weich wie Samt sein.

Was zur Hölle hatte ihn eigentlich veranlasst, hierher zu kommen?, fuhr es ihm durch den Kopf. Wieso rannte er ihr hinterher wie ein dummer, liebeskranker Schuljunge? Er war ein Mann von Welt, ein Mann, der seine Beziehungen auf erfahrene Frauen beschränkte. Frauen, die wussten, wo die Grenzen waren und von ihm nicht mehr erwarteten als er von ihnen – eine Verbindung, die sich unbeschwert auf das Ausleben der Lust beschränkte. Genau aus diesem Grunde hatte er um Jungfrauen immer einen Bogen gemacht!

Zwei Männer standen vor ihr. Gideon hatte Recht gehabt, nahm Justin grimmig zur Kenntnis. Er erkannte die beiden aus jener unseligen Nacht bei White's – Drummond und Gregory Fitzroy. Die Wölfe kreisten in der Tat das Opfer ein … Etwas regte sich heftig in seiner Brust. Herrgott noch mal! Es war nicht *sie*, die sie wollten, es ging ihnen nur darum, diese verdammte Wette zu gewinnen! Sie würden sie nur benutzen, um sie dann genauso rücksichtslos sitzen zu lassen, wie ... wie er es tun würde, handelte es sich um irgendeine andere Frau.

Er sollte sie warnen. Oh, das sollte ja richtig gut funktionieren, verhöhnte ihn eine innere Stimme. Sie würde es lediglich als weitere Beleidigung auffassen.

Ein vorbeikommender Diener bot Wein an. Justin nahm sich ein Glas und leerte es in einem Zug.

Als er wieder zu ihr hinüber sah, hatte sich noch ein dritter Mann vor sie hingestellt – Charles Brentwood. Justin stellte sein Glas auf den nächstgelegenen Beistelltisch ab. Brentwood stand direkt vor ihr und kam so in den Genuss, sie von oben anschauen zu dürfen. Er schielte ziemlich lüstern in ihren großzügigen Ausschnitt. Justin war der Meinung, dass er entschieden viel zu viel sehen ließ. Diese Art des Schauens war bei Männern sehr verbreitet, aber ihn trieb es plötzlich fast zur Weißglut. Und was das Kleid anging, so war es eigentlich absolut modisch geschnitten, aber was machte das schon? Er wollte nur noch eines – Brentwood dieses selbstgefällige Grinsen aus seinem Gesicht schlagen.

In diesem Moment verspürte Justin ein ihm bis dahin völlig unbekanntes Gefühl. Es brodelte in ihm wie ein Gift und durchfuhr ihn so, dass er alles um ihn herum wie durch einen Nebel wahrnahm. Dumpfes Dröhnen war in seinen Ohren. Er wollte aufspringen, durch den Ballsaal stürmen und jeden Mann um sie herum in Stücke reißen. Zuerst dachte er, das läge am Wein; er hatte schon wieder viel zu viel getrunken. Aber dieses Gefühl war ihm so fremd, dass er eine Weile brauchte, um sich darüber klar zu werden.

Ein Stich war ihm durchs Herz gegangen. Er war voller Eifersucht.

Oh, das fehlte ja noch, dachte er bei sich. *Er* und eifersüchtig. Er, Justin Sterling, der berüchtigtste Wüstling der Stadt, der es sich außerdem leisten konnte, unter den allerschönsten Frauen des Landes auswählen zu können! Aber in der Tat, er war fast schon von einer rasenden Eifersucht geplagt.

Wie zum Teufel war das bloß passiert? Und warum Arabella? Wie konnte sie, eine völlig anständige Unschuldige, ihn dermaßen verhext haben? Wie war es möglich, dass dieser feuerrote Teufel es geschafft hatte, was keiner anderen jemals gelungen war? Die sinnlichsten, schönsten Frauen Europas hatten bereits versucht, ihn eifersüchtig zu machen. Keine hatte es vermocht. Keine ... allein Arabella.

Er begehrte sie. Er begehrte sie auf fast schmerzhafter Weise. So, wie er sie in der Nacht in Vauxhall Gardens begehrt hatte, mit einer ungezügelten, ungezähmten Begierde, die ihm wie Feuer in der Seele brannte. Er wollte sie so sehr, dass er die Hand zur Faust ballen musste, um es auszuhalten. Und wenn er hier noch länger so herumstand, würde es bald jeder der hier Anwesenden mitbekommen.

Würde es sich um irgendeine andere Frau handeln, dann würde er sich einfach nehmen, was er wollte. Er würde ihren Widerstand einfach durch Beharrlichkeit brechen, bis er sie da hatte, wo er sie wollte – ohnmächtig und halb verrückt vor Sehnsucht. Justin war nicht daran gewöhnt, sein Verlangen nach einer bestimmten Frau unterdrücken zu müssen. Das hatte er nie nötig gehabt. Es waren weder Begierde noch Arroganz die seinen Erfolg bei Frauen ausmachten. Er *war* einfach so erfolgreich.

Aber hier handelte es sich um Arabella. *Arabella.*

Und sie konnte seine Gegenwart nicht ertragen.

Ein bitteres, dumpfes Gefühl beschlich ihn. Er war ein Dummkopf, hierher zu kommen. Würde er jetzt gehen, dann würde sie gar nicht mitbekommen, dass er hier gewesen war. Aber er wusste, dass er bleiben würde. Vielleicht war dies seine ganz persönliche Art der Strafe – Gott war sein Zeuge, er verdiente es – zusehen zu müssen, wie sie ihre Aufmerksamkeit charmant ihren Bewunderern zuteil werden ließ. Diese Elenden! Aber in seinen Schläfen hämmerte es. Dieses letzte Glas Wein hatte ihm den Rest gegeben … Die Luft im Ballsaal war plötzlich stickig.

Wortlos drehte er sich um und ging in Richtung der Terrasse.

Arabella hatte es in dem Moment gespürt, als Justin in den Ballsaal gekommen war. Sie fühlte es auf eine ausgesprochen merkwürdige Weise. Zuerst schlug ihr Herz schneller – und dann bemerkte sie ein seltsames Prickeln im Nacken, als hätte sie jemand dort berührt …

Und da wusste sie … sie *wusste* es einfach, dass Justin da war.

Und, Gott im Himmel, da war er und sprach mit Lord Barrington. Groß und schlank, in einem Abendanzug mit schneeweißen Manschetten aus Spitze. Kein Mann hatte das Recht, eine solch männliche Ausstrahlung zu haben, und dieser Gedanke war ihr lästig.

Mit Mühe konnte sie den Blick abwenden. Einer der umstehenden Gentlemen stellte eine Frage. Sie hörte sich antworten, aber bereits eine Sekunde später hätte sie sich bei ihrer Seele weder an die Antwort noch Frage erinnern können! Die Gesichter um sie herum nahm sie nur verschwommen war. Da war George … oder war es Gregory –, der sie fragte, ob sie noch ein Glas Wein möchte. O Gott, sie konnte sich nicht einmal an die Namen erinnern!

Als sie es wieder wagte, in Justins Richtung zu blicken, hatte er ihr den Rücken zugekehrt. Er ging in Richtung Terrasse, mit dieser ihm eigenen lässigen Art.

Fast wäre sie aufgesprungen. »Ich bitte um Entschuldigung.«

»Miss Templeton!«

»Ich muss doch fragen, wohin –«

Sie drehte sich herum. »Gentlemen«, sagte sie mit Nachdruck, »ich möchte keinen Wein, keine Limonade und nichts zu essen. Alles, wonach ich mich im Moment sehne, ist ein Augenblick für mich allein.«

Sie ließ die Herren mitten im Saal stehen. Sie wusste nicht, was sie jetzt über sie denken würden. Es war ihr auch egal. In Wahrheit konnte sie gar nicht sagen, was über sie gekommen war. Sie konnte nur noch an Justin denken. Warum hatte er sie nicht wahrgenommen? Eine innere Stimme schalt sie. Es war nicht klug, ihm zu folgen, denn er war für sie schließlich der Teufel in Person. Trotzdem, sie hätte weder ihren Willen noch ihre Schritte stoppen können. Genauso wenig, wie sie hätte den Erdenball anhalten können.

Die Terrasse lag verlassen da. Hinter ihr im Saal begannen die Musiker einen Walzer zu spielen. Die glitzernden Lichter des Ballsaals erhellten ihr den gewundenen Weg durch den Garten, der an drei Seiten von einer hohen Steinmauer umgeben war. Dort, in einer Ecke, entdeckte sie Justin. Er stand vor einem Brunnen und schaute wie verzaubert in den Himmel.

Verzaubert. Genauso fühlte sie sich. Was für ein Wahnsinn hatte von ihr Besitz ergriffen, dass sie ihm hierher gefolgt war? Sein Anblick versetzte ihr Inneres in Aufruhr und ließ ihr die Knie weich werden.

Trotzdem schaffte sie es, mit fast ruhiger Stimme zu sprechen. »Hallo, Justin.«

»Na, wenn das nicht Miss Vikarin ist.«

Miss Vikarin. Arabella errötete.

Er drehte ihr absichtlich den Rücken zu. Arabella blieb,

wo sie war, vorsichtig und unsicher. Es schien, als sei er entschlossen, sie zu ignorieren. Sie konnte es ihm nicht verdenken; dennoch tat es weh.

»Was! Noch nicht wieder weg?« Er warf einen Blick über die Schulter.

Auf einmal war ihr Mund ganz trocken; sie brachte lediglich ein Stammeln zu Stande. »Ich ... es ist nur ... ich habe dich ein paar Tage lang nicht gesehen. Warst du krank?«

»Nein.«

Endlich wandte er sich zu ihr um.

Es brauchte ihren ganzen Mut, da stehen zu bleiben, wo sie gerade stand. »Ich habe dich da drinnen gesehen«, kam ihr schließlich über die Lippen. »Wolltest du weggehen, ohne irgendetwas zu sagen?«

»Ja.«

Nun, er war wenigstens ehrlich.

»Hör zu, Justin. Ich schätze, wir werden uns wohl kaum völlig aus dem Weg gehen können. Also müssen wir uns irgendwie arrangieren. Ich finde, dass wir zumindest anständig miteinander umgehen sollten.«

»Dem stimme ich vollkommen zu. Also, wenn du gekommen bist, um dich groß zu tun oder eine neue Schmährede zu halten, dann lass es einfach. Betrachte mich ruhig als gebührend zurechtgewiesen.«

Sein Verhalten war äußerst zurückhaltend, sein Tonfall kühl. Ein Schuldgefühl bemächtigte sich ihrer. Er konnte ja nicht ahnen, wie sie ihren Ausbruch von vor ein paar Tagen bereute.

»Justin«, sagte sie leise, »vor ein paar Tagen ... ich habe geredet, ohne –«

»Du hast gesagt, was du denkst.«

»Aber ich wollte nicht –«

»Doch, wolltest du wohl«, unterbrach er sie. »Das wissen wir doch beide.«

Sie schaute zu ihm auf. Seine Schultern waren steif und hochgezogen. Sie könnte fast meinen, dass er …

»Sag jetzt bloß nicht, dass meine Worte dir so viel ausgemacht haben –«

Sie brach ab und starrte ihn an. Was stimmte nicht mit ihm? Er klang so komisch. Seine Augen sahen irgendwie seltsam aus, und er stand nicht wirklich sicher auf den Beinen … Grundgütiger, er war betrunken!

Und, wie es schien, hatte er noch etwas zu sagen.

»Überrascht dich das, Arabella? Erschreckt es dich? So sieht es aus. Schuft, der ich bin, habe ich trotzdem Gefühle. Und entgegen deiner Meinung habe ich auch ein *Herz.*«

Arabella war zu überrascht, um etwas zu entgegnen.

»Ich glaube, ich habe eine Erklärung verdient. Es muss doch irgendeinen einen Grund geben, warum du mich so verabscheust. Von Anfang an hast du mich so behandelt. Sogar schon als Kind. Aber ich habe dir nie etwas getan.«

»Nein, mir nicht, aber –«

Sie hielt inne. Dies war kein Gespräch, das sie weiterführen wollte, schon gar nicht auf Grund seines Zustandes.

»Justin«, sagte sie hilflos. »Es ist nicht so, dass ich dich nicht leiden kann –«

»Warum hast du dann solche Dinge gesagt?« Sein Tonfall war beinahe anklagend.

Er trat näher an sie heran. Der Geruch von Wein und Brandy machte ihr zu schaffen. Lieber Himmel, es wäre ein Wunder, wenn sie davon nicht auch betrunken würde!

»Was wäre, wenn ich dir sagte, ich mag dich?«, fuhr er fort. »Und dass du mir gefällst?«

»Dir gefallen doch alle Frauen!«

»Das ist nicht wahr. Es ist weithin bekannt, dass ich ausgesprochen wählerisch bin. Sonst hätte ich nicht in der ersten Nacht mit dir getanzt. Und in der zweiten. Gott, ich würde überhaupt nicht hier stehen, wenn es anders wäre.«

Arabella sah ihn verdutzt an. Sie konnte sich nicht helfen, aber sie war unerklärlich nervös. Was sollte sie denn bloß *dazu* sagen? Sie war hierher gekommen, um sich bei ihm zu entschuldigen. Sie war auf seine Ironie vorbereitet gewesen, auf seine sarkastischen Seitenhiebe und seine Arroganz. Auf alles, aber nicht auf dies ...

Ein Dutzend verschiedener Gefühle überkamen sie. Betroffenheit. Warnung. Sie fühlte sich geschmeichelt und geehrt, wehrte sich jedoch gleichzeitig vehement dagegen. War dies die Methode, mit der er so viele Eroberungen gemacht hatte? Indem er die Frauen in unerwarteten Momenten so konfrontierte? Ach, welch dumme Frage. Ein Mann, der aussah wie er, brauchte kein außergewöhnliches Geschick, um eine Frau in sein Bett zu bekommen.

»Was, wenn ich sagte, ich möchte dich küssen?«

Das wurde ja immer schlimmer.

Ihr Herz schien zu flattern, so dass sie nicht mehr richtig atmen konnte. Vielleicht wusste er gar nicht mehr, was er sagte. »Justin«, fragte sie, »wie viel hast du heute Abend getrunken?«

»Zu viel.« Er reagierte, als habe sie ihn nach der Uhrzeit gefragt. »Aber du hast meine Frage noch nicht beantwortet.«

»Das habe ich auch nicht vor!«

»Und warum nicht? Willst du mich nicht küssen?«

»Nein. Du bist betrunken.« Sie konnte überhaupt nicht verstehen, warum Männer sich so zu Alkohol hingezogen fühlten.

»Aber ich bin doch der bestaussehende Mann von ganz England.«

Sie tat angewidert.

»Im Moment bist du der abstoßendste Mann von ganz England.« Als ob das überhaupt möglich wäre.

»Ach, komm schon. Es wird behauptet, dass –«

»Jetzt gib nicht an, Justin! Ich weiß genau, was über dich gesagt wird! Du meinst, wenn du einen Raum betrittst, richten sich die Blicke aller weiblichen Wesen auf dich, und sie versuchen, deine Aufmerksamkeit zu erlangen.« Nun ja, das war zwar normalerweise auch so, aber er brauchte keine zusätzliche Bestätigung.

»Und was ist mit dir, Arabella?«

»Was soll mit mir sein?«

»Fühlst du dich nicht zu mir hingezogen?«

Arabella erbleichte. Er rückte näher heran. Sie wurde nervös. »Andere Frauen –«, begann sie.

»Andere Frauen sind mir gleichgültig. Du nicht. Ich möchte wissen, was du denkst. Wie du besonders über mich denkst.«

Sie trat etwas zurück, nur um festzustellen, dass sie mit dem Rücken in der Ecke stand. Justin stand vor ihr. Groß. Stark. Mächtig. Eine Flucht war ausgeschlossen.

Ihre Blicke trafen sich. Er lächelte und hob eine Hand.

Schockiert spürte sie, wie seine Finger langsam von ihrem Handgelenk in Richtung Ellbogen strichen; es fühlte sich an wie Feuer auf ihrer Haut.

Ihre Nägel gruben sich in die Handflächen. Selbst betrunken war er unwiderstehlich anziehend. »Lass das sein«, sagte sie mit unsicherer Stimme.

Doch das tat er nicht. Sein Blick verharrte lange auf ihrem Gesicht. Betrunken oder nicht, er merkte doch genau, wie sie sich zu ihm hingezogen fühlte! Sicher wusste sie das, und er fragte mit weicher Stimme: »Hast du dich eigentlich jemals gefragt, wie es ist, von mir geküsst zu werden?«

Ich habe mich gefragt, wie es ist, überhaupt geküsst zu werden, hätte sie beinahe geantwortet.

»Wieso glaubst du, ich würde es zulassen, dass du mich küsst?«, hörte sie sich sagen. War das eine Bitte? Eine Herausforderung? O Gott, sie wusste es selbst nicht!

»Und wieso denkst du, dass ich es einfach nicht trotzdem tun würde?«

Verflixt, er hatte einfach auf alles eine Antwort!

»Du bist ein … Mann von ungehöriger Begierde.«

»Und du eine Frau von makellosem Ruf.« Ein Finger schob sich unter ihr Kinn und hob ihr Gesicht zu seinem empor. Arabella schluckte. Sie konnte den Blick nicht von der Schönheit seiner edel geschwungenen Lippen wenden. Er senkte den Kopf, so dass sich ihre Lippen beinahe berührten. Aber nur beinahe.

Ihr gesamter Körper war in Alarmbereitschaft; das Herz hämmerte wie wild. Sie hätte sich nicht bewegen können, selbst wenn sie es gewollt hätte; doch die schockierende Wahrheit war, dass sie es nicht einmal versuchte!

Seine Blicke wanderten zu ihren Lippen. »Sag die Wahrheit, Arabella. Du bist noch niemals geküsst worden, oder?«

Stumm schüttelte sie den Kopf.

Seine Augen wurden dunkler. »Dann ist es ja wohl an der Zeit dafür«, flüsterte er.

Es blieb keine Zeit mehr, darüber nachzudenken und abzuwägen. Sein Mund schloss sich über dem ihren, heiß und langsam, ein Kuss, der ruhig erkundete. Ihre Anspannung ließ nach, und sie dachte, wenn er nicht die Arme um ihre Taille gelegt hätte, dann wäre sie wahrscheinlich dahin geschmolzen.

Denn dieser Kuss war überhaupt nicht so, wie sie es erwartet hätte …

Aber genauso, wie sie sich ihn wünschte. So, wie sie überhaupt nicht geahnt hätte, sich so etwas zu wünschen. Sie spürte, wie sie fast davon schwebte, nichts existierte mehr außer dem köstlichen Gefühl seiner Lippen auf den ihren. Sein Kuss nahm ihr fast die Sinne, so als habe *sie* ein bisschen zu viel getrunken.

Justin murmelte etwas Unverständliches. Ein Schauer durchfuhr sie, als seine Zunge die ihre berührte. Sie zog sich nicht zurück und fühlte … oh, der Himmel sollte ihr beistehen. Entzücken, vielleicht. Was immer es war, es ließ sich mit keinem ihr bekannten Gefühl vergleichen. Als ob ein Feuer in ihren Adern entzündet worden wäre, sogar dort, an den Spitzen ihrer Brüste … ganz *besonders* da.

Unter dem drängenden Druck seiner Lippen öffnete sie ihre noch weiter. Für die Dauer eines Herzschlags spürte sie eine seltsame Unruhe in ihm, die sie nicht verstand. Genauso wenig wie sie das ruhelose Gefühl in ihrem eigenen Körper begriff. Sie sehnte sich danach, ihre Arme um seinen Hals zu schlingen, sich auf die Zehenspitzen zu stellen, sich an ihn zu drücken und zu schmiegen; aber sie war feige und traute sich nicht ganz. Und gerade, als sie merkte, dass sie sich einer Grenze näherten … sie wusste nicht, was es war, nur dass es … etwas mehr war, hob er seinen Kopf.

Sie gab einen schwachen Laut des Protestes von sich. War es denn jetzt schon vorbei?

»Arabella?«

Noch etwas benommen öffnete sie die Augen.

Er fuhr ihr mit einer Fingerspitze über die Nase. »Ein Wort der Warnung, meine liebe Miss Vikarin. Ich habe dich heute Abend mit deinen Schönlingen beobachtet. Du hast geflirtet und gelacht. Vertrau ihnen nicht, keinem von ihnen. Alles, was sie wollen, ist dir die Unschuld zu nehmen.«

Arabella blinzelte.

»Und das nächste Mal, wenn ich dich küssen will …«

»Ja?«, fragte sie atemlos.

»Lauf, Liebste. Lauf weg, so weit und so schnell du kannst … sonst fange ich dich.«

Achtes Kapitel

»Arabella? Arabella, was ist denn mit dir heute Morgen bloß los?«

Die Stimme ihrer Tante schien von irgendwo aus weiter Ferne zu kommen.

Arabella setzte ein strahlendes Lächeln auf.

»Ja, Tante?«

Tante Grace machte eine ausladende Geste in Richtung von Arabellas Teller. »Meine Liebe. Zuerst kleckerst du jede Menge Orangenmarmelade auf deinen Toast. Dann fügst du noch ein bisschen Beerengelee hinzu – den die Köchin zugegebener Maßen ganz vorzüglich hinbekommen hat –, und dann verschmierst du das Ganze mit noch mehr Marmelade.«

Arabella warf einen Blick auf ihren Teller. Der Anblick brachte sie fast zum Würgen. Ihr Toast sah aus wie ein Hügel aus Marmelade …

Genauso hatte sie sich gefühlt, als Justin sie küsste.

»Außerdem hast du, glaube ich, mindestens ein Dutzend Zuckerstückchen in die Schokolade getan.«

»Oh, Tante, ganz bestimmt nicht.«

Arabella kostete und prustete fast alles wieder heraus. Ihre Schokolade schmeckte widerwärtig süß.

Sie saßen im Frühstückszimmer zusammen. Selbst Onkel Joseph, der die morgendliche Ruhe normalerweise dazu nutzte, sich hinter der ›Times‹ zu vergraben, ließ die Zeitung sinken, um sie unter hochgezogenen, buschigen Brauen zu mustern.

»Arabella«, fragte er, »stimmt etwas nicht?«

»Nein, Onkel«, gab sie schnell zurück. »Ich fürchte nur, ich habe letzte Nacht nicht besonders gut geschlafen.«

Wenigstens das entsprach der Wahrheit.

Sie hatte die ganze Nacht damit zugebracht, sich hin und her zu wälzen. Ein halbes Dutzend Male hatte sie sich aufgesetzt, voller Ungläubigkeit darüber, was geschehen war.

Ihr erster Kuss – und nicht von dem Mann, den sie einmal heiraten würde. Dieses wundersame Erlebnis, von dem jedes junge Mädchen träumte, hatte sie mit dem schlimmsten Wüstling aus ganz London geteilt.

Wie um alles in der Welt hatte das passieren können? Sie sollte sich gedemütigt fühlen, Schrecken empfinden. Bei allen Heiligen, sie hätte die Geistesgegenwart besitzen müssen, den Kuss abzubrechen. Sie hätte es erst gar nicht dazu kommen lassen dürfen! Und vor allem machte ihr zu schaffen, sich eingestehen zu müssen, dass Justin seinen Willen durchgesetzt hatte – nicht sie. Wäre es nach ihr gegangen, hätte er sie endlos weiter küssen können. Oh, und wenn er nur ahnen könnte, was für skandalöse, ungehörige Gedanken ihr selbst jetzt im Kopf herum spukten … Die herrliche Wärme seiner Lippen, die sich um die ihren schlossen, war beinahe köstlich sündhaft …

Miss Vikarin, von wegen.

Ihre Erinnerung war von einer Deutlichkeit, die allzu lebhaft war. Ihre Wangen wurden feuerrot. Er hatte sie verhext. Verblendet, verzaubert. Obendrein war letzte Nacht auch noch Vollmond gewesen. Nun, wenn sie an so einen Blödsinn glaubte, könnte sie sich daran festklammern – als perfekte Erklärung für ihr ungebührliches Verhalten.

Schrecklich, dachte sie, dass ihr eigentlich nur eine Erklärung blieb. Es hatte ihr *gefallen,* Justin zu küssen. Das Gefühl seiner Lippen auf ihren. Das Gefühl, das *von ihm* ausströmte, wie er sich anfühlte – so warm, so hart und absolut männlich … es war eine betörende Versuchung. Sie hätte nie gedacht, dass ein bloßer Kuss so berauschend sein könnte. Er konnte süchtig machen. Sie hatte es so genossen, dass sie gewünscht hatte, er möge sie noch einmal mehr küssen …

Sie presste die Serviette zusammen. Das würde nie geschehen, sagte sie sich, fast schon mit Bitterkeit. Er hatte sie nur geküsst, weil er betrunken war.

Wie dem auch sei, betrunken oder nicht – sie machte sich nicht gerade viel aus der Vorstellung, ihn wieder zu sehen. Ohne Zweifel würde er sich triumphierend aufführen. Würde er sie verhöhnen? Sich in seiner arroganten Art, die sie ungeheuer wütend machte, über ihre Schwäche lustig machen,?

Sie hatte ihm nachgegeben. Sie, die geglaubt hatte, anders zu sein als diese albernen Mädchen, die kichernd mit dem Wimpern klimperten und sich ihm fast in den Weg warfen?

Und er würde es genießen, sie daran zu erinnern.

Für ihn hatte es ja keine Bedeutung. Justin Sterling war ein Mann, der mit Sicherheit schon Hunderte Frauen in seinem Leben geküsst hatte. Aber für Arabella … ihr war der Kuss unter die Haut gegangen. Selbst jetzt, am Morgen danach, erinnerte sie sich noch an jedes Detail. Wie breit seine Brust war, wie sie seinen Atem gespürt hatte, als seine Lippen an den ihren lagen.

Diese Gedanken erwiesen sich als verräterisch, denn man merkte ihr etwas an. Onkel Joseph war mit der Lektüre seiner Zeitung fortgefahren, aber Tante Grace musterte sie immer noch sehr aufmerksam. »Arabella«, sagte sie mit strenger Miene, »bist du wieder ohne dein Häubchen im Garten gewesen?«

Nein! Ich bin im zwar Garten gewesen, aber mit Justin.

Sie spürte das fast unbändige Verlangen, mit der Wahrheit herauszurücken. Stattdessen antwortete sie knapp: »Nein, Tante Grace.«

»Du hast so gerötete Wangen, Liebes. Und du hast noch gar nichts gegessen.« Sie wirkte beunruhigt. »Ich will ja nur hoffen, dass du mir jetzt nicht Fieber bekommst.« Tante Grace streckte den Arm aus und legte ihre fleischige Hand an Arabellas Wange. »Nein, kein Fieber, Gott sei Dank. Das geht nämlich jetzt *überhaupt* nicht, weißt du. Wir müssen doch morgen früh losfahren, hast du das vergessen?«

Arabella schaute sie an. »Wir fahren weg?«, fragte sie heiter. Oh, vielleicht nach Bath, dachte sie hoffnungsvoll. Sie schickte ein Stoßgebet zum Himmel; sie liebte Bath. Tante Grace und Onkel Joseph hatten dort ein hübsches Haus, und es gab für Arabella nichts Schöneres, als lange Spaziergänge in den umliegenden Hügeln zu unternehmen – es wäre der ideale Ort, um das Durcheinander in ihrem Kopf loszuwerden.

Das Beste wäre sowieso, weit, weit weg von Justin Sterling zu sein. Es würde keine weiteren Begegnungen geben – ob zufällig oder sonst wie – was sie als große Erlösung empfand. Die leise drängende Stimme in ihrem Innern, die sie daran erinnerte, dass sie diejenige gewesen war, die ihn in der letzten Nacht gesucht hatte, ignorierte sie einfach.

»Ja, Liebes«, sagte Tante Grace gerade. »Wir fahren sogar recht früh.«

Arabella lächelte; das erste aufrichtige Lächeln an diesem Tag. »Wo fahren wir denn hin, Tante?«

Tante Grace trank ihren Tee aus. »Der Marquis von Thurston und seine Frau geben ein Fest – weißt du das nicht mehr? Wir fahren nach Thurston Hall, auf ihren Landsitz.«

»Waaas?« Einen Moment lang konnte sie es nicht fassen. Fast hätte sie vor Bestürzung aufgeschrien.

Sie wusste natürlich, wer dieser Marquis von Thurston war. Es war Justins älterer Bruder Sebastian. Gütiger Himmel …

»Ja, Liebes.« Tante Grace schob ihren Stuhl zurück. »Letzte Woche kam die Einladung. Ich bin sicher, es erwähnt zu haben. Es wird dir wohl entfallen sein.« Sie klang sehr vergnügt. »Eine Woche in Thurston Hall … Es ist ein bezaubernder Ort, Liebes. Und ich muss zugeben, dass ich mich sehr darauf freue.«

Aber Arabella freute sich überhaupt nicht. Noch lange, nachdem Tante Grace den Tisch verlassen hatte, blieb sie sitzen. Tante Grace hatte Recht. Diese Einladung *war* ihr entfallen. Sie hatte sie in der Tat völlig vergessen. Schließlich stand sie mit einem tiefen Seufzer auf.

War es vermessen, darauf zu hoffen, dass Justin nicht dort sein würde?

Sie schnaubte verächtlich. Sie musste sich damit abfinden, dass Justin da sein würde. Zweifellos, so umwerfend und verwegen und gefährlich wie immer.

Die kleine quälende Stimme ganz in ihrem Innern, die sie an ihre gestrige Ansprache erinnerte, gefiel ihr keineswegs …

Ich schätze, wir werden uns wohl kaum völlig aus dem Weg gehen können. Also müssen wir uns irgendwie arrangieren. Ich finde, dass wir zumindest anständig miteinander umgehen sollten.

Was hatte sie sich dabei gedacht, so einen Blödsinn von sich zu geben? Und wieso nur hatte sie das Gefühl gehabt, dass diese Worte auf sie zurückfallen würden?

Sie zweifelte nicht daran, dass ihm etwas Neues einfallen würde, womit er sie quälen konnte.

Sei es drum. Wenigstens eines war sicher. Sie musste sich keine Sorgen darüber machen, dass er sie würde wieder küssen wollen. Es gab keine denkbare Möglichkeit in diesem Leben, dass das noch mal geschehen konnte.

Vielleicht, eines Tages – vorausgesetzt, dass sie jemals heiraten sollte – würde sie ihren Enkeln erzählen, das sie einst von dem schönsten Mann von ganz England geküsst worden war …

Sie würden ihr niemals glauben. Wie sollte denn irgendwer das glauben, da sie selbst es noch nicht einmal tat.

Die Reisekutsche der Burwells war ein gut gefedertes und angenehmes Gefährt. Tante Grace plauderte munter drauflos, während sie das hektische, geschäftige London hinter sich ließen. Sowohl Arabella als auch Onkel Joseph hörten nur mit halbem Ohr zu. Zu Mittag machten sie kurz Halt an einem Landgasthof und setzten dann ihre Reise fort. Es dauerte nicht lange, und die Tante und der Onkel waren eingenickt. Als Arabella die beiden so betrachtete, musste sie lächeln. Tante Grace schnarchte leise mit halb geöffnetem Mund, den Kopf an Onkel Josephs Schulter gelehnt. Der Onkel hatte die Krempe seines Hutes gegen die grelle Sonne heruntergeklappt. Tante Grace bewegte sich leicht; er umfasste sanft ihre fleischigen Finger.

Arabella fragte sich, wie sie hatte so blind sein können. Tante Grace und Onkel Joseph liebten sich. Sie hatte nur stets geglaubt, das sei mit der Zeit gekommen, *nach* der Hochzeit. Aber seit ein paar Tagen sah sie, was sie vorher nie mitbekommen hatte. Eine Berührung hier, ein Seufzer da, ein Flüstern dort und ein leises Nicken mit dem Kopf, ein Lächeln … all das waren Zeichen der Liebe. Zeichen dafür, dass sie sich wohl fühlten mit dieser Liebe, und es ihnen nichts ausmachte, wenn andere das mitbekamen.

Ihre Kehle schnürte sich merkwürdig zusammen. So

war es bei ihren Eltern auch, trotz ihrer äußerlichen Unterschiedlichkeit – ihre Mutter zierlich und hübsch, der Vater ein großer, stämmiger Mann. Aber man konnte sich kaum ein Paar vorstellen, das sich besser verstand. Es war fast so, als wäre jeder die Ergänzung des anderen. Wie oft kam es zum Beispiel vor, dass Mama einen Satz begann und Papa sprach ihn zu Ende? Dann lachten sie beide und sahen sich in einer Art und Weise an, dass Arabella oft das Gefühl hatte, sie wähnten sich allein. Denn obwohl ihr eigenes Herz voller Liebe war, empfand sie zeitweilig auch eine dumpfe, schmerzhafte Leere. Natürlich war sie sich bewusst, dass ihre Eltern sie anbeteten. Sie hatte in der Zeit des Erwachsenwerdens stets die Gewissheit, sehr, sehr geliebt zu werden; das hatte sie kein einziges Mal bezweifelt. Aber sie konnte nicht bestreiten, dass sie sich bei solchen Gelegenheiten … einsam fühlte. Einsam, wehmütig und neidisch auf das, was die beiden alles miteinander teilten …

Ach, verflixt! Was *sollte* diese Schwermütigkeit, die ihre Brust erfüllte? Sie wusste es nicht, wünschte sich nur aus ganzem Herzen, sie würde verschwinden.

Entschlossen, die Schwermut zu vertreiben, schaute sie aus dem Fenster auf das weite Land nördlich von London. Hier und dort verstreut standen Windmühlen, und unzählige Blumen blühten auf den Wiesen.

Sie kam erst wieder zu sich, als Tante Grace sie rüttelte und flüsterte: »Arabella, wir sind angekommen, Liebes.«

Arabella sah auf. Ihre Augen weiteten sich. Thurston Hall war ein Gebäude von enormer Größe und Erhabenheit; an der Vorderseite standen hohe weiße Säulen. Es war ein wahrhaft großartiger Anblick.

Ein Diener in einer purpur- und goldfarbenen Livree war ihnen beim Aussteigen behilflich. Dann wurden sie ins Haus geführt. Kaum dass sie eingetreten waren, trafen sie in der Eingangshalle auf den Marquis. Wie seiner Körpergröße zum Trotz schritt Sebastian Sterling mit anmutiger Lässigkeit auf sie zu. »Joseph. Grace. Willkommen in Thurston Hall.«

»Schön, dich wieder zu sehen, Sebastian.« Die Männer schüttelten sich die Hände, und Sebastian wandte sich an Grace. »Grace, du siehst wie immer bezaubernd aus.«

Er drehte sich zu Arabella und nahm ihre Hand. »Und Arabella! Es ist schon einige Jahre her, nicht wahr?«

Arabella lächelte zu ihm empor. Ihr hatte seine ruhige und direkte Art bereits als Kind gefallen. »Hallo, Mylord.«

»Es gibt keinen Grund, so formell zu sein! Nenn mich Sebastian.«

»Dann also Sebastian«, murmelte sie.

»Wie ich höre, bist du *das* Londoner Stadtgespräch. Weißt du, ich habe schon vor Jahren prophezeit, dass du die feine Gesellschaft im Sturm erobern würdest.«

»Das hat sie mit Sicherheit«, warf Tante Grace ein. »Hast du gehört, dass sie schon drei Anträge bekommen hat?«

Ihre Tante brüstete sich regelrecht. Arabella unterdrückte ein Stöhnen, als sie an Walter denken musste. Was würde die Tante unternehmen, wenn sie wüsste, dass es in Wahrheit eigentlich vier waren?

Sebastian lachte. »Eine anspruchsvolle junge Dame, also. Das kann ich nur gutheißen.«

In diesem Moment tauchte eine Frau aus einem der an die Eingangshalle angrenzenden Räume auf. Sie war schlank und zierlich und hatte goldfarbenes glänzendes Haar. Als sie näher kam, bemerkte Arabella, dass ihre Augen fast dieselbe Farbe hatten wie ihr Haar.

»Grace. Joseph!«, trällerte sie. »Wie schön, euch wieder zu sehen.« Mit ausgebreiteten Armen hieß sie sie herzlich willkommen und schob dann eine Hand in die Armbeuge ihres Mannes und lächelte Arabella an. »Und wer ist denn diese liebreizende junge Lady?«

Sebastian stellte sie einander vor. »Arabella, meine Frau Devon. Devon, Miss Arabella Templeton. Ihre Mutter Catherine ist die jüngere Schwester von Grace.«

Devons Augen weiteten sich. »Arabella!«, rief sie aus. Sie warf Sebastian einen Blick zu. »Ist das die Arabella, die Justin vor Jahren seine wohlverdiente Strafe erteilt hat?«

Arabella biss sich auf die Unterlippe und schaute zu ihrer Tante hinüber. Dies war wahrscheinlich die einzige Eskapade aus ihrer Kindheit, von der ihre Tante keine Ahnung hatte.

»Ein weibliches Wesen, das es Justin mal so richtig gezeigt hat.« Devon schien beinahe unbändig vor Freude; ihre Augen funkelten. »Oh, was würde ich dafür geben, das gesehen zu haben. Ich denke, wir zwei werden uns blendend verstehen.«

Arabella konnte nicht anders als lächeln. Devons warme und offene Art gefiel ihr sehr. Aber sie hatte das unterschwellige Gefühl, Tante Grace würde sie später zur Rede stellen …

Grace wandte sich an Devon. »Wir haben euch in London kaum mehr gesehen, seit die Kleinen geboren wurden«, sagte sie.

»Wir waren seitdem auch selten in London. Was uns aber keinesfalls etwas ausmacht. Wir lieben das Landleben«, erklärte Devon. »Hier sollen die Zwillinge aufwachsen.«

Arabella war erstaunt. »*Du* hast Zwillinge bekommen?«, fragte sie ungläubig. Ihr Blick wanderte über Devons zierliche Gestalt. »Meine Güte, wie –« Sie errötete und brach ab. »Verzeih mir. Ich wollte dir nicht zu nahe treten.«

»Keine Sorge, das hast du nicht«, gab Devon lachend zurück. »Glaub mir, ich war so dick wie eine Kuh.«

»Nicht ganz«, entgegnete ihr Ehemann lachend. Er nahm ihre Hände in seine. »Wie dem auch sei, du hast wunderbar dabei ausgesehen.« Er sah sie an, während er sprach, und seine Augen funkelten. Devon schenkte ihm ein umwerfendes Lächeln.

Arabella zuckte zusammen. Schon wieder so ein glückliches Paar. Was war in der letzten Zeit nur los?

Sie wollte sich gerade räuspern, als Devon den Blick von ihrem Mann losriss und sagte: »Ich sage Jane Bescheid, dass sie euch eure Zimmer zeigen soll. Abendessen gibt es um halb neun – damit sich alle Gäste vorher noch etwas ausruhen können. Es ist doch eine ziemlich anstrengende Fahrt von London hierher, nicht wahr?«

Und in der Tat, Tante Grace gähnte gerade. »Ein Schläfchen, das hört sich richtig gut an, findest du nicht auch, Arabella?«

Diese fand das gar nicht gut, sagte aber nichts. Sie war überhaupt nicht müde. Aber die Vorstellung, sich bis zum Dinner allein auf ihr Zimmer zurückziehen zu können, war auch nicht schlecht. Je länger der Aufschub war, bis sie dem Löwen in seinem Revier gegenübertreten musste, desto besser. Vielleicht, dachte sie vorsichtig und hoffnungsvoll, hatte das Schicksal mit ihr ein Einsehen und Justin würde sich auf dem Fest seines Bruders gar nicht blicken lassen.

Als sie die geschwungene Treppe emporstieg, bemerkte sie nicht, wie Devons Blick ihr nachdenklich folgte.

»Meine Liebe, du hast etwas im Sinn«, sagte Sebastian bestimmt. »Ich kenne doch diesen Gesichtsausdruck.«

»Oh! Nein, überhaupt nicht! Ich dachte nur gerade daran, dass die *junge* Arabella sehr temperamentvoll ist.«

Sebastian hob eine Braue. »Die *junge* Arabella«, betonte er, »ist wahrscheinlich kaum jünger als du, meine Liebe. Aber, natürlich, sie ist eine temperamentvolle Frau.«

Devon lächelte auf eine Art, die bei ihrem Ehegatten die Alarmglocken läuten ließen.

Sebastian seufzte auf. »Devon, was hast du vor?«

Ihre Augen weiteten sich. »Sebastian! Schau mich nicht so an! Ich habe nur gerade gedacht ...«

»Ja?«

»... dass Justin das passende Gegenstück zu ihr wäre.«

»Devon«, sagte er knapp. »Du verstehst das nicht. Während ich den Streich, den Arabella ihm damals gespielt hat, sehr amüsant fand – deshalb habe ich dir ja davon erzählt –, war Justin alles andere als amüsiert. ›Das Kind des Vikars ist das Kind des Teufels‹, pflegte er stets zu sagen. Und wenn du seinen Blick siehst, wenn er –«

»Aber sie ist nun mal kein Kind mehr, Sebastian. Das ist dir doch selbst aufgefallen.«

»Wie dem auch sei. Bitte glaub mir, wenn ich dir sage, dass Arabella Templeton die letzte Frau auf der Welt ist, die Justin –«

»Genau deshalb ist sie vielleicht die Richtige.« Schelmisch lächelnde, goldene Augen blickten an ihn. »Sieh dir doch nur uns beide an.«

Sebastian hob die Brauen. »Ist die Herzogin bereits angekommen?«, fragte er unvermittelt.

Er meinte natürlich die Herzoginwitwe. »In der Tat, ja, das ist sie«, bestätigte Devon.

»Und ihr zwei habt sicher schon die Köpfe zusammengesteckt, oder?«

»Wieso? Worauf willst du hinaus?«

»Ich meine, dass ich mir sehr wohl im Klaren bin, dass sie nichts mehr liebt als Kuppelei. Und ich glaube fast, du hast dich für das gleiche Steckenpferd entschieden.«

»Ach, komm schon!«, protestierte Devon. »Wir sind schon seit zwei Jahren verheiratet, und ich habe bis jetzt weder deine Schwester noch deinen Bruder unter die Haube gebracht.«

»Na ja, was Julianna über das Heiraten denkt, wissen wir ja. Was jedoch Justin und Arabella betrifft –«, er schüttelte den Kopf. »Devon, er hat sie stets für ein verdammtes Biest und einen Teufel gehalten.«

Nun hob sie die Brauen. »Hm. Genauso würde ich deinen Bruder beschreiben.«

»Das stimmt schon, aber –«

Er hielt inne, als seine Frau ihre Röcke schürzte und um ihn herum ging.

Jetzt schaute er finster drein. »Wo zum Teufel willst du hin?«, rief er ihr nach.

Sie drehte zu ihm um; auf ihrem Gesicht lag ein unschuldiger Ausdruck, was sein Misstrauen nur bestärkte. »Mich um die Sitzordnung für das Dinner kümmern.«

»Aber das hast du doch bereits vor Tagen erledigt!«

Sie hauchte ihm einen Kuss zu. »Eben«, sagte sie mit einem süßen Lächeln.

Arabella versuchte es schließlich doch, ein bisschen zu schlafen, aber es gelang ihr nicht. Sie war zu unruhig. Es fühlte sich an, als hätte sie tausend Schmetterlinge im Bauch. Eine Stunde vor dem Dinner kam eine Zofe in ihre Kammer, um ihr beim Ankleiden behilflich zu sein. Da war Arabella schon fast damit fertig. Alles, was jetzt noch zu tun blieb, war das Aufstecken der Haare, das Schnüren des Korsetts und das Schließen der unzähligen kleinen Knöpfe auf dem Rücken.

Als sie nun vor dem Spiegel stand, blickte sie ernst an sich herunter. Sie sah wahrscheinlich gut genug aus, fand sie. Das Kleid war aus einem leichten, fließenden pfirsichfarbenen Stoff. Diese Farbe ließ ihre Haare etwas weniger auffällig erscheinen. Das Kleid war einfach geschnitten und mit glitzernden Perlen am Ausschnitt besetzt. Es besaß ein eng anliegendes, hoch tailliertes Mieder. Sie hatte sich bewusst für dieses Kleid entschieden, denn es war eines ihrer Lieblingsstücke. Sie wollte sich wohl fühlen. Sie brauchte Courage, um den Widerstand gegenüber dem Feind aufrechtzuerhalten.

Als sie die Kammer verließ, schaute sie erst nach rechts, dann nach links; ein bestürzter Ausdruck trat auf ihr Gesicht.

Auf der gegenüberliegenden Seite des Flurs öffnete sich eine Tür. »Oh! Hallo!«, trällerte eine melodische Stimme.

Arabella blickte auf und sah eine wunderschöne Frau mit kräftigem, kastanienfarbenem Haar vor sich stehen.

»Hallo«, grüßte sie zurück. »Du bist ... Julianna, nicht wahr?«

»Ja, die bin ich. Und du bist ... Arabella, stimmt's?«

Arabella nickte. Julianna war klein und zierlich wie ihre Mutter; Arabella stellte amüsiert fest, dass sie ihr kaum bis zum Kinn reichte. Ihre Augen waren genauso lebhaft wie die von Justin, nur dass sie blau waren – und nicht so eisig.

»Das dachte ich mir bereits. Ich habe dich an –«

»Ja, ich weiß. An meinen Haaren erkannt. Niemand vergisst mich. Das kommt davon, dass man ein Rotschopf ist, fürchte ich.«

»Eigentlich wollte ich sagen, dass ich dich von früher erkannt habe. Wegen eines bestimmten Vorfalls, der meinen Bruder Justin betraf –«

»Ach, du lieber Himmel.« Arabella konnte ein Lächeln nicht unterdrücken. »Ich scheine ziemlich berüchtigt in eurer Familie zu sein.«

»Tja, nun, Justin kann schon manchmal ein ganz schöner Dummkopf sein. Tagelang war er beleidigt, während Sebastian und ich uns wochenlang amüsiert haben!« Julianna legte den Kopf schief. »Wollen wir gemeinsam zu den anderen heruntergehen?«

»Ja, gerne, danke.« Arabella war froh über dieses Angebot. Allein würde sie sich hier wahrscheinlich hoffnungslos verlaufen. Jetzt waren sie nach links abgebogen und gingen einen endlos scheinenden Flur entlang.

»Mein Gott«, sagte sie. »Wie groß ist denn dieses Haus?«

Julianna ließ ein helles Lachen erklingen. »Einhundertzwei Räume. Riesig, nicht wahr? Ich bevorzuge da eher mein eigenes, kleines Haus in London.«

Arabella sah sie erstaunt von der Seite an. »Lebst du allein?« Die Frage war heraus, bevor sie darüber nachdenken konnte. Julianna hingegen schien ihre direkte Art nicht zu stören.

»Ja. Sebastian, Justin und ich haben zusammengewohnt, bis Sebastian Devon geheiratet hat. Es wurde aber auch wirklich Zeit, dass wir alle unsere eigenen Wege gehen. Ich für meinen Teil bin, den Gerüchten zufolge, eine alte Jungfer.« Ihre schönen Augen verdüsterten sich. »Ich werde nie verstehen, warum eine Frau, kaum, dass sie die einundzwanzig überschritten hat, zum alten Eisen gezählt wird. Ein Mann hingegen gilt als erfahren, und keiner denkt etwas Schlechtes. Dass ich mich dafür entschieden habe, nicht zu heiraten, geht niemanden sonst etwas an. Warum soll ich tun, was alle anderen von mir erwarten? Warum solltest du? Oder irgendwer anderer?«

Arabella blinzelte. Juliannas Vehemenz erschreckte sie.

Das hatte sie jedoch selbst bemerkt. »Bitte, verzeih mir. Ich wollte keinen Vortrag halten.«

»Habe ich auch nicht so verstanden«, versicherte ihr

Arabella unumwunden. Sie lächelte. »Ehrlich gesagt, es ist erfrischend, eine Frau zu treffen, die keine Angst hat, für sich selbst zu denken und zu entscheiden. Ich fürchte, ich selbst kann niemals meine Zunge im Zaum halten, wenn es angebracht wäre, und habe mir so einen gewissen rechthaberischen Ruf eingehandelt, und das ist dermaßen …« Wie üblich, gestikulierte sie wild mit den Händen.

»… ungerecht«, ergänzte Julianna. »Und so ärgerlich!«

»Ja. Ja! Als hätten wir nur ein Ziel im Leben, nämlich zu heiraten und Kinder zu kriegen … Nicht, dass das nicht in Ordnung wäre –, aber ich würde trotzdem gern für mich selbst entscheiden, ohne das mir die Gesellschaft ständig über die Schulter schaut und ihre Urteile abgibt.«

»Oh!«, rief Julianna aus. »Gott sei es gedankt, endlich eine Frau nach meinem Geschmack. Du musst doch diese ganze Angelegenheit mit der ›Unerreich‹ –«

Arabella hob eine Hand. »Bitte, bitte, sprich es nicht aus!«

Als sie schließlich im Salon eintrafen, plauderten sie schon wie uralte Freundinnen miteinander. Ein bisschen von Arabellas Unwohlsein war verflogen. Zum ersten Mal seit dem gestrigen Morgen empfand sie etwas Zuversicht, dass dieses Fest vielleicht doch nicht so eine furchtbare Angelegenheit werden würde, besonders als sie entdeckte, dass Georgiana und ihre Eltern auch anwesend waren. Sie winkte ihr zu, als diese gerade durch den Raum eilte.

Georgianas Miene erhellte sich, als sie Arabella erblickte. »Arabella! Ich bin ja so froh, dass du hier bist! Ich muss zugeben, ich fürchtete bereits, du würdest absagen –« sie hielt inne, als Arabella ihr einen warnenden Blick zuwarf. »Aber es scheint, als habe ich meine Manieren vergessen. Wer ist deine Freundin, Arabella?« Georgiana lächelte Julianna zu.

Arabella stellte sie vor. »Georgiana Larwood, Lady Julianna Sterling.«

Georgiana machte einen Knicks. »Lady Julianna, ich bin ja so erfreut, Eure Bekanntschaft zu machen«, sagte sie schnell.

Doch der Blick, den Arabella und Georgiana ausgetauscht hatten, war Julianna als guter Beobachterin nicht verborgen geblieben.

»Ich hoffe, dein Zögern, hierher zu kommen, hält dich nicht davon ab, die Zeit hier zu genießen.«

»Ich habe nicht wirklich gezögert«, sagte Arabella, »ich hatte die Einladung nur einfach vollkommen vergessen, bis Tante Grace mich gestern daran erinnert hat.«

Neben Juliannas hübschem Mund erschien ein Grübchen. »Gut. Denn ich hätte es gar nicht gut gefunden, wenn du nicht erschienen wärst. Oder dass dein Zögern irgendetwas mit meinem Bruder Justin zu tun hat. Sein Verhalten kann in der Tat abstoßend sein. Ich hoffe, er hat zwei so sympathische Ladys wie euch beide nicht unhöflich behandelt.«

»Oh, zu mir war außerordentlich charmant«, warf Georgiana fröhlich ein.

Arabella hätte sie mit Freude erwürgen können. Sie schwieg.

Juliannas leicht fragender Blick ruhte noch auf ihr. »Oje«, murmelte diese reuevoll, »Arabella, bitte sag mir nicht, dass er sich schon wieder daneben benommen hat.«

Oh, wenn sie wüsste … Arabella konnte sich gerade noch beherrschen, um nicht die Finger auf die Lippen zu legen, die kribbelten, wenn sie an seinen Kuss dachte.

»Nun«, fing sie an, ohne nachzudenken, »er wird es nicht wieder tun, so viel ist sicher.«

Julianna kicherte. »Das ist die richtige Einstellung. Was immer er auch getan hat, ich hoffe, es war nicht zu ungebührlich. Dem Himmel sei Dank, dass du kein Hasenherz bist. Ich könnte mir sogar vorstellen, du wärst genau die Frau, die ihn in die Schranken zu weisen vermag.«

In diesem Augenblick wurde Julianna von jemandem gegrüßt, der am anderen Ende des Salons stand. Sie hob die Hand und blickte dann wieder zu Arabella und Georgiana. »Die Herzoginwitwe winkt mich zu sich. Am besten, ich gehe gleich zu ihr.«

Sie lächelte Georgiana und Arabella an. »Ladys, es ist eine Freude, euch beide kennen zu lernen. Willkommen in Thurston Hall, und ich hoffe, ihr habt eine schöne Zeit.«

Julianna verließ sie, und die zwei schauten sich an. »Ich mag sie«, sagten beide gleichzeitig, dann lachten sie.

»Ich frage mich, warum sie nicht verheiratet ist«, dachte Georgiana laut.

Genau denselben Gedanken hatte Arabella gerade gehabt.

»Wir sind gemeinsam nach unten gegangen« murmelte Arabella, »und sie erzählte mir ziemlich offen, dass sie als alte Jungfer bezeichnet wird. Sie scheint sehr unabhängig zu sein. Sie hat ihr eigenes Haus in London.« Nach einer Pause fügte sie hinzu: »Es soll ja nicht unhöflich klingen, aber wie alt ist sie wohl, was glaubst du?«

»Fünf- oder sechsundzwanzig, würde ich sagen. Sie ist so liebreizend. Da ist es wirklich erstaunlich, dass sie nicht verheiratet ist. Ich kann mir nicht vorstellen, dass sie nicht eine Flut von Anträgen bekommen hat in ihrer ersten Ballsaison.«

Arabella biss sich auf die Lippe. »Sie hat betont, dass sie selbst beschlossen hat, nicht zu heiraten, und dass diese Angelegenheit nur sie etwas angeht.«

Auf Georgianas Gesicht erschien ein viel sagender Ausdruck.

»Was ist, Georgiana?«

»Mir fällt gerade ein, auf dem Weg hierher, als Mama und Papa dachten, ich würde schlafen – da haben sie Julianna erwähnt«, gab Georgiana mit gesenkter Stimme zu. »Papa hat gemeint, es sei eine Schande, was ihr passiert wäre. Und Mama sagte, sie wäre nun für immer gezeichnet.«

Irgendetwas in Arabellas Gedächtnis blitzte auf. Am Abend auf dem Fest der Benningtons hatte Justin lachend die Bemerkung gemacht, dass der Name Sterling ein Synonym für Skandal sei – ja, so war es! Aber was –

Auf einmal war Arabella über sich selbst empört. »Sieh uns mal an!«, rief sie aus. »Wir beide verabscheuen Klatsch, und was tun wir …?«

»Du hast Recht«, pflichtete Georgiana ihr bei. »*Unser* Benehmen ist wahrhaft ungehörig.«

Ihre Unterhaltung wandte sich damit anderen Dingen zu, und während sie sprachen, suchte Arabellas Blick den Salon ab.

Es waren nicht so viele Menschen anwesend; sie schätzte, dass sich etwa dreißig im Salon aufhielten. Die meisten davon hatte sie hier oder dort schon einmal in London getroffen. Ein paar Meter entfernt stand ein großer, kräftig gebauter, blonder Mann, der sie grüßte. Sie runzelte die Stirn. Den kannte sie doch, dachte Arabella vage. Ach ja, Patrick McElroy, der Mann, der sie auf dem Fest der Benningtons zum Tanz aufgefordert hatte. Sie nickte ihm kurz zu und wandte sich wieder an Georgiana.

Da erblickte sie ihn. *Justin.*

Und wenn zuvor etwa hundert Schmetterlinge in ihrem Bauch umhergeschwirrt waren, so waren es jetzt mindestens Tausende.

Er stand neben seinem Bruder. Die Brüder waren etwa gleich groß. Justin war etwas schmaler gebaut, sein Haar ein bisschen heller als Sebastians.

Schuft, der er war, war er dennoch eine höchst elegante Erscheinung. Schwarze Abendgarderobe, mit einem Jackett, das so eng und gut saß, dass sich die festen Muskeln des Rückens und der Schultern unter dem feinen Stoff deutlich abzeichneten. Er lachte – seine weißen Zähne bildeten einen Kontrast zu seiner sonnengebräunten Haut. Er ließ seinen Blick durch den Raum schweifen.

Ihre Blicke trafen sich ... ach, aber nur für einen ganz kurzen Moment!

Arabella schluckte. Sein Blick war sehr aufmerksam. Sie überkam ein heftiges Gefühl. Alles in ihr schien sie zu verraten. Ihr Herz hämmerte, der Puls raste. Wie albern von ihr. Der Schuft würde sicher noch denken, sie hätte absichtlich nach ihm Ausschau gehalten!

Dummes Mädchen, schalt sie diese innere Stimme. *Das hast du doch auch.*

Justin sagte irgendetwas zu Sebastian und schlenderte dann lässig durch den Salon.

Plötzlich stand er neben ihr. »Miss Larwood, wie schön, Euch wieder zu sehen. Und Miss Templeton, Ihr seid wie immer hinreißend.«

Sollte das etwa eine Beleidigung sein? Wenn sie von ihm kam, dann ganz bestimmt. In der Hoffnung, ihre inneren Kämpfe mochten ihr nicht anzumerken sein, hob sie den Kopf. Sogar ein Lächeln brachte sie zu Stande. Aber was um alles in der Welt sie gesagt hätte, würde sie niemals erfahren, denn in diesem Augenblick ertönte die Glocke zum Dinner.

»Miss Templeton, bitte, gewährt mir die Ehre, Euch zu Tisch geleiten zu dürfen.«

Bevor Arabella noch ein Wort sagen konnte, klemmte ihre Hand fest in seiner Armbeuge, und die Finger waren in den seinen gefangen.

Sie war sprachlos. Er hatte nicht einmal gefragt. Er

ging einfach davon aus, dass sie einverstanden war. Hätte sie die Möglichkeit gehabt abzulehnen, dann hätte sie es getan. Aber nun konnte sie wahrscheinlich keine Szene machen.

Sie war wütend, aber ihr blieb keine andere Wahl, als mit ihm in den Esssalon zu schreiten.

Neuntes Kapitel

Um ehrlich zu sein – Justin hatte bis zur letzten Minute keine Ahnung gehabt, dass er an der Tafel neben Arabella sitzen sollte. Während die anderen an ihnen vorbei aus dem Salon strömten, ließ sie ihn unmissverständlich wissen, dass sie das ebenfalls nicht geahnt hatte.

Sie hob den Kopf und sagte atemlos: »Du hast das so arrangiert, richtig? Aus reiner Gehässigkeit, nehme ich an. Nun, mittlerweile habt Ihr den Punktestand ausgeglichen, Lord der Sünde, und zwar mehr als das, würde ich sagen.«

»Meine liebe Miss Vikarin, ich hege den Verdacht, dass wir beide meiner Schwägerin Devon für die Sitzordnung Dank schulden. Sie hat diese wahnwitzig romantische Vorstellung, dass eine Frau mich zähmen würde.«

»Keine anständige Frau wird dich haben wollen.«

Sie verabscheute ihn. Konnte das etwa noch deutlicher werden? Er konnte ihr Zähneknirschen ja schon beinahe hören.

Mit Mühe zügelte er sein Temperament. »Ja«, gab er verbindlich zurück, »ich glaube, das sagtet Ihr bereits.«

Aber in seinem Innern verspürte er Schmerz. Ihre Ablehnung verletzte seine Seele. So, nun war der Handschuh geworfen, die Würfel gefallen. Sie bot keinen Penny, und er würde keinen setzen.

Jetzt konnte er sein ungehörigstes, schlimmstes Benehmen an den Tag legen.

In gewissen Grenzen, natürlich. Schließlich saßen sie an einer Tafel. Während die Gespräche um sie herum sich um das Wetter, das Theater und die fürchterlichen Straßenverhältnisse zwischen hier und London drehten, drückte er seinen Oberschenkel gegen den ihren. Immer wieder. Er freute sich hämisch daran, wie sie sich versteifte. Als sie um Wein bat, schenkte er sofort nach und wartete dann, bis sie ihm das Glas aus der Hand nehmen musste. Als sie es schließlich tat, fuhr er absichtlich mit einer Fingerspitze über ihre Handknöchel.

Aus dem Augenwinkel nahm er wahr, dass ihre Wangen von Röte überzogen waren. Sehr hübsch, dachte er, und die Farbe passte sogar zu der ihres Kleides. Das übrigens – wie ihm bereits aufgefallen war, als sie mit Julianna in den Salon gekommen war – wunderschön war, vor allem in der Art und Weise, wie es sich um ihre vollen, festen Brüste schmiegte und sanft die Figur betonte.

Auch war er nicht der Einzige gewesen, dem das auffiel. Eifersucht überkam ihn, als er bemerkte, wie die Augen von Patrick McElroy aufleuchteten, als Arabella den Salon betrat. McElroy saß jetzt in einiger Entfernung am Tisch, auf derselben Seite wie er und Arabella. So konnte er sie nicht und sie konnten ihn nicht sehen, und das gefiel Justin ganz ausgezeichnet.

Schon als er am Nachmittag gesehen hatte, wie McElroy aus seiner Kutsche gestiegen war, hatte ihn eine unsägliche Wut gepackt. Sofort hatte er Sebastian aufgesucht. Dieser hatte die Einladung ursprünglich an McElroys Vater, den Grafen, geschickt; sie befanden sich gerade in geschäftlichen Verhandlungen, und Sebastian hatte gehofft, sie auf diesem Wege abschließen zu können. Der Graf hingegen schrieb zurück, er sei in dieser Woche leider verhindert und hatte gebeten, dass sein Sohn Patrick an seiner Stelle kommen könne. Sebastian hatte zugestimmt; das Einzige, was er bis dahin von Patrick McElroy kannte, war dessen formelles Auftreten in der feinen Gesellschaft.

McElroy vermochte es in der Tat mit seinem angenehmen Auftreten und Verhalten, Menschen zu beeindrucken. Aber er hatte auch eine andere Seite, die Justin verabscheute. Er konnte auch sehr ungehobelt und vulgär sein. Er besaß einen bösartigen Wesenszug, der keinesfalls zu unterschätzen war. Vor einigen Monaten hatte Justin dies bei einem Boxkampf direkt miterlebt. McElroy hatte seinen Gegner beinahe halb totgeschlagen, und als dieser blutend am Boden lag, musste er zurückgehalten werden, damit er nicht weiter auf ihn einprügelte.

Aber schließlich saß McElroy weit weg, am anderen Ende des Tisches, und Justin wollte sich viel lieber auf die Schönheit neben sich konzentrieren.

Zwischen dem dritten und dem vierten Gang ließ sie ihre Serviette fallen. Er hob sie auf, wobei er seine Hand auf ihrem Schoße ruhen ließ. Ob sie das wohl verwirrte? Er hoffte es sehr.

Die Bestätigung fand er, als er sich dicht zu ihr hinüberbeugte, als wolle er ihr irgendein Geheimnis ins Ohr flüstern. Sie war fast außer sich.

In ihrem Kopf drehte es sich. Sie bedachte ihn mit einem eisigen Blick. »Wenn du vorhast, mir Avancen zu machen –«

Er schenkte ihr ein Lächeln. Seine Lippen waren nur einen Fingerbreit von ihrem Ohr entfernt.

»Meine Liebe«, flüsterte er, »würde ich Avancen machen, dann bekämest du es ganz bestimmt mit.«

Er konnte sowohl sehen als auch hören, wie sie tief einatmete. Er senkte den Kopf noch weiter, so dass sein Atem ihre Schläfe streifte. »Oder verstehe ich etwas falsch? Vielleicht bist ja du diejenige, die gerade flirtet.«

»Mit Sicherheit nicht!« Sie reckte ihr Kinn. »Habt Ihr schon einmal etwas von Skrupeln gehört, Sir?«

»Mit Sicherheit nicht!«, wiederholte er ihre Worte.

»Das hätte ich auch nicht erwartet.« Mit wütendem Blick wandte sie sich wieder ihrem Teller zu.

Dieser hitzige Austausch zwischen ihnen brachte Justins Blut in Wallung. Seine Stimmung hellte sich merklich auf. Er hatte dem Fest nicht gerade in freudiger Erwartung entgegengesehen. Thurston Hall war Sebastians ganzer Stolz und Quell der Freude, während es für Justin einem Fluch gleichkam. Er hasste es, hier zu sein. Er hielt sich nur hier auf, wenn es ein wichtiges Familienereignis gab und reiste stets so früh wie möglich wieder ab. Thurston Hall erinnerte ihn an … einfach zu viele Dinge, über die er gar nicht nachdenken wollte. Es weckte Gefühle wie Wut und Ablehnung in ihm, die er lieber tief in seinem Inneren verbarg. Aber wenn Arabella hier war, so würde er sich wenigstens nicht langweilen. Zum Teufel, es konnte sogar ganz erträglich werden.

Es war natürlich gemein von ihm, sie so zu quälen. In der Nacht des Maskenballs hatte er ihr Angst eingejagt, und dann war auf einmal er es gewesen, der sich fürchtete. Auf jeden Fall schien Arabella sich nicht schnell geschlagen zu geben. Sie sagte genau das, was sie dachte, und das war für gewöhnlich eine ganze Menge, bemerkte er amüsiert. Er musste sich eingestehen, dass er sie für ihren Widerstand, ihre Unerschrockenheit, bewunderte.

Und, bei Gott, ihr Anblick raubte ihm schier den Atem. Als sie den Salon betreten hatte, begann ein Feuer in ihm zu lodern. Von ihr gingen ein Strahlen und Wärme aus. Kein Vergleich mit den blassen, einfältig lächelnden Fräuleins der feinen Gesellschaft. Und hinter ihrem Äußeren verbarg sich ein sinnliches, irdisches Wesen von einer Wildheit, die der seinen gleichkam. Eine Kostprobe dessen hatte er vor kurzem bekommen.

Als das Mahl beendet war, erhob sich Sebastian und kündigte an, dass eine Darbietung im Musiksalon anstand. »Aber keine Sorge«, bemerkte er mit einem liebevollen Blick auf Devon, »meine Frau wird nicht singen.«

Devon rümpfte niedlich die Nase.

Arabella stand auf. »Ich werde mir meinen Umhang holen«, sagte sie knapp. »Es zieht empfindlich hier.«

Sie eilte auf die Tür zu. Für den Augenblick blieb Justin, wo er war, und beobachtete, wie sie durch den Saal lief. Keineswegs wie es einer vornehmen Dame geziemte. Nein, entschied er, sie war in keiner Weise zimperlich. Sie schritt mit erhobenem Haupte aus, hielt sich aufrecht und stolz, die Schultern gerade. Im Stillen sprach er ihr seine Bewunderung aus. Sie konnte ihre Größe nicht verstecken, also nutzte sie sie zu ihrem Vorteil.

Jetzt blieb sie stehen, um mit ihrer Tante zu sprechen. Das Licht der vielen Kerzen leuchtete hinter ihr. Oh, wenn sie nur wüsste, was für ein Bild sie abgab! Der leichte Stoff ihres Kleids war fast durchsichtig, so dass sich die darunter verborgenen, langen wohlgeformten Beine erahnen ließen. Er stellte sich vor, wie sich diese Schenkel um seine Taille schlangen. Oh, sie würde so gut zu ihm passen …

Himmel, was für ein Wahnsinn befiel ihn denn nun schon wieder, dass er so über Arabella fantasierte!

Trotzdem stand diese verbotene Vorstellung in leuchtenden Farben vor seinem inneren Auge, äußerst lebendig; ihre Locken, die sich wild und zerwühlt über das Kissen ergossen, diese herrlichen, viel versprechenden Augen, halb geschlossen, ihre Arme, die sich nach ihm ausstreckten …

Arabella … nach ihm die Arme ausstreckend? Tja, *das* war Fantasie. Er verzog die Lippen voller Selbstironie und erhob sich, um in den Musiksalon zu gehen.

Es war fast ein Wunder, dass Arabella durch das Gewirr der Gänge und Flure ihre Kammer fand. Dort hielt sie einen Moment inne und presste die Hände an die heißen Wangen. Kalt war ihr nun wirklich nicht gerade. Und ihren Umhang hatte sie auch nicht holen wollen. Sie brauchte nur einen Augenblick, um ihre Fassung wieder zu finden. Oh, Justin war aber auch unverbesserlich, vollkommen schamlos! Sie hatte beim Verlassen des Esssalons einen Blick zurück in seine Richtung geworfen. In dem Augenblick wanderten seine Augen an ihr herunter, und sie hatte die wahrlich lächerliche Vorstellung gehabt, dass er durch ihr Gewand hindurch sehen könnte. Und wie kam er überhaupt dazu, anzudeuten, *sie* würde mit *ihm* flirten? Dieser Gedanke war ja wohl völlig absurd!

Als hätte sie je eine Chance, einen derartigen Wüstling zu zähmen …

Als ob sie so einen Kerl überhaupt *haben* wollte!

Zum Teufel mit der drängenden kleinen Stimme in ihrem Innern, die sie darauf hinwies, dass er der bestaussehende Mann auf dieser Welt war.

Eine gefährliche Sekunde lang, als er sein Gesicht nahe an ihren Kopf hielt, hatte sie verwirrt gedacht, er würde sie küssen wollen. Sie hatte völlig vergessen, wo sie sich befand und dass viele Menschen um sie herum waren. All das hatte sie in diesem Augenblick vergessen – dass er ein Schuft war, ein Leichtfuß. Sie hatte nur an seine Lippen gedacht, die den ihren so nah waren. Eine Stimme in ihr flüsterte, sie müsse nur den Kopf ein ganz kleines bisschen anheben … Zum Glück rettete sie ihr eigener Ärger über sein Verhalten.

In dem Bestreben, sich zu beruhigen, ging sie in der Kammer auf und ab. Wenn er in ihrer Nähe war, wusste sie nicht mehr, was sie tun, sagen oder überhaupt denken sollte. Was hatte er nur an sich, das sie so verwirrte? Und vor allem durfte er es auf keinen Fall erfahren. Niemals. Sie musste es einfach fertig bringen, ihn weitestgehend zu ignorieren. Er hatte Spaß daran, sie zu quälen, da war sie sicher. Und irgendwie schaffte sie es immer, ihm dabei auch noch Vorschub zu leisten!

Während sie einen Spitzenschal in die Hand aufhob, presste sie die Lippen aufeinander. Das nächste Mal, nahm sie sich vor, würde es anders sein. Sie würde nicht zulassen, dass er sie in Verlegenheit brachte, egal, womit er sie provozierte.

Mit diesem Vorsatz verließ sie ihre Kammer und machte sich auf den Weg zurück nach unten.

Der Salon war leer. Sie erkannte, dass sie nicht gefragt hatte, wo sich der Musiksalon befand. Als sie wieder in den Flur trat, schaute sie nach rechts und links. Schwach drang Gelächter an ihr Ohr, aber da die Eingangshalle so groß war, schien das Echo von allen Seiten zu kommen.

»Sucht Ihr nach etwas?«, erklang eine männliche Stimme hinter ihr.

Arabella wirbelte herum. »Mylord. Himmel, was habt Ihr mich erschreckt.«

Er streckte die Hände aus. »Dann bitte ich vielmals um Verzeihung.«

Sie setzte ein strahlendes Lächeln auf. »Wisst Ihr, wo der Musiksalon ist? Oder kennt Ihr Euch genauso wenig aus wie ich?«

Er legte seine Hand auf ihren Ellbogen. »Darf ich –«, sagte er weich. Er geleitete sie durch die Halle und nahm dann den Korridor zur Rechten, wo er eine Türe öffnete.

»Nach Euch«, flüsterte er höflich.

Arabella trat ein. Ihr Blick wanderte durch ein riesiges, leeres Zimmer. »Ich fürchte, Ihr habt Euch geirrt. Dies ist nicht der –«

Hinter ihr fiel die Tür ins Schloss.

Arabella wandte sich um. Patrick McElroy stand, an

die breite Mahagonitür gelehnt, die Arme über der Brust verschränkt.

»Was hat das hier zu bedeuten?«, verlangte sie zu wissen.

Ein leichtes Lächeln umspielte seine Lippen. »Es ist so verdammt schwierig, Euch mal allein zu treffen«, sagte er sanft, »aber ich bezweifele, dass man uns ernsthaft vermisst.«

Er trat einen Schritt vor.

Arabella wich zurück. Ein Schauer lief ihr den Rücken herunter. Zu spät erinnerte sie sich daran, was Justin in der Nacht des Festes bei den Benningtons gesagt hatte …

Was das Wohlergehen von unschuldigen Mädchen angeht, ist der Kerl gefährlich.

Er sah keineswegs gefährlich aus. Aber dieses Leuchten in seinen Augen gefiel ihr nicht. Und um ehrlich zu sein, sie mochte ihn einfach nicht.

»Meine liebe Arabella, ich habe dich nur deshalb hierher geführt, um mich zu erklären –«

»Euch zu erklären? Als was denn, als verrückt geworden? Denn so scheint es mir!«

»Komm schon, findest du mich denn kein bisschen anziehend?«

»Ich, und Euch anziehend finden –« Dieser Kerl war ja noch eingebildeter als Justin. Ihr Puls raste. Sie hätte vorsichtiger sein müssen, dieser Schuft hatte sie mit Sicherheit weit weg von den anderen geführt. Wie ein Dummkopf war sie prompt auf seine List hereingefallen.

Sie äugte zur Tür. Sie war unverschlossen. Mit einer schnellen Bewegung versuchte sie, sich an ihm vorbei zu schieben.

Er ergriff fest ihren Arm. »Kein Grund zu solcher Eile, meine Teuerste. Alles, was ich möchte, ist ein Kuss.« Er gab ein raues Lachen von sich. »Nun ja, ein Kuss und vielleicht ein bisschen mehr.«

Arabella schnappte nach Luft und versuchte, von ihm loszukommen.

»Lasst mich los, Ihr Flegel!«

»Spricht man so mit einem seiner ergebensten Verehrer?« Mit den Händen presste er sie gegen die Wand neben der Tür. Arabella kämpfte. Angst stieg in ihr auf. Für eine Frau war sie stark, aber kein Gegner für einen kräftigen Mann. Sie konnte weder sich selbst befreien noch ihn wegstoßen. Zum ersten Mal in ihrem Leben geriet sie in richtige Panik.

»Lasst mich los!« Sie versuchte, die Hände freizubekommen, aber er hielt sie mit seinen fest und drehte ihr schließlich die Arme auf den Rücken. Jetzt drückte er seinen Körper gegen den ihren, und sie konnte sich nicht mehr rühren.

Es gab keine Möglichkeit, seinen feuchten Lippen zu entkommen. Es schoss ihr durch den Kopf, dass sein Kuss nichts gegen den von Justin war. Justin Kuss war süß und bezaubernd. Jetzt fühlte sie nichts als Ekel, als sich diese Zunge zwischen ihre zusammengepressten Lippen zu schieben suchte.

Arabella würgte und biss fest zu.

Fluchend sprang er zurück. »Du kleine Hexe!«

Wieder griff er nach ihr, aber sein Ausweichmanöver hatte Arabella genau den nötigen Platz verschafft. Mit aller Heftigkeit rammte sie ihm das Knie zwischen die Beine.

Stöhnend beugte sich McElroy vornüber. Arabella duckte sich unter seinem Arm hindurch und riss die Tür auf.

Sie rannte geradewegs gegen eine breite Brust.

Zehntes Kapitel

Kräftige Hände legten sich auf ihre Schultern und hielten sie selbst dann noch aufrecht, als sie sich an ihn warf. Justin brauchte eine Sekunde, um die Situation einzuschätzen. Sein Blick wanderte von Arabellas verängstigtem Gesicht zu McElroy. Der Mann stand vornüber gebeugt, eine Hand an eine blutende Lippe gepresst und die andere an seine empfindlichste Stelle.

»Dieses Biest ist bösartig!«, stöhnte McElroy. »Sieh nur, was sie mir angetan hat!«

Justins Züge versteinerten sich. »Pack deine Sachen und verschwinde von hier«, stieß er zwischen den Zähne hervor. »Auf der Stelle.«

McElroy versuchte sich aufzurichten. »Das werde ich bestimmt nicht tun«, knurrte er. »Ich bin von deinem Bruder eingeladen worden.«

»Und diese Einladung wird in diesem Moment zurückgezogen.« Sebastian trat ein. Seine grauen Augen wirkten kalt. Er griff sich McElroy am Kragen und zerrte diesen Hundesohn zur Tür.

An der Schwelle blieb Sebastian stehen. »Kümmerst du dich um die Lady?«

»Das tue ich«, antwortete Justin grimmig. »Aber wenn die Musik zu Ende ist, schlage ich vor, sagst du ihrer Tante, dass sie sich hingelegt hat.«

Als sie hörte, wie die Tür sich schloss, bewegte Arabella den Kopf. »Ist er weg?« Ihre Stimme war kaum zu vernehmen, da sie den Kopf an seine Brust gepresst hatte. Ihre Finger krallten sich um das Revers seines Jacketts.

Justin nickte. Er war so wütend, dass er kaum klar sehen konnte. Arabella jedenfalls hob den Kopf und erblickte nur sein wutverzerrtes Kinn.

»Warum schaust du so? Ich konnte nichts dafür. Er – er hat versucht, mich zu küssen!«

Justins Augen verdunkelten sich. Er machte sie nicht verantwortlich. Aber McElroy hatte er unterschätzt. Nie hätte er gedacht, dass der es wagen würde, sich Arabella hier im Haus zu nähern. Er hatte sich beim Konzert in die letzte Reihe gesetzt, um auf Arabellas Rückkehr zu warten. Julianna hatte gerade begonnen zu singen, als ihm auffiel, dass McElroy auch nicht anwesend war. Sebastian hatte mitbekommen, wie Justin den Musiksalon verließ und folgte ihm. Und dann war da der Schreck, als er ihr angstvolles Gesicht sah …

Arabella versuchte, sich ihm zu entwinden. Er ließ es nicht zu. Seine Arme legten sich um sie. »Ich weiß, dass du nichts dafür kannst, Arabella. Wirklich«, betonte er, hielt sie fest und strich ihr sanft über den Rücken, bis er merkte, dass sie sich entspannte.

Er legte die Finger unter ihr Kinn, hob es an, so dass sie ihm in die Augen sah und betrachtete ihr Gesicht. Mit dem Daumen strich er ihr über die Wange. »Hat er dir wehgetan?«, fragte er mit seiner dunklen Stimme.

Sie atmete tief durch und schüttelte dann den Kopf. »Er hatte keine Chance«, gab sie zu. »Ich habe ihn gebissen, und dann …« Sie errötete.

Erleichtert bemerkte Justin, wie der Schreck aus ihren schönen blauen Augen wich. Bei ihren Worten zog er einen Mundwinkel hoch. Er rief sich McElroys Haltung vor Augen, als sie in den Raum gekommen waren. Vielleicht würde es sich der Schuft zukünftig zweimal überlegen, bevor er sich einer Frau aufzudrängen versuchte.

»Ich muss schon sagen«, murmelte er. »Ich glaube, ich verstehe, was mit die ›Unerreichbare‹ gemeint ist.«

Sie brauste auf. »Oh!«, rief sie. »Du bist unerträglich! Gibt es denn gar nichts, das du ernst nehmen kannst?«

»Beruhige dich, Arabella. Du warst sehr mutig.«

Sie hob ihr Gesicht und sah ihn seltsam an; in dem Moment bekam er mit, dass er leise, beruhigend zu summen begonnen hatte.

Einen Augenblick später spürte er, wie sie sich aufrichtete. Er löste ebenfalls seine Umarmung und ließ die Hände an den Seiten herunterhängen.

Sie sah sich um. »Wozu dient dieses Zimmer?«

»Meines Va –« Er hielt gleich inne. »Sebastians Arbeitszimmer«, beendete er die Antwort. Es war, als lege sich ein enges Band um seine Brust, bis er fast glaubte zu ersticken. Es war gerade vor diesem Zimmer gewesen, damals, nur ein paar Schritte entfernt –

Schnell verdrängte er die Erinnerung. Das würde er sich jetzt nicht antun. Auf gar keinen Fall. Es war schon schlimm genug, dass er bei einem Aufenthalt auf Thurston Hall immer an all die Wut und Verletzungen denken musste. Gott strafte ihn, indem er ihn seine eigene, persönliche Hölle durchleben ließ. Zwölf Jahre voller Schuldgefühle waren anscheinend nicht genug.

Nein. Das Urteil lautete: lebenslänglich.

Mondlicht fiel durch die hohen Sprossenfenster. Die Vorhänge waren nicht zugezogen. Arabella ging zu einem Fenster. Justin entzündete ein paar Kerzen und wandte sich dann ihr zu.

»Arabella«, sagte er.

Sie wirbelte herum, eine Hand strich über den schweren, purpurroten Vorhangstoff.

»Da ist etwas, das du wissen solltest«, begann er grimmig. »Was McElroy heute Abend getan hat, hat einen bestimmten Grund.«

Ihre Augen blitzten auf. »Ja, offensichtlich ist er ein Schuft.«

»Nicht nur das.«

»Was sollte es denn sonst sein –« Sie hielt inne, als sie sah, dass er den Kopf schüttelte.

»In der Nacht des Balles bei den Farthingales, in dieser Nacht haben fünf Männer im White's Club eine Wette abgeschlossen, eine Wette, die dich betrifft. McElroy ist einer von ihnen.«

Ihre Blicke lagen auf ihm, aber ihr Gesichtsausdruck war nun wachsam. »Was für eine Wette?«

Sein Blick bohrte sich in den ihren. »Erinnerst du dich, was ich dir an dem Abend bei Barringtons gesagt habe? Über deine Verehrer?«

»Fitzroy war dabei. Und Brentwood und Drummond«, sagte sie langsam. Justin bemerkte deutlich den Moment, als sie begann zu begreifen. »Du sagtest, ich sollte ihnen nicht vertrauen … keinem von ihnen.« Sie errötete. »Denn sie wären nur darauf aus, meine …« Sie errötete noch mehr und war nicht in Lage, den Satz zu beenden.

»Unschuld zu rauben«, sagte Justin ruhig. »Bei der Wette, Arabella, geht es um dreitausend Pfund für den Mann, der der Unerreichbaren die Jungfräulichkeit nimmt.«

Ihre Augen wurden riesengroß, das Gesicht blass. »Meinst du etwa …«

»Ja«, unterbrach er sie knapp.

Schweigen breitete sich aus. Dann begegnete sie seinen Blicken. »Das sind jetzt aber nur vier«, flüsterte sie. »Was ist mit dem fünften Mann, Justin? Bist du deshalb an dem Abend zum Ball der Farthingales gekommen? Um den

Preis zu begutachten? Die Unerreichbare zu sehen?« Sie stand hinter einem Sessel und krallte ihre Finger so fest in die Lehne, dass ihre Knöchel weiß wurden. Ihre Stimme klang eisig. »Bist *du* der fünfte Mann?«

Ein Muskel in seinem Kinn straffte sich. Ein dunkles, bitteres, seltsames Gefühl beschlich ihn. *Ja* ... Nein. Oh, Himmel. Er konnte ihr unmöglich von der anderen Wette erzählen – dieser leichtsinnigen, dummen Wette mit Gideon. Mein Gott, war er ein Idiot. Er konnte es nicht! Er fühlte sich zu ihr auf eine Art hingezogen, die er niemals für möglich gehalten hätte. Was für eine verdammte Ironie, der Sünder und die Heilige, dachte er düster. Es war zwar egoistisch, aber es sollte wohl so sein. Sie würde ihn nur noch mehr hassen, und den Gedanken konnte er einfach nicht ertragen.

Sie hatte Recht. Er hatte keine Skrupel. Denn sogar jetzt dachte er nur daran, sich selbst zu schützen.

»Nein«, hörte er sich sagen. »Es ist William Hardaway.«

»Hardaway. Ja, natürlich. Er hat mir in dieser Woche zweimal seine Aufwartung gemacht.«

Er sah, dass sie das Kinn reckte und ihm den Rücken zuwandte.

Seine Augen verengten sich. »Arabella?«

»Ja?« Sie hörte sich ganz normal an. Man musste zugeben, sie war ziemlich gelassen, besonders angesichts der Tatsache, dass sie gerade von McElroy angegriffen worden war.

»Sagst du gar nichts mehr dazu?«

Sie drehte ihm das Gesicht zu. Die Art, wie sie die Finger verkrampft ineinander verschlungen hielt, verriet sie. Doch als sie sprach, klang sie ganz ruhig. »Es scheint, dass ich dir für den Schutz meiner Unschuld danken muss. Sie ist schließlich eine ganze Menge Geld wert, nicht wahr?

Zugegeben, du bist der letzte Mann auf der Welt, von dem ich das erwartet hätte, wenn man unsere Gefühle füreinander bedenkt. Obwohl, vielleicht findest du das alles nur besonders spaßig.«

Ungeduldig atmete Justin tief ein. Dachte sie tatsächlich so schlecht von ihm? »Ich habe es dir nur gesagt, damit du vorsichtig sein sollst. Es war mit Sicherheit *nicht* meine Absicht, dich zu verletzen.«

»Natürlich nicht.« Ihr Tonfall war sehr formell. Sie ging zu einem Beistelltisch, auf dem eine Karaffe und zwei Gläser auf einem Silbertablett standen. Sie blieb stehen und warf ihm einen Blick zu.

»Darf ich?«, fragte sie.

Er hob eine Braue. »Aber natürlich.«

Ihre Hand strich über die Gläser. »Leistest du mir Gesellschaft?«

Er winkte ab. »Ich fürchte, Whisky ist kein gutes Getränk für mich. Er ist ein wenig zu stark. Ich bevorzuge Brandy.«

Er dachte eigentlich, sie würde seine Warnung heraushören und beherzigen. Sie tat es aber nicht. Stattdessen goss sie aus der Karaffe eine recht ordentliche Menge in ihr Glas. So geziert, wie man eine Teetasse anhob, hielt sie das Glas an die Lippen.

Die Flüssigkeit rann ihre Kehle hinab. Sie presste den Handrücken gegen den Mund. Ihre Augen wurden feucht, aber, was ihr zur Ehre gereichte – weder spuckte noch hustete oder würgte sie. Es war ja auch ein teures Zeug. Sebastian mochte nur das Allerbeste.

Wieder griff sie nach der Karaffe. Er hob erneut die Brauen. »Sieh an«, murmelte er. »Miss Vikarin hat ein Laster.«

Ihre Augen blitzten. Sie wirbelte zu ihm herum. »Wag es ja nicht, dich über mich lustig zu machen, Justin Sterling!«

Zum Zeichen der Kapitulation erhob er beide Hände. »Ich würde es mir nicht träumen lassen, dir das Vergnügen zu versagen.«

Sie ging zu dem Sessel neben dem Fenster und starrte in die Nacht hinaus. Justin beobachtete sie. Sie war in einer seltsamen Stimmung. Er fühlte sich ebenfalls ganz merkwürdig, irgendwie neben sich stehend. Er spürte ihre Verletztheit, aber er spürte auch, dass er nicht derjenige war, der sie lindern durfte. In seinem Inneren krampfte es sich zusammen. Bei allen guten Geistern, wer war er denn, Ratschläge zu geben? Außerdem würde sie gar keine hören wollen. Nicht von ihm. Andererseits wollte er sie jetzt auch nicht allein lassen.

»Justin?«

»Ja?«

Sie streckte die Hand mit dem Kristallglas aus. »Schenkst du mir noch einen ein?«

Justin warf einen Blick auf die Karaffe. Oje, sie war bereits halb leer! Und Sebastian würde natürlich ihn dafür verantwortlich machen …

»Ich glaube, du hast genug, Arabella.«

»Gut«, sagte sie gereizt, »dann mache ich es eben selbst.«

Die Hände in die Hüften gestemmt, beobachtete er sie. Ihr Gang wirkte, wie er bemerkte, nicht mehr allzu sicher.

Er stellte sich vor den Tisch. Als sie versuchte, um ihn herum zu gehen, griff er nach ihrem Glas, nur um festzustellen, dass sie es nicht loslassen wollte. Es lief darauf hinaus, dass er es ihr entwinden musste.

»Ich will noch einen!« Schmollend schob sie ihre Unterlippe vor.

»Nein.«

Sie sah ihn voller Trotz an. »Warum denn nicht?«

»Eine Lady trinkt nicht«, sagte er bestimmt.

»*Du* tust es«, meinte sie. »Du bist betrunken zum Fest der Benningtons gekommen.«

»Ich bin ein Mann.«

Sie atmete tief ein. »Und?«

»Bei Männern ist das etwas anderes.«

»Wieso sollen Männer es tun können und Frauen nicht?«, verlangte sie zu wissen. »Es ist dermaßen ungerecht, dass die Regeln für Männer und Frauen so verschieden sind! Julianna und ich sind uns darüber sehr schnell einig gewesen, als wir gemeinsam die Treppen hinuntergegangen sind.«

Julianna. Beinahe stöhnte er auf. Ihrer zierlichen Erscheinung zum Trotz war seine Schwester außergewöhnlich störrisch und dickköpfig.

Arabella blinzelte ihn an. Er vermutete, sie versuchte, klar sehen zu wollen. Plötzlich hob sie eine Hand. »Dein Mund ist ja schief«, verkündete sie und brach in ein Lachen aus. »Du bist wohl doch nicht der bestaussehende Mann von ganz England, Justin?«

Bei ihrer Berührung zuckte Justin zusammen. Das Bedürfnis, ihre Hand sofort wegzunehmen, war stark. Niemals ließ er zu, dass jemand sein Gesicht berührte. Nie. Das war schon immer so gewesen … Er riss sich zusammen und beließ die Hand.

»Liebes, das ist nicht mein Mund, das ist nur meine Nase.«

Ihre Fingerspitzen entfernten sich. Sie starrte ihn böse an. »Liebes? Wieso nennst du mich so? Das hast du schon mal zu mir gesagt. Nennst du alle deine Frauen so? Nun, ich bin keine von deinen Dirnen, Justin Sterling.«

Nein, dachte er. Lieber Gott, das niemals.

Sie schwankte. Er umfasste ihre Taille.

»Lass mich los«, protestierte sie lautstark. »Ich bin kein hilfloses Weibchen. Und ich bin noch nie ohnmächtig geworden. Es ist sogar so, dass ich Frauen verabscheue, die das ständig werden.«

Sie wurde nicht ohnmächtig, sie taumelte lediglich. Arabella, die Vikarstochter, war betrunken! Und, wie es aussah, auf eine ziemlich streitsüchtige Art. Ein Lächeln umspielte seine Lippen. Zum ersten Mal in seinem Leben begriff er, was Sebastian die ganzen Jahre mit ihm hatte aushalten müssen.

Ihr Blick heftete sich an die Tür hinter ihm. »Wo geht es denn zum Fest?«

»Alle sind im Musiksalon.« Das Fest war noch in vollem Gange. Irgendwer spielte Pianoforte. Er vermutete, so würde es noch ein paar Stunden weitergehen.

»Aber ich fürchte, Arabella, du bist nicht mehr in der richtigen Verfassung dafür.«

Zu seiner Überraschung stimmte sie ihm zu. »Nein, wahrscheinlich nicht.« Sie hob den Blick zu seinem Gesicht. »Ist das das Gefühl, betrunken zu sein?«

»Ja, Liebes«, antwortete er sanft. »Und ich denke, es ist Zeit für dich, in deine Kammer zu gehen. Im dritten Stock, oder?«

Sie nickte. »Gegenüber der deiner Schwester.«

Ihre Sprechweise war ein wenig schleppend geworden.

»Dann müssen wir am Musiksalon vorbei. Da müssen wir aber ruhig sein, in Ordnung?«

Ein Schatten huschte über ihr Gesicht. Er spürte ihren Stimmungswechsel, ihre Unsicherheit.

Einen Arm um ihre schmale Taille gelegt, führte er sie hinaus auf den Flur. Die Treppe konnte eine Schwierigkeit darstellen; er befürchtete, sie könnte stolpern und sich einen Fuß verstauchen. Schwungvoll hob er sie hoch.

Sie seufzte und klammerte sich mit aller Kraft an ihn. »Lass mich herunter. Du kannst mich unmöglich den ganzen Weg tragen.«

»Blödsinn.« Sie erwürgte ihn fast. »Ich fürchte nur, ich kriege gleich keine Luft mehr.«

»Oh«, kam es schwach von ihr. Ihr Griff um seinen Nacken lockerte sich ein bisschen.

Leichtfüßig trug er sie die Treppen hinauf. An der Tür zu ihrer Kammer blieb er stehen und tastete nach dem Knauf.

»Justin, warte.«

»Was ist denn?«

Sie drehte ihr Gesicht in seine Halsbeuge. »Meine Zofe, Annie«, sagte sie zaghaft. »Sie wird noch auf mich warten. Ich – ich will nicht, dass sie mich so zu Gesicht bekommt.«

»Ich werde mich darum kümmern.«

Tatsächlich stand in einer Ecke des Raumes die Zofe aus einem Sessel auf, als sich die Tür öffnete. »Eure Herrin ist unpässlich«, sagte Justin freundlich, »also könnt Ihr gehen. Es kommt gleich jemand herauf und schaut nach ihr.«

Die Zofe knickste artig und verschwand.

Die Kerzen in den Wandleuchtern flackerten. Justin durchquerte die Kammer und stellte Arabella nahe dem Bett auf die Füße. Sie setzte sich hin, wobei sie mit einer Hand nach der Bettkante tastete.

Sie schaute ziemlich betroffen drein. Justin setzte sich neben sie. »Was ist denn?«, fragte er rasch. »Stimmt etwas nicht?«

Sie wandte ihr Gesicht zu seinem empor. Sie war weiß wie die Wand. »Bitte, erzähl niemandem davon, Justin. Was McElroy getan hat. Diese schreckliche Wette …« Sie erschauerte. »Alle würden lachen.«

»Arabella«, sagte er hilflos. »Ich weiß, wie du dich fühlen musst.«

»Weißt du nicht!«, brach es aus ihr hervor. »Wie könntest du auch? Niemand hat dich jemals ausgelacht. Du – du bist einfach zu perfekt!«

Sie schlug die Hände vors Gesicht. Ihre Schultern begannen zu beben. Sie weinte.

Justin war schockiert. Er schloss sie in die Arme.

»Arabella, was ist das denn für ein Unsinn? Du bist die Auserwählte der Saison. Keiner lacht über dich –«

»Tun sie wohl!«, rief sie aus. »Das war immer schon so. Und wird immer so sein! Ich habe die Leute doch reden und flüstern gehört. Schon mein ganzes Leben lang. Als reiche es nicht, dieses – dieses fürchterliche rote Haar zu haben, das ich nicht verstecken kann. Als reiche es nicht, dass ich so groß bin wie fast alle Männer! Es war immer schon so. Oh, ich habe so getan, als hörte ich es nicht, als machte es mir nichts aus, dass die Leute mich anstarren, als sei ich eine – eine Missgeburt! Und jetzt klatschen und tratschen alle und bezeichnen mich mit diesem widerlichen Namen – die Unerreichbare.« Sie gab ein Schluchzen von sich, das ihm zu Herzen ging.

»Mein ganzes Leben lang wollte ich einfach nur so sein wie alle anderen – *aussehen* wie alle anderen. Weißt du, wie das ist, wenn man in den Spiegel schaut und zusammenzuckt? Zu hassen, was man da sieht und zu wissen, dass es gar nichts, überhaupt nichts gibt, was man jemals daran ändern kann?«

Seine Kehle krampfte sich zusammen. Bei Gott, er wusste, wie das war. Aber bei ihm war es etwas anderes als bei Arabella …

Er umschloss sie fester. Ihr Schluchzen brach ihm das Herz.

Ihm war klar, dass der Whisky diesen Gefühlssturm in ihr entfesselt hatte, ebenso wie der Schock über McElroys Übergriff und diese Wette. Zur Hölle, es kam einfach alles zusammen!

Er hielt sie fest, als sie sich an ihn lehnte, und spürte ihren Schmerz und ihre Verbitterung. Er wusste, dass ihr hartnäckiger Stolz es ihr unter anderen Umständen nie erlaubt hätte, sich ihm gegenüber so zu offenbaren. Gerade wurde er eines Wesenszuges von ihr gewahr, von dessen Existenz er sich niemals hätte träumen lassen; eine Verletzlichkeit, die sie tief in ihrem Innern vergraben hatte.

Das tat ihm weh. Es tat ihm so weh wie nichts bisher da Gewesene. »Hör mir zu, Arabella. Du bist schön. Ja, du bist anders. Aber siehst du nicht, das ist ja gerade das Besondere, die Anziehung. Wenn du einen Raum betrittst, ist kaum ein Mann in der Lage, den Blick von dir abzuwenden. Du bist wie eine wunderbare, exotische Blume.«

Sie hatte den Kopf in seine Halsbeuge geschmiegt. »Sag nicht Dinge, die du nicht so meinst.«

Ihr Widerspruchsgeist ließ ihn beinahe lächeln. Sogar jetzt musste sie noch mit ihm streiten. Aber das war auch ein Grund, warum er sich so zu ihr hingezogen fühlte. Wenigstens hatte sie aufgehört zu weinen.

Er drückte ihr einen kleinen Kuss auf die Stirn. »Liebes, hab keine Sorge, ich bin nicht so einer, der zu einer Dame Dinge sagt, die er nicht so meint.«

»Um Gottes willen«, sagte sie, »hör schon auf, mich Liebes zu nennen.«

Plötzlich legte sie die Finger an die Lippen. »Mir geht es gar nicht gut.« Sie rutschte aus seinen Armen und landete auf den Knien neben dem Bett.

Sofort war Justin neben ihr.

Jetzt lag sie ausgestreckt auf dem Boden. »Ich glaube, mir wird schlecht!« Leidend sah sie zu ihm auf.

»Dir wird nicht schlecht«, sagte er bestimmt. »Atme einfach tief durch, denk nicht einmal mehr daran und sprich auch nicht darüber … Ja, genauso, Liebes. Noch ein paar Mal, genauso …« Dann strich er ihr mit dem Finger über die Wange. »Und wie fühlst du dich jetzt?«, fragte er leise. »Kannst du aufstehen?«

Arabellas Augen weiteten sich angsterfüllt, und sie schüttelte vehement den Kopf; sie war immer noch ein wenig bleich im Gesicht. Justin rückte zur Seite, lehnte sich an das Bett und bettete ihren Kopf in seinem Schoß.

Arabella jammerte. »Der Kopf tut mir so weh«, stöhnte sie. »Diese ganzen verdammten Haarnadeln.«

Daraufhin entfernte Justin behutsam eine Nadel nach der anderen aus ihren Haaren und legte sie neben sich. Als er die letzte herausnahm, fuhr er mit den Fingern durch ihr dichtes Haar und strich sanft die seidigen Strähnen zurück.

»Geht es dir besser?«, fragte er.

»Ja. Danke.« Sie lag reglos in seinem Schoß und bewegte kaum die Lippen.

In seinem Bauch zog es sich zusammen, als er sie anschaute. Ihr Haar war unglaublich lang und weich, ergoss sich über seine Beine auf den Boden, wie ein Wasserfall aus glänzenden roten Locken. Gegen seinen Willen und wider besseres Wissen spürte er, wie seine Männlichkeit sich regte. Es schien, als habe sein Körper einen eigenen Willen. Er hielt die Luft an, als sie den Kopf bewegte. Sie hob die Brauen und schmiegte eine Wange an seinen Schenkel. Oh, Jesus, jetzt war ihr Mund aber gefährlich nahe an … Sie seufzte tief. Selbst durch den Stoff der Hose hatte er das Gefühl, ihren warmen Atem zu spüren, und … Bebend atmete er aus. Er merkte, wie es in ihm pulsierte, jeden einzelnen Herzschlag … O Gott! Dies war einfach zu viel an Versuchung, damit konnte er nicht mehr umgehen.

»Arabella. Arabella, ich muss dich jetzt ins Bett bekommen.«

Der Satz war heraus, bevor er nachgedacht hatte, was das bedeutete. Er unterdrückte ein Stöhnen.

»Nein. Ich will nicht, Justin. Ich kann mich nicht bewegen.«

»Wir müssen aber, Arabella. Es kann ja wohl kaum angehen, wenn man mich morgen früh in deiner Kammer vorfindet, oder? Komm, ich helfe dir.«

»Alles dreht sich in meinem Kopf.«

»Ich weiß, Liebes. Ich habe große Erfahrung in diesen Dingen.«

»Ja, das hast du. Ist das denn bald zu Ende?«

»Ja«, log er. Sie würde sich sowieso nicht daran erinnern können.

Sie war ganz schlaff, aber er schaffte es, sie auf die Füße zu stellen. Rasch öffnete er die Knöpfe am Rücken ihres Kleides und löste die Schnüre des Korsetts. Beides legte er zu ihren Füßen auf den Boden. Sie stand vor ihm, nur noch mit ihrem Hemdchen bekleidet.

»Ich brauche mein Nachthemd«, beschwerte sie sich.

»Nein, Liebes, das brauchst du nicht. Du kannst so schlafen, wie du bist, für diese eine Nacht.« Mehr konnte seine Willenskraft nicht aushalten, da war er sich sicher.

Er drehte sie in seinen Armen herum. Das Hemdchen enthüllte mehr, als es verbarg; sie hätte ebenso gut nackt sein können. Durch den hinter ihr flackernden Kerzenschein zeichnete sich die Silhouette ihres Körpers deutlich ab. Ihre Brüste waren rund wie Melonen und herrlich voll. Ihre Brustspitzen zeichneten sich unter der feinen Seide dunkel und groß ab. Er wollte ihr dieses verdammte Hemdchen vom Leib reißen, um sie ganz zu enthüllen. Er wollte seine Zunge wieder und wieder um ihre Spitzen kreisen lassen, und er wusste, sie würde nach warmem Honig schmecken. Er konnte nicht widerstehen, seinen Blick auf und ab gleiten zu lassen. Er fragte sich, ob das sich durch den durchsichtigen Stoff dunkel abzeichnende

Dreieck zwischen ihren Schenkeln auch so rot und lockig war wie ihr Haar.

»Komm«, sagte er brüsk, »Ins Bett mir dir.« Er hob sie auf die Matratze, nahm ihr die Pantoffeln von den Füßen, streifte die Strümpfe ab und zog ihr die Decke hoch bis zum Kinn.

Sofort schob sie diese wieder bis zur Taille herunter.

»Mir ist so heiß«, jammerte sie. »Und es ist so komisch ohne Nachthemd.«

»Du wirst dich schon daran gewöhnen, Arabella. Es ist ja nur für die eine Nacht.«

»Kann ich nicht«, schmollte sie. »Würdest du dich nicht komisch fühlen, im Bett ohne Nachthemd?«

»Ich schlafe nicht in einem Nachthemd.«

»Worin denn dann?«

»Einfach so eben.«

Ihre Augen wurden rund. Sie war erstaunt. »Was?«, fragte sie matt. »Du meinst, du schläfst ... nackt?« Sie sprach das Wort aus, als sei es ein Fluch.

»Ja, Liebes«, antwortete er direkt. »Ich schlafe nackt.«

»Oh! Das ist aber verderbt, Justin.«

Er wollte sich ausschütten vor Lachen über ihren Tadel. Irgendwie konnte er es aber nicht.

Stattdessen atmete er tief ein. Noch nie in seinem Leben hatte er eine Frau zu Bett gebracht, ohne mit ihr zu schlafen. Außer gerade jetzt. Oh, wenn die Kerle der feinen Gesellschaft das wüssten, sie würden sich totlachen!

Er brauchte jede Faser seiner Widerstandskraft, um sein Begehren zu unterdrücken. Niemals zuvor hatte eine Frau in ihm so ein schmerzhaftes Verlangen entfacht, nie zuvor hatte er eine Frau so begehrt wie diese – die Einzige, die er nicht haben konnte! War sie deshalb so attraktiv für ihn? Nur, weil sie die Einzige war, die ihm jemals widerstanden hatte?

»Justin?«

»Was ist denn, Liebes?«

»Du hast gesagt, dass du das mit McElroy nicht weitererzählst. Das tust du doch auch nicht, oder?«

»Natürlich nicht.«

»Versprochen hast du es aber nicht.«

Er seufzte. Sie erzählte Unsinn, aber auf eine vollkommen süße, anbetungswürdig Art. »Ich verspreche es«, sagte er mit tiefer Stimme.

»Und Walter. Du hast auch nicht versprochen, nichts von seinem Antrag zu erzählen.«

»Dann verspreche ich es jetzt. Ich werde niemandem von Walter erzählen.«

Ihre schmalen Brauen zogen sich zusammen. »Wie kann ich sicher sein, dass ich dir vertrauen kann?«, fragte sie misstrauisch. »Ich sollte es wahrscheinlich nicht tun. Man sollte nie so einem Schuft vertrauen.«

»Da hast du Recht, Arabella. Wahrscheinlich solltest du es nicht tun. Aber ich schwöre, ich werde deine Geheimnisse für mich behalten.«

Das schien sie zufrieden zustellen. Sie ließ sich in die Kissen sinken. Er nahm ihre Hand und strich ihr über die Fingerspitzen. Bald fielen ihr die Augen zu, aber plötzlich machte sie sie wieder weit auf.

»Du hast mich gefragt, warum«, sagte sie plötzlich.

»Warum ... was?«

»Am Abend des Maskenballs. Du hast mich gefragt, warum ich dich nicht leiden kann.«

»Und warum kannst du mich nicht leiden?« Bei Gott, es tat fast körperlich weh, das auszusprechen.

»Es war wegen Emmaline Winslow.«

»Emmaline Winslow?« Er war verwirrt. Wer zum Teufel war Emmaline Winslow?

Ihr Kopf ging hin und her. »An diesem Tag auf dem

Landsitz der Herzoginwitwe ... als ich unter den Stuhl gekrochen bin und dich mit der Nadel gestochen habe. Ich – ich hatte euch beide im Haus miteinander sprechen gehört. Du hast zu ihr gesagt, es gäbe andere Frauen, die genauso bezaubernd seien wie sie. Wörtlich sagtest du, glaube ich, sie sei wie eine Perle unter vielen, und du wolltest sie alle einmal ausprobieren! Du hast sie zum Weinen gebracht, Justin. Du warst dermaßen gemein! Du bist weggegangen ... und hast sie weinend zurück gelassen.«

Plötzlich glaubte er sich zu erinnern. Eine lähmende Sekunde lang war Justin fast reglos. In Gedanken spulte er zurück. Und auf einmal verstand er so viel.

»Aber jetzt habe ich nichts mehr gegen dich«, gestand sie aufrichtig. Ihr Blick wanderte über sein Gesicht. »Das ist doch in Ordnung, oder?«

»Ja«, sagte er heiser. Das war alles, was er herausbekam.

»Gut. Bleibst du noch hier, bis ich eingeschlafen bin?«

Er nickte und sah zu, wie sie ihre Finger mit den seinen verschränkte, die Augen schloss und seine Hand mit der ihren auf ihren Bauch legte.

Er betrachtete sie. Der Mond stand hoch am Himmel. Und die ganze Zeit wurde er von tausend unterschiedlichen Gefühlen überwältigt.

Irgendetwas zwischen ihm und Arabella war dabei, sich zu verändern. *Alles* veränderte sich. Und er wusste nicht, was es war. Und es gefiel ihm überhaupt nicht, dass er es nicht wusste.

Aber er konnte nichts daran ändern.

Das erfüllte ihn mit Angst. Sogar mit Schrecken, dem nichts gleichkam, was er in irgendeiner Weise zuvor erlebt hatte.

Elftes Kapitel

Am nächsten Tag wachte Arabella spät auf. Die Sonne schien durch die Vorhänge. Seufzend wälzte sie sich zur Seite, um dem grellen Licht zu entkommen. Selbst durch die geschlossenen Lider schien die Sonne zu brennen. Arabellas Mund und Kehle waren wie ausgetrocknet, und in ihrem Kopf schien es wie mit tausend Hämmern zu pochen. Sie wollte lediglich ihr Kissen über den Kopf ziehen und wieder einschlafen. Aber ein unbestimmtes und eindringliches Gefühl hinderte sie daran.

Plötzlich kam ihr eine bruchstückhafte Erinnerung. McElroy. Justins Auftauchen in dem Arbeitszimmer. Der Rest blieb verschwommen. Sie erinnerte sich, am Fenster gesessen zu haben, mit einem Kristallglas in der Hand …

O Gott, *deshalb* fühlte sie sich so schrecklich. Nie wieder, schwor sich Arabella, würde sie so starken Alkohol zu sich nehmen. In der Tat, nie wieder würde sie überhaupt irgendwelchen Alkohol trinken.

Genau in diesem Moment klopfte es an die Tür.

»Herein«, rief sie heiser. Es war Tante Grace. Ihre Augen leuchteten und sie war sehr vergnügt. »Guten Morgen, Arabella«, trällerte sie. »Ich habe dir eine Tasse Schokolade und etwas Gebäck zum Frühstück gebracht.« Grace stellte ein Tablett auf dem Nachttischchen ab und setzte sich auf die Bettkante. »Wie geht es dir heute Morgen?«

Arabella drehte sich herum und stemmte sich hoch, wobei sie ein gequältes Lächeln versuchte. »Gut«, murmelte sie.

»So siehst du aber keineswegs aus. Du siehst eher ziemlich erbärmlich aus.«

Grace reichte ihr eine zierliche Porzellantasse. »Es tut mir Leid, dass es dir so schlecht geht, Liebling. Vielleicht ist es etwas, das du gegessen hast?«

Oh, wenn sie das nur wüsste ....

»Unglücklicherweise bist du nicht die Einzige, die krank geworden ist. Patrick McElroy musste ganz plötzlich abreisen. Vielleicht hat er die gleiche Krankheit.«

McElroy! Der bloße Gedanke an ihn machte sie wütend. Laut sagte sie: »Es tut mir Leid, dass ich das Fest verpasst habe.«

Tante Grace tätschelte ihr die Hand. »Nun, das Wichtigste ist, dass es dir bald besser geht. Ruh dich einfach aus, mein Liebes, dann geht es dir heute Abend bestimmt wieder gut genug, um am Essen teilzunehmen.«

Arabella lächelte dankbar. »Danke, Tante. Würdest du mich beim Marquis und seiner Frau entschuldigen? Ich hoffe, ich habe nicht irgendwelche Pläne der beiden durcheinander gebracht.«

»Überhaupt nicht, Liebes. In der Tat habe ich eben noch mit Devon gesprochen, sie sagte, ich solle dir gute Besserung wünschen.«

»Das ist sehr lieb von ihr«, sagte Arabella leise.

»Könntest du bitte die Vorhänge ein bisschen zuziehen, bevor du wieder gehst? Das Licht blendet doch ziemlich.«

»Bereits geschehen, meine Liebe.« Als Grace am Fenster stand, zupfte sie an den Vorhängen und warf Arabella einen Blick zu. »Letzte Nacht hat es ja schrecklich geregnet. Hast du das auch gehört?«

»Nein, ich fürchte, ich habe eigentlich nichts gehört.«

Himmel, stimmte das überhaupt?

»Das sollte man nicht meinen, wenn man jetzt hinausschaut. Es ist herrlich warm und sonnig.« Grace blieb neben dem Bett stehen und drückte Arabella einen Kuss auf die Stirn. »Hoffentlich geht es dir bald besser, Liebes.« Plötzlich runzelte sie die Stirn. »Hat Annie denn vergessen, dein Nachthemd einzupacken?«

Arabella sah an sich herunter und erstarrte. Erst jetzt fiel ihr auf, dass sie nur mit ihrem Hemdchen bekleidet war. Erneut schossen ihr Erinnerungssplitter durch den Kopf. Erinnerungen an kräftige, schlanke Männerhände, die über ihren nackten Rücken strichen …

Justins Hände. Sie erinnerte sich, wie schnell und geschickt er das Kleid ausgezogen hatte. Was natürlich vollkommen klar war, denn schließlich hatte er in seinem Leben zahllose Frauen entkleidet.

Doch Tante Grace wartete noch immer auf eine Antwort von ihr.

»Oh, nein, Tante. Es ist nur so … Ich fürchte, ich hatte keine Lust, es zu suchen.« Sie wand sich. Was für eine dumme Ausrede!

Aber Tante Grace nickte nur und verschwand. Wieder allein, ließ Arabella sich zurücksinken, tief erschüttert. Und dieses Mal zog sie sich das Kissen über den Kopf. Sie wusste nicht, ob sie lachen oder weinen sollte. Justin hatte sie zu Bett gebracht. *Justin.* Würde jemals der Tag kommen, an dem sie keine Angst empfand, ihn zu sehen?

Sie gelangte zu der Überzeugung, dass dies niemals geschehen würde.

Trotzdem hatte sie nicht die Absicht, den ganzen Tag im Bett liegen zu bleiben. Trotz Tante Graces Versicherung, dass das in Ordnung sei, fand sie das besonders als Gast sehr unhöflich. Dennoch schlief sie wie durch ein Wunder wieder ein, ohne weiter darüber nachdenken zu können.

Als sie schließlich aufwachte, war es früher Nachmittag. Vorsichtig hob sie den Kopf. Gott sei Dank, das Hämmern in ihrem Schädel war verschwunden. Nach dem

Verzehr des Gebäcks, das Grace hingestellt hatte, fühlte sie sich schon viel besser. Schnell wusch sie sich, kämmte sich das Haar und zog ein blau gemustertes Kleid aus Musselin an.

Das Haus war wie ausgestorben. Als sie eine vorbeieilende Zofe befragte, stellte sich heraus, dass die meisten Gäste sich mit Ausritten die Zeit vertrieben. Wie ihr mitgeteilt wurde, sollte draußen beim Rosengarten Tee serviert werden.

Ein kleiner Erkundungsgang wäre nicht schlecht, entschied Arabella rasch. Obgleich sie keine Lust verspürte, die vielen Treppen wieder hochzusteigen. Aber wenn Tante Grace sie ohne Häubchen und Handschuhe zu Gesicht bekäme, würde sie was zu hören bekommen. Also lief sie zurück, holte sich ein Häubchen aus dem Koffer, nahm die Handschuhe und ging wieder nach draußen.

Tante Grace hatte Recht gehabt. Es war wirklich ein wunderschöner Tag, so warm wie schon lange nicht mehr. Das ließ die Landschaft um Thurston Hall noch lieblicher erscheinen. Sie ließ sich treiben und ging, wohin ihre Schritte sie führten; einen Hügel hinauf, an der anderen Seite wieder hinunter. Die Sonne brannte auf sie nieder. Sie hatte nicht erwartet, dass es so heiß war.

Als sie den Hügel hinunterlief, kam sie an eine Stelle, wo ein kleiner Bach wild zwischen den Bäumen hindurch floss, bevor er wieder verschwand.

Das Sonnenlicht brach durch die Baumkronen und schien ein goldenes Netz über alles zu legen. Arabella machte eine Pause. Kleine Schweißtropfen standen ihr auf der Stirn; sie wischte sie mit dem Handrücken fort.

Hastig schaute sie um sich und biss sich auf die Unterlippe. Sie hatte sich schon ziemlich weit vom Haus entfernt. Niemand war zu sehen. Die Versuchung war riesig, die Verlockung unwiderstehlich. Ohne eine weitere Sekunde zu überlegen, riss sie sich das Häubchen vom Kopf und warf es ins Gras. Ihre Schuhe, Strümpfe und Strumpfhalter waren als Nächstes dran. Sie bückte sich, schürzte den Saum ihres Kleides und stopfte ihn sich unter das Mieder, so dass ihre Beine von den Knien abwärts nackt waren.

Ohne zu zögern, watete sie in den Bach. Das Wasser war zwar kalt, tat aber herrlich wohl. Sie blieb stehen und beobachtete, gebannt und fasziniert, wie ihr das Wasser um die Waden wirbelte. Oh, ja, es wurde von ihr erwartet, eine anständige junge Dame der feinen Gesellschaft zu sein. Zweifellos war es unglaublich unangemessen, auf solche Art in einem Bach herum zu staksen …

Dieser Gedanke brachte eine Erinnerung mit sich. Ein schelmisches Lächeln umspielte ihre Lippen. Sie musste an einen der Sommer denken, die sie mit Mama und Papa in Afrika verbracht hatte. Sie war vielleicht fünfzehn gewesen, und die Hitze war schier unerträglich. Eines Nachts war sie aus der Hütte gekrochen und hatte sich zum Ufer des Flusses begeben. Und weil niemand da war, niemand, der sich daran stören konnte, hatte sie ihre Kleider ausgezogen …

Und war nackt geschwommen.

Was würde die Gesellschaft denken, wenn sie wüssten, dass sie, Arabella Templeton, die Vikarstochter, nackt geschwommen und nach Herzenslust herum geplantscht hatte? Und das nicht nur ein Mal? Die arme Tante Grace, da war sie sicher, würde so ein Skandal um den Verstand bringen. Tante Grace würde es schon als Skandal empfinden, wenn sie sie jetzt sähe, mit nackten Beinen! Sie warf den Kopf in den Nacken und lachte laut. Ein kräftiges, helles Lachen, das sie nicht zurückhalten konnte.

Aber dann, genau in diesem Augenblick, wusste sie es …

Sie war nicht allein.

Es war Justin, natürlich. *Natürlich,* hallte es in ihrem Kopf wider. Wer auch sonst? Wenn sie bloß so tun könnte, als würde sie ihn nicht sehen? Aber er stand genau am Ufer, wo sie ihre Schuhe, Strümpfe und Häubchen hingelegt hatte. Ihr Herz machte einen Sprung. Er trug ein weites, fließendes weißes Hemd mit engen Reithosen und Stiefeln. Mit aller Willenskraft brachte sie ihr Herz dazu, nicht ganz so heftig zu schlagen.

Oh, verdammt noch mal! Er lächelte, während er seinen Blick von ihrem Gesicht zu ihrer schlanken, entblößten Beine hinabgleiten ließ. Verschiedene Dinge schossen ihr gleichzeitig durch den Kopf. Die Sittlichkeit verlangte, dass sie umgehend die Röcke fallen lassen und davonrennen musste. Aber wenn sie das täte, wären die Röcke vollkommen durchnässt. Und wenn sie dann zum Haus zurückkäme – was unvermeidlich war, es sei denn, sie bliebe bis in die Dunkelheit hier draußen –, wie zum Teufel sollte sie das dann erklären?

Und das wusste er. Er war sich der Klemme, in der sie steckte, nur zu bewusst, denn ein Lächeln lag auf seinen Lippen. Ein Lächeln, das sie zum Wahnsinn treiben konnte. Er schüttelte den Kopf. »Weißt du, Arabella, ich bräuchte nur die Hand auszustrecken und könnte deine Gedanken aus der Luft greifen.«

»Tatsächlich«, gab sie kurz knapp zurück. »Und was denke ich gerade?«

»Du fragst dich, ob du weglaufen solltest. Oder ob du die Röcke fallen lassen und dich vor mir verstecken sollst.«

»Ich fürchte, Sir, ich kann nichts von beidem tun.«

Dieses unverschämte Lächeln wurde breiter. »Das stimmt wohl.«

Arabellas Wangen brannten. »Es scheint mir, Sir, Ihr

habt die höchst ungute Eigenschaft, immer dann aufzutauchen, wenn es gerade überhaupt nicht passt.«

Ihr kurz angebundener, entrüsteter Tonfall brachte Justin fast zum Lachen. Himmel, war sie süß!

»Komisch, dass du das so siehst«, meinte er leichthin. »Ich hatte schon angefangen, mich als dein ständiger Retter zu betrachten. Tauche ich nicht stets gerade in der Stunde der Not auf?«

»Du?« Sie war zweifelsohne fassungslos.

Er hob eine Braue. »Ein Missverständnis?«

»In der Tat! Ich bin der festen Überzeugung, du hast es dir zum Hauptziel erklärt, mich zu quälen.«

»Komm schon, wieso sagst du denn so etwas?« Er erlaubte sich, seinen Blick ausgiebig über ihre Figur wandern zu lassen.

Sie verzog den Mund. »Hör auf, mich so anzustarren!«

»Wie denn?«

Sie blickte ihn aus Augen an, die sowohl bittend als auch müde wirkten. Sie hatte Recht, überlegte er. Er quälte sie ja in der Tat. Aber ... du lieber Himmel, er konnte einfach nicht widerstehen, sie ein bisschen aufzuziehen.

»Meine liebe Arabella, du kannst nicht ewig so stehen bleiben. Obwohl, wenn du das vorhast, dann muss ich dir sagen, dass ich genauso gut gewillt bin, eben so lange die schöne Aussicht zu genießen.«

»Oh!« Ihre Wangen flammten erneut auf und hatten fast die Farbe ihres Haares.

Jetzt tat sie ihm Leid. »Komm schon heraus, bevor du dir noch den Tod holst.«

Er hatte Recht. Sie konnte nicht ewig so stehen bleiben. Ihre Füße wurden schon langsam taub.

»Dreh dich um«, bat sie ihn.

Zu ihrem maßlosen Erstaunen kam keine Erwiderung. Er drehte sich zur Seite.

Arabella biss sich auf die Lippe und watete auf ihn zu. Aber die Steine unter ihren Füßen waren ziemlich glitschig. Sie konzentrierte sich auf ihre Schritte und ging vorsichtig auf Justin zu, wobei sie nicht mitbekam, dass er über die Schulter einen Blick auf sie geworfen hatte. Begierige grüne Augen folgten ihren Bewegungen. Sie war fast schon bei ihm, als sie ausrutschte. »Ohhh!« Ein Kreischen entfuhr ihr.

Ein langer Arm umfasste ihre Taille und hob sie hoch in die Luft. Das Nächste, was sie bemerkte, war, dass sie wieder trockenen Boden unter den Füßen hatte.

Ein heiseres Lachen streifte ihr Ohr. »Da, siehst du – sicher, wohlbehalten, und kaum ein Tröpfchen Wasser auf dem hübschen Kleid. Bist du nicht froh, dass ich schließlich doch als Gentleman zur Stelle war?«

Einen Herzschlag lang ruhten ihre Finger auf dem Stoff seines Hemdes. Sie spürte die Wärme seines Körpers und die Muskeln. Eine feste, männliche Kraft, die ihr einen Schauer verursachte.

Schnell nahm sie sich zusammen und zog die Hände weg. »Du bist ein Schuft«, sagte sie ohne Nachdruck, »aber trotzdem danke.«

Er gewährte ihr eine galante Verbeugung. »Stets Ihr ergebener Diener.«

»Justin Sterling und ergeben?« Sie lächelte. »Das will ich erst noch sehen.«

Der Schuft war eindeutig wieder da. »Und das ist das entzückendste Lächeln, das ich in dieser Saison gesehen habe«, erklärte er. »Und umso bezaubernder, wenn man bedenkt, dass es das erste ist, das du mir schenkst.«

Arabella zog die Nase kraus. Dann suchte sie sich einen Sitzplatz neben der Stelle, wo sie ihre Sachen hingelegt hatte. Ihre Beine waren noch nass, bemerkte sie abwesend. Sie würde sie an der Luft trocknen lassen, bevor sie wieder die Strümpfe anzog. Da fiel ihr ein ... eine Lady entblößte in der Nähe eines Mannes nicht einmal ihre Hände, außer natürlich beim Essen. Und hier saß sie, ohne Handschuhe, mit nackten Füßen vor Justin ... und es kam ihr so selbstverständlich vor, als habe sie es schon immer so gehandhabt.

Sie beobachtete ihn, als er sich neben sie ins Gras setzte. »Wie lange hast du mir zugesehen?«, fragte sie leise.

»Lange genug, um mir bewusst zu werden, dass ich ein Vermögen bezahlen würde, deine Gedanken zu erfahren, bevor du mich entdecktest. Ich fand deine Gesichtsausdrücke faszinierend, Arabella. Du hast mich an einen schlauen kleinen Kobold erinnert, der sich einen Streich ausdenkt.«

Arabella konnte nicht anders, als erneut zu erröten. Sie spürte, wie es vom Nacken her zum Gesicht hochstieg.

»Oh, du wirst ja rot«, sagte er wissend. »Dann fürchte ich, es war etwas schockierend Ungehöriges, woran du gedacht hast.«

»Ich glaube nicht, dass dich irgendetwas schockieren könnte«, gab sie umgehend zurück.

»Das ist womöglich wahr.« Er lehnte sich, auf einen Arm gestützt, zurück.

»Wir beide sind uns ziemlich ähnlich.«

Arabella atmete tief durch. »Sind wir nicht!«

Er pflückte einen Grashalm und spielte damit. Mit leuchtenden Augen sah er sie an. »Nein?«, meinte er gelassen.

Arabella reckte das Kinn. »Ich denke, du spielst auf letzte Nacht an.« Sie schaute in eine andere Richtung. »Also, pass auf. Normalerweise spreche ich nicht dem – dem Alkohol zu.«

»Falls es dich tröstet, du warst genauso angriffslustig wie sonst auch.«

»Na, das ist ja gut zu wissen. Und ich warne dich, lach mich nicht aus.«

»Das würde ich mir niemals träumen lassen. Aber du hast eindeutig etwas Wildes in dir, Arabella. Ich habe es gesehen. Ich kann es spüren. Wir sind ... verwandte Seelen, wenn man so will.«

Sie knirschte mit den Zähnen. »Nein, sind wir nicht.«

»Du sträubst dich. Aber ich kenne dich, mein liebes Mädchen. Du bist in dem Bach herumgewatet, weil keiner zu sehen war, weil du dir gedacht hast, dass dich niemand dabei ertappt.« Seine Augen funkelten. »Ich schätze, es war reiner Zufall, dass du es bei den Schuhen und Strümpfen hast bewenden lassen. Wenn ich dich jedoch angetroffen hätte, wie du ... nackt ... geschwommen wärst, was würde dann wohl die feine Gesellschaft über Arabella Templeton, die Vikarstochter, denken ...«

Sie war erstaunt. Es war, als könnte er in ihren Gedanken lesen wie in einem Buch! Hatte er etwa Recht? War sie so wild, wie er meinte? Sie wand sich, als sie an all die Dummheiten dachte, die sie als Kind angestellt hatte.

»Oh, es scheint, ich habe das Unmögliche vollbracht. Du bist sprachlos, Arabella. Aber sag schon. Ist es so, weil ich Recht habe? Oder liege ich da falsch?«

»Ich weigere mich, das zu beantworten«, sagte sie bestimmt.

»Wie dem auch sei, ich für meinen Teil bin ehrlich. Ich bin, was ich bin. All diese Titulierungen, die du mir bereits gegeben hast. Ein Frauenheld, ein Leichtfuß, ein Schuft.«

»Bleib ernst, Justin.«

»Das bin ich.«

Sie schaute ihn von der Seite an. »Aber wenn du das alles weißt, dann kannst du es doch auch ändern.«

»Kann ich das? Kannst du es? Ach, Arabella, das glaube ich nicht.«

Unfreiwillig musste Justin an den Vertrauensbruch seiner Mutter denken. Ihre Untreue. Ihm wurde es eng in der Brust, und Düsternis drohte, sich auf seine Seele zu legen. Mit aller Willenskraft verdrängte er diese Gedanken.

Arabella schüttelte den Kopf. »Ich glaube, du hast Unrecht, Justin.«

»Gnade!«, rief er spottend. »Vorsichtig, Arabella. Oder versuchst du, mich zu bekehren?«

»Das weiß ich nicht«, sagte sie aufrichtig. »Kann schon sein.«

Er beugte sich nah zu ihr herüber. Ein unheimliches Funkeln lag in seinen Augen. Er bedachte sie mit einem langen Blick voller Anerkennung.

»Ich könnte mich überreden lassen, weißt du.«

Seine Stimme war tief, gelassen und verführerisch. Arabellas Magen zog sich zusammen. Sie konnte ihren Blick nicht von seinem wenden. Ein Windstoß wirbelte sein dunkles Haar durcheinander. Sein Aussehen beeindruckte sie auf eine Art, wie sie es nie für möglich gehalten hätte – ausgerechnet sie, die sich immer einredete, über solchen Dingen zu stehen! Ihre Augen wanderten über seine Gesichtszüge, die leicht gebogene Nase, seine Lippen, deren untere etwas voller war als die obere, den Bartansatz.

Er war so dicht bei ihr, dass sich ihre Schultern streiften. Was war an diesem Mann, dass ihr Herz so raste? Etwas, das in ihr verbotene, sehnsüchtige Gefühle weckte, die sie ganz und gar erfüllten – trotz allem, was sie über ihn wusste? Obgleich sie wusste, was er war und was er bereits angestellt hatte.

»Justin«, platzte sie heraus, »du warst mit sehr vielen Frauen zusammen, nicht wahr?«

Sie merkte, dass sie ihn erschreckt hatte. Er sah sie lange und durchdringend an. »Wo zum Teufel hast du das denn auf einmal her?«

Sie fuhr sich mit der Zunge über die Lippen. »In der Nacht des Maskenballs in Vauxhall Gardens habe ich ein paar Frauen über dich reden hören. Eine davon sagte, du wärst ein Liebhaber von –« oje, sie errötete wohl gerade von Kopf bis Fuß – »von außergewöhnlichem Geschick.«

Für die Dauer eines Herzschlags sah er ihr direkt in die Augen. Sie hatte das beunruhigende Gefühl, er wundere sich, ob er sie richtig verstanden hatte. Arabella konnte in der Tat kaum fassen, wie direkt sie war. Vielleicht hatte er wirklich Recht. Vielleicht war da eine wilde, übermütige Seite in ihr.

»Ich verstehe«, sagte er nach einem Augenblick. »Und du fragst dich jetzt, ob das stimmt?«

»Nun ... wenn du doch so verdorben und gefühllos und unmoralisch bist, warum wollen dich dann die Frauen so unbedingt?« Es strömte alles nur so aus ihr heraus, und dann konnte sie es nicht mehr aufhalten. »Ich habe sie doch gesehen, weißt du. Ihr Mund sagt das eine, aber wenn sie dich ansehen, wirken sie fast, als wollten sie auf der Stelle verführt werden.«

Justin konnte das Lachen kaum noch unterdrücken. Der bloße Gedanke, dass die korrekte, anständige Arabella sich über so ein Thema ausließ, war unfassbar. Als er ihr hierher gefolgt war, hätte er nie erwartet, dass die Unterhaltung diese Wendung nehmen würde.

Und wie es schien, war sie noch nicht einmal fertig.

»Hast du ungehörige Dinge getan?«, fragte sie vorsichtig.

»Und wenn ich Ja sagte?«

»Würde ich fragen, ob diese ungehörigen Dinge ... Spaß machen.«

Er hob eine Braue. »Wie kommt es, dass du mich so etwas fragst? Gestern Abend hast du noch behauptet, du würdest nie mit mir flirten.«

»Tue ich auch nicht. Ich bin einfach nur ...« Sie geriet ins Stammeln.

»Neugierig?«

»Ja«, sagte sie atemlos. »Und ich weiß niemand anderen, den ich fragen könnte.«

»Danke«, antwortete er knapp. »Das ist sehr schmeichelhaft.«

»Und, gibst du mir keine Antwort?«

»Nein.« Er sprang auf und streckte eine Hand aus.

Sie ergriff sie und gestattete ihm, ihr auf die Füße zu helfen.

»Und wieso nicht?«

Sie stand mit dem Rücken vor dem Stamm des Baumes, unter dem sie gesessen hatten. Justin stemmte erst die eine dann die andere Hand gegen die raue Rinde.

Ihr Blick ging erst zu dem einen dann zu dem anderen Arm und danach zurück zu seinen Augen. Er erkannte genau den Moment, als sie bemerkte, dass sie gefangen war.

Er wählte seinen verwegensten Tonfall. »Liebe Arabella«, sagte er sanft, »Ich bin allein mit einer wunderschönen Frau. Keiner ist da, der uns sehen kann. Du willst über ungehörige Dinge reden, ich jedoch würde sie lieber tun.« Während er sprach, beugte er sich noch weiter vor.

Sie fuhr beinahe aus der Haut und verlor keine Zeit, sich unter seinem Arm wegzuducken. Er drehte sich um, als sie bereits ihre Schuhe und Strümpfe aufhob, um sie wie einen Schild vor die Brust zu pressen. Ihr Ausdruck war eine Mischung aus Unsicherheit und Zorn. Das brachte ihn wiederum fast zum Lachen.

Er hob die Brauen. »Was denn! Dachtest du etwa, ich wollte dich küssen?«

Sie prustete los. »Als ob ich das zulassen würde!«

Trotz ihres Mutes ging sie auf die andere Seite des Baumes und fing an, sich Strümpfe und Schuhe anzuziehen.

»Bist du wenigstens ein bisschen schockiert?«, fragte er.

»Wohl kaum«, gab sie knapp zurück.

Er lächelte. »Keine Angst, Arabella, was auch immer ich an ungehörigen Dingen gemacht habe, es war niemals mit unschuldigen Mädchen.« Er warf einen Blick zum Haus. »Wir sollten langsam zurückgehen. Es ist fast Zeit für den Tee.«

Arabella nahm den Arm, den er ihr bot; das Häubchen ließ sie an ihren Fingerspitzen baumeln. Sie schlenderten in Richtung Landsitz.

»Für einen Mann mit so großer Erfahrung bist du ganz schön verschlossen«, bemerkte sie. »Ich dachte immer, Männer hätten einen Hang dazu, mit so etwas anzugeben.«

Er half ihr über eine hervorstehende Baumwurzel. »Eher anderen Männern gegenüber. Nicht bei –«

»Ja, ich weiß schon.« Sie verdrehte die Augen. »Unschuldigen Mädchen. Aber ich bin gar nicht mehr so jung. Ich bin fast einundzwanzig. Also solltest *du* dir vielleicht keine Sorgen machen, dass mich irgendetwas schockieren könnte, was du mir erzählst.«

Er lachte leicht. »Vertrau mir, Arabella. Deine zarten Ohren würden regelrecht verglühen. Und den Rauch könnte man noch in London sehen.«

»Ich war stets ein frühreifes Kind.« Sie hatte keine Mühe, mit seinen großen Schritten mitzuhalten. Plötzlich zeigte sie mit dem Finger auf etwas. »Oh, sieh mal! Was ist denn das?«

Justins Blick folgte der Richtung ihres Fingers. »Das ist ein Gartenpavillon.«

»Oh!«, rief sie aus. »Sollen wir mal anhalten?« Sie wartete keine Antwort ab, sondern schürzte ihre Röcke und rannte auf das kleine weiße Gebäude zu, das auf einer Hügelkuppe stand.

Justin beschleunigte seinen Schritt. »Ach, ist das entzückend!«, trällerte sie. Sie schenkte ihm ein Lächeln und beugte sich vor, um an den rosafarbenen Rosen zu riechen, die an den beiden Säulen rechts und links vom Eingang empor rankten. »Ich finde Rosen so wunderbar.«

Nein, dachte Justin verwirrt, sie war wunderbar. Er fand ihre Missachtung von Konventionen sehr erfrischend. Die Schnüre ihres Häubchens baumelten noch immer von ihren Fingern herab. Die Anstrengung oder auch die Sonne hatten auf ihren Wangen ein zartes Rosa hinterlassen. Er musste seinen Blick von ihren Lippen abwenden, die förmlich darum baten, geküsst zu werden. Beim Himmel, was steckte hinter dieser verfluchten Anziehungskraft, die sie auf ihn ausübte? Sie war in jeder Hinsicht nicht die Richtige für ihn. Trotzdem, die Zeit, die sie an diesem Nachmittag miteinander verbracht hatten … Es fühlte sich so gut an …

Sie drehte sich zu ihm um. Als sie auf der ersten Stufe stand, waren sie auf Augenhöhe. »Also«, sagte sie munter, »wo waren wir stehen geblieben? Ach ja, du wolltest mir gerade all deine Geheimnisse verraten.«

»Tauschen wir denn Geheimnisse aus?«

»Du kennst ja bereits all meine Geheimnisse«, meinte sie. »Die, die wichtig sind, jedenfalls.«

Er kicherte. »Das ärgert dich, nicht wahr?«

Sie schürzte die Lippen. »Ja«, murmelte sie. »Ich denke, es wäre nur gerecht, dass du mir wenigstens eines von deinen verrätst.«

»Ein Geheimnis von ungehöriger Natur, wahrscheinlich?«

»Nun, ja … das würde Sinn ergeben, nicht wahr? Ungehörig. Lüstern. Freizügig. Was haben all diese Dinge gemeinsam?«

»Mich, schätze ich.«

Sie zwinkerte. »Sehr geschickt«, lobte sie. Mit einem breiten Lächeln, siegesgewiss, posierte sie auf der obersten Stufe und schaute auf ihn herunter. Oh, er war ja so selbstsicher und überlegen! Nur einmal wollte sie gewissermaßen über ihm stehen.

Es sollte nur von kurzer Dauer sein. Er hob eine Braue. »Ich weiß, was du vorhast, Arabella. Und es wird nicht funktionieren.« Er umfasste ihre Taille und hob sie hoch.

»Schuft«, beschuldigte sie ihn.

»Drache«, gab er zurück. »Aber ich muss einräumen, du bekommst Punkte für Beharrlichkeit. Trotzdem muss ich dir mitteilen, wie sehr du es auch versuchen magst, ich erzähle dir nicht, was du hören möchtest.«

»Wieso nicht? Geht es jetzt hier schon ums Prinzip?«

»Zum Teufel mit Prinzipien. Ich habe nicht die Absicht, in deiner Wertschätzung noch tiefer zu sinken, also bleiben meine Lippen versiegelt. Und ich fange an, mich zu fragen, ob der Grund für deine Beharrlichkeit vielleicht ein bisschen mehr einschließt als nur Neugier.«

Sie runzelte die Stirn. »Ich wüsste nicht, was du meinst.«

»Nur dies«, sagte er und warf ihr einen Seitenblick zu. »Bist du dir überhaupt im Klaren, wie die menschliche Fortpflanzung vonstatten geht?«

»Natürlich weiß ich das. Meine Mutter hat es mir erzählt, und auch Tante Grace. Und –«, sie hielt inne.

Justin stemmte die Hände in die Hüften. Ihr Gesichtsausdruck war eindeutig schuldbewusst. »Und?«, fragte er lächelnd.

Sie errötete heftig. »In der Nacht vor der Hochzeit meiner Cousine Harriet habe ich mitgehört, was Tante Grace ihr gesagt hat ...« Sie fuhr mit der Zungenspitze über die Lippen. »Was in der Hochzeitsnacht zu erwarten ist.«

Justin brach in Gelächter aus. »Das hätte ich mir denken können! Du standest wieder hinter der Tür!«

Arabella blickte finster drein. »Ich habe nicht gelauscht.«

Er lachte nur noch mehr. »Was du nicht sagst!«

»Verzeiht mir, wenn ich Eurem Amüsement Abbruch tun muss.« Sie machte eine weitschweifige Geste über den Pfad, der vor ihnen lag und auf dem vom nächtlichen Regen eine riesige Pfütze übrig geblieben war.

»Was ist denn los?«

»Da ist eine Pfütze vor uns«, wies sie ihn hin.

Er lächelte. »In der Tat«, stimmte er zu.

Ihr Blick wurde böse. »Ein wahrer Gentleman, der sieht, dass sie zu groß ist, um darüber hinweg zu schreiten, und der sich bewusst ist, dass ich nur leichte Schuhe trage, er jedoch Stiefel, würde anbieten, mich hinüberzutragen.«

»Meine Liebe, du hast mich schon mit vielen Namen tituliert, aber Gentleman war nicht dabei.« Sein Lächeln wurde breiter. »Aber wenn du darauf bestehst ...«

Er bückte sich tief herunter, warf sie über seine Schulter und schritt durch die Pfütze. Sie schimpfte noch immer vor sich hin, als er sie dahinter auf die Füße stellte.

Sie reckte ihr Kinn. »Und jetzt weiß ich auch warum«, verkündete sie ihm kühl. »Ihr, Sir, seid kein Gentleman und werdet auch niemals einer sein.«

Justin warf den Kopf in den Nacken und lachte, während sie davon stapfte. Nun, das hier, dachte er, war die Arabella, die er kannte ...

Zwölftes Kapitel

Just, als sie ankamen, wurde der Tee serviert. Arabella plauderte eine Zeit lang mit Julianna und Georgiana; dann setzte sie sich zu ihrer Tante und ihrem Onkel. Schließlich stand sie auf und spazierte ein Stück weit von den anderen weg. Ein paar Bänke standen einladend im Schatten eines Baumes, und dorthin lenkte sie ihre Schritte. Onkel Joseph unterhielt sich mit Sebastian über seinen preisgekrönten Jagdhund, während Tante Grace sich ihrerseits aufmachte, um mit verschiedenen Gästen zu sprechen.

Die ganze Zeit über gab es nicht einen Moment, in dem Arabella sich nicht der Anwesenheit Justins bewusst war – wo genau er gerade stand und mit wem er sprach, einfach alles.

Sie war völlig abgelenkt. Und das störte sie regelrecht, brachte sie völlig durcheinander.

Denn irgendetwas hatte sich in der letzten Nacht verändert ... und sie hatte das merkwürdige Gefühl, dass sie dabei war, sich in ihn zu verlieben.

Was außerordentlich unklug wäre.

Sogar absolut dumm.

Trotzdem kämpfte sie mit dem hilflosen Gefühl, dass es gar nichts gab, was sie dagegen tun konnte. Und im tiefsten Innern fragte sie sich, wie es wohl wäre, von Justin Sterling begehrt – und umworben – zu werden.

Sicherlich aufregend. – Ohne Frage, gefährlich.

Er hat die Hälfte der weiblichen Herzen Londons gebrochen, warnte sie eine innere Stimme. *Wenn du es zulässt, macht er das auch mit deinem.*

Er war genau die Sorte Mann, die sie immer verachtet hatte, das genaue Gegenteil von alldem, woran sie glaubte und was ihr wichtig war.

Dennoch brauchte sie ihn nur anzuschauen, um sofort tief durchatmen zu müssen. Und da war ein komisches Flattern in ihrer Brust. Wenn er wollte, konnte er so aufmerksam und so charmant sein. Lieber Himmel, sie selbst hatte er um den Finger gewickelt!

Der Gedanke an all das, was in der letzten Nacht geschehen war, ließ sie zusammenzucken. McElroys Avancen – dieser Schuft! Und dann war da noch die Sache mit dieser widerlichen Wette bei White's. Wenn sie bloß daran dachte, lief ihr ein Schauer über den Rücken.

Doch Justin hatte ihr nicht davon erzählt, weil er gemein sein wollte oder gehässig. Irgendwie wusste sie, auf eine merkwürdige, unwahrscheinliche Art, die sie nicht recht verstand, dass er sie hatte beschützen wollen – was überhaupt nicht zu der Kategorie Mann passte, in die sie ihn einordnete!

Jedenfalls ergab es keinen Sinn, sich ihm anzuvertrauen, so wie sie es getan hatte. Sie konnte sich zwar nur verschwommen an Details erinnern, aber sie wusste noch, dass sie ihm ihr Herz ausgeschüttet, all ihre Ängste und Schwächen eingestanden und sich an seiner Schulter ausgeweint hatte.

Und was hatte er getan? Er war weder abgestoßen noch angeekelt gewesen. Er hatte sie einfach im Arm gehalten, und es fühlte sich sonderbarerweise gut und richtig an. Und … oh, sie hatte sich an diesem Nachmittag bei dem Bach so danach gesehnt, dass er sie wieder im Arm halten würde. Sie wollte, dass er sie küsste, als gäbe es kein Morgen …

Ach, was war sie nur für ein Dummkopf! Er hatte sie einmal geküsst – ein Mal! –, und das würde sicher nicht noch einmal geschehen. Es war wohl bekannt, dass es keine Frau geben konnte, die sein Herz gewissermaßen hinter Schloss und Riegel bringen konnte.

Warum hatte er sie dann als schön bezeichnet? War das ernst gemeint? Natürlich nicht. Ihr Herz zog sich zusammen. Aus seinem eigenen Munde hatte sie gehört, was er war: ein Frauenheld. Daran erinnerte sie diese drängende innere Stimme. Ohne Zweifel war das, was er gesagt hatte, für ihn etwas Alltägliches gewesen, eine Redensart, genauso, wie er sie Liebes genannt hatte.

Dennoch machte sich eine seltsame Traurigkeit in ihrer Brust breit … ach, wenn doch nur …

Unterschiedliche Gefühle und Gedanken bewegten ihr Inneres. Aber in einer Sache behielt er Recht. Sie war wild. Übermütig und ein bisschen schamlos. Gott, was für eine Heuchlerin sie doch immer gewesen war! Wenn sie nur daran dachte, wie sie ihn gemaßregelt hatte … Ihr schlechtes Gewissen machte ihr die Dinge nicht gerade leichter. Gleichzeitig war sie geschockt über die Dreistigkeit, die sie beim Bach an den Tag gelegt hatte. Warum hatte sie ihn nur so ausgefragt?

Ohne Frage, sie hatte keinen Zweifel, dass viele der Geschichten, die sie über ihn und sein skandalöses Verhalten gehört hatte, der Wahrheit entsprachen. So viel hatte er heute Nachmittag auch zugegeben. Niemals hatte er so getan, als sei er ein anderer als der, der er war: ein Leichtfuß und ein Schürzenjäger.

Aber trotzdem … irgendetwas in ihr sagte ihr, dass er nicht der kaltherzige Mann war, als der er sich ausgab – obgleich jeder das glaubte.

Aus dem Augenwinkel nahm sie wahr, wie er Julianna liebevoll einen Kuss auf die Wange ab. Ihre Kehle zog sich merkwürdig zusammen. Im Kreise seiner Familie, verhielt er sich irgendwie … anders. Mit ihnen wirkte er sorgenfrei statt sorglos. Auf jeden Fall war er nicht so, wie sie ihn zuerst eingestuft hatte: verantwortungs- und gefühllos. Die letzte Nacht hatte das bewiesen, dachte sie mit einem flatterigen Gefühl im Bauch.

Sie wusste nicht, wie sie daraus schlau werden sollte. Sie wusste nicht, wie sie aus *ihm* schlau werden sollte.

Ein lautes Kreischen durchdrang die Luft, dicht gefolgt von einem zweiten. Die beiden Kleinen von Sebastian und Devon rannten schwankend über den Rasen, so schnell ihre rundlichen Beinchen sie tragen konnten. Ab und zu drehten sie sich zu ihrem Verfolger um – es war Justin. Eine Frau, die Arabella als das Kindermädchen erkannte, trottete hinterher. Arabella schüttelte den Kopf, als habe sie nicht richtig gesehen.

Justin holte die Kleinen ein, lachte, fing eines in jedem Arm auf und schwang sie empor. Es war ein so unerwarteter Anblick, so vollkommen anders als das, was sie von dem Mann, den sie kannte, erwartete; vor lauter Staunen wäre ihr beinahe der Mund offen stehen geblieben. Genau in diesem Moment blickte er auf.

Ihre Blicke trafen sich. Selbst wenn die Erde sich unter ihr aufgetan hätte, Arabella wäre nicht in der Lage gewesen, den Blick abzuwenden. Das war in der Tat das Gefühl, das er in ihr hervorrief.

Mit langen Schritten kam er auf sie zu. Die beiden Kleinen lachten noch immer fröhlich, als er vor ihr abrupt stehen blieb. Ein leichtes Lächeln lag auf seinen Lippen, ein Lächeln, das sie erschreckte und entwaffnete zugleich.

»Ich glaube, du hattest noch nicht das Vergnügen, meine Nichte und meinen Neffen kennen zu lernen.«

»Das hatte ich tatsächlich noch nicht.« Sie klang wie außer Atem. Ob ihm das auffiel?

»Dann darf ich hiermit vorstellen: Geoffrey Alan Sterling und seine Schwester Sophia Amelia – oder Sophie, wie wir sie nennen.« Er warf einen Blick auf die Bank neben Arabella. »Dürfen wir dir Gesellschaft leisten?«

»Aber sicher.«

Arabella lächelte die Kinder an. Sie waren süß, mit ihren dicken runden Wangen und den klitzekleinen Nasen. »Ach herrje, was für kleine Engel.« Sie legte den Kopf schief und sah die beiden an. »Geoffrey hat die Haare von seinem Vater und die Augen seiner Mutter. Und Sophie hat das Haar ihrer Mutter und die Augen des Vaters.« Sie schüttelte den Kopf. »Sie sind so verschieden. Erstaunlich, dass sie Zwillinge sind.«

»Das sagt jeder.« Justin ließ sich auf die schmale Bank nieder. Er musste feststellen, dass es mit den beiden Kleinen in den Armen ein bisschen eng wurde.

»Hier, gib mir eines«, bot sie sofort an und klopfte auf ihren Schoß. Der kleine Junge krabbelte sofort von Justins Schoß auf den ihren hinüber. Sophie jedoch klammerte sich umso fester an Justins Hals, war eindeutig nicht gewillt, die Sicherheit der Arme ihres Onkels aufzugeben.

»Sie sind gerade etwas über ein Jahr alt«, erklärte Justin, »also können sie noch nicht wirklich viel sprechen – außer Mama und Papa. Und Onkel Justin, natürlich.«

»Natürlich«, echote Arabella und verbiss sich ein Lächeln. Sie nickte Sophie zu, die einen Finger in den Mund gesteckt hatte und sie aus großen grauen Augen betrachtete. »Sie ist ja anbetungswürdig.«

Justins Lächeln wurde breiter. Er schaute seine Nichte an. »Ich sage voraus, Sophie, dass du eines Tages eine Schönheit sein und die Gesellschaft im Sturm erobern wirst, genau wie diese Miss Vikarin hier.«

Arabella biss sich auf die Lippe und sah weg. Da, schon

wieder sagte er, dass sie schön sei. Sie wünschte, er würde nicht ständig Dinge behaupten, die er nicht so meinte, und die überdies nicht der Wahrheit entsprachen. Da sie nicht wusste, was sie antworten sollte, schwieg sie. Dabei entging ihr, dass Geoffrey sich intensiv mit den Baumwollschnüren befasste, die das Mieder ihres Kleides zusammenhielten. Plötzlich räusperte sich Justin. Sein Blick glitt an ihr herab und wandte sich dann schnell zur Seite. Erst jetzt bemerkte Arabella, dass der kleine Junge die Kordel gelöst hatte und ihr Mieder vorn weit offen stand.

Sie seufzte. »Oh«, rief sie verdattert und errötend aus, »oh!«

»Erst ein Jahr alt«, neckte Justin, »und bereits hinter den Frauen her.«

Rasch zog Arabella die Schnüre wieder zusammen. Sie wollte eigentlich nicht lachen, aber sie konnte wirklich nichts dagegen tun. »Vielleicht ist er zu sehr von der Gesellschaft seines Onkels beeinflusst worden!«

Justin kicherte. »Vielleicht. Aber lass uns mal sehen, ob wir nicht etwas anderes zur Belustigung dieses kleinen Kerls finden können.« Er holte seine Taschenuhr aus der Hosentasche und ließ sie vor Geoffrey hin und her baumeln. Dieser griff sofort danach.

Sophie hatte die Augen geschlossen. Eine angenehme Ruhe lag über der kleinen Gruppe. Geoffrey spielte mit der Uhr, während Sophie langsam einschlummerte.

Fast unmerklich schlossen sich Justins Arme enger um das kleine Mädchen. Oder täuschte sich Arabella? Noch während sie darüber nachdachte, drückte er einen kleinen Kuss auf Sophies Locken.

Arabella spürte ein seltsames Ziehen in der Herzgegend bei diesem Anblick, so gut aussehend, mit Sophies goldenem Lockenkopf unter seinem Kinn und einem lang ausgestreckten, wohlgeformten Bein. Ein tiefes Gefühl erfasste sie.

Vor einer Woche noch hätte sie einen Draufgänger wie ihn als vollkommen unfähig bezeichnet, so etwas wie Verbundenheit und Hingabe zu empfinden. Aber wenn sie ihn so sah, mit dem kleinen Mädchen in den Armen ... Die Liebe zu seiner Nichte und seinem Neffen war nicht zu übersehen. Dass die beiden ihn ebenfalls vergötterten, stand außer Frage. Dies war eine Seite an ihm, von deren Existenz sie sich nie hätte träumen lassen. Eine Seite, die sie nie erwartet hätte, zu entdecken.

Auf einmal drehte sich alles in ihrem Kopf. Täuschte sie sich denn so in ihm? Steckte da mehr in ihm, als die Kavaliersfassade vermuten ließ? War es möglich, dass seine Arroganz nur eine Maske war und der Zynismus ein Schild?

Wie dem auch sei, es blieb keine Zeit zum Grübeln. Die Herzoginwitwe war vor ihnen stehen geblieben. Sie neigte ihr schneeweißes Haupt erst zur einen dann zur anderen Seite, als sie sie betrachtete. Ein leises Lächeln lag auf ihren Lippen. Noch bevor Arabella oder Justin ein Wort sagen konnten, sprach die Herzogin.

»Ich wusste es doch.« Unter ihrem Umhang bebten ihre knochigen Schultern vor Lachen. »Ich habe es doch gleich am ersten Abend gewusst, als ich euch beide auf dem Ball der Farthingales tanzen sah.«

Justin hob eine Braue. »Euer Hoheit?«, murmelte er.

Die Herzogin blickte auf Arabella. »Walter wäre nie der richtige Mann für dich, meine Liebe. Ich würde sagen, du hättest dich innerhalb eines Monats mit ihm zu Tode gelangweilt.«

Arabella atmete tief ein.

Die Herzogin stützte sich auf ihren Stock und fuhr fort: »Aber du und Justin ... nun, es ist genau, wie ich zu deiner Tante gesagt habe. Ihr beide seht fantastisch zusammen aus. Mir ist, als könne ich bereits die Hochzeitsglocken läuten hören!« Sie kicherte fast, als sie den Blick auf Justin richtete. Sie hob ihren Stock in die Luft und schüttelte ihn spielerisch. »Also dann«, meine sie munter, »dann gilt es ja nur noch, den richtigen Mann für Julianna zu finden. Oh, aber sie hat sich bisher als ziemlich störrisch erwiesen, nicht wahr?«

Arabella war sprachlos, als die Herzogin schließlich weiter schlenderte. Völlig schockiert war sie dann, als sie den Blick wieder auf Justin heftete und feststellen musste, dass in seinen Augen ein schelmisches Lachen aufblitzte. Wie konnte er es wagen zu lachen! Vor allem, wie brachte er es fertig angesichts dessen, was die Herzogin soeben über Hochzeitsglocken gesagt hatte?

Offenbar teilte Justin ihre Sprachlosigkeit nicht. »Wie du siehst«, sagte er sanft, »ist die Herzogin eine Frau, die kein Blatt vor den Mund nimmt und das ausspricht, was sie denkt. Außerdem hält sie sich für eine begnadete Kupplerin.«

Arabella schaute ihn über Geoffreys Kopf hinweg an. »Woher wusste sie über Walter Bescheid? Du hast doch versprochen, du würdest niemandem erzählen, dass er mir einen Antrag gemacht hat!«

»Und das habe ich auch nicht.«

»Dann, wie konnte sie bloß ...«

»Meine liebe Arabella, es war so offensichtlich, dass Walter von dir hingerissen ist.«

Tja, Justin selbst war sicher kaum von ihr hingerissen. Warum nur hatte die Herzogin dann so etwas gesagt? Und warum hatte Justin die Herzogin nicht über ihre wahre Beziehung zueinander aufgeklärt? Liebster Himmel, und warum hatte sie es nicht *selbst* getan?

Arabella wandte den Blick ab. Sie schluckte. Sie konnte seinem lachenden Blick nicht länger standhalten.

Ihr Herz krampfte sich zusammen; ein Gefühl der Hilflosigkeit befiel sie. Oh, Gott. Sie konnte nicht ... würde sich nicht ... sollte sich nicht in einen Mann wie ihn verlieben.

Trotzdem konnte sie einen bestimmten Gedanken nicht vertreiben. Was, wenn es bereits zu spät war?

Die Tischordnung beim Essen war dieselbe wie am Abend zuvor, mit dem Unterschied, dass McElroy nicht mehr anwesend war. Nach dem Essen versammelten sich die Herren bei Zigarren und Portwein, während sich die Frauen in den Salon zurückzogen. Arabella für ihren Teil fühlte sich jedoch irgendwie ruhelos. Sie spazierte mit Georgiana eine Weile draußen herum, und als sie zum Haus zurückkehrten, betrachteten sie zuerst die großen, in schwere Rahmen gefassten Bilder in der Ahnengalerie. Eines nach dem anderen sahen sie sich die Familie der Sterlings an. In Wahrheit hörte Arabella kaum hin, während Georgiana müßig erzählte. Ihre Gedanken waren ganz woanders. Aber plötzlich rief Georgiana aus: »Aber schau doch mal, hier sind Sebastian, Justin und Julianna!«

Das endlich weckte Arabellas Aufmerksamkeit, und sie trat näher heran. Die drei Sterling-Geschwister waren leicht zu erkennen; sie hatten sich offenbar seit ihrer Kindheit nur wenig verändert.

»Bei meinem Wort, sieh dir Justin an! Die Ähnlichkeit mit seiner Mutter ist verblüffend.«

Arabella hielt den Atem an. Georgiana hatte Recht. Es war deutlich, von wem Justin sein Aussehen geerbt hatte. Beide hatten dieselbe feingliederige Eleganz, das gleiche glänzende dunkle Haar, die gleichen edlen und perfekten Gesichtszüge. Aber es waren die Augen der Mutter, an denen Arabellas Blick am längsten hängen blieb. Leuchtend und von einem äußerst lebhaften Grün, mit langen Wimpern und so ausdrucksstark – besonders im Kontrast zum Haar ... es war, wie in Justins Augen zu schauen.

Doch beim Anblick des Vaters, dem vorherigen Marquis von Thurston ... rieselte ihr ein Schauer über den Rücken. Er hatte schmale Lippen und herbe strenge Züge. Instinktiv war sie sofort gegen ihn eingestellt.

»Guten Abend, meine Damen.«

Die jungen Frauen waren dermaßen in die Betrachtung des Familienporträts vertieft, dass sie vor Schreck beide einen kleinen Hüpfer taten.

Es war Justin in schwarzer Abendgarderobe; er sah so umwerfend aus, dass Arabella fast die Luft wegblieb. Einen beunruhigend langen Augenblick verweilte sein Blick auf ihr, bevor er ihn Georgiana zuwandte. Er nickte leicht. »Miss Larwood, Ihr werdet im Salon vermisst. Es geht, glaube ich, um ein Scharade-Spiel.«

Georgiana klatschte in die Hände. »Oh, ich liebe Scharaden!« Sie rannte los, nur um kurz darauf stehen zu bleiben. »Arabella, und was ist mit dir?«

Die schüttelte leicht mit dem Kopf. »Vielleicht später.« Ihre Blicke richteten sich auf Justin. Sie runzelte ziemlich verwirrt die Stirn. Beim Essen war er charmant, gut gelaunt und lustig gewesen. Aber die Wärme, die er am Tage ausgestrahlt hatte, war wie weggeblasen. Auf einmal schien er distanziert zu sein. Fast kalt.

Sie wollte etwas sagen und fühlte sich mit einem Mal unbeholfen.

»Georgiana und ich haben gerade festgestellt, wie sehr du deiner Mutter ähnelst.«

»Ja, dessen bin ich mir bewusst. Auf uns allen liegt doch irgendein Fluch, nicht wahr?«

Sein Tonfall war sehr eisig, seine Züge wie versteinert. Er betrachtete das Porträt, ohne zu lächeln.

Arabella war innerlich sehr unruhig. »Es tut mir Leid. Georgiana und ich hatten nicht vor, herumzuschnüffeln, wo wir nicht–«

»Sei nicht albern. Die Ahnengalerie ist doch wohl kaum für Gäste verboten.« Angespannt hob er die Schultern und atmete tief ein.

»Es tut mir Leid, Arabella. Ich habe eine ausgeprägte Abneigung diesem Bild gegenüber. Sebastian findet, es gehört hier hin – Familie, Pflichten und all das.« Er zog eine Grimasse. »Mein Vater hat es entfernen lassen, als wir klein waren. Es wurde kurz vor dem Skandal angefertigt, und er konnte den Anblick nicht ertragen.«

Arabella hob die Brauen. »*Der* Skandal?«

»Ach, komm schon. Du brauchst nicht höflich zu tun und vorzugeben, du wüsstest nicht, dass meine Mutter damals mit einem Liebhaber durchgebrannt ist.«

Arabella blinzelte. »Liebhaber?«

Justin lachte spöttisch auf. »Unschuldige Arabella. Ja, meine Mutter hatte Liebhaber – eine ganze Reihe davon, vermute ich. Sie kam bei der Überfahrt auf dem Kanal mit ihrem damaligen Liebhaber ums Leben.«

»Oh«, sagte Arabella leise. »Ich fürchte, das habe ich nicht gewusst.«

Er musterte sie. »Wirklich nicht?«

»Wirklich nicht.« Aber auf einmal fiel ihr wieder ein, wie er in der Nacht auf dem Fest der Benningtons einen Zusammenhang zwischen seiner Familie und Skandalen erwähnt hatte.

»Darüber bin ich überrascht. Diese Dinge haben die Eigenschaft, immer wieder hervorgeholt zu werden.«

»Nun, ich wusste nichts davon. Ich war wahrscheinlich nicht einmal auf der Welt«, erinnerte sie ihn. »Und ich war im Laufe der Jahre mit meinen Eltern sehr oft außer Landes.«

»Ja, das hatte ich vergessen«, gab er zu. »Jedenfalls hat Sebastian sowohl die mütterlichen als auch die väterlichen Pflichten für Julianna und mich wesentlich besser erfüllt, als auch nur einer meiner Elternteile es je getan hätte.«

»Das tut mir Leid«, flüsterte Arabella.

»Braucht es nicht.« Er klang immer noch ziemlich kurz angebunden. Er starrte das Porträt seiner Mutter an.

Auf diesem ihr ungewohnten Terrain wusste Arabella nichts Rechtes zu sagen. »Ich schätze, das erklärt, wie nahe ihr euch steht«, sagte sie weich. »Ich erinnere mich, als ich Kind war, wünschte ich mir so sehr Bruder oder Schwester, dass ich Mama und Papa regelrecht darum angebettelt habe. Aber Mama hatte nach meiner Geburt eine Infektion, und konnte keine Kinder mehr bekommen. Das habe ich natürlich erst viel später verstanden.«

Noch immer schwieg er. Seine Blicke waren auf das Bild geheftet. Er starrte wie gebannt; sein Ausdruck verriet Schmerz und Wut zugleich. Arabella hatte das seltsame Gefühl, dass er ihre Anwesenheit vergessen hatte.

Sein Schweigen begann ihr an den Nerven zu zerren.

Wehmütig schaute sie die Galerie entlang. »Ihr habt aber großes Glück gehabt, an so einem Ort aufzuwachsen. Papa wurde ständig in ferne Länder geschickt, wegen seiner Missionarsarbeit. Es war zwar aufregend, nach Indien und Afrika zu reisen, aber wir hatten nie einen Ort, den wir als Zuhause bezeichnen konnten. Wenn wir in England waren, wohnten wir bei Tante Grace, und ich wohnte da allein, wenn ich zur Schule musste. Das war ganz schön, aber meine Cousinen waren um einiges älter als ich, und so musste ich mich meistens selbst beschäftigen. Ich hätte es geliebt, auf so einem Landsitz zu leben. Nicht unbedingt so riesig vielleicht, aber etwas Gemütliches und –«

Abrupt hielt sie inne. Wenigstens war es ihre gelungen, seine Aufmerksamkeit vom Bild abzulenken. »Ich plappere, nicht wahr?«

»Das tust du«, war alles, was er dazu sagte.

Seine Haltung war angespannt. Die Worte schienen ihr in der Kehle stecken zu bleiben. Sie war wie gelähmt. »Und dann sage ich dabei auch noch ausgerechnet das Falsche, nicht wahr?«

Sie hörte, wie er ein- und ausatmete, als kämpfe er gewaltig darum, sich zu entspannen. Er schüttelte den Kopf. Er wich ihrem Blick aus. »Es liegt nicht an dir. Es liegt an mir, Arabella. Nicht du. Ich kann ein ganz schönes Biest sein.«

»Ja, mein Lord der Sünde«, stimmte sie milde zu. »Das kannst du wirklich.«

Er überraschte sie völlig, als er ihre beiden Hände in die seinen nahm und sich direkt an sie wandte. »Begleitest du mich auf die Terrasse? Wenn ich jetzt noch länger hier drinnen bleibe, fühle ich mich, als ... als müsste ich ersticken.«

Arabellas Lippen öffneten sich. Sie sah zu ihm auf. Er wirkte angespannt, mit zusammengekniffenen Lippen und einem komischen Klang in der Stimme. Sie brauchte nicht vorzugeben, ihn zu verstehen, aber sie spürte eine schreckliche, gewaltige Anspannung in seinem Innern. Sie konnte es sehen und *fühlen.* Was dahinter steckte, wusste sie nicht. Das war ihr jetzt auch egal. Sie wusste nur, wenn ihre bloße Anwesenheit ihm helfen konnte, sich zu entspannen, dann, bei Gott, würde sie ihm beistehen.

Sie drückte seine Hand. »Wenn du das möchtest.«

»Das möchte ich.« Arabella folgte ihm an der Hand, als er sie schnellen Schrittes ans Ende der Ahnengalerie führte, dann einen Flur entlang und durch eine Tür, die sie in den hinteren Teil des Anwesens brachte. Um mitzuhalten, musste sie fast rennen. Sein Schritt verlangsamte sich erst, als sie draußen waren.

Nun liefen sie langsamer weiter. Die Terrasse zog sich über die gesamte Länge des Hauses. Ihre Hand lag noch immer in der seinen vergraben. Nur daran zu denken ließ ihren Puls rasen. Ob sich Justin der Berührung überhaupt bewusst war, fragte sie sich. Den Stich der Enttäuschung ignorierte sie. Zweifellos dachte er gar nicht daran, hatte es über seinen Grübeleien vergessen. Aber sie mochte das Gefühl, wie seine Hand mit einem starken, warmen Griff die ihre umschloss.

Es war eine sternenklare Nacht, und die Temperatur so mild, dass sie ihren Umhang nicht vermisste. Obschon der Mond nicht mehr voll war, konnten sie den Weg gut erkennen, da die Lichter aus dem Haus ihn erhellten.

»Oh, schau mal!« Sie zeigte auf die Silhouette eines Kirschbaumes am Rande des Obstgartens. »Also, das«, verkündete sie, »ist der perfekte Kletterbaum. Siehst du, wie breit die Äste verzweigt sind und wie tief sie hängen? Es war leicht, da hinaufzulangen und das Bein hochzuschwingen.«

Justin blieb stehen. »Meine liebe Miss Vikarin, jetzt sag mir nicht, dass du als Kind auf Bäume geklettert bist.« Er zog eine Braue hoch. »Du?«

Arabella rümpfte die Nase. »Oh, jetzt tu nicht so schockiert.«

Ein kurzes Schweigen senkte sich herab. »Eigentlich wollte ich gerade erzählen, dass ich genau von diesem Baum einmal heruntergefallen bin und mir das Handgelenk gebrochen habe.«

Arabella sah nicht den Schatten, der über sein Gesicht huschte. »Nun, so ungeschickt war ich nie«, fuhr sie fort. »Es gab einen ziemlich ähnlichen Baum auf Onkel Josephs Landsitz bei Yorkshire. Ich werde nie den Tag vergessen, als meine Mutter mich entdeckte, wie ich kopfüber darin hing, die Röcke über meinem Kopf.«

»Man kann wohl meinen, das ist nicht gerade eine Beschäftigung, bei der eine Mutter ihre Tochter sehen möchte.«

Arabella warf ihm einen Seitenblick zu. Erleichtert stellte sie fest, dass seine Züge etwas weicher geworden waren.

»Ja. Meine Mutter war ziemlich schockiert. Und mein Vater erst … ich würde sagen, er ist die sanfteste Seele auf der Welt. Wenn ich mich recht erinnere, war es das einzige Mal, dass er mir gegenüber die Stimme erhob. Obwohl ich sie alle beide mit Sicherheit zur Genüge provoziert habe«, fügte sie gedankenverloren hinzu.

»Wissen deine Eltern, dass du die Auserwählte der Saison bist?«

Arabella verdrehte die Augen zum Himmel. »Nun, ich habe in meinen Briefen nichts davon geschrieben«, sagte sie knapp, »aber Tante Grace sicher umso mehr.«

Sie gingen noch ein Stückchen weiter, bis hinter eine hohe Steinmauer. Die Luft war voller Rosenduft. An einer breiten Steinbank blieb Justin stehen. Der Salon war nicht allzu weit von entfernt; Lichtstrahlen fielen bis zu ihnen und tauchten Justins Profil in ein silbernes Licht.

Als er ihre Hand losließ, empfand sie das wie einen Verlust. Aber sie standen nahe beieinander, so nah, dass sein Duft den der Rosen fast überdeckte. Männlich. Herb. Heiß. All dies ließ sie erschauern. Oh, Himmel, er sah so gut aus, dass es in ihrem Innern schmerzte.

Ein leichtes Lächeln umspielte seinen Mund.

»Was ist denn?«, flüsterte sie.

»Ich dachte gerade an eine Nacht, in der ich aus London hier angekommen bin. Sebastian und Devon waren hier. Und ich denke – nein, ich bin fast sicher, dass sie sich hier draußen küssten, als ich auftauchte.«

»Was ist daran so ungewöhnlich? Sie haben schließlich auch zwei Kinder.«

Sein Lächeln wurde ein bisschen breiter. »Da waren sie noch nicht verheiratet.«

»Oh.« Arabella merkte, wie sie errötete.

Justin lachte rau. »Jetzt schau nicht so schockiert, Miss Vikarin. Erinnere mich irgendwann einmal daran, dir die Geschichte zu erzählen, wie die beiden einander gefunden haben. Das war vielleicht eine Sache.«

»Wirklich? Sie sind ein so perfektes Paar. Es ist offensichtlich, dass sie sehr ineinander verliebt sind.«

»Das sind sie auch«, stimmte er zu.

Ihre Augen wurden groß. »Ich bin überrascht, dich das sagen zu hören.«

»Warum?«

»Nun, ich – ich habe immer gedacht, du glaubst nicht an die Liebe.«

Justin sagte kein Wort.

»Meine Eltern sind auch so«, vertraute sie ihm mit gesenkter Stimme an. »Wenn sie sich ansehen, ist es, als – als gäbe es für sie nichts anderes auf der Welt außer ihnen beiden. Die Wahrheit ist, meine Eltern ... sie lieben sich so sehr, dass ich mich oft wie ein Außenseiter fühle.«

»Ich bin sicher, sie lieben dich sehr, Arabella.«

»Oh, das schon. Das weiß ich auch! Aber ... ich fürchte, was ich alles erzähle, ergibt nicht viel Sinn.« Sie lachte verschämt. »Ich weiß gar nicht, was ich eigentlich sagen will.«

»Du hast zu Walter gesagt, du würdest nur aus Liebe heiraten«, ließ Justin sich plötzlich vernehmen. »Meintest du das damit?«

Sie hob die Hände und ließ sie dann wieder sinken. »Ja. Ich kann mir nicht vorstellen, jemanden zu heiraten, den ich nicht liebe. Kannst du das?«

Er hob lediglich die Brauen.

Arabella biss sich auf die Lippe. »Ja, ja, ich weiß. Du bist kaum derjenige, den ich fragen sollte. Männer wie du verbringen einen Großteil ihres Erwachsenenlebens damit, die Ehe zu vermeiden.«

Justin verschränkte die Arme vor der Brust. »Ah, jetzt ist Miss Vikarin aber gereizt. Lass uns dann doch einmal die Voraussetzungen durchgehen, die ein für mich geeignetes Eheweib mitzubringen hat.«

»Ganz offenbar müsste sie ein lupenrein geschliffener Diamant sein.«

»Ohne Frage.«

»Ah, ja. Du bräuchtest also eine wunderschöne, fügsame, reizende Jungfrau.«

»Schön, fügsam und reizend vielleicht. Aber eine Jungfrau?«

»Oh, du bevorzugst also gebrauchte Ware?«, schoss sie spitz zurück.

Er lächelte. »Nicht gebraucht. Das klingt so gemein. Lass uns lieber ... *erfahren* sagen.«

Immerhin brachte sie ein Lächeln zu Stande. »Ah, ja, damit du deinen ungehörigen Aktivitäten frönen kannst. Aber ich würde es wagen zu behaupten, dass du einen schrecklichen Bräutigam abgeben würdest.«

»Mein Bruder hat einmal das Gleiche gemeint.«

Arabella fuhr fort, als hätte er nichts gesagt. »Wie dem auch sei, ich glaube aber, du würdest ein hervorragender Vater sein.«

»Wie! Kann das sein?« Er tat überrascht. »Oh, Miss Vikarin hat mir gerade ein Kompliment gemacht!«

»Ach, hör doch auf«, bat sie. »Du hast einen Beschützerinstinkt. Du kannst gut mit Kindern umgehen. Das hat man heute mit Geoffrey und Sophie sehen können.«

»Na gut, dann.« Sein Tonfall war ernst, aber seine Augen blitzten. »Und was für einen Mann würdest du als Bräutigam bevorzugen?«

»Nun, eine Frau will mehr von ihrem Mann als nur gutes Aussehen.« Es reizte sie, ihn zu quälen. »Einen Mann, der Ziele hat, und nicht müßig ist.«

»Was, kam das bei Walter zu kurz?«

»Nein«, murmelte Arabella. »Das war Phillip Wadsworth.«

»Wie bitte?«

»Kurz. Er war kleiner als ich, Justin. Muss ich mehr sagen? Er ging mir bloß bis *hier*.« Sie machte eine Handbewegung in Höhe ihres Kinns.

Justin lachte.

Ihre Augen funkelten. »Musst du dich darüber lustig machen?« Sie wandte sich ab, um sein spöttisches Lächeln nicht sehen zu müssen.

Schweigen herrschte zwischen den beiden.

»Es tut mir Leid«, sagte Justin dann ruhig. »Ich wollte nicht gemein sein.« Als sie nichts sagte, kam er näher heran. »Du weinst nicht etwa wieder, oder?«

Stumm schüttelte sie den Kopf.

»Dann schau mich an. Bitte, Liebes, sieh mich an.«

Schon wieder Liebes, und dann auch noch mit so heiserer, zärtlicher Stimme gesagt, dass sie zu zittern begann. Langsam hob sie den Blick zu ihm empor. Sein Lächeln war verschwunden.

Seine Hände lagen auf ihrer Taille, unwahrscheinlich groß und warm, und zogen sie zu sich heran.

Arabellas Herz begann heftig zu schlagen. Ihre Augen weiteten sich. Die seinen waren dunkel und voller Glut.

»Justin«, schluckte sie. »Was tust du da?«

»Du zitterst ja. Hab keine Angst, Arabella.«

Das Zittern erfasste ihren ganzen Körper, bis in die Zehen. In süßer Verwirrung sah sie zu ihm hoch. Sie dachte daran, ihm einmal gesagt zu haben, wenn er sie jemals zum Schaudern brächte, dann vor Abscheu. Aber das war das Letzte, was sie jetzt empfand.

Er senkte den Kopf. Als ob …, als ob er …

»Ich muss verrückt sein«, flüsterte er.

»Warum?«, fragte sie ungestüm.

»Weil ich glaube, ich werde dich gleich wieder küssen.«

Seine Blicke schienen sie regelrecht zu durchbohren.

»Oh, Gott«, sagte sie schwach.

»Wie meinst du das?«, verlangte er in heftigem Ton zu wissen. »Warum siehst du mich so an?«

Ihre Haut brannte dort, wo seine Hände lagen. Aber am meisten brannte ihr Herz …

»Weil ich – weil ich glaube, dass ich es auch will.«

Dreizehntes Kapitel

Seine Blicke hielten die ihren gefangen. »Das solltest du aber nicht. Ich bin ein Schuft, ein Schürzenjäger, wie du mich genannt hast.«

Ihre Finger strichen am Revers seines Jacketts entlang. »Das ist mir egal, Justin. Es ist mir *egal*.«

Um Gottes willen, er hätte nie mit ihr nach draußen gehen sollen. Sie war so unglaublich widersprüchlich – sittsame, anständige Unschuld und üppige, irdische Sinnlichkeit zugleich. Und verletzlich war sie ... so verletzlich. Er hatte nicht daran gedacht, wie empfindlich sie hinsichtlich ihrer Größe und ihres Haares war. Erst die Nacht davor hatte sie deshalb geweint. Diese Erinnerung versetzte ihm einen Stich ins Herz. Stolze, störrische Arabella ... wusste sie nicht, wie liebreizend sie war?

Ihre Augen leuchteten wie Saphire im Mondstaub. Eine rote glänzende Locke hing ihr über die Schulter. Er sehnte sich danach, sie anzufassen, sie sich um die Hand zu wickeln und Arabella daran näher zu sich heran zu ziehen. Und ihre Lippen erst ... wie Rosenknospen im Morgentau, feucht und rosafarben.

Ein Feuer loderte in ihm. Diese letzten Tage waren kaum zu ertragen gewesen. Es wurde immer schwieriger, in ihrer Nähe zu sein, ohne sie zu berühren. Sich nicht nach ihr zu sehnen. Und jetzt, hier im Dunkeln und im Mondschein, wusste er, dass ihm nichts mehr helfen konnte. Sollte der Teufel doch seine Seele holen, nichts konnte ihn jetzt mehr aufhalten.

Mit einem Stöhnen zog er sie an sich. Seine Lippen lagen auf den ihren.

Mit einem kleinen Seufzer wurde sie weich und öffnete ihre Lippen unter seinem Drängen. Er fühlte sich zurückversetzt in diesen magischen Augenblick, als er sie zum ersten Mal geküsst hatte. Nur dieses Mal war es noch viel besser als in seiner Erinnerung; er war nicht betrunken und sie nicht starr vor Schreck. Nein, sie war süß, fast unerträglich süß.

Er wagte einen Blick auf ihr Gesicht. Ihre Augen waren geschlossen, und die Wimpern, lagen lang und dicht auf den Wangen. Und er wusste, wären sie geöffnet, dass sie leuchtend blau und himmlisch ... und, oh, sie schmeckte auch himmlisch und fühlte sich nach der verführerischsten, köstlichsten Sünde an. Er spürte, wie er vollständig in das Reich der Lust hinüber glitt, mit Körper, Geist und Seele.

Dann konnte er nicht mehr langsam und sanft sein. Sein Blut pulsierte in den Adern, und kam nicht dagegen an. Aber Arabella schien nichts dagegen zu haben.

Wäre dies irgendeine andere Frau, dann hätte er sie einfach hier auf der Bank genommen, hätte sich die Hose aufgerissen und seine harte Männlichkeit wieder und wieder in sie gleiten lassen, bis sie beide vor Ekstase schreien würden. Dieses erotische Bild brachte ihn fast um den Verstand.

Aber ein klitzekleines Stück davon blieb noch übrig. Dies hier war Arabella, jung und von süßer Naivität. Sein Gewissen schrie ihn an, aber er hörte nicht hin.

Eine starke Hand umschlang ihren Nacken und zog ihren Kopf dichter an sein Gesicht. Wieder küsste er sie, mit ungestümer Heftigkeit. Die andere Hand lag an ihrem mit cremefarbener Spitze abgesetzten, tiefen Ausschnitt. Mit einer Fingerspitze strich er dort entlang. Oh, Himmel, er konnte die betörenden Kurven ihrer Brüste fühlen.

Ein Seufzer entrang sich ihrem Mund und hallte in seiner Kehle wider. Seine Zunge umkreiste die ihre und strich dann an ihren Zähnen entlang. Sie bog den Rücken durch, und diese Bewegung drückte ihre Brüste fester an ihn. Rund und voll waren sie, weich und doch fest. Dieser Gegensatz war faszinierend. Leidenschaft explodierte in seinen Adern. Vor lauter Verlangen, sie zu berühren, zu schmecken … zu fühlen schmerzte sein ganzer Körper.

Er flüsterte ihren Namen; es klang bettelnd und heiser. »Lass mich dich berühren, Arabella. Lass mich dich ansehen.«

Seine Hand schob sich unter ihr Mieder und umfasste eine ihrer Brüste. Er presste die köstliche Fülle leicht und spürte überdeutlich, wie sich ihre harte aufgerichtete Brustspitze in seinen Handteller drückte. Ein ersticktes Geräusch drang aus seiner Brust. Sie zitterte am ganzen Leibe, wie er halb unbewusst mitbekam.

Seine Lippen lagen auf ihrem Hals. »Arabella«, murmelte er rau, »du machst, dass ich mich vergesse. Halt mich doch auf.«

Sie stöhnte. »Wieso?«

Er biss ihr leicht ins Ohrläppchen. »Du bist doch noch unschuldig.«

»Jaaa …«

»Aber wenn wir so weitermachen, wirst du es nicht mehr lange sein.«

»Dann sollten wir wohl aufhören«, gab sie schwach zurück. Aber er tat es nicht. *Sie* auch nicht.

Sein Mund fand wieder den ihren; schwankend drängte sie sich seinem Körper entgegen. Nicht mehr mit bloßem Tasten zufrieden, schob er ihr die Träger des Mieders über die Schultern, um ihre nackte Haut zu entblößen. Er wollte sie anfassen, an ihr saugen, bis sie vor Lust schrie.

Nahe der Terrasse öffnete sich quietschend eine Tür. Schritte erklangen auf dem Pflaster. »Arabella?«, war eine fröhliche, weibliche Stimme zu vernehmen. »Bist du hier draußen? Wir sind haushoch geschlagen worden und brauchen dich dringend als Verstärkung –«

Arabella erstarrte in Justins Armen. Ihre Augen öffneten sich weit. Sie blickte genau in seine Augen. »Georgiana!«, seufzte sie. Sie riss sich los und zog dabei das Mieder nach oben.

Zu spät. Georgiana stand, keinen Meter entfernt, hinter ihnen, mit vor Schreck aufgerissenen Augen, den zierlichen kleinen Mund schockiert geöffnet.

Aber, o weh, das war lange nicht das Schlimmste.

Direkt daneben stand Tante Grace.

Von allen Dummheiten, die Arabella über die Jahre angestellt hatte, war keine auch nur annähernd hiermit vergleichbar; so hatte sie sich im ganzen Leben noch nicht gefühlt.

Tante Grace wirbelte auf der Stelle herum, wortlos. Georgiana, mit riesigen Augen und sprachlos, eindeutig in der Zwickmühle, zog den Kopf ein und rannte hinter Grace her zurück in den Salon.

»Tante Grace!« Arabella machte einen Satz nach vorn; Justin ergriff sie am Ellbogen und hielt sie zurück.

»Warte«, warnte er, »warte hier.«

Sekunden später tauchte Grace wieder auf. Onkel Joseph schritt an ihrer Seite aus, mit einem Gesichtsausdruck, finster wie eine Gewitterwolke.

»Arabella! Gott im Himmel, Mädchen, hast du den Verstand verloren? Musst du denn immer Ärger machen?«

Es war nicht die Art und Weise, wie er aufbrauste und

schimpfte – die bloße Tatsache, dass er es tat, ließ sie innerlich zusammenbrechen.

Kaum nahm sie wahr, wie Justin sich an ihrer Seite versteifte. »Wenn hier irgendjemand Ärger macht, Mylord, darf ich wohl anmerken, dass Ihr das seid. Dürfte ich vorschlagen, dass Ihr Eure Stimme senkt?«

Josephs Gesicht verfärbte sich dunkelrot. »Und dürfte ich vorschlagen, dass Ihr Eure Hand von meiner Nichte nehmt?«

»Sicher.« Justins Hand löste sich von Arabellas Arm.

»Also. Habt ihr beiden hierzu etwas zu sagen?«

Justin verzog den Mund. »Was, ist da eine Erklärung wirklich vonnöten?«

»Verschone mich mit deinem Sarkasmus, Junge!«, schnarrte Joseph.

Justins Augen flackerten. »Es ist nichts passiert«, sagte er knapp.

»Ach, wirklich? Wie ich das mitbekommen habe, hattet Ihr Eure Hand an Arabellas –«

»Onkel Joseph!«, rief Arabella aus.

Sie fühlte sich gedemütigt. Sie hätte sterben mögen. Oder wenigstens im Boden versinken, so dass man nie mehr etwas von ihr sah oder hörte, wenn sie sich im Innern der Erde verlor. Irgendwo sein, nur nicht hier. Ein überwältigendes Gefühl der Schmach überfiel sie. Und Tante Grace sah aus, als fiele sie jeden Moment in Ohnmacht.

In der Zwischenzeit war auch Sebastian aufgetaucht. »Gibt es hier ein Problem?«, fragte er und blickte von Joseph zu Justin.

»Ein bedauerlicher Zwischenfall«, erklärte Justin ruhig.

Joseph brummte. Seine Hände ballten sich zu Fäusten; er sah aus, als würde er gleich explodieren.

Sebastian trat zwischen die beiden. »Ich gehe davon

aus, dass hier keiner eine Szene machen will«, stellte er besonnen fest, »also schlage ich vor, dass ihr vier euch alle in mein Arbeitszimmer begebt, um die Sache zu besprechen.«

»Nicht jetzt.« Das kam mit tränenerstickter, leiser Stimme von Tante Grace. »Joseph, ich halte das im Moment nicht aus. Vielleicht am Morgen.«

»Grace, das ist eine ausgezeichnete Idee.« Sebastian gab einen perfekten Schiedsrichter ab. »Ordentlich ausgeschlafen, geht es sicher jedem besser. Sollen wir sagen ... um Punkt sieben Uhr? Die anderen Gäste frühstücken nicht vor halb neun. Das garantiert Diskretion.«

»Ich schätze, das ist akzeptabel«, antwortete Joseph eisig.

Grace klammerte sich an den Arm ihres Mannes. »Joseph, bitte, bring mich auf unser Zimmer.«

Joseph umfasste die Hand seiner Frau. »Natürlich, Liebste.« Er hob den Kopf und starrte Justin direkt an. »Ich verlasse mich darauf, das Ihr anwesend seid, junger Mann, um das hier zu klären.«

»Oh, macht Euch keine Sorgen, Mylord.« Auch Justins Stimme klang frostig. »Ich werde anwesend sein.«

Arabella biss sich auf die Lippe. Tante Grace hatte sie noch immer keines Blicks gewürdigt, und wie es schien, wollte sie es auch unbedingt vermeiden. Zögerlich warf Arabella einen Blick auf Justin. Seine Züge waren versteinert. Er blieb wie angewurzelt stehen.

»Arabella!«, brüllte der Onkel ihren Namen.

Am Boden zerstört, blieb Arabella nichts anderes übrig, als ihm zu folgen.

Drinnen im Salon war das Scharade-Spiel noch in vollem Gange. Als sie jedoch den Raum betraten, hielten alle inne. Jedes Augenpaar ruhte auf ihnen dreien. Joseph räusperte sich.

»Ich fürchte, dieser Tag war für meine Frau und meine Nichte höchst anstrengend. Wir begeben uns früh zur Ruhe.«

Glaubte das irgendjemand? Arabella traute sich nicht, den Kopf zu heben. Als sie den Salon verließen, war ihr bewusst, dass sich eine Menge neugieriger Blicke auf sie geheftet hatten. Jemand flüsterte; sie konnte nicht heraushören, wer es war. Was Georgiana betraf – von ihr war keine Spur zu entdecken.

Arabellas Magen krampfte sich zusammen, während sie die Treppen hinaufstiegen. Ihr Ruf war ruiniert. *Sie* war ruiniert. Als ihre Tante nach drinnen gelaufen war, um Onkel Joseph zu holen, und beide daraufhin den Salon Richtung Terrasse verlassen hatten – das alles konnte nicht unbemerkt geblieben sein, und dazu noch dieser abrupte Abgang gerade eben ... Es war unvermeidlich, dass Fragen kommen würden. Gerüchte ... Ein fast schon hysterisches Lachen stieg in ihrer Kehle auf, als Arabella endlich allein in ihrer Kammer war.

Oh, Gott, dachte sie, aber eigentlich sollte ich froh sein. Die Unerreichbare existierte nun wohl nicht mehr ...

Kaum hatte sie die Tür geschlossen, als jemand klopfte. Vorsichtig öffnete Arabella.

Es war Georgiana.

»Arabella! Ist alles in Ordnung mit dir? Was ist überhaupt passiert?« Georgiana nahm sie bei der Hand und zog sie zum Bett hinüber. »Ich habe lediglich gesehen, wie deine Tante deinem Onkel ins Ohr geflüstert hat und beide daraufhin zur Terrasse hinausgegangen sind. Ich war so durcheinander, dass ich nicht bleiben und warten wollte.«

Arabellas Kehle schnürte sich zusammen. »Onkel Joseph war völlig außer sich«, gestand sie. »Dann hat wohl Sebastian gemerkt, dass etwas nicht stimmte, denn er kam auch heraus ... Wir sollen uns nun vor dem Frühstück treffen.« Sie schüttelte gequält den Kopf. »Ich bin so ein Dummkopf! Ich habe kein bisschen nachgedacht ... ich hätte noch nicht einmal mit Justin auf die Terrasse hinausgehen sollen. Tante Grace war sehr erschüttert. Sie hat mich nicht einmal mehr angesehen. Keiner von beiden hat auch nur ein Wort zu mir gesagt, nachdem wir die Terrasse verlassen haben. Ich schäme mich ja so«, gab sie zu. »Und es ist mir so peinlich. Jeder weiß, dass etwas passiert ist ... Oh, Georgiana, ich habe Angst, den Ruf der Familie ruiniert zu haben.«

Georgiana drückte ihre Hand. »Es ist alles meine Schuld. Ich hätte nicht einfach so hinausstürmen dürfen. Wenn ich gewusst hätte, dass ... dass ...«

Arabella lächelte leicht. »Dass ich Justin küssen würde?«

Georgianas Wangen bekamen einen rosafarbenen Schimmer. »Nun, ja ... wenn ich es geahnt hätte, Arabella, dann wäre ich doch allein hinausgegangen! Es tut mir ja so Leid! Es ist alles meine Schuld.«

»Natürlich nicht.« Arabellas Antwort kam automatisch. Lieber Himmel, was *hatte* sie sich nur dabei gedacht? Justin zu erlauben, sie auf diese begehrliche Art und Weise zu küssen, so dass sie das Gefühl hatte, sie würde dahin schmelzen? Und nicht nur das, auch noch zuzulassen, dass er ihre Brüste entblößte? Es hatte sich angefühlt, als würde ihre Haut brennen; sie hatte seine Finger spüren wollen, da, genau an der Spitze ...

»Arabella?«

An Georgianas Gesichtsausdruck war abzulesen, dass sie mehrfach versucht hatte, Arabellas Aufmerksamkeit zu erlangen.

Georgiana betrachtete ihr Gesicht. »Ich habe gefragt, wie es war.«

»Was?«, fragte Arabella schwach.

»Du weißt schon«, platzte Georgiana heraus. »Geküsst zu werden!«

Geküsst zu werden? Oder, von Justin Sterling geküsst zu werden?

Denn Arabella hatte das Gefühl, von irgendeinem anderen Mann geküsst zu werden, wäre absolut nicht dasselbe, wie von Justin geküsst zu werden. Denn Justins Kuss war wie ein Wunder, wie Magie. Glückseligkeit und ...

Georgiana schlug vor Schreck die Hände vors Gesicht. »Oh. Oh!«, rief sie aus. »Ich kann nicht glauben, dass ich dich das gefragt habe! Oh, verzeih mir, Arabella!«

Zu ihrer Überraschung musste Arabella lachen. Georgiana fiel ein, und ein paar Minuten später ging Arabella mit ihr zur Tür. Dort umarmte Georgiana sie schnell und fest.

»Mach dir keine Sorgen, Arabella. Was immer morgen früh geschieht, es wird schon alles gut werden. Das weiß ich einfach.«

Arabellas Augen wurden sanft. Sie wünschte ihrer Freundin eine gute Nacht, schloss die Tür und lehnte sich mit einem Seufzer dagegen. Wenn sie da nur genauso sicher sein könnte wie Georgiana ...

Was hatte Justin noch zu Sebastian gesagt? Ein bedauerlicher Zwischenfall, so hatte er es genannt. Sie spürte einen seltsamen kleinen Stich im Herzen. Was genau bedauerte er? Dass er sie geküsst hatte? Oder dass sie erwischt worden waren?

Sie fand keine Antwort darauf. Bis sie sich nicht mehr sicher war, ob sie überhaupt eine Antwort darauf *wollte.*

Was geschehen war, war geschehen. Zu spät, etwas daran zu ändern. Was den morgigen Tag anging, konnte sie nur hoffen, dass Georgiana Recht behielt ... und alles gut werden würde.

Nicht sehr viel später und in einem anderen Teil des Hauses hatte Justin gerade die Vorhänge in seinem Zimmer zugezogen, als ein Klopfen an der Tür ertönte. Er öffnete sie einen Spaltbreit, um Sebastian auf der Schwelle stehen zu sehen. In den Händen hielt er ein Tablett mit einer Flasche und zwei fein geschliffenen Kristallgläsern.

Justin machte die Tür weiter auf und bedeutete Sebastian einzutreten. »Lass mich raten«, knurrte er. »Du bist mit guten Ratschlägen gekommen.«

Sebastian stellte das Tablett auf dem Tisch ab, der zwischen zwei Sesseln vor dem Kaminfeuer stand. »Nicht unbedingt Ratschläge. Aber ich dachte, du willst vielleicht reden.«

Justin ließ sich in einem der Sessel nieder und verdrehte die Augen. »Ich komme ohne beides aus, aber zu dem Brandy sage ich nicht Nein.«

Sebastian lächelte. »Das habe ich mir gedacht. Es ist deine Lieblingssorte – und die beste, die ich überhaupt besitze.«

Während er sein Schaltuch löste und beiseite legte, beobachtete Justin, wie Sebastian die Gläser füllte. Er reichte eines davon Justin und machte es sich in dem anderen Sessel bequem.

Justin trank sein Glas in einem Zug leer, balancierte das leere Glas auf einem Knie aus und schaute seinen Bruder an. »Ich schätze, du wirst jetzt fragen, was ich morgen früh zu tun gedenke.«

»Ich würde mir nicht anmaßen, dir zu sagen, was du tun sollst«, gab Sebastian höflich zurück, »obwohl ich sagen muss« – er hielt inne und sah Richtung Fenster – »diese Terrasse hat schon etwas, besonders im Mondschein und ... mit der richtigen Frau, nicht wahr?«

Justin stöhnte auf. »Himmel, jetzt hörst du dich schon wie die Herzogin an.«

Sebastian verzog belustigt die Mundwinkel. »Und wie meine Frau«, fügte er hinzu.

»Wie es scheint, findest du das alles wahnsinnig amüsant, was?« Mit finsterem Blick hielt Justin Sebastian sein leeres Glas hin.

Sebastian füllte es gehorsam auf. »Ganz und gar nicht.«

Justin starrte in die Flüssigkeit. »Ich habe den Kopf verloren«, murmelte er. »Ich kann niemanden als mich selbst dafür verantwortlich machen.«

»Unglücklicherweise ist das eine Angelegenheit, die nicht einfach so zur Seite geschoben werden kann. Denn ich habe die Vermutung, Arabella ist nicht gerade eine, wie soll ich es ausdrücken, erfahrene Frau.«

»In der Tat nicht«, gab Justin zu.

»Dann kommt noch hinzu, dass die Burwells eine sehr angesehene Familie sind.«

Justin zog eine Grimasse. »Musst du immer so furchtbar logisch sein?«

Sebastian zuckte mit den Schultern. »So wie ich das sehe – entweder heiratest du sie, oder nicht. So einfach ist das eigentlich.«

Es ist alles andere als einfach!, hätte Justin beinahe dagegengehalten.

»Aber wenn es dir nicht danach ist, sie zu heiraten«, fügte Sebastian fröhlich hinzu, »würde ich sagen, wird es nicht lange dauern, bevor ein anderer das tut. Wie ich hörte, hatte sie schon drei Anträge.«

Nicht drei, sondern vier! Justin biss sich auf die Lippe, um den Mund zu halten und sah Sebastian vernichtend an. Er biss die Zähne zusammen. Verdammt noch mal, er konnte es nicht ausstehen, sich gezwungen zu fühlen. Welcher Mann fühlte sich schon gerne so? Aber es war genauso, wie er gerade zu Sebastian gesagt hatte. Er hatte den Kopf verloren. Das Mindeste war, jetzt ehrlich zu sich selbst zu sein! In jenem Augenblick, im Mondlicht, gefangen in der Dunkelheit, hätte ihn keine Macht der Welt davon abhalten können, Arabella in die Arme zu schließen. Sie auf die Lippen zu küssen, die so verführerisch süß und weich gewesen waren. Zu schmecken ... zu berühren ... Und wenn Grace und Georgiana sie nicht unterbrochen hätten, dann hätte er sie weiter geküsst und weiter berührt und angefasst, hätte nicht aufhören wollen oder können ...

Er nahm einen Schluck Brandy. »Sebastian.« Er sprach leise, ohne seinem Bruder in die Augen zu sehen. »Was ist, wenn ich sie verletzt habe?«

»So darfst du nicht denken«, antwortete Sebastian bestimmt.

Justin schüttelte den Kopf. »Ich kann nicht anders. Sebastian, ich ...« Er verstummte; in seinem Kopf wirbelte alles durcheinander. Er zögerte und kämpfte gegen das ungewohnte Gefühl der Unsicherheit in seinem Inneren.

Ein Flackern zeigte sich in Sebastians Augen. »Du denkst an Vater, nicht wahr?«, fragte er ruhig.

»Ja.« Das Wort blieb ihm beinahe im Halse stecken. Er sollte es Sebastian sagen, dachte er. Lieber Gott, war es nicht Zeit, dass Sebastian wusste, dass er, Justin, ihren Vater umgebracht hatte? Etwas Düsteres und Trostloses begann von ihm Besitz zu ergreifen. Eine Bitterkeit breitete sich in ihm aus, und die Worte wollten nicht über seine Lippen kommen.

»Was auch immer du gerade denkst«, erklärte Sebastian mit sanftem Nachdruck, »vergiss es. Vater und Mutter haben sich ihre Hölle selbst geschaffen. Es hatte nichts mit uns zu tun. Das weißt du doch sicher.«

Es hatte nichts mit uns zu tun. Etwas regte sich in ihm. Und wenn doch? Wenn Sebastian Unrecht hatte?

»Sebastian«, sagte er tonlos. »Hast du dich jemals gefragt … ob Mutter … und Vater … ob wir, wir drei – du, Julianna und ich –« Er spannte den Kiefer an. »Ach, zur Hölle. Vergiss es. Vergiss, was ich gesagt habe.«

Sebastian schaute ihn lange und durchdringend an. »Was immer es ist, dass dich nicht loslässt, Justin – wir können es nicht ungeschehen machen, nichts von alledem. Als wir klein waren, gab es Tage, die ich liebend gern vergessen würde, aber niemals vergessen kann. Aber eine Sache ist von Bedeutung, wenn ich an unsere Kindheit denke. Wir hatten so ein Glück, wir drei, dass wir uns hatten.« Er lächelte ein wenig. »Die Vergangenheit ist ein für alle Mal vorbei. Es ist Zeit, in die Zukunft zu schauen. *Deine* Zukunft. Du hast es verdient, glücklich zu sein, Justin. Weißt du das immer noch nicht?«

Justins Kehle fühlte sich rau an. »Und was ist mit Julianna? Sie verdient auch Glück. Und entgegen allem, was sie behauptet, frage ich mich, ob es stimmt, dass sie glücklich ist.«

Ein Schatten huschte über Sebastians Gesicht. »Ich weiß«, murmelte er.

Justins Züge nahmen einen harten Ausdruck an. »Wenn ich nur daran denke, was Thomas, dieser Bastard, ihr angetan hat … hätte ich ihn doch nur herausgefordert –«

»Das hätte auch nichts geholfen«, erinnerte ihn Sebastian. »Aber ich weiß genau, was du meinst. Trotzdem muss ich hoffen, dass sie eines Tages auch glücklich sein wird, Justin. Es gibt Zeiten, in denen wir einfach auf eine größere Macht als unsere eigene vertrauen müssen.«

Justin hob eine Braue. »Deine Geduld überrascht mich immer wieder.«

Sebastian musste lachen. »Wäre meine Frau jetzt hier, dann würde sie eine solche Denkweise rundheraus zurückweisen.« Er stand auf und griff nach dem Tablett.

Justin hob sofort sein inzwischen wieder leeres Glas. »Lass die Flasche da!«, bat er ihn.

Sebastian lachte. »Pass auf, Bruder. Wenn du nicht um Punkt sieben im Arbeitszimmer bist, fürchte ich, wird Joseph nicht nachsichtig sein. Und ich finde die Aussicht nicht gerade erbaulich, dein Sekundant sein zu müssen.«

So weit würde es nicht kommen, entschied Justin, während er zusah, wie die Tür ins Schloss fiel. Was immer er war oder einmal gewesen war, er konnte ... er wollte ... Arabella keine weitere Schmach zufügen.

Nicht nur das – Sebastian hatte in einem anderen Punkt Recht. Wenn er sie nicht heiratete, dann tat das ein anderer. Und die Aussicht, Arabella mit einem anderen Mann zu sehen, war ... einfach unvorstellbar.

Die Ehe, dachte er und drehte das Wort in seinem Kopf hin und her. *Ehe*.

Er war wie gelähmt, erkannte er. Aber dennoch hatte sie ein Feuer in ihm entfacht, in seinen Adern, im Innersten seiner Seele. Seine Gedanken an sie waren allgegenwärtig. Ihr Duft. Die Hitze, die von ihr ausging. Er konnte nicht in ihrer Nähe sein, ohne die Sehnsucht zu verspüren, sie so zu berühren, wie er es an diesem Abend getan hatte. Und er wollte noch so viel mehr.

Von dem Abend an, als er sie zum ersten Mal gesehen hatte – auf dem Ball der Farthingales–, war kein Tag vergangen, an dem er nicht an sie dachte, nicht mit ihr hatte zusammen sein wollen, so wie an diesem Abend. Er wollte sie besitzen, wollte, dass sie zu ihm gehörte; er wollte spüren, wie ihr weicher Körper unter seinem nachgab. Der bloße Gedanke, so mit ihr zusammen zu sein – auf diese Art –, ließ das Blut in seinen Adern pulsieren. Aber wie lange würde das anhalten?

Ehrlichkeit und Treue ... war es ein Wunder, dass er Panik verspürte? Er hatte so gut wie keine Erfahrung mit diesen Tugenden – oder mit irgendeiner Tugend überhaupt, was das anging! Es hatte nie einen Grund dazu gegeben. Und – er war schließlich nicht Sebastian. Er war so wie seine Mutter. *Seine Mutter ...*

Aber vor allem konnte er den Gedanken nicht ertragen, Arabella zu verletzen. Bei Gott, das konnte er am allerwenigsten.

Sein Verlangen nach ihr war vorhanden, führte er sich vor Augen. Er begehrte und sehnte sich nach Arabella mit jeder Faser seiner Seele. Auf ihre Liebe jedoch hatte er keinen Einfluss. Er musste realistisch sein, sagte er sich. Arabella würde niemals einen Schuft wie ihn lieben können. Aber wenn er ihre Liebe nicht haben konnte, so doch zumindest Leidenschaft und Verlangen, und, so Gott ihm helfe, das musste ihm eben reichen.

Und mit dieser Erkenntnis hatte er die Antwort, die er suchte, und schließlich einen Anschein von innerem Frieden.

Justin wusste jetzt ganz genau, was er zu tun hatte.

Vierzehntes Kapitel

Fünf Minuten vor sieben am nächsten Morgen hatten sich Arabella, Tante Grace und Onkel Joseph in Sebastians Arbeitszimmer zusammengefunden. Düstere Stimmung hing wie eine schwarze Wolke im Raum. Arabella hockte auf der Stuhlkante, die Hände im Schoß gefaltet. Tante Grace und Onkel Joseph saßen auf dem Sofa ihr gegenüber. Onkel Josephs Gesichtszüge waren verkniffen und stoisch. Es lag nicht in seiner Natur, zu schimpfen und zu wüten – doch das wäre Arabella fast lieber gewesen! Aber Tante Grace erst … ihre Augen waren rot und geschwollen. Sie hatte geweint.

Und alles nur ihretwegen.

Die Tür öffnete sich. Justin trat über die Schwelle. Er nahm in einem Ohrensessel neben Arabella Platz.

Onkel Joseph verschwendete keine Sekunde an Höflichkeiten und sprach Justin direkt an. »In Abwesenheit von Arabellas Eltern nehmen ihre Tante und ich deren Platz ein. Und wie es scheint, befinde wir uns in einem Dilemma.«

Arabella beugte sich vor. »Onkel, Georgiana wird nichts sagen. Sie ist meine Freundin –«

»Was sie sagt oder nicht sagt, ist unerheblich!« Onkel Josephs Tonfall war scharf. »*Ich* weiß es, Arabella. Deine *Tante* weiß es! Dies hier ist keiner deiner Kinderstreiche, über die man nicht mehr spricht und sie unter den Teppich kehrt.«

Neben ihr meldete sich Justin zu Wort. »Es war nicht

ihre Schuld, Mylord. Ich allein bin dafür verantwortlich zu machen«, sagte er geradeheraus. »Ich habe sie dazu verführt.«

Arabella riss die Augen auf. »Wie!«, rief sie aus. »Aber du –«

»Ruhig!«, donnerten Justin und Onkel Joseph gleichzeitig los.

Zurechtgewiesen und gehorsam ließ sich Arabella auf ihren Stuhl zurücksinken. Ihr Blick glitt zu Justin hinüber. Er wirkte vollkommen ruhig und entspannt.

Onkel Joseph ließ seinen wütenden Blick ebenfalls zu Justin wandern. »Meine Nichte ist durch Euch kompromittiert worden, Sir.« Onkel Josephs Finger trommelten auf die Sofalehne. »Ich verlange Genugtuung.«

Justin legte den Kopf schief. »Die sollt Ihr bekommen, Mylord.«

Arabella gab einen leisen, erstickten Laut von sich. Nein, dachte sie. Auf keinen Fall ein Duell …

»Ich habe Eure Nichte entehrt und ihrem Ruf nicht wieder gutzumachenden Schaden zugefügt. Eindeutig gibt es dafür nur eine Lösung. Deshalb werde ich sie heiraten.«

»Das hat dann aber ganz schnell zu geschehen, denn ich warne Euch, ich dulde keinen Aufschub«, erklärte Onkel Joseph mit Schärfe in der Stimme.

Arabella war bass erstaunt. Die beiden redeten, als sei sie überhaupt nicht anwesend. Entweder sie selbst verlor gerade den Verstand oder diese beiden hier. Ihr Herz hämmerte so wild, dass sie kaum noch denken konnte. So viele Gefühle tobten in ihrem Innern, dass sie kaum noch atmen und sprechen konnte.

Oder hatten ihre Ohren sie getäuscht? Das musste es sein. Ganz sicher hatte Justin gerade nicht gesagt, dass …

»Ich werde zusehen, dass eine Sondergenehmigung erwirkt wird, Mylord. Eure Nichte und ich werden heiraten, so bald es irgend möglich ist.«

Fassungslos sah sie zu, wie die beiden Männer aufstanden und sich die Hände gaben.

Bis zum Nachmittag hatte sich die Kunde der Verlobung bei allen Gästen des Festes herumgesprochen. Als Devon die Neuigkeiten erfuhr, umarmte sie Arabella spontan. »Oh, ich hab es doch gewusst! Ich wusste einfach, du bist die Richtige für Justin.«

Sebastian verhielt sich weniger überschwänglich und beugte sich über ihre dargebotene Hand. Es war jedoch ein warmes Funkeln in seinen Augen zu bemerken, und er sagte einfach nur, »Ich bin froh, dass du es bist.«

Die ganze Gratulationsprozedur über lächelte Justin lediglich und sagte fast nichts. Arabellas Herz wurde schwer wie ein Stein. Sie wies sich selbst zurecht: es war ja nicht so, als wäre er in sie verliebt. Lieber Himmel, oft genug schien es ihr gar, als könne er sie nicht einmal leiden! Was für eine Dummheit hatte von ihr Besitz ergriffen, die sie glauben ließ, er würde jemals verliebt sein?

Unter zahlreichen Entschuldigungen machten sich die Burwells sofort auf den Rückweg nach London. Wie Tante Grace erklärte, musste man sich um die Hochzeitsvorbereitungen kümmern. Arabella fühlte sich wie in einem Traum. Als geschähe das alles weit weg von ihr.

Zwei Tage später setzte Onkel Joseph sie darüber in Kenntnis, dass die Genehmigung ausgestellt worden sei. Die Zeremonie setzte man für drei Tage später an.

Selbst da kam es ihr noch immer unwirklich vor. Am Tage vor der Hochzeit saß Arabella im Salon; in ihrem Kopf wirbelte alles durcheinander. Ihre Tante war unterwegs und kümmerte sich um die bestellten Blumenarrangements. Tja, dachte sie wie betäubt, Tante Grace schien die Einzige zu sein, die über die bevorstehende Hochzeit in Aufregung geriet. Der Tee, den sie sich eingegossen hatte, stand noch kalt und unberührt auf dem Tablett. Es war kaum zu glauben, dass ihre Ankunft in Thurston Hall kaum eine Woche zurücklag …

Ein dezentes Klopfen an der Tür riss sie aus ihren Gedanken. Es war Ames, der Diener. »Miss, Ihr habt Besuch.«

»Ich würde lieber niemanden empfangen, Ames.«

Ames war jedoch ungewohnt beharrlich. »Das solltet Ihr Euch anders überlegen, Miss.«

Arabella seufzte. »Ames, bitte –«

»Es ist Euer Verlobter, Miss.«

Ihr Verlobter. Ihr Mund wurde trocken. Nie im Leben hätte sie gedacht, dass Justin als solcher bezeichnet werden würde. Auf einmal schlug ihr Herz heftig, während ihr Hirn seine Tätigkeit vollkommen einstellte.

»Miss?«, fragte Ames nach. »Wenn Ihr es wünscht, kann ich ihm sagen, Ihr seid nicht wohlauf.«

Es kam ihr in den Sinn, dass so etwas bei Justin wahrscheinlich nicht funktionierte. Er würde sich bestimmt trotzdem irgendwie Einlass verschaffen.

Sie holte tief Luft. »Bitte, führt ihn herein, Ames.«

»Sehr wohl, Miss.«

Einen Augenblick später kam Justin herein. Er trug Reitkleidung; schwarze Stiefel, die sich eng um die Waden schmiegten, lederne Kniehosen, die seine kraftvollen Schenkel wie eine zweite Haut umschlossen.

»Ich hoffe, es ist nicht schlimm, dass ich dich unangemeldet besuchen komme.«

»Überhaupt nicht«, murmelte sie. Sie wies auf den gestreiften Seidendamast-Sessel. »Bitte, nimm doch Platz.«

»Ich dachte, wir sollten uns vor dem morgigen Tag wenigstens noch einmal sehen.« Während er sprach, zog er seine Reithandschuhe aus und legte sie auf dem Rosenholztisch ab.

Nervosität bemächtigte sich ihrer. Sie bemerkte, wie seine Hände dem Rest seines Körpers glichen: lang, schlank, elegant, dennoch umwerfend männlich. Arabellas Wangen begannen zu glühen, und ihre Gedanken galoppierten in eine unvermeidliche Richtung, von der sie sich kaum ablenken konnte. Wie, fragte sie sich, sah wohl der Rest seines Körpers aus – unter der Kleidung? Er besaß beachtliche Kräfte. Das hatte sie an dem Abend in Thurston Hall, als er sie mühelos bis in ihre Kammer getragen hatte, erstaunt feststellen müssen ... Diese Erinnerung hatte die merkwürdige Eigenart, ständig aufs Neue aufzutauchen. Sie ertappte sich in den unmöglichsten Momenten immer wieder dabei, daran denken zu müssen.

»Arabella?«

Ihr Blick, der ins Leere gegangen war, glitt zurück zu seinem Gesicht. »Ja?« Ihre Stimme klang dünn und fahrig.

Er ließ sie keinen Augenblick aus den Augen. »Ich fragte, ob du bereit bist für die Hochzeit morgen.«

Arabella gab keine Antwort. Sie konnte einfach nicht. Ihre Zunge schien auf einmal wie gelähmt. In ihrem Kopf wirbelte noch immer alles durcheinander. Morgen um diese Zeit würden sie und Justin Mann und Frau sein. Sie würde seine Frau sein. Seine *Ehefrau.* Oh, Gott, wie himmlisch ... Nein, es würde die Hölle werden. Ob Ehefrau oder nicht, es würde immer noch jeder Rock hinter ihm her sein. Schlimmer noch, umgekehrt genauso ...

»Ja ... Nein. Ich – ich weiß nicht, was ich denke.« Was war sie doch für eine Idiotin. »Es ist alles so unwirklich. Kam so unerwartet.« Ihre Stimme klang unsicher. Sie sammelte ihren ganzen Mut zusammen, um seinem Blick standzuhalten. »Warum?«, fragte sie. »Warum machst du das? Wieso hast du zugestimmt, mich zu heiraten?«

Er hob eine Braue. »Zugestimmt?«, fragte er milde. »Arabella, vielleicht hast du das nicht mitbekommen, aber es war meine Idee, nicht die deines Onkels, dass wir heiraten.«

Wie konnte er nur so ruhig und sachlich sein, wenn sie sich doch fühlte, nicht mehr sie selbst zu sein?

»Ich hätte gedacht, du ergreifst beim Thema Heiraten die Flucht!«, platzte sie heraus.

Er schaute sie lange und durchdringend an. Vorsichtig begann er zu sprechen: »Ich mag ja vieles sein, Arabella, aber ein Feigling bin ich nicht.«

Sie atmete tief und fast schmerzhaft durch. »Wie konnte es so weit kommen?«, fragte sie; ihre Stimme war nur noch zu einem Flüstern im Stande. »Wir – wir passen doch gar nicht zusammen. Das weißt du so gut wie ich. Und ich weiß doch, dass du keinerlei Absichten hattest zu heiraten, und schon gar nicht mich.«

Justin straffte sich. Seine Stimme klang beinahe gefährlich leise. »Warum sagst du so etwas?«

»Du bist der berüchtigtste Schwerenöter in London. Jeder weiß doch, dass solche Lebemänner alles tun, um die kirchliche Heiratsfalle zu umgehen.«

Justin lehnte sich zurück. Es brauchte beträchtliche Willensanstrengung, nicht den Kiefer anzuspannen. Meine Güte, konnte sie es noch deutlicher ausdrücken, dass sie keinerlei Lust hatte, ihn zum Mann zu nehmen? Vielleicht war das die ausgleichende Gerechtigkeit für seine viele Sünden, dachte er.

»Du bist eine Dame, Arabella. Die Tatsache, dass ich mich in der Vergangenheit mit einigen Frauen eingelassen habe, auf die diese Beschreibung nicht so zutrifft, hat keinerlei Einfluss auf unsere Umstände – die Tatsache, dass ich dich entehrt habe. Und –«

»Aber du hast mich doch gar nicht entehrt! Wir – wir haben uns doch nur geküsst.«

»Es war schon ein bisschen mehr. Ich habe deine Br–«

Sie wurde feuerrot. »Musst du mich daran erinnern?«

»Mein Verhalten war kaum das eines Gentleman gegenüber einer Dame. Wir sind in einer kompromittierenden Situation überrascht worden, und ich will nicht zulassen, dass das deinen Ruf ruiniert. Dafür habe ich zu großen Respekt vor dir.«

Sein Tonfall war fast barsch. Arabella blinzelte. Sie hätte nicht gedacht, dass er viel Respekt vor irgendetwas oder irgendjemandem hatte. Nun gut, das stimmte nicht ganz. Er achtete seinen Bruder und seine Schwägerin, zumindest hatte sie den Eindruck ... Zum ersten Mal wurde ihr klar, dass das meiste, was sie über ihn dachte, bloße Vermutungen waren.

Und es gab so viel, das sie nicht wusste. Ob das gut oder schlecht war, blieb wohl abzuwarten.

»Es tut mir Leid«, flüsterte sie. »Ich wollte dich keinesfalls beleidigen.«

Sein Ausdruck schien zu sagen, dass er sich dessen nicht so sicher war.

Sie begann zu stammeln. »Ich will ... ich will nur nicht, dass du mich hasst, Justin. Ich will nicht, dass du mich ablehnst.«

Darauf änderte sich seine Miene schlagartig. Bevor sie wusste, wie ihr geschah, saß er neben ihr auf dem Sofa und hielt ihre beiden Hände in den seinen. »Wie seltsam, dass du gerade das sagst. Denn das ist genau das, was ich dir sagen wollte.« Er schenkte ihr ein schiefes Lächeln. »Das ist sogar der Hauptgrund, glaube ich, aus dem ich jetzt hier bin.«

Die Wärme seiner Hände, die die ihren umfingen, wirkte seltsam beruhigend. Ihre Blicke trafen sich – und nicht nur die. Noch eine andere Art von Verbindung war spürbar, aber sie wusste es nicht zu benennen. Jedenfalls ließ es ihr Herz stolpern und beschleunigte den Puls.

Doch schon in der nächsten Sekunde seufzte sie wehmütig. »Ich wünschte nur, meine Eltern könnten hier sein. Ich bezweifle, dass sie überhaupt schon den Brief erhalten haben.«

Er drückte ihre Finger. »Ich weiß. Und *das* tut mir Leid. Aber dein Onkel will ja keinerlei Aufschub. Er schneidet mir den Kopf ab, wenn wir länger warten. Außerdem … ich glaube, ich finde es so besser.«

Arabella runzelte die Stirn. »Wieso?« Oh, zweifellos befürchtete er, dass er es sich noch einmal überlegen würde, wenn sie warteten. Und wie würde sie selbst dann dabei wegkommen?

Ein leichtes Lächeln ging über sein Gesicht. »Weil es sicherlich einfacher ist, dich zu heiraten, als dich zu umwerben. Jetzt muss ich mich jedenfalls nicht mehr mit den vielen Verehrern herumschlagen, die sich bei jedem Anlass um dich scharen.«

Sie rümpfte die Nase. »Dies hier ist sogar der erste Besuch, den du mir überhaupt abstattest«, bemerkte sie trocken.

»Und ab morgen gibt es dafür auch keinen Anlass mehr. Du wirst direkt in meinem Haus sein, wann immer es mich nach dir verlangt.«

Wann immer es mich nach dir verlangt. Arabella war nicht sicher, was genau er damit nun meinte. Außerdem, entschied sie, war sie nicht in der Lage, Vermutungen darüber anzustellen.

»Ich weiß noch nicht einmal, wo du wohnst«, erklärte sie.

»Ich besitze ein Stadthaus am Berkeley Square. Ich denke, es wird dir ganz gut gefallen.«

Draußen im Foyer schlug die große Standuhr die volle Stunde. »So gern ich noch bleiben und plaudern würde, aber ich muss gehen. Ich habe gleich eine geschäftliche Verabredung.«

Arabella hob die Brauen. »Du? Eine geschäftliche Verabredung?«

Beim Anblick ihres zweifelnden Gesichtsausdrucks lachte er leise in sich hinein. »Ich bin in der Tat sogar recht erfolgreich in diesen Dingen. Meine neueste Errungenschaft ist eine schottische Bank. Also, siehst du, du heiratest doch noch einen gesetzten, respektablen Gentleman.«

Gesetzt? Das war das letzte Wort auf der Welt, mit dem sie Justin Sterling charakterisieren würde. Ihre Lippen verzogen sich. »Wie schade«, gab sie sanft zurück, »dabei habe ich mich schon so darauf gefreut, einen wilden Lebemann zu zähmen!«

»Oh, davon steckt noch genug in mir«, kam seine umgehende Antwort. Das laszive Funkeln in seinen Augen hätte sie eigentlich warnen müssen. Eigentlich sollte sie es doch mittlerweile besser wissen, einen Mann wie ihn so zu provozieren! Bevor sie reagieren konnte, hielten seine starken Arme sie fest umschlungen und zogen sie auf seinen Schoß hinab. Eine Hand umfasste ihre Taille, die andere griff nach ihrem Kinn. In süßer Verwirrung öffneten sich ihre Lippen, als sich sein Mund auf den ihren legte. Er fuhr fort, ihren Mund zu küssen, dass sich ihre Welt zu drehen begann und bis sie kaum noch Luft bekam.

Es drehte sich immer noch alles, als er aufstand und sie auf die Füße stellte, so dass sie sich an seinen Armen festhalten musste, um nicht das Gleichgewicht zu verlieren.

Er richtete sie auf; seine Hände, groß und warm, lagen um ihre Taille. »Ist jetzt alles gut?«

Arabella nickte und öffnete widerwillig die Augen.

Zu ihrem Schreck war sein leichtes Lächeln verschwunden. Stattdessen war sein Ausdruck so fordernd, so leidenschaftlich, dass sie den Atem anhielt. »Was ist?«

»Ich habe nur nachgedacht.«

»*Worüber* denn?«

Sein Blick glitt über ihren Körper und ihr Gesicht, ein Detail nach dem anderen, bis er schließlich an ihren Lippen hängen blieb. »Das nächste Mal, wenn ich dich küsse«, sagte er, »bist du meine Frau.«

Fünfzehntes Kapitel

Exakt um drei Uhr am Nachmittag des nächsten Tages begann die Zeremonie im Stadthaus von Arabellas Tante und Onkel. Außer Georgiana – die Arabellas Trauzeugin war – und deren Eltern, waren die Gäste lediglich Familienangehörige. Sebastian, Devon, die Zwillinge und Julianna sowie Arabellas Cousinen und deren jeweilige Familien. Die einzige Ausnahme bildete die Witwe des Herzogs von Carrington. Sebastian war Justins Trauzeuge. Ein langjähriger Freund ihres Vaters, Reverend Lynch, den Arabella von Kindesbeinen an kannte, leitete die Feierlichkeit.

An Onkel Josephs Arm betrat Arabella den Salon. Ihre Knie waren derart zittrig, dass sie sich wunderte, überhaupt laufen zu können. Als sie an der Schwelle stehen blieben, weiteten sich ihre Augen. Tante Grace hatte den Salon mit Dutzenden von duftenden roten und weißen Rosen geschmückt.

Im nächsten Augenblick schon glitten ihre Blicke zu Justin, der sehr groß wirkte, hervorragend gekleidet in einem braunen Anzug, der seine smaragdgrünen Augen hervorhob. Seine Haltung war stolz und aufrecht, sein Gesichtsausdruck jedoch schwer zu deuten. Weder lächelte er noch sah er grimmig drein. Seine ganze Ausstrahlung wirkte ernsthaft und entschlossen, und plötzlich fühlte sie ein panisches Gefühl in sich aufsteigen. Sie waren noch nicht einmal verheiratet … bereute er es etwa schon?

Ihr ganzes Leben an der Seite von jemandem verbringen zu wollen, der sie niemals lieben würde … oh, Gott, wie konnte sie das nur tun? Wie sollte sie das ertragen? Dies war ihr Hochzeitstag. *Ihr Hochzeitstag.* Von der Zeit an, als sie alt genug war, um über ihre eigene Hochzeit nachdenken zu können, hatte sie sich immer vorgestellt – und war absolut sicher gewesen –, dass sie hoffnungslos und rettungslos in ihren Bräutigam verliebt sein würde … so wie er in sie. Aber dies war nicht die Liebesheirat, die sie sich erträumt hatte. Nichts war so geschehen, wie es hätte sein sollen, und hier stand sie nun, nur wenige Schritte entfernt von dem Mann, der für den Rest ihrer Tage ihr Ehemann sein sollte; sie stand an der Schwelle zum Rest ihres Lebens …

Noch vor einer Woche hätte sie geschworen, dass sie Justin Sterling mit absoluter Sicherheit *nicht* liebte, niemals einen Mann wie ihn lieben könnte. Aber auf einmal war sie sich nicht mehr so sicher … Liebte sie ihn? *Wirklich?* Eine Hand schien sich um ihr Herz zu schließen und es zusammenzupressen. In ihrem Innern tobten die unterschiedlichsten Gefühle, dass sie sich, in aller Ehrlichkeit, nicht einmal zutraute, oben von unten, rechts von links oder den Mond von den Sternen zu unterscheiden.

Doch eines der Gefühle wurde sie sich bewusst. Der Gedanke Justin könne sie vielleicht niemals lieben, verursachte einen drückenden Schmerz in ihrer Brust. Es schmerzte, wie sie es noch nie im Leben erlebt hatte … und nichts könnte schlimmer sein.

Ein unwiderstehlicher Drang herumzuwirbeln und schreiend aus dem Haus zu rennen, bemächtigte sich ihrer – fast hätte sie ihm nachgegeben.

Stattdessen ließen drei kleine Schritte den Abstand zwischen ihr und Justin schwinden. Drei kleine Schritte, und ihr Leben würde für immer verändert sein. Diese

Schritte waren zugleich die schwersten und die leichtesten, die sie je tun sollte.

Reverend Lynch räusperte sich. »Verehrtes Brautpaar«, hob er an, »wir sind hier versammelt im Angesicht Gottes …«

Der Rest der Zeremonie ging wie im Traum an ihr vorüber. Das Nächste, was sie mitbekam, war, als Reverend Lynch sich an Justin wandte.

»Willst du, Justin Sterling, die hier anwesende Arabella Templeton als deine Ehefrau lieben und ehren, und die Ehe mit ihr nach Gottes Gebot und Verheißung führen, in guten wie in bösen Tagen, bis dass der Tod euch scheidet, so antworte: Ja, ich will.«

»Ja, ich will.«

So ruhig sein Tonfall auch war, waren doch unterschwellig Ernsthaftigkeit und klare, eindeutige Überzeugung herauszuhören, so dass Arabella für einen Augenblick überwältigt war. Reverend Lynch sprach schon wieder weiter, aber sie nahm es kaum wahr. Wahrhaftig, wenn man weder den Mann noch seinen Ruf kannte, wäre es ein Leichtes zu glauben, er habe ein jedes Wort so gemeint!

Reverend Lynch schwieg.

Fast schon zu spät bemerkte sie, dass nun sie an der Reihe war. Ihre Hände begannen zu zittern. Das kleine Rosenbouquet, das sie in der Hand hielt, verrutschte, so dass die Rosen hörbar die Seide ihres Brautkleides streiften.

Das war aber auch das einzige Geräusch im Raum.

Arabella konnte nicht anders. Ihr Blick huschte zu Justin. Er sah zu ihr herab, eine dunkle Braue arrogant gewölbt und mit einem Funkeln in seinen smaragdgrünen Augen. Wie eine stille Herausforderung.

Sie reckte das Kinn. »Ja, ich will«, hörte sie sich wie im

Rausch sagen – um sich sofort zu fragen, ob sie genauso zittrig und verschreckt, aber auch freudig erregt geklungen hatte, wie sie sich fühlte.

Dann hörte sie nur noch, wie der Reverend Justin aufforderte: »Ihr dürft die Braut jetzt küssen.«

Es war vollbracht.

Justin wandte sich ihr zu. Sie nahm lediglich seine funkelnden grünen Augen wahr, dann spürte sie nur noch seine festen Arme um sich. Er gab ihr einen Kuss, der ihr sowohl den Atem als auch das Herz stahl und tausende kleine Schauer über ihre Haut sandte. Würde es immer so bleiben?, fragte sie sich schmerzvoll. Sie hoffte es. Sie betete darum.

Es rotierte noch immer in ihrem Kopf, als er schließlich den Kopf hob. Sie blinzelte zu ihm auf. »Oh, ja«, flüsterte sie, ohne nachzudenken.

Er warf den Kopf in den Nacken und lachte, der Schuft, so dass es alle hören und sehen konnten! Arabella bedachte ihn umgehend mit einem Blick, von dem sie hoffte, er möge angemessen tadelnd sein.

Unbeeindruckt, wie er blieb, schockierte er sie vollends, indem er begann sie noch mal zu küssen – genauso stürmisch wie zuvor.

Als sie dieses Mal hinterher die Augen öffnete, hörte sie die Umstehenden applaudieren!

Arabella spürte, wie die Hitze ihren ganzen Körper ergriff. »Du bist ein Lüstling«, schalt sie ihn, jedoch ohne wütend zu sein.

Er schob ihre Finger in die Beuge seines Ellbogens.

»Nun, ich habe dich gewarnt, oder etwa nicht?«

Später erwartete sie ein feierliches Dinner. Als man schließlich beim Hauptgang angelangt war, hatte sich Onkel Josephs steife, formelle Haltung Justin gegenüber deutlich gelockert. Darüber war Arabella sehr erleichtert.

Doch kaum, dass sie es bemerkte, war das Dinner vorbei, und es wurde Zeit für die Gäste zu gehen.

In der Eingangshalle versammelte sich die Familie, um ihnen alles Gute zu wünschen. Es war eine lebhafte Szene. Die Zwillinge juchzten und sausten mal hier-, mal dorthin, zusammen mit den Kleinen von Arabellas Cousinen. Es gab viel Gelächter und Spaß. Tante Grace war die Letzte, die zu ihnen trat. Sie lächelte, und in ihren Augen blitzte es. In der Hand hielt sie ein kleines Taschentuch.

Beim Anblick der Tränen ihrer Tante erfüllte Arabellas Brust ein heißer Schmerz. Mit verschwommenen Augen streckte sie ihr die Arme entgegen und legte das Gesicht an den Kopf der Tante. »Tante Grace«, flüsterte sie ihr mit einem kleinen Schluchzer ins Ohr, »es tut mir so Leid, dass du keine Gelegenheit mehr hattest, eine große Hochzeit zu planen.«

Grace drückte sie fest an sich. »Ist schon in Ordnung, Liebes«, flüsterte sie zurück, nur für Arabellas Ohr bestimmt. »Du kannst es wieder gutmachen, indem du mir zugestehst, die Taufe deines Erstgeborenen zu organisieren.«

Justin stand mehrere Schritte hinter ihnen und unterhielt sich mit Sebastian. In genau diesem Augenblick sah er zu ihr herüber. Ihre Blicke trafen sich über die Schulter der Tante hinweg. Seine Augen waren ausdruckslos. Aber sie war sicher, dass ihre weit aufgerissen waren. Sie schluckte und wandte den Blick ab; ihr Mund fühlte sich trocken an. Sie wagte ohnehin kaum, über die Hochzeit hinaus zu denken, schon gar nicht bis zum Kinderkriegen. Würde Justin überhaupt Kinder haben wollen? Ihre Gedanken befassten sich mit der bevorstehenden Nacht. Würde er seine ehelichen Rechte überhaupt einfordern?

Ihr stockte der Atem. Der Kuss, den sie vorhin bekommen hatte, drängte sich in ihr Bewusstsein. Der ganze

Körper fühlte sich wieder heiß an. Justin war ein sehr gesunder, kräftiger, viriler Mann, der für sein sexuelles Verlangen berüchtigt war. Wenn sie nicht vollkommen danebenlag mit ihrer vorsichtigen Einschätzung, dann würde er es mit Sicherheit tun …

Dieses Thema beschäftigte sie auch noch, als ihre Kutsche kurze Zeit später an einem Haus mit Backsteinfassade am Berkeley Square hielt.

Justin wandte sich ihr zu. »Ich dachte, wir verbringen die Nacht hier«, bemerkte er in seiner üblichen, gelassenen Art. »Wegen der überstürzten Art unserer Hochzeit war leider überhaupt keine Zeit, eine längere Hochzeitsreise zu planen. Aber wenn du magst, dachte ich, könnten wir morgen früh für eine Woche oder so nach Bath fahren. Ich hoffe, du bist damit einverstanden?«

»Oh, ich liebe Bath«, gab Arabella fröhlich zurück. »Zu dieser Jahreszeit ist besonders hübsch dort.«

Nein, dachte Justin. Besonders hübsch bist *du* … zu jeder Jahreszeit …

Ein Diener öffnete die Tür der Kutsche.

Justin wandte den Blick von ihren Lippen ab. »Komm. Lass mich dir mein Zu–«

Er hielt inne. »*Dein* neues Zuhause zeigen.«

Ein merkwürdiges, flatteriges Gefühl überkam Arabella. Ein Teil von ihrer Anspannung war endlich verflogen.

Arabellas Finger in seiner Armbeuge, stellte Justin sie dem Hauspersonal vor. Dann führte er sie durch das Haus. Es war ausgesprochen zauberhaft, geräumiger, als sie erwartet hätte, jedoch keineswegs pompös; die Möbel wirkten gemütlich und elegant, ohne protzig zu sein. Sie tat einen entzückten Ausruf, und obwohl Justin nichts dazu sagte, spürte sie doch, wie stolz er war.

Der Rundgang endete in einem Zimmer, das er als seine Schlafkammer bezeichnete, ein großer, sehr männlich eingerichteter Raum, der in rötlichen und braunen Farbtönen gehalten war und von einem beeindruckend großen Himmelbett dominiert wurde.

Sie tat ihr Bestes, dieses Möbelstück nicht allzu offensichtlich anzustarren, aber sie konnte es auch nicht wirklich verhindern.

»Hast du Hunger?«

»Oh, nein«, antwortete sie und fühlte sich irgendwie ertappt. Ihre Stimme klang hoch und angestrengt. »Ich könnte kein Blatt mehr essen nach diesem großartigen Dinner.« Irgendwie gelang es ihr, den Blick von diesem Bett abzuwenden.

Justin wusste, dass sie nervös war. Er spürte es. Er konnte es an ihrer Stimme hören, merkte es an der Art, wie ihr Blick den seinen suchte, um sich gleich wieder abzuwenden. Er wollte fast lachen, war sich aber nicht sicher, ob er es wagen sollte. Aufregung vor der Hochzeitsnacht war ja wohl zu erwarten. Er hatte schließlich ein anständig erzogenes Mädchen geheiratet. Obwohl sie ja behauptet hatte, genau zu wissen, wie der Fortpflanzungsakt vonstatten zu gehen hatte. Er fragte sich sogar, ob die Behauptung nur ein großer Bluff gewesen war.

»Nun, dann schätze ich, hättest du gerne ein wenig Zeit für dich. Ich rufe dir Annie.«

Arabella blinzelte ungläubig. »Annie? Annie ist hier?«

Er nickte. »Ich habe es fertig gebracht, deine Tante dazu zu überreden, dass sie fortan bei uns angestellt ist.«

»Danke schön, Justin ...« Sie brach ab, weil sie von dieser Geste deutlich berührt war. »Das war sehr lieb von dir.«

Er legte den Kopf zur Seite. »Das habe ich gerne getan.«

Kaum, dass er gegangen war, kam Annie herein, um ihr aus ihrem Hochzeitskleid zu helfen. Ein kleiner Koffer, der ein paar ihrer persönlichen Dinge enthielt, war offenbar schon früher am Tag hergebracht worden. Aus diesem holte Annie nun das Nachtgewand und den seidenen Überwurf, den sie in dieser Nacht tragen sollte. Annies Anwesenheit wirkte beruhigend auf Arabella, doch nachdem sie ihr das Haar gebürstet hatte, verschwand Annie wieder.

Plötzlich allein, stand Arabella vom Frisiertisch auf und begann, hin und her zu laufen – nur um ihr Spiegelbild in dem in der Ecke befindlichen Standspiegel zu entdecken. Ihr fiel beinahe die Kinnlade herunter. Bestürzt sah sie sich an. Eine Fremde starrte zurück; eine Fremde mit feuerroten Locken, die ihr über die Schultern und den Rücken fielen. Das Nachtgewand, das sie trug, war nicht mehr als ein dünner Hauch von Spitze – wohl kaum den unglaublichen Preis wert, von dem sie wusste, dass Tante Grace ihn dafür bezahlt hatte. Es gab klitzekleine Schleifen, die das Ganze an den Schultern und um die Taille zusammenhielten. Ihr ganzer Körper war deutlich zu sehen, der elfenbeinfarbene Schimmer ihrer Haut, das dunkle Rosa ihrer Brustwarzen und auch das Vlies rötlicher Locken zwischen ihren Schenkeln.

Es war ein Gewand, das nur der Verlockung diente. Der Verführung. Um zu …

Lieber Gott, ihr Verstand verweigerte ihr fast schon in Gedanken das Wort … erregen. Sie fühlte sich ziemlich … oje, vollkommen anrüchig! Doch diesen Gedankengängen folgten prompt ganz andere.

Würde es Justin denn gefallen? Voller Erschrecken merkte sie, dass sie das unbedingt wollte. Sie wollte ihn bezaubern, fesseln. Danach sehnte sie sich mit einer Intensität, die ihr innerlich Schmerz bereitete.

Mitten in diese angstvollen Gedankengänge hinein öffnete sich die Tür – und schloss sich mit einem Klack.

Arabella drehte sich um. Es gelang ihr kaum, nicht schützend die Arme vor sich zu halten. Trotzdem wich sie vor Justins Blick nicht zurück. Der glitt von Kopf bis Fuß über sie hinweg, ohne einen Teil von ihr auszulassen. Sie stand da mit angehaltenem Atem; die Hoffnungen aus Hunderten von Stoßgebeten und Träumen erfassten schließlich ihr Herz und ihren Mund.

Sechzehntes Kapitel

Justin rührte sich nicht. Er konnte nicht einmal atmen. Sie sah aus wie ein Engel in Weiß mit glänzenden, leuchtenden blauen Augen, die den Himmel selbst verhießen. Die Aura von Reinheit, die sie umgab, stach in sein Herz.

O Gott! Was hatte er getan? Sie war seine Ehefrau. Seine *Frau*. Und dies hatte sie nicht verdient. Sie hatte nicht so einen Schuft wie ihn verdient. Ein stechender Schmerz durchfuhr ihn. Seine Knie wurden schwach ... so wie sein Herz. Er konnte sich gerade noch zurückhalten, um sich nicht aus Abscheu vor sich selbst auf der Stelle umzudrehen und wegzurennen. In dieser Sekunde verachtete er sich. Er war so verderbt in seinem Innersten, sie so süß und unschuldig. Und obwohl sie das heute Nacht nicht erkennen würde, eines Tages würde es ihr klar werden. Wüsste sie, wie er wirklich war und was er getan hatte, dann würde sie ihn hassen. Ihn hassen; er konnte diesen Gedanken nicht ertragen.

Durch schiere Willensanstrengung verdrängte er diese Vorstellung.

Arabella ihrerseits hatte keine Ahnung, was los war, sie wusste lediglich, dass etwas nicht stimmte. Denn sie sah, wie sich seine Augen verdunkelten, es war, als würde sich eine Wolke vor die Sonne schieben. Seine Gesichtszüge waren wie versteinert. Ihr Lächeln wurde matt, ebenso wie ihr Herz.

Welch dummer Illusion war sie bloß verfallen? Ihr Ehegatte war der schönste Mann von ganz England. Und was war sie schon anderes als eine schwerfällige, ungeschickte Frau, die er niemals geheiratet hätte, wären sie nicht von Tante Grace und Georgiana beim Küssen erwischt worden? Wie konnte sie sich nur ernsthaft vorgemacht haben, dass er sie begehrte?

Sie hatte ein Gefühl, als umfasste jemand ihren Hals und erwürgte sie langsam. Sie krampfte die Hände zusammen, dass die Knöchel weiß wurden. »Es tut mir Leid«, stieß sie ungestüm hervor. »Ich hatte nur angenommen, da dies unsere Hochzeitsnacht ist … Aber es muss ja niemand wissen, wenn du es vorziehst, dass wir nicht … intim werden.«

»Arabella –«

»Ich weiß, dass eine Ehe vollzogen werden muss, um Gültigkeit zu erlangen, aber das geht ja eigentlich nur uns beide etwas an –«

Justin war ganz still geworden. »Arabella, wovon, zum Teufel, redest du denn da eigentlich?«

An der Stelle, wo ihr Herz sein sollte, befand sich ein großes, schwarzes Loch. Die Kehle schmerzte ihr von der Anstrengung, die Tränen zurückzuhalten. Weinen würde sie nicht, sagte sie sich eindringlich. Auf gar keinen Fall.

Sie wagte sich vor. »Ich verstehe das. Wirklich. Ich bin mir im Klaren darüber, dass ich nicht schön bin wie deine anderen Frauen. Es ist mir vollkommen bewusst, dass ich nie hoffen kann, mich mit ihnen zu vergleichen –«

Sein Gesichtsausdruck änderte sich in dem Bruchteil einer Sekunde. »Oh, verdammt!«, fluchte er. »Was für ein Blödsinn ist das denn?«

»Ich habe dich doch beobachtet, Justin. Du hast gerade so ausgesehen, als könntest du meinen Anblick nicht ertragen!«

Er gab einen tiefen Laut von sich. »Komm her«, verlangte er.

»Das werde ich nicht tun.« Seltsamerweise schaffte sie es, sich ein bisschen Würde zu bewahren. »Sag … sag mir einfach, was ich tun soll. Wo ich schlafen soll …«

Er ging zu ihr hinüber. Seine Hände hatte er zu Fäusten geballt und musste sie mit aller Macht aus ihrer Verkrampfung lösen. Arabellas Haut fühlte sich eiskalt an, und er nahm ihre Finger fest in die Hände. Ihr Ausdruck war immer noch schmerzerfüllt und halb ablehnend, halb verletzt.

Es war alles seine Schuld, musste er sich eingestehen. Wie sollte er es bloß erklären? Er war nicht sicher, ob er die richtigen Worte finden würde. Es lag nicht daran, dass er Angst hätte, nur noch mit *einer* Frau zusammen zu sein – es war die Angst, an *ihr* zu versagen. Arabella. Justin hatte keine Ahnung, wie oder wann es geschehen war, aber auf eine besondere Art bedeutete sie ihm unendlich viel. Es war ihm ein Graus, zu denken, er könne irgendetwas tun, das sie vertrieb.

Wenn er klug wäre, dann würde er sie jetzt sofort gehen lassen. Aber er war nun einmal, wer er war. Ein gieriger, egoistischer Schuft. Und wenn er irgendetwas wusste, dann das: Er würde sie unter keinen Umständen aus diesem Raum gehen lassen. Er atmete tief und unsicher durch; er war gefangen von einem tiefen, überwältigenden Gefühl, das er nicht leugnen konnte. Da wusste er es. Er wusste, warum er sie geheiratet hatte: Genau das wollte er. Es war, was er immer schon gewollt hatte, seit er sie getroffen hatte. Diese Nacht. Diesen Augenblick. Diese *Frau*.

»Es lag nicht an dir«, sagte er leise. »Es *liegt* nicht an dir. Ich bin zur Tür hereingekommen, und da standest du und sahst so wie ein Engel aus, dass … nun, du kennst ja meinen Ruf. Ich bin ein Teufel. Jeder weiß das. *Du* weißt das. Und ich weiß, dass dies nicht die Hochzeit war, die du dir erträumt hast. Und ich weiß auch, dass ich nicht der Ehemann bin, den du dir erträumt hast. Aber ich konnte nicht – und *werde* nicht – deine Ehre verletztzen.«

Der Klang seiner Stimme war tief und gedämpft. »Wir können es nicht ungeschehen machen, nichts von alldem. Jetzt nicht mehr. Es ist zu spät. Wir sind verheiratet. Du bist meine Frau, Arabella. Und, so seltsam das auch klingen mag, ich glaube, die Dinge haben sich bewusst auf diesen Punkt hin entwickelt, fast schon von dem Augenblick an, als ich auf das Fest der Farthingales gekommen bin und dich wieder gesehen habe.«

Während er sprach, ließ er seine große, starke und warme Handfläche an der ihren entlang gleiten. Arabella sah hin und nahm mit allen Sinnen wahr, wie seine schlanken und kräftigen Finger die ihren hielten. Sie schluckte und merkte, wie alles in ihrem Innern schmerzhaft schwach wurde.

»Sieh mich an, Liebling.«

Liebling. Arabellas Herz zog sich zusammen. Sie schaute ihn unsicher an.

Ihre Kehle war wie zugeschnürt. Diese unerwartete Sanftheit, die sie in seinem Gesicht entdeckte, traf sie mitten ins Herz. Oh, Gott, so würde er sie doch noch zum Weinen bringen …

»Justin«, sagte sie mit zitternder Stimme. »Oh, Justin –«

»Hör zu, Liebes. Bitte, hör zu. Du bist … mir fallen keine anderen Worte ein, dich zu beschreiben, außer … außerordentlich, unvergleichlich. Weißt du das denn nicht?« Seine Finger verschränkten sich mit den ihren.

»Oh, aber das stimmt n–«

»O doch, das bist du. Ja. Und wenn ich in dieser Nacht mit dir schlafe, dann nicht aus einem Pflichtgefühl heraus, wegen der Gültigkeit der Ehe oder irgendeinem anderen dummen Anlass. Sondern weil ich dich begehre. *Dich,* mein Liebling Arabella. Weil ich mich mit jeder Faser meiner Seele nach dir verzehre. Ist das jetzt klar?«

Ihre Blicke hingen an den seinen. »Ja.« Es war der Hauch einer Antwort.

Ihre Unsicherheit steckte ihr wie ein Pfeil im Herzen. In diesem Moment beschloss er, sich ihr besser zu erklären.

Er legte die Stirn gegen die ihre. »Ah«, sagte er heiser, »aber wie es schien, bist du dir ja gar nicht so sicher, dass dein Ehemann mit seiner Frau wirklich intimer werden will.« Er hielt inne. »Vielleicht machen wir einfach zu viele Worte anstatt ... Taten.«

Verwirrt sah Arabella geradewegs in diese grünen Augen, die einen winzigen Schimmer von Amüsement verrieten.

»Was?«

Seine Finger lagen bereits auf den Schleifen ihres Umhangs. Bevor sie ihn hätte aufhalten können, lag der Umhang bereits um ihre Füße herum. Nur für einen Moment schien seine offensichtliche, genüssliche Anerkennung ihre Befangenheit zu verdrängen. Es war absolut unangenehm, fast nackt dazustehen, während er noch vollkommen bekleidet war. »Ein außerordentlich reizvolles Gewand«, bemerkte er leichthin, »das ist aber nicht deine übliche Nachtbekleidung, schätze ich. Ist es neu?«

Sie merkte, wie sie nickte. »Tante Grace hat es ausgesucht«, sagte sie mit schwacher Stimme.

Langsam wurde sein Lächeln breiter. »Erinnere mich doch bitte daran, Tante Grace für ihren unvergleichlichen Geschmack zu danken.« Kräftige Finger umfingen ihre Schultern, während er in demselben langsamen, gelassenen Tonfall fortfuhr: »Aber für den Augenblick glaube ich, können wir auf dieses überflüssige Kleidungsstück verzichten.«

Noch bevor er das ausgesprochen hatte, war sie vollkommen nackt. Als sie dies seufzend feststellte, brachten sie die warmen, festen, männlichen Lippen zum Schweigen. Es war ein langer, verzehrender Kuss, der sie innerlich erbeben ließ. Kaum nahm sie wahr, dass er sie hochhob und zum Bett trug. Alles um sie herum schien jedes Mal zu verschwinden, wenn er sie küsste. Sie schlang ihre Arme um seinen Hals und presste sich an ihn, aber ein Knopf, der sich in das weiche Fleisch einer ihrer Brüste grub, veranlasste sie, zurückzuweichen.

Justin löste widerwillig seine Lippen von den ihren, um in ein stirnrunzelndes Gesicht zu blicken. »Was ist?«, fragte er.

»Es ist ausgesprochen peinlich, nackt hier zu stehen«, ließ sie ihn ein bisschen grollend wissen, »wenn du es nicht bist.«

Justin lächelte. Sie sagte wirklich die unglaublichsten Dinge! Er hatte sich vorgenommen, langsam und zurückhaltend vorzugehen, sich Zeit zu nehmen und sie nicht zu drängen, obwohl, bei Gott, schon ihr Anblick in diesem Gewand seine Geduld auf eine Zerreißprobe gestellt hatte. Und als er ihren schlanken, nackten Körper in den Armen hielt, kostete es ihn alle Anstrengung, sie nicht mit Händen und Lippen zu berühren, sich nicht die Hose einfach aufzureißen, seine Männlichkeit zu entblößen und mitten im Zimmer über sie zu kommen, um mit schnellen, kräftigen Stößen …

Wohl kaum die Art, eine Unschuldige zu nehmen, schon gar nicht, da sie seine Frau war.

»Eine verärgerte Braut«, neckte er sie. »Wie gedankenlos von mir.«

Während er sich aufsetzte, entledigte er sich seines Jacketts, Hemdes und der Stiefel. Mit dem Rücken zum Bett stehend, zog er die Hosen aus, richtete sich auf und drehte sich um …

Dadurch befand sich sein Glied genau in Augenhöhe seiner mit unverfrorener Neugier starrenden Frau.

Da schwand ihr Mut, und ihre Augen weiteten sich. Die Art, wie sie seine Erektion ansah, ließ sie noch härter werden. Ihren Lippen entwich ein erschrockenes Oh. Dabei befeuchtete sie mit der Zunge ihre Lippen. Oh, du lieber Himmel, das war nun ein Anblick, der wahre Folter bedeutete.

Er zwang sich zu einem gelassenen Tonfall, als er sich neben ihr ausstreckte. »Auf einmal ist meine neugierige Frau nicht mehr ganz so wissbegierig. Du hast noch nie einen nackten Mann gesehen, nicht wahr, Liebling? Schon gar nicht einen, der es eindeutig kaum erwarten kann, zum ersten Mal mit seinem frisch angetrauten Weib ins Bett zu gehen?«

Arabella vergrub ihr Gesicht in den dichten schwarzen Haaren auf seiner Brust, wobei sie etwas Unverständliches murmelte. Bis jetzt hatte er nicht gewusst, dass ein Erröten den ganzen Körper eines Menschen erfassen konnte.

Justin atmete tief durch. In ihm brannte ein Feuer, denn die Erfahrung, sein Verlangen so zurücknehmen zu müssen, war vollkommen neu für ihn. Flammendrote Locken ergossen sich über ihre Schultern und Brüste. Zwischen den seidigen Strähnen hindurch schimmerten ihre rosigen Brustspitzen; auch das ein Anblick, den er kaum ertragen konnte.

»Zum ersten Mal habe ich dich in Thurston Hall mit offenem Haar gesehen, in der Nacht, als McElroy dich belästigt hat. Ich habe damals gedacht, dass ich noch niemals so etwas Liebreizendes zu Gesicht bekommen habe«, sagte er sanft. Er wickelte eine Strähne ihres roten Haares um eine Hand, hob es an seine Lippen und sog tief den Duft von Rosen und Lavendel ein, bevor er das Haar wieder sorgsam auf der seidigen Haut ihrer Schulter legte. »Es ist großartig«, flüsterte er.

»Danke schön.« Ihre Stimme klang dünn. Sie musste sich beherrschen, um nicht aufzuspringen, als er eine Hand auf ihre Hüfte legte; er jedoch fuhr lediglich ganz langsam mit der Fingerspitze über ihre Haut. Es stimmte, dass der nackte Justin ihr fast das Herz stehen bleiben ließ. Und sein Körper war … außergewöhnlich. Genauso unglaublich perfekt wie seine Gesichtszüge. Seine Schultern waren kräftig und wie gemeißelt, die Haut seidig und schimmernd, seiner Armmuskeln fest und sehnig. Dunkle dichte Haare bedeckten seine Brust und zogen sich bis zum Bauch hinunter.

Langsam wanderte ihr Blick über seinen Hals zu seinem Gesicht empor. Ihr Atem verlangsamte sich vernehmbar. Ohne, dass sie es beeinflussen konnte, glitten ihre Augen über jeden seiner edlen Züge. »Du siehst auch sehr gut aus«, hauchte sie. Ein schüchternes Lächeln erschien auf ihren zitternden Lippen. »Sogar Tante Grace findet das.«

Er hob seine Brauen. »Tante Grace?«, fragte er.

»Oh, ja«, versicherte sie ihm. »Sie sagte, sie mag zwar schon fortgeschrittenen Alters sein, aber ihr Augenlicht habe sie noch nicht verlassen.«

Er lachte heiser auf; das Geräusch ließ ihr Herz fast aussetzen. Als sie wieder Mut gefasst hatte, streckte Arabella eine Hand aus, um sein Gesicht zu berühren.

Starke Finger schlossen sich um ihr Handgelenk und hielten sie zurück. Arabella hatte das seltsame Gefühl, etwas Falsches getan zu haben; er jedoch drückte einen Kuss auf ihre Handfläche, bevor er sich die Hand auf die Mitte der Brust legte. Sie war sehr klein und anmutig auf dem dichten dunklen Haar anzusehen. Dieser Anblick jagte ihr einen Schauer durch den ganzen Körper. Justins

Hand wanderte inzwischen zu ihrer Taille, um sie an sich zu ziehen. Die andere schob sich unter ihr Haar und zog ihre Lippen auf die seinen.

Endlos erkundete sein Mund den ihren, es waren lange und langsame Küsse, die sie fast dahin schmelzen ließen. Sie klammerte sich an seinen Schultern fest. Unter ihren Fingerspitzen spürte sie seinen warmen muskulösen Körper. Sie seufzte auf, als er seine Zunge hinter eine ihrer Ohrmuscheln gleiten ließ. »Ich liebe es, wenn du mich küsst«, gestand sie außer Atem, »du küsst so gut. Aber das weißt du sicher selbst am besten.«

Sein Mund kehrte zu ihrem zurück. »Vielen Dank«, hauchte er gegen ihre Lippen. »Ich glaube, das hat mir noch niemand gesagt.« Sie konnte spüren, wie er lächelte. »Aber es gibt noch so viel mehr zu küssen als hier«, er küsste jeden ihrer Mundwinkel, »und hier ... und hier.« Er saugte an der Mitte ihrer Lippe.

Plötzlich kehrte Arabellas Mut zurück. »Vielleicht solltest du es mir zeigen.«

»Eine ausgezeichnete Idee.« Sein Kopf glitt hinab. Er presste die geöffneten Lippen an ihren schlanken Hals und fühlte mit der Zungenspitze den tanzenden Rhythmus ihres Pulses.

»Mm. Das fühlt sich aber sehr gut an, Justin.«

Gut?, dachte er verwundert. Er wollte viel mehr als nur ... *gut.*

Zurückgelehnt betrachtete er ihren ganzen Körper, wobei sein Blick auf dem Vlies zwischen ihren Schenkeln verweilte und auf den herrlich runden und vollen Brüsten, die von der Fülle ihrer rötlichen Locken halb verdeckt waren. Mit einem teuflischen Lächeln schob er ihr Haar beiseite. Diese rosafarbenen, aufgerichteten Brustspitzen boten eine Verlockung, die er nicht länger ignorieren konnte. Arabella errötete, zog sich aber weder vor seiner Betrachtung noch seiner Berührung zurück.

Immer noch lächelnd, beugte er den Kopf tief herunter. Er liebte die Art, wie sich ihre Augen weiteten, als er mit dem Mund die Wölbung ihrer Brust entlang fuhr. Ihr Atem beschleunigte sich, als er vor der aufragenden Spitze innehielt.

Er streifte sie mit den Lippen, nur ein Hauch von Berührung.

Sie hielt den Atem an.

Irgendwie hatte er immer gewusst, dass sich hinter ihrer sittsamen, anständigen Fassade, der Körper einer Verführerin verbarg. Sie war perfekt. Absolut perfekt. Voller Begierde umfasste er ihre vollen Brüste mit beiden Händen, so dass sich ihre Brustwarzen einladend anboten. Er küsste erst die eine, dann die andere. Um Letztere ließ er langsam und gemächlich seine Zunge kreisen, wieder und wieder. Nass glänzend und hoch aufgerichtet ragte die Spitze empor.

Sie rang laut nach Luft.

»Mehr?«, fragte er mit sanfter Stimme.

Ihre Lippen öffneten sich und formten das Wort *Ja*, brachten dabei aber keinen Ton hervor.

Er gehorchte.

Justin empfand es als fast unerträglich erregend, zu wissen, dass sie fasziniert dabei zusah, wie sich sein Mund um die aufgerichteten Brustspitzen schloss, und wie er sie leckte. An ihnen saugte. Ihre Hand glitt nach oben und legte sich um seinen Nacken; er fühlte die Anspannung ihrer Finger, die bestrebt waren, ihn an Ort und Stelle festzuhalten.

Arabella konnte keinen Laut mehr von sich geben – sie konnte nicht einmal mehr atmen. Dies war Glückseligkeit, absolute Glückseligkeit. Sie ertrank in ihren Empfindungen. Es war, als würden ihre Brustwarzen von Blitzen getroffen, und Hitze wallte durch ihren ganzen Körper. Und jetzt war da dieses unbekannte, suchende Gefühl der Leere in ihrem Unterleib, ein heftiges Ziehen. Ihre Beine bewegten sich rastlos hin und her. Da fehlte doch etwas, noch etwas ... Sie war nicht sicher, was es sein konnte ...

Aber Justin wusste es. Das Blut pulsierte in seinen Adern und seiner Männlichkeit gleichermaßen. Er presste sie an sich, wobei sein Mund den ihren wieder in einem heißen, verlangenden Kuss gefangen nahm, der sengende Flammen durch jeden Teil seines Körpers züngeln ließ. Doch als seine schlanken Finger auf den Weg abwärts über ihren Bauch wanderten, löste sie ihre Lippen von den seinen. Ihre Hand hielt die seine auf und umklammerte sie.

»Warte«, stieß sie heftig hervor, »warte!«

Er hob den Kopf. Beinahe hätte er ihren angstvollen Ruf durch Wogen der Leidenschaft, die ihn erfasst hatten, gar nicht wahrgenommen.

Er schloss die Augen und es bedurfte größter Anstrengung, das pulsierende Verlangen in seinen Adern unter Kontrolle zu bekommen. »Dir geht es wohl zu schnell, oder?«

»Ein bisschen«, gab sie zu. Plötzlich war sie aufgeregt, verwirrt, unsicher und peinlich berührt. Es hatte ihr so gefallen, was er da mit ihr machte, aber ... »Ich habe Angst, Justin. Ich habe Angst.«

Das Begehren, das ihn erfasst hatte, ließ ein wenig nach. Sanft schob er eine Haarsträhne von ihrer heißen Wange. Auf einmal war er es, der zögerte. »Ich kann nicht versprechen, dass es nicht wehtun wird. Aber wie ich es verstehe, ist es so, dass –«

»Nein. Nicht deshalb.« Sie klang bestimmt.

»Was denn dann?« Verwundert betrachtete er ihr Gesicht. *Du stiehlst Frauen das Herz,* wäre ihr beinahe herausgerutscht. *Du stiehlst mir das Herz.* »Ich weiß, du warst mit vielen Frauen zusammen. Ich – ich weiß das und ich akzeptiere es.« Ein schmerzhaftes Gefühl der Leere fuhr ihr ins Herz, aber sie verdrängte es. »Du selbst hast gesagt, dass du eine Frau mit Erfahrung bevorzugst. Und ich habe keine. Ich habe ja noch nicht einmal jemanden außer dir geküsst. Ich komme mir so unzulänglich vor. Ungeeignet, um ganz ehrlich zu sein. Was ist, wenn ich nicht leidenschaftlich genug bin? Ich will nicht, dass du enttäuscht bist. Ich möchte nicht, dass du unzufrieden bist.«

Nun war es heraus. Sie hielt den Atem an und wartete.

Justin spürte einen Ärger auf sich selbst aufsteigen. Um Himmels willen, gab es denn nichts, was er jemals gesagt hatte, das nicht auf ihn zurückfallen würde?

Er sah auf sie herab, ihre zitternden Lippen, der Ausdruck in ihren schönen blauen Augen, halb bittend, halb verletzt. Plötzlich brandete ein heftiges und besitzergreifendes Gefühl in seinem Innersten auf, obwohl sich etwas Zorn dazugesellte bei dem Gedanken, dass Arabella einen anderen Mann küssen könnte. Er hatte sich noch niemals einer Frau gegenüber besitzergreifend gefühlt – hatte sich nie auch nur vorstellen können, dass dies passieren würde –, und so traf es ihn völlig überraschend. Genau wie es bei seiner Eifersucht gewesen war. Fühlten sich denn frisch gebackene Ehemänner immer so? Und dennoch … er erkannte auf einmal, dass ihm diese Empfindung gefiel. Er mochte es, zu wissen, dass sie zu ihm gehörte. Er fuhr mit dem Daumen über ihre Lippen. »Mach dir überhaupt keine Sorgen, Arabella. Du hast keinen Grund dazu.«

»Hab ich nicht? Ich – mir – es war toll, was du gemacht hast, Justin. Ich liebe es. Aber ich möchte dir auch Freude bereiten.«

Er legte einen Finger auf ihre Lippen, um sie zu schließen.

»Das wirst du. Das tust du doch bereits.«

»Aber wie kannst du da sicher sein?«

Einen Augenblick lang zeigte sich ein Lächeln um seine Mundwinkel. »Weil ich dich hier spüren kann, Liebling.«

Er nahm ihre Hand und legte ihre kühlen Finger sorgsam um seine Erektion, hielt sie dort für die Dauer eines Herzschlags lang fest. Ihre Augen weiteten sich, und auch sein Lächeln wurde breiter.

Mit einem Mal verschwand es jedoch. Sein brennender Blick lag auf ihrem. »Aber am allermeisten«, sagte er mit einer Stimme, die sie zum Schmelzen und Zittern zugleich brachte, »kann ich dich hier spüren.« Nachdem er die Fingerspitzen ihrer anderen Hand geküsst hatte, legte er sie auf sein Herz. »Und ich muss auch ehrlich sein, Liebes. Das ist mir noch mit keiner Frau passiert.«

Tränen traten ihr in die Augen. »Justin«, flüsterte sie atemlos. »Oh, Justin.« Schlanke Arme schlangen sich um seinen Hals. Sie küsste ihn mit der ganzen Wucht der Gefühle, die ihre Seele erbeben ließen. Als sie sich schließlich ein wenig aufrichtete, strich er ihr das Haar glatt. Auf seinen Lippen lag ein leichtes, unergründliches Lächeln.

»Ich muss dir auch etwas beichten.«

»Was denn?«

»Ich habe ebenfalls Angst.«

»Du?« Sie schenkte ihm ein schiefes Lächeln. »Das glaube ich dir nicht.«

»Doch, es ist wahr«, bestätigte er ernsthaft. »Du weißt, ich war noch nie zuvor mit einer Jungfrau zusammen. Und ich will, dass diese Nacht unvergesslich schön wird. Für uns beide.«

Arabella blinzelte zu ihm auf, von seinem Gesichtsausdruck in den Bann gezogen und fassungslos ob der Zärtlichkeit in seiner Stimme. Es fühlte sich an, als habe er ihr mitten ins Herz getroffen.

»Justin«, sagte sie mit unsicherer Stimme, ein fast unerträglich süßes Gefühl in ihrem Innersten, »du gibst mir so sehr das Gefühl, etwas Besonderes zu sein.«

»Das bist du ja auch. Einzigartig. Ich habe noch nie eine Frau getroffen, die mit dir vergleichbar wäre, mein Liebling, Arabella.«

Mein Liebling, Arabella. Sie liebte es, wie er ihren Namen aussprach, weich und tief. Regelrecht zum Dahinschmelzen.

»Ich finde es gut, dass du noch niemals zuvor einen anderen Mann geküsst hast«, fuhr er fort, und seine Stimme bekam einen rauen Klang, der einen Wonneschauer bis in ihre Zehen sandte. »Ich finde es auch gut, dass du noch nie einen anderen Mann nackt gesehen hast. Es gefällt mir über alle Maßen, zu wissen, dass ich der Erste für dich bin.« Eine Nerven zerreibende Pause folgte. »Und jetzt, glaube ich, wird es Zeit, dass wir da weitermachen, wo wir soeben aufgehört haben. Trifft das auf deine Zustimmung, meine liebe Frau?«

Ihre Augen glänzten. »Ja, Mylord. Oh, ja.«

Die Worte wirkten wie eine Aufforderung. Er fuhr mit seinen Fingern in ihre Haare und legte seine Lippen auf die ihren. Die flammend roten Locken umschlossen sie beide wie ein Umhang. Er öffnete ihre Lippen mit einem leidenschaftlichen, heißen Kuss, der so sehr nach männlichem Verlangen schmeckte, dass ihr eigenes entfesselt wurde. Sein Atem füllte ihren Mund … so wie er ihren Körper erfüllen würde.

Er spielte mit den Spitzen ihrer Brüste und rief damit einen Aufschrei aus der Tiefe ihrer Brust hervor. Eine schlanke, starke Hand wanderte über ihren Bauch und gelangte in den Flaum zwischen ihren Schenkeln, berührte sie dort in einem raschen Rhythmus, so dass sie vollkommen schwach wurde, stöhnte, aber nicht dagegen ankämpfte. Es fühlte sich einfach zu gut an. *Er* fühlte sich zu gut an. Stattdessen öffneten sich ihre Schenkel wie von selbst.

Dann kam noch mehr. So viel mehr! Wagemutige Finger erkundeten ihre Weiblichkeit, strichen wieder und wieder darüber. Wogen der Lust überkamen sie, als sein Daumen in das fordernde Spiel einstieg und ihre empfindsamste Stelle umkreiste, die anzuschwellen schien und immer feuchter wurde. Es war so unvorstellbar. Sie zitterte sowohl innerlich als äußerlich, in ihrem Kopf befand sich nur noch ein Gewirr von Empfindungen. Funken sprühende Ströme erfassten ihren Körper, um *dort* ihr Zentrum zu finden, an der Stelle, die Justin gerade berührte, reizte und umkreiste. Ihr Atem stockte, als ein Finger tief in sie hinein glitt, wie ein aufreizendes, unverschämtes Vorspiel dessen, was noch folgen sollte. Sie fing an zu keuchen, wand und drehte sich, suchte nach etwas … Was es war, wusste sie nicht, nur, dass sie ganz nahe dran war. Als es passierte, diese Explosion des Wohlgefühls, drangen kleine, wimmernde Schreie aus ihrer Kehle.

Sie öffnete die Augen, benommen, und blickte wie durch einen Schleier. Sie schaute in Justins Gesicht. Gefangen in seinem suchenden Blick und von dem brennenden Begehren in seinen Zügen, raste ihr Herz, als er ihre Schenkel mit einem Knie spreizte und sich dazwischen kniete. Mit einer Hand um seine Männlichkeit beugte er sich vor, rieb sich an ihren flammendroten Löckchen. Arabella konnte den Blick nicht von seinem Schaft abwenden. Er war so hart, steif und hoch aufgerichtet. Noch bevor sie es begreifen konnte, war er in ihr. In ihrem Körper.

Sie rang nach Luft.

Bei dem Geräusch hielt Justin inne. Er konnte ihr Jungfernhäutchen, diese dünne Membran, die ihre Unschuld bezeugte, an dem empfindlichsten Teil seines Körpers spüren, dem Teil, der sie am meisten begehrte. Er stöhnte auf, denn der Drang, tief und hart in sie zu stoßen, sich in ihrer engen, feuchten Hitze zu verlieren, zerriss ihn fast. Aber dies war der Augenblick, die Sekunde, vor dem er Angst hatte. Er hatte keine Ahnung, wie er dies langsam und sanft tun sollte, und ob das überhaupt möglich war.

Obwohl es ihn fast um den Verstand brachte, biss er die Zähne zusammen und zog sich zurück. Beim Anblick seiner unschuldigen kleinen Frau brach er in ein leises Lachen aus. Ihr Gesichtsausdruck war wie hypnotisiert und panisch zugleich. Justin sah an ihnen herunter und stöhnte fast. Die Spitze seiner Männlichkeit glänzte feucht von ihrer nassen Hitze. Die Leidenschaft stieg in ihm hoch.

Auf die Ellbogen gestützt, küsste er sie auf die Lippen. »Sag mir, wenn ich dir wehtue«, flüsterte er, einen Anflug von Strenge in der Stimme. Er glitt wieder in sie hinein, ganz langsam, bis er erneut ihr Jungfernhäutchen spürte. O Gott, fühlte sich das gut an … viel zu gut, wie seine schwellende Erektion von ihrer Enge fest umschlossen wurde.

»Das werde ich«, versprach sie, ein leichtes Lächeln auf den Lippen. »Bitte, Justin, nimm mich jetzt einfach. Mach mich zu deiner Frau … ich will dir gehören.«

Er stöhnte auf. Jetzt war es nicht mehr aufzuhalten. Da sprach ein solches Vertrauen aus ihren Augen, und gleichzeitig so viel Verlangen aus ihrer heiser gestammelten Bitte, dass er sich nicht mehr zurückhalten konnte. Voller Leidenschaft drang er in sie ein, bis er schließlich ganz in ihr war.

»Oh, mein Gott«, flüsterte sie.

Justins Atem ging heftig und stoßweise. »Du sollst doch nicht so etwas sagen.«

Doch in ihren Worten lagen Frustration … Leidenschaft und Hingabe. Er vergrub seinen Kopf an ihrer Schulter und versuchte sein rasendes Herz zu beruhigen. So erlaubte er es ihrem Körper, sich an das Gefühl zu gewöhnen, wie er tief in ihr war. Er fühlte sich unerträglich angespannt und war kurz vor dem Höhepunkt.

»Ich kann es nicht glauben.« Sie schüttelte ganz leicht den Kopf. »Justin, das fühlt sich so … so …«

Er küsste sie auf den Hals und hob den Kopf. Ihre Blicke trafen sich. »Ich tue dir nicht weh, oder?«

Dass er überhaupt etwas sagen konnte, war ein Wunder.

Ihr Lächeln war so unfassbar süß. »Nein«, hauchte sie. »Oh, Gott, nein …«

Ihr Lächeln verschwand. Sie zog seinen Kopf zu sich herunter und fand seine Lippen, umkreiste seine Zunge mit der ihren und trieb ihn fast zum Wahnsinn.

Langsam begann er sich zu regen. Seine Hände glitten unter ihren Po und zogen sie näher an sich heran. Nun nicht mehr im Stande, sich zurückzuhalten, drang er tief in sie ein. Er liebte es, wie sie sich an ihm festhielt und ihre Nägel in seine Schultern grub. Sie bewegte die Hüften und bog sich ihm wieder und wieder entgegen. Immer schneller stieß er hinein, ungestüm und heftig, genoss es, wie sie ihre Arme und Beine um ihn schlang und sich festklammerte. Er warf den Kopf in den Nacken; die Sehnen an seinem Hals spannten sich. Sie schien ihn zu verbrennen, innen wie außen. »Arabella«, stieß er gepresst hervor, »*Arabella!*«

Plötzlich fuhr ihm die Erinnerung an die Nacht in Vauxhall Gardens durch den Sinn, als er sie zum ersten

Mal geküsst hatte … Er hatte sich damals gesagt, dass er nichts als Lust empfand. Verlangen. Da sie die einzige Frau war, die sich ihm verweigerte, war sie auch die einzige, die er wirklich wollte, die er haben musste.

Aber nichts hatte ihn auf diesen Augenblick vorbereiten können. Auf diese Nacht. Nichts hatte ihn auf *sie* vorbereiten können. Denn es war so unbegreiflich süß … *sie* war so unbeschreiblich süß. Die Welt stand in Flammen, und die Sterne fielen vom Himmel …

Die Nacht explodierte … und endlich auch Justin.

Siebzehntes Kapitel

Eine Woche später kehrten sie aus Bath nach London zurück. Von dem schmerzhaft zärtlichen Augenblick an, da sie wahrhaftig Justin gehörte, kannte Arabella nicht mehr Gefühle des Zweifels oder gar der Reue. Justin zu heiraten war die richtige Entscheidung gewesen – auch, wenn ihr ohnehin nicht Zeit für eine Entscheidung gelassen worden war. Aber in Wahrheit war das ohne Bedeutung. Es würde niemals einen anderen Mann für sie geben, nicht auf dieser Welt. Sie hatte sich einst das Versprechen gegeben, nur aus Liebe zu heiraten …

Und genau das hatte sie auch getan.

Tief in der Seele spürte sie die Gewissheit, niemals einen anderen Mann als Justin Sterling lieben zu *können.*

Aber das blieb noch als Geheimnis tief in ihrem Innersten versteckt, ein Geheimnis, das im Moment noch nicht gelüftet werden sollte. Ihr Umgang miteinander war freundschaftlich und locker, und sie ging davon aus, dass dies für sie beide eine angenehme Überraschung war. Arabella würde den Teufel tun, diese Ausgewogenheit zu gefährden. Sie war sich nicht im Klaren, ob Justin ihre Liebe wollte; sie wusste auch nicht, ob er ihre Liebe jemals erwidern konnte.

Aber er begehrte sie – dessen war sie sich nach knapp zwei Wochen Ehe immerhin sicher. Keine Nacht war vergangen, in der sie sich nicht geliebt hatten. Unter seiner Anleitung lernte Arabella, dass es viele Arten gab, sich zu lieben – spielerisch, heiß oder zärtlich. Sie erlebte sie alle mit ihrem neuen Ehemann, und Justin schien sehr glücklich zu sein über die Art, wie sie dies alles annahm. In manchen Nächten ergriff er mit brennender Intensität von ihr Besitz, einem ungestümen, fast wahnsinnigen Verlangen, das Gleiches bei ihr auslöste. Manchmal hingegen ging er fast schmerzhaft langsam zur Sache, so verzehrend zärtlich, dass sie dahin schmolz und er sie allein dadurch fast zum Weinen brachte. Aber immer ... wirklich immer gab er ihr das Gefühl, dass sie für ihn die einzige Frau auf der Welt war. Arabella konnte ihre Gefühle dabei nicht zurückhalten, und das wollte sie schließlich auch gar nicht.

Von der ersten Nacht an hegte sie die sehnsuchtsvolle Hoffnung, dass aus einem solchen Anfang Liebe entstehen und wachsen könnte. Und sie würde sich an die Hoffnung halten, dass ihre Liebe zu ihm imstande wäre, ihn zu zähmen.

Es gab in der Tat jeden Grund zu glauben, dies habe bereits funktioniert. Bei ihrer Rückkehr aus Bath war Arabella vollkommen überrascht, all ihre Sachen bereits in Justins Schlafgemach vorzufinden. Es gab schließlich auch ein Gemach daneben, und sie war immer davon ausgegangen, dieses sei ihr zugedacht. Sie wusste, dass getrennte Schlafzimmer für Angehörige der oberen Gesellschaftsschichten zur Normalität gehörten – obwohl ihre Eltern immer schon dasselbe Bett geteilt hatten. Tante Grace und Onkel Joseph übrigens auch. Vielleicht war sie nur davon ausgegangen, um nicht enttäuscht zu werden, denn sie wollte sich nicht zu große Hoffnungen machen ... nicht zu früh.

Sie drehte sich um und stellte fest, dass er sie, die Arme vor der Brust verschränkt, beobachtet hatte.

»Ich hoffe, es macht dir nichts aus«, bemerkte er mit einer arrogant hochgezogenen Braue, »aber ich habe beschlossen, dass ich von getrennten Schlafzimmern nichts halte.« Trotz seines formalen Tonfalls war ein kleines Funkeln in seinen Augen nicht zu übersehen.

Arabellas Augen blitzten schelmisch auf. Sie neigte den Kopf, um im gleichen Tonfall zu antworten. »Sir, ich teile vollkommen Eure Ansicht.«

Darauf kehrten sie in die untere Etage zurück, wo ein kleines Mahl bereitet worden war. Gerade als sie es beendeten, erschien Justins Diener Arthur mit einem silbernen Tablett. Schwungvoll stellte er es vor seinem Herrn auf den Tisch.

»Ihr wurdet vermisst, Mylord.«

Justin begann, den Stapel mit Einladungen durchzusehen. »Offenbar hat sich die Kunde über unsere Vermählung rasch herumgesprochen«, bemerkte er. »Unsere Anwesenheit ist sehr gefragt.« Er studierte die mit Goldschnitt verzierte Einladung, die er gerade in der Hand hielt. »Die Farthingales geben heute Abend ein Fest. Ich wage zu prophezeien, dass es ganz groß aufgezogen wird. Sollen wir dort unser Debüt als Eheleute geben?«

Bei den Farthingales hatten sie sich zum ersten Mal wieder gesehen. Ob er wohl daran dachte? Arabella war nicht sicher, denn er klang ziemlich unbeeindruckt. Enttäuschung überkam sie, wurde jedoch schleunigst wieder verdrängt. »Müssen wir denn?«, flüsterte sie.

Justin schaute sie fragend an.

Arabella verzog das Gesicht. »Du sagtest doch, es wird ein großes Fest.«

»Oh, sicher. Lady Farthingale spart an nichts, was ihre Feste angeht. Jeder, der irgendetwas in der Gesellschaft darstellt, wird dort anwesend sein.«

»Wunderbar. Und jeder, der irgendetwas darstellt, wird über *uns* reden. Mein Gott, wie ich diesen Klatsch hasse!«

»Und ich würde sagen, es gibt nur eine Möglichkeit, Klatsch im Keim zu ersticken. Außerdem, warum das Unvermeidliche verschieben? Je früher uns alle zusammen gesehen haben und feststellen müssen, dass wir glücklich verheiratet sind, umso eher sind die Klatschmäuler zum Schweigen gebracht.«

Machte er sich über sie lustig? Arabella sah ihn streng an, aber sein Verhalten wirkte vollkommen gelassen.

»Was ist, wenn Fragen kommen?«

Er kicherte leise. »Ich bin sicher, dass sie kommen, wenn man bedenkt, wie rasch sich die Dinge mit uns entwickelt haben. Aber wer sagt denn, dass wir alles beantworten müssen?«

Arabella atmete hörbar aus. »Ich schätze, du hast Recht. Und eine Sache verschafft mir eine riesige Befriedigung.« Plötzlich strahlte sie.

»Na, was denn?«

»Ich werde wohl nie wieder als die ›Unerreichbare‹ bezeichnet werden!«

»Wohl wahr.« Er beugte sich zu ihr hinüber und drückte ihr einen leichten Kuss auf die Wange. »Leider habe ich heute bei der Bank etwas zu erledigen, um das ich mich heute Nachmittag kümmern muss. Ich fürchte, es kann auch nicht warten. Ist es in Ordnung, wenn ich dich für kurze Zeit alleine lasse?«

Sie lächelte. »Ich brauche schließlich keinen Aufpasser, Mylord.«

»Gut. Wenn du irgendetwas brauchst, klingele einfach nach Arthur.«

Arabella nickte. Kaum dass er gegangen war, stand sie auf und ging ziemlich ziellos durch das Haus. Sie überlegte, ein bisschen zu schlafen, schob die Idee aber rasch beiseite. Sie war ihr nur aus Langeweile gekommen, sicherlich nicht aus Müdigkeit. Da fiel ihr auf, dass Justin und sie seit ihrem Hochzeitstag unentwegt beisammen gewesen waren. Und jetzt, als er fort war, fühlte sie sich – ach, sie konnte es einfach nicht abstreiten! – ziemlich einsam. Sie spürte, dass sie ihn vermisste, nur, um sich sofort zu fragen, ob er sie wohl auch vermisste …

Was für eine Torheit war ihr nun schon wieder in den Sinn gekommen? Sie schalt sich selbst heftig aus und lenkte ihre Schritte ins Erdgeschoss. An der Tür zu Justins Arbeitszimmer blieb sie stehen. Würde es ihm etwas ausmachen, wenn sie seinen Schreibtisch benutzte? Sie schuldete ihren Eltern endlich einen Brief, dachte sie mit schlechtem Gewissen. Sie schrieb nicht täglich Briefe. Aber wenn sie von ihren Eltern getrennt war, verging doch niemals mehr als eine Woche zwischen den Korrespondenzen. Obwohl sie sich wie ein Eindringling vorkam, betrat sie das Arbeitszimmer und setzte sich in den Ledersessel am Schreibtisch. Sie öffnete eine Schublade, fand dort einige Blatt Briefpapier, tauchte die Feder in ein kleines Tintenfass und begann zu schreiben.

Liebe Mama, lieber Papa,

ich hoffe, diese Zeilen erreichen Euch bei bester Gesundheit. Justin und ich sind gerade aus Bath zurückgekehrt. Das Wetter war außerordentlich erfreulich.

Sie hielt inne. Was zum Teufel schrieb sie da eigentlich? Mama und Papa wollten sicher nichts über das Wetter in Bath wissen.

Nach einem tiefen Atemzug zerriss sie das Blatt und fing von vorne an. Das Ganze erwies sich als viel schwieriger als erwartet; irgendwie wollten die rechten Worte nicht kommen. Sie brauchte drei Anläufe, bis sie endlich mit dem Geschriebenen zufrieden war. Sie hatte die Feder beiseite gelegt, und las den Brief noch einmal durch.

Liebe Mama, lieber Papa,

ich bin sicher, Euch beiden geht es gut. Bestimmt hat Euch die Nachricht meiner Hochzeit ein wenig schockiert, so schnell, wie alles passierte. Vielleicht habt Ihr bereits das ein oder andere Gerücht über meinen Ehemann gehört, doch ich weiß, was andere nicht wissen. Justin ist ein guter Mann – der allerbeste, und für mich perfekt. Und so bitte ich Euch inständig, macht Euch keine Sorgen. Ich versichere Euch, die glücklichste von allen Bräuten zu sein. Und ich freue mich schon auf den Tag, an dem wir alle wieder zusammen sind und Ihr Euch Euer eigenes Bild machen könnt.

Eure Euch liebende Tochter Arabella

Noch zweimal las sie das Geschriebene.

Dann hielt sie inne. Auf einmal begann der Text vor ihren Augen zu verschwimmen. Sie strengte sich an, die Buchstaben zu erkennen, aber es half nichts. Ein Nebel lag vor ihren Augen und ein schrecklicher Schmerz erfüllte ihre Brust. Sie spürte, wie ihr Tränen in die Augen stiegen und sie schließlich zu weinen begann. Sie blinzelte. Eine Träne rollte ihre Wange herunter, landete auf dem Briefpapier und verschmierte die Tinte. Ein ersticktes Geräusch entrang sich ihrer Kehle, denn jetzt war der Brief vollkommen ruiniert …

So fand Justin sie bei seiner Rückkehr vor.

Er riss die Augen auf; eine Sekunde lang konnte er nicht glauben, was er sah. Den Kopf gesenkt, die Schultern zitternd, saß sie da – und das kleine, verzweifelte Schluchzen, das sie von sich gab, versetzte seinem Herzen einen Stich.

Er ging näher heran. Sie hatte seine Anwesenheit noch nicht bemerkt, also erhob er die Stimme. »Arabella?«, fragte er vorsichtig.

Sie hob den Kopf. »Justin!«, rief sie. »Ich habe dich nicht hereinkommen hören!«

Er merkte, dass er sie erschreckt hatte. Es kostete ihn Anstrengung, ruhig zu klingen. Er hatte sich beeilt, nach Hause zu kommen, konnte es kaum erwarten, sie, selbst nach einer so kurzen Trennung, wieder zu sehen. Alles, an das er gedacht hatte, war, sie in die Arme zu nehmen und ihre Lippen zu küssen. Das Letzte, was er erwartet hätte, war das hier.

»Was ist denn los, Arabella?«

Sie redete drauflos. »Wieso, nichts. Gar nichts. Bitte, verzeih mir. Ich wollte nicht einfach so hier eindringen. Ich wollte nur einen kleinen Brief an … an Mama und Papa schreiben.«

Justin warf einen Blick auf den Berg von zerrissenem Briefpapier, dann auf das einzelne Blatt, das noch mitten auf dem Schreibtisch lag. Ohne darüber nachzudenken, was er da tat, nahm er es in die Hand.

»Justin!«, rief sie. »Das ist ein persönlicher Brief!«

Justin gab keine Antwort. Rasch überflog er die Zeilen. Eine einzelne Träne hatte die Tinte verwischt, eine Träne in Herzform. Während er sich das ansah, hatte er das Gefühl, das Herz würde ihm brechen.

Langsam richtete er den Blick auf Arabellas Gesicht. Mit dem Daumen wischte er die feuchte Spur von ihrer Wange und hob ihr Kinn an.

Er schaute ihr in die Augen. »Blind bin ich nicht«, sagte er mit leiser Stimme. »Und obwohl die Rolle des Ehemanns noch recht neu für mich ist, bin ich sicher, dass dies kein Zeichen für die allerglücklichste Ehefrau sein kann.«

Sie entriss ihm den Brief und drückte ihn an ihre Brust. Als sie um ihn herum gehen wollte, hielt er sie am Arm fest.

Kühl blickte sie ihn an, die Lippen fest aufeinander gepresst.

Verwirrt, verständnislos und frustriert starrte er sie an. »Was denn, hast du mir nichts dazu zu sagen?«

»Was würdest du denn gern hören?«

»Dass du mir sagst, was verdammt noch mal los ist!«

»Es gibt keinen Grund so zu fluchen, Justin.«

»Genau, zum Teufel! Warum kannst du mir nicht einfach sagen, was du hast?«

Arabellas Blick wich dem seinen aus. Ihre Lippen bebten; einen schrecklichen Moment lang glaubte sie, gleich in Tränen ausbrechen zu müssen. Tief senkte sie den Kopf; ein Schweigen lag wie ein gähnender Abgrund zwischen ihnen.

»Es ist nichts«, antwortete sie leise und schnell.

»Nichts«, wiederholte er. »Ich komme nach Hause, um dort meine Frau in Tränen aufgelöst vorzufinden, und du sagst, es ist nichts? Meine Güte, und ich dachte, etwas Schreckliches sei geschehen! Ich dachte ... Himmel, ich weiß es selber nicht!«

Noch immer schaute sie weg, überall hin, nur nicht zu ihm. »Bitte, lass mich, Justin. Ich muss ein bisschen für mich sein, um mich wieder zu erholen, wenn es dir nichts ausmacht.«

Ihre Abfuhr versetzte ihm einen Stich. Aber er wusste dennoch, was sie hatte. Sie war einfach unglücklich. Ganz sicher bereute sie ihre Heirat. Der Brief an ihre Eltern gab vor, dass sie glücklich sei ... aber ihr Verhalten sprach eine andere Sprache.

Mit verkniffenem Mund ließ er sie los. »Na schön.«

Sie wandte sich um, eindeutig froh, ihn los zu sein.

Kurz bevor sie an der Tür war, gebot seine Stimme ihr Einhalt. »Wir werden um halb acht zu den Farthingales fahren.«

Er bemerkte, wie sie sich versteifte, bevor sie sich zu ihm umdrehte. »Ich würde heute lieber zu Hause bleiben«, gab sie mit ausdrücklicher Höflichkeit zurück.

Doch Justin schüttelte bereits den Kopf. »Ich fürchte,

das wird nicht gehen, meine Liebste. Ich bin nämlich vorhin zufällig Lord Farthingale und einigen seiner Freunde begegnet, musst du wissen. Ich habe zugesagt, dass wir heute Abend anwesend sein werden. Wenn wir das nicht tun, kannst du sicher sein, dass dadurch Gerüchte aufkommen werden. Und wie ich dich verstanden habe, ist es genau das, was du unbedingt vermeiden willst, nicht wahr?«

Es wurde deutlich, dass sie sich keinesfalls über die Erinnerung daran freute. Finster starrte sie ihn an. »Gut. Wie du es wünschst.«

Kurz vor acht Uhr hielt die Kutsche vor dem Herrenhaus der Farthingales. Arabella blickte stumpf aus dem gegenüberliegenden Kutschenfenster hinaus.

»Wir sind da«, stellte Justin knapp fest.

Ein Diener öffnete die Tür und half Arabella aus der Kutsche. Nicht ein Wort hatten sie während der Kutschfahrt gewechselt. Die Spannung war drückend gewesen. Justin gab sich kühl und distanziert; seit dem Vorfall im Arbeitszimmer hatte er kaum ein Wort von sich gegeben.

Sie konnte sich nicht erinnern, sich jemals so miserabel gefühlt zu haben. Reiner Stolz hielt ihren Tränenfluss zurück, nur durch Willenskraft wahrte sie ihre Haltung.

Kaum hatten sie den Ballsaal betreten, waren sie auch schon von vielen Gästen umgeben. Mit Gratulationen und guten Wünsche wurden sie geradezu überschüttet; ein paar Schritte weiter rechts jedoch verzog jemand den Mund.

»Was für ein Glückskerl du doch bist, was, Sterling? Hast dir die Unerreichbare geangelt, wo alle anderen versagt haben!«

Oh, und sie hatte doch tatsächlich geglaubt, sie würde niemals mehr so genannt werden!

Neben sich hörte sie Justin lachen. Er machte ein großes Aufheben darum, ihre Hand besitzergreifend in seine Armbeuge zu ziehen und die seine darüber zu legen. »Oh, ja, und meine Braut ist schließlich keine gewöhnliche Frau. Ich wusste, ich muss sie schon so schnell wie möglich vor den Altar bringen – also habe ich nicht gezögert.«

»Hey, McElroy, was meinst du wohl?«, kreischte eine weibliche Stimme. »Viele von uns fragen sich auch, wie *sie* es geschafft hat, sich den schönsten Mann von ganz England zu angeln!«

Zur Antwort ertönte das Kichern einer schönen Blondine in einem grünen Kleid. »Vielleicht ist die interessantere Frage, wie sie es wohl anstellt, ihn zu halten!«

Ein eleganter, mit einem Turban umwickelter Kopf wandte sich in die Richtung der beiden Frauen. Ein deutliches Aufstampfen eines Stockes war zu vernehmen. »Wie schade, dass so etwas in euren eigenen Ehen nicht funktioniert hat«, war eine vertraute Stimme zu vernehmen. »Nun, ich habe sogar sagen hören, es wäre ein Wunder, dass Ihr und Euer verehrter Gatte Euch überhaupt noch an Eure Vornamen erinnert. Im Übrigen – wärt Ihr so privilegiert gewesen, den ersten Kuss dieser beiden als Mann und Frau als Zeuge miterlebt zu haben – so wie ich –, dürfte man wohl annehmen, dass keine Seele unter den Anwesenden noch bezweifeln könnte, dass sie einander in Liebe verfallen sind.«

Arabella blinzelte verwirrt. Ein Teil von ihr wollte der Herzoginwitwe applaudieren. Ein anderer Teil hatte nur eines im Sinn: zu der süßen kleinen Blondine hinüber zu gehen und ihr eine blutige Nase zu verpassen. Wohl kein sehr damenhaftes Verhalten.

Ihre Blicke glitten über Justins Gesicht, nur um festzustellen, dass er eine dunkle Braue verwegen und amüsiert hob. Er zollte der Herzoginwitwe salutierend einen kleinen Tribut und legte seine Lippen an ihr Ohr, wobei er sanft ihre Wange streifte, während er nur zu ihr sprach. »Ich wollte fast vorschlagen, noch einen kleinen Beweis zu liefern, aber sie hat es schon sehr gut gesagt, nicht wahr? Und außerdem kann man sich keine bessere Verteidigung wünschen als die der Herzoginwitwe, nicht wahr, meine Liebste? Was meinst du, sollten wir jetzt unsere Gastgeber begrüßen?«

Arabella biss sich auf die Lippe, während sie davon schlenderten. »Sie ist ungeheuerlich.«

»Und sie liebt es so«, stimmte er zu. »Wenn man sich irgendeine Frau als Fürsprecher wünschen kann, dann geht doch nichts über die Herzogin.« Er lachte. »Sie benutzt ihren Stock fast schon als Waffe. Das ist ein unvergleichlicher Anblick. Ich muss dich warnen, Arabella, solltest du ihm jemals zu nahe kommen, wenn sie in Fahrt ist, spring zurück und halte Abstand.«

»Ihr Stock?«, hakte Arabella nach. »Ich dachte eher, es ist ihre Zunge, die sie als Waffe einsetzt.«

»Die natürlich auch, deshalb ist schließlich auch klar, dass sich so leicht niemand einen so Ehrfurcht gebietenden Gegner sucht.«

»Ich mag sie jedenfalls«, verkündete Arabella.

»Ja, ich glaube sogar, ihr beide seid euch ziemlich ähnlich«, bemerkte Justin.

Justin blieb den Großteil des Abends an ihrer Seite. Nach außen hin gab er in jeder Hinsicht den absolut aufmerksamen Gatten, er behielt die ganze Zeit eindeutig eine Hand an ihrem Ellbogen und beugte sich nahe zu ihr hin, wann immer sie etwas sagte – als hinge er förmlich bei jedem Wort an ihren Lippen.

Aber keiner von beiden hatte die drückende Stimmung vor ihrer Ankunft vergessen. Sie spürte das mit jeder Faser, und es verursachte ihr innerliche Pein. Sie sehnte sich nach der Nähe, die sie während der Woche in Bath verbunden hatte. Und was alles noch schlimmer machte – sie konnte sich beim besten Willen nicht erklären, was am Nachmittag mit ihr geschehen war; sie hatte ja selbst keine Ahnung! Sie wusste nicht einmal, weshalb sie geweint hatte, nur, dass es nicht völlig grundlos war.

Trotzdem schaffte sie es, Haltung zu wahren. Zwar schmerzten allmählich die Gesichtsmuskeln vom Lächeln, aber vor allen Dingen lag ihr daran, keinem weiteren Klatsch Vorschub zu leisten.

Nun kam Lord Farthingale auf sie zu. »Dürfte ich Euren Ehemann für kurze Zeit entführen? Ich spendiere gleich einigen der Gentlemen eine Flasche meines allerbesten Brandys, und ich würde gerne einen Toast auf unseren glücklichen Bräutigam ausbringen.«

Ach, wenn der nur wüsste, dachte Arabella fast hysterisch. Leichthin sagte sie: »Wie könnte ich denn Euch Herren von so etwas abhalten?«

Farthingale lächelte. »Sie werden ihn nicht lange entbehren müssen, versprochen.«

Arabella plauderte mit verschiedenen Bekannten und bewegte sich in Richtung einer Marmorsäule am anderen Ende des Ballsaales, wo sie glücklicherweise Georgiana entdeckte. Die winkte und gesellte sich zu ihr.

»Arabella! Wie geht es dir?« Georgiana lachte. »Oh, ich muss gestehen, es ist schon seltsam, an dich jetzt als eine verheiratete Dame zu denken!«

Arabella wollte am liebsten schreien, denn sie war sicher, sie konnte keine weiteren Bemerkungen über ihren neuen Status mehr hören. Doch sie gab sich einen Ruck. Georgiana war die einzige Person, der auffallen würde, wenn etwas nicht stimmte. Sie musste vorsichtig sein.

»Ich mag zwar verheiratet sein«, sagte sie leichthin, »aber ich sehe mich noch nicht wirklich als Eheweib.«

Georgiana runzelte die Stirn. »Lass hören, geht es dir so richtig gut?«

»Ausgezeichnet«, log Arabella munter drauflos, »obwohl es ein anstrengender Tag war. Wir sind gerade heute Mittag aus Bath zurückgekommen, weißt du.«

Sie plauderten eine Weile miteinander und verabredeten, in der folgenden Woche zusammen einkaufen zu gehen. Nun war eine ganze Zeit vergangen, und Justin war immer noch nicht wieder zurückgekommen. Arabella suchte mit den Augen den Saal ab.

Georgiana bemerkte das und lachte. »So eine ungeduldige Braut«, neckte sie Arabella. »Da ist er doch.«

Arabella hob die Brauen. »Wo denn?«

»Er kommt in diese Richtung ... oh, aber wie ich sehe, ist er jetzt von Lady Dunsbrook aufgehalten worden.«

Arabellas Herzschlag schien auszusetzen. »Agatha Dunsbrook?«

»Ja. Ich wusste nicht, dass ihr euch kennt.«

»Tun wir auch nicht«, sagte Arabella schnell. »Ich fürchte aber, ich habe den Namen schon mal gehört.«

In der Tat, dachte Arabella. Das stimmte. Denn plötzlich erinnerte sie sich lebhaft an die Nacht des Maskenballs in Vauxhall Gardens und an das Gespräch über Justin, das sie dort zufällig belauscht hatte ... und über seine vielen Mätressen. Was hatten sie noch mal gesagt?

Ich würde sogar so weit gehen, zu schätzen, dass er die Hälfte der hier heute Abend anwesenden Frauen schon in seinem Bett hatte, oder?

Und diese Frau war eine von ihnen.

Sie konnte den stechenden, nagenden Schmerz in ihrem Innern nicht unterdrücken. Genauso wenig, wie sie es nicht vermochte, den Blick von Agatha Dunsbrook abzuwenden.

Sie konnte sich kaum jemand Schöneres vorstellen.

Weiche, helle Locken waren am Kopf hochgesteckt. Zierlich wie sie war, reichte Agatha nicht einmal bis zu Justins Schulter. Sie war, entschied Arabella, voller Anmut und Liebreiz, genau die Eigenschaften, die sie selbst niemals besitzen würde.

Sie hob das Glas an die Lippen und kippte den Champagner hinunter.

»Ich habe sie letzte Woche getroffen«, fuhr Georgiana fort. »Ich will ja nicht lästern, aber ich muss sagen, ich mag sie nicht besonders. Erinnerst du dich an Henrietta Carlson?«

»Ja«, kam Arabellas Antwort.

»Nun, sie hat mich sehr an sie erinnert.«

Das konnte nicht gut sein. Es war ja eine Sache, hübsch zu sein. Georgiana zum Beispiel war auch hübsch – *und* nett. Doch hübsch und von hässlichem Wesen zu sein …

»Oh, ich werde gerufen«, sagte Georgiana. »Ich sehe dich also nächste Woche – wenn nicht bereits vorher, Liebes.«

Arabella verabschiedete sich von ihr. Ihre Aufmerksamkeit kehrte zu Justin zurück, der immer noch bei Agatha stand. Selbst in diesem Augenblick lagen Agathas Fingerspitzen geziert in seine Armbeuge. Dann trat sie näher heran, hob die Hand und berührte ihn an der Wange.

Aber Agatha hat auch wieder ein Auge auf ihn geworfen, hatte eine der Frauen gesagt. Oh, ja, das konnte Arabella sich vorstellen, denn die Geste war ziemlich eindeutig.

Ihr wurde schwindelig. Sie fühlte sich schwach. Sie dachte, dass es am Champagner liegen würde. Sie atmete tief ein und zwang sich, woanders hin zu sehen, um sich in den Griff zu bekommen.

In diesem Moment fasste sie einen Entschluss. Sie würde nichts überstürzen. Sie würde nicht hastig vorgehen. Aber sie würde es auch nicht zulassen, dass Agatha Dunsbrook sie wie einen Dummkopf dastehen ließ.

Wenn Agatha in drei Sekunden noch bei ihrem Mann war – du meine Güte, *ihr* Mann –, dann würde sie dort hinübergehen, Agathas kleine Finger aus ihres Gatten Armbeuge ziehen und dann ihre eigenen langsam um deren hübschen kleinen Hals legen. Bei dem Gedanken spannten sich ihre Finger automatisch an.

Eins.

Zwei.

Drei.

Sie hob den Blick. Weder Justin noch Agatha waren zu sehen.

»Du bist doch nicht wieder beschwipst, oder?«

Vor ihr stand ihr Ehemann. Er nahm ihr das leere Champagnerglas aus der Hand und gab es einem vorbei eilenden Diener.

Ausdruckslos schaute Arabella ihn an. Sein Blick wurde schärfer. »Geht es dir nicht gut?«

Langsam atmete sie aus. »Alles in Ordnung«, erklärte sie kopfschüttelnd. »Wirklich.«

Er musterte sie, als wolle er die Wahrheit ihrer Aussage überprüfen. »Ist dir eigentlich bewusst«, fragte er, »dass wir gerade genau an der Stelle stehen, an der wir vor einem Monat unsere Bekanntschaft erneuert haben?«

Arabella biss sich auf die Lippe. »Ich dachte, du erinnerst dich gar nicht mehr.«

Er hob eine Braue. »Wie könnte ich das vergessen?«

»An dem Abend habe ich mich vor Walter versteckt«, gestand sie ein. »Ich hatte Angst, er würde mir einen Antrag machen.«

»Stattdessen habe ich dich hier entdeckt. Und *ich* habe einen Antrag gemacht.«

Ihre Blicke trafen sich.

Agatha war vergessen. *Alles* war vergessen. Sie wollte sich an ihn schmiegen und den Tag noch mal ganz von vorne beginnen. Bloß diesen dummen, überflüssigen Streit vergessen …

Er fing ihre Hand in der seinen auf und hob sie an seinen Mund. Er küsste sie zwar nicht, hielt sie aber so nahe an seinen Lippen, dass sie seinen heißen Atem auf der Haut spürte.

Ein leichtes Lächeln erschien auf ihren Lippen. »Was ist, mein Herr, werdet Ihr mich beißen wie beim letzten Mal?«

»Dein Gedächtnis ist schwach«, gab er umgehend zurück. »Beim ersten Mal habe ich dich gebissen, beim letzten Mal an dir geleckt.« Er lächelte herausfordernd. Er ergriff erneut ihre Hand. »Oh, ich bemerke einige Köpfe, die sich in unsere Richtung drehen. Wenn ich mich wiederhole, könnte das mehr Gerede verursachen.«

»Ach, wir sind doch jetzt verheiratet.«

Er küsste jeden ihrer Fingerknöchel und verschränkte dann seine Finger mit den ihren. »Du führst mich in Versuchung, mein Liebling. Aber ich warne dich, diesmal reicht mir nicht die Innenseite deines Handgelenks. Ich würde dich schmecken wollen, bis zu den Lippen hoch, und da würde ich verweilen.« Mit seiner freien Hand zeichnete er eine flammende Spur ihren entblößten Arm entlang – oberhalb der bis zum Ellbogen reichenden Spitzenhandschuhe.

Die Aussicht trieb ihr das Blut in die Wangen. »Justin«, sagte sie schwach, »wie du gerade festgestellt hast, haben wir Zuschauer.«

»Ich freue mich schon auf den Augenblick, wenn wir keine mehr haben.«

»Solche Dinge solltest du nicht sagen«, ermahnte sie flüsternd.

»Wieso denn nicht? Wie *du* ja bereits festgestellt hast,

sind wir verheiratet. Ich kann solche Sachen sagen und wissen, dass du mich dafür nicht ohrfeigen wirst.«

»Ja, aber trotzdem ... hör auf, mich so anzugucken.«

»Wie anzugucken?«

»Als ob du ...« Die Röte kroch ihren Hals empor bis auf die Wangen; sie spürte die verräterische Hitze.

»Als ob ich dich Zentimeter für Zentimeter verschlingen wollte?«

»Genau!«

»Und das werde ich auch. Aber ich fürchte, das muss noch warten.«

Sie spürte, wie ihr gesamtes Inneres weich wurde. »Macht Ihr mir etwa gerade Avancen, Mylord?«

»Ich habe Euch einst versprochen, Ihr würdet merken, wenn ich das tue.«

»Ja, und Ihr werdet Ehemänner als solche noch in Verruf bringen, wenn es scheint, als seid Ihr von Eurer Ehefrau recht besessen.«

»Vielleicht entspricht es einfach der Wahrheit.«

Arabellas Kehle schnürte sich zusammen. Wenn er sie so ansah wie jetzt gerade, fühlte es sich an, als hätte sie Schmetterlinge im Bauch, und ihr Puls raste, als sei sie meilenweit gerannt. Er gab ihr das Gefühl, sie sei die einzige Frau auf der Welt. War das gar sein Geheimnis? Eroberte er auf diese Art so viele Frauen?

»Tatsächlich denke ich«, murmelte er, »dass es an der Zeit ist zu gehen.«

Arabella hatte nichts dagegen. Das Fest neigte sich dem Ende zu, und plötzlich hatte sie es eilig, nach Hause zu kommen – und dort in Justins Armen zu liegen.

Im Foyer warteten sie auf ihre Kutsche. Hinter ihnen räusperte sich jemand.

Justin und Arabella drehten sich um.

»Walter!«, seufzte Arabella.

»Hallo Arabella.« Walters Blick schloss Justin mit ein. »Meine Glückwünsche an euch beide. Macht es Euch etwas aus, wenn ich der Braut als Glückwunsch einen Kuss gebe?«

Justin legte den Kopf zur Seite. »Nicht im Geringsten.«

Arabella hatte wiederum keine Gelegenheit zu widersprechen. Walter streckte die Arme aus, umfing ihre Ellbogen und gab ihr einen sanften Kuss auf die Lippen. Während er sich zurückzog, musterte er sie, und sie merkte, dass er gerne noch etwas sagen wollte. Doch das Einzige, was ihr in den Sinn kam, war, dass sie vor Peinlichkeit sterben würde, wenn er eine Szene machte …

Walter warf einen Blick zu Justin hinüber und streckte die Hand aus. »Ihr seid ein glücklicher Mann, alter Freund. Ihr werdet auf sie Acht geben, wie es ihr gebührt, nicht wahr?«

Für die Dauer eines Herzschlags starrte Justin lediglich auf Walters ausgestreckte Hand. Unsicher hielt Arabella den Atem an, denn er hatte einen merkwürdigen Gesichtsausdruck.

Doch dann schüttelte er Walters Hand und nickte kurz mit dem Kopf. »Das werde ich«, sagte er galant.

»Wunderbar. Jetzt entschuldigt mich aber bitte, denn ich habe Miss Larwood diesen nächsten Walzer versprochen.«

Justin sagte kein Wort, während er Arabella zur Kutsche geleitete. Auf dem Heimweg verhielt er sich höflich, aber zurückhaltend; Arabellas Herz war verwirrt. Die Nähe, die auf einmal wieder zwischen ihnen entstanden war, existierte nicht mehr, als sei sie nie vorhanden gewesen. Doch ein Gedanke durchfuhr sie, und obwohl sie ihn zu ignorieren suchte, ließ er sich nicht verdrängen.

Ihr erster Tag in London als Mann und Frau … und es war die reinste Katastrophe.

Achtzehntes Kapitel

Nachts im Bett lagen sie nahe beieinander, jedoch ohne sich zu berühren. Zum ersten Mal, seit sie verheiratet waren, nahm Justin sie nicht in die Arme, und Arabella spürte den schmerzlichen Verlust mit jeder Faser ihrer Seele.

Die Zeit verflog. Der Raum lag im Dunkeln. Mindestens eine halbe Stunde verstrich, vielleicht sogar noch eine. Ihr Körper ruhte, doch in ihrem Kopf herrschte höchster Aufruhr. Sie war hellwach, wagte sie jedoch nicht, sich zu regen, um Justin nicht zu wecken; doch um das Bedürfnis zu unterdrücken, zu schreien, wälzte sie sich von einer Seite auf die andere.

Immer noch blieb ihr der Schlaf versagt. Schließlich setzte sie sich etwas auf und schaute zu Justin hinüber. Unbewegt lag er da, einen seiner Arme unter den Kopf geschoben und das Gesicht in Richtung Fenster gewandt. Sie befeuchtete die Lippen und rollte sich herum.

»Hast du vor, dich die ganze Nacht hin und her zu drehen?«

Sie erstarrte. Sie spürte das Durchdringende in seinem Ton ebenso wie in dem Blick, mit dem er ihren Rücken zu durchbohren schien.

Sie schwieg und biss sich auf die Lippe.

»Stimmt etwas nicht?«, fragte er knapp.

Ihre Finger umklammerten die Bettdecke, die sie bis zum Kinn hochgezogen hatte, und ließen sie wieder los. »Nein«, stieß sie ungestüm hervor, bevor sie sich verbesserte: »Ich meine, doch. Oder vielleicht … ich weiß nicht.«

»Wie sehr liebe ich es doch, wenn eine Frau ihre Meinung klar zum Ausdruck bringt.«

Sarkasmus oder Witz?, fragte sie sich. Oft war sie nicht sicher. Wie dem auch sei, jetzt fühlte sie sich noch schlechter.

»Es tut mir Leid«, sagte sie kleinlaut. »Ich wollte dich nicht aufwecken.«

Er seufzte. »Hast du nicht. Ich kann auch nicht schlafen.«

Sie hörte, wie er im Dunkeln herumhantierte, dann erhellte der Schein einer Kerze den Raum. Arabella drehte sich auf den Rücken und betrachtete den Stuck an der Decke. Neben ihr setzte Justin sich auf und lehnte sich gegen das Kopfende.

»Warum kannst du nicht schlafen, Arabella?«

»Ich finde einfach keine Ruhe«, gestand sie. »Ich kann nicht aufhören zu grübeln!«

»Worüber?«

»Alles!«, platzte sie heraus.

»Ach so«, gab er knapp zurück, »das klärt natürlich einiges. Und jetzt frage ich noch einmal: Worüber grübelst du? Und jetzt sag bloß nicht, es wäre nichts.«

Sie wandte den Kopf, um zu versuchen, seine Stimmung von seinem Gesichtsausdruck abzulesen. Da sie jedoch direkt auf seine nackte Brust starrte, erschrak sie zwar, schaffte es jedoch, sich nichts anmerken zu lassen.

Sie presste die Lippen zusammen. »Und warum kannst *du* nicht schlafen?«, fragte sie zurück. »Und sag bloß nicht, es wäre nichts.«

Ein kurzes Schweigen folgte. »In Ordnung, ein Punkt an dich«, sagte er schließlich. »Wenn du darauf bestehst, werde ich –«

Doch Arabella schüttelte den Kopf. Seine Worte waren

schon genau der Anstoß gewesen, den sie brauchte, um ihren Stolz wiederzuerlangen.

»Warte. Ich ... ich sage es zuerst.« Mutig stützte sie sich auf die Ellbogen und schluckte. »Stimmt es, dass du und Lady Agatha Geliebte wart?«

Ein langes, hinausgezögertes Schweigen folgte. Arabella überwand sich, ihn anzusehen, und war nicht länger über seine Stimmung erstaunt. Sein Ausdruck war äußerst grimmig.

»Wo hast du das gehört?«

»Am Abend des Maskenballs in Vauxhall Gardens«, gab sie zu. »Ich habe gehört, wie zwei Frauen sich unterhielten –«

»Ach ja. Die Frau, die meinte, ich sei ein Liebhaber von erlesener Güte. Richtig, oder?«

Seine Stimme klang ziemlich ärgerlich.

»Ja.« Arabella fuhr mit der Zunge über die Innenseite ihrer Wange. »Und, stimmt es denn?«

»Dass ich ein Liebhaber erlesener Güte bin?« Seine Augen blitzten auf. »Anscheinend wohl nicht, sonst würdest du ja nicht fragen.«

Röte stieg heiß in ihre Wangen. »Das meine ich doch nicht«, sagte sie rasch. »Ich meine, wegen Lady Aga–«

»Ja.« Er schnitt ihr das Wort ab. Plötzlich zögerte er jedoch. Seine Hände umfassten ihre Schultern. »Warum fragst du das, Arabella?«

»Weil ich dich heute Abend mit Lady Agatha gesehen habe und ... traue ich mich, das jetzt zu sagen? Ihr beide saht umwerfend zusammen aus.« Auf einmal brach es aus ihr heraus; tief in ihrem Inneren tobten Wut und Verwirrung. »Und ich habe es gehasst, Justin. Ich konnte es nicht ertragen, mit ihr in einem Raum zu sein und zu wissen, dass ihr Geliebte wart. Ich hasse die Vorstellung, solche Frauen zu treffen! Mir ist vollkommen klar, dass es sich kaum vermeiden lassen wird, so erfahren wie du bist. Aber ich wollte sie schlagen, als sie es gewagt hat, dich anzufassen. Ich war kurz davor, quer durch den Ballsaal zu laufen und ihr den süßen kleinen Hals umzudrehen –«

Seine Mundwinkel verzogen sich. »Oje. Wie es scheint, habe ich mir eine eifersüchtige Ehefrau zugelegt.«

Seine Ironie brachte das Fass zum Überlaufen.

»Ich bin ja so froh, dass dich das so amüsiert!« Doch was sie eigentlich mit Verachtung ausdrücken wollte, klang in Wirklichkeit ganz anders. Ihre Lippen zitterten ebenso wie ihre Stimme. Schnell versuchte sie, sich abzuwenden, bevor er ihre Schwäche bemerkte.

Zu spät. Mit Daumen und Zeigefinger umfasste er ihr Kinn und drehte ihr Gesicht zu sich herum.

»Arabella! Es tut mir Leid, Liebes, es tut mir sehr Leid. Ich wollte dich doch nicht verletzen. Ich *will* dich nicht verletzen. Arabella –« Dieses Mal war es an ihm, innezuhalten. »Ich bin nun mal kein Heiliger. Aber es ist auch nicht wahr, dass ich mit so vielen Frauen im Bett gewesen bin, wie du annimmst. Das mit Lady Agatha ist Jahre her. Es hat mir damals gar nichts bedeutet, und sie bedeutet mir heute ebenso wenig. Doch wenn es vorkommen sollte, dass du ihr begegnest, oder irgendeiner anderen Frau, mit der ich zusammen war –«

»Das ist ja heute bereits passiert«, stieß sie hervor.

»Und ich wiederhole, wenn es vorkommen sollte, will ich, dass du dich an eines erinnerst.«

»Woran?«, fragte sie kläglich.

»Dass es vollkommen unwichtig ist, wer sich noch alles im Raum befindet – die Einzige, die für mich zählt, bist du. Die einzige Frau, die ich ansehe, bist du. Es gibt jetzt nur eine Frau in meinem Leben. Und diese Frau bist du. Für mich kann es niemand Schöneres geben als dich, Arabella.«

Ihre Lippen öffneten sich. »Wirklich?«

»Wirklich.« Sein Blick fesselte den ihren, dunkel und glühend. »Die Gelübde, die wir bei unserer Hochzeit abgelegt haben ... ich vergesse sie nicht, Arabella. Ich werde sie niemals vergessen. Ich weiß nicht, ob ich der Ehemann sein kann, den du dir gewünscht hast, den du brauchst, von dem du geträumt hast. Aber so wahr mir Gott helfe, ich werde es versuchen.«

Arabella betrachtete seine Züge, wie gebannt von seiner Heftigkeit, der Leidenschaft seiner Worte. Sie berührten ihr Herz. Alles in ihrem Innersten war angespannt. Sie hatte Angst, seine Worte überzubewerten, aber auch, sie nicht ernst genug zu nehmen.

»Nun, haben wir uns jetzt verstanden?«

Sie nickte und war auf einmal sehr glücklich. Doch dann verdüsterte sich ihr Blick.

Justin runzelte die Stirn. »Was ist denn los?«

Sie legte die Hand auf seinen Unterarm. »Heute Nachmittag im Arbeitszimmer ... bist du noch wütend deswegen?«

Etwas, das aussah wie Schmerz, huschte über sein Gesicht. »Wütend war ich niemals, Arabella.«

Doch sie spürte die plötzliche Anspannung seiner Muskeln unter ihren Fingerspitzen. »Ich würde das gerne erklären. Ich – ich weiß selbst nicht, was für Gefühle mich da eigentlich überwältigten, Justin. Ich habe keine Ahnung, warum ich geweint habe ... es war einfach plötzlich so, und dann ... genau da bist du hereingekommen.« Ihre Worte sprudelten wie ein Wasserfall. »Es liegt nicht an dir. Alles ist einfach so schnell gegangen. Es gab kaum einen Moment, um nachzudenken. Vielleicht ist es auch all das, was neu für mich ist. Und auf einmal habe ich einfach Mama und Papa vermisst ... und gemerkt, wie gern ich sie dabei gehabt hätte.« Erneut begann ihre Stimme zu zittern.

Justin zog sie mit einem leisen Stöhnen an sich. »Du hast Recht. Es ging alles sehr schnell, nicht wahr? Vielleicht hätte ich dich heute Nachmittag nicht alleine lassen sollen. Vielleicht hätten wir heute Abend auch nicht ausgehen sollen.«

Arabella klammerte sich an ihn, während er sie an sich drückte. Er rutschte mit ihr unter die Decke und hielt sie einfach nur fest. Dann legte er eine Hand auf ihre Wangen.

»Ist alles wieder in Ordnung?«

Sie lächelte durch einen Tränenschleier. »Ja. Es war ein merkwürdiger Tag, nicht wahr?«

»Das ist wohl wahr«, stimmte er zu. Ein leichtes Lächeln trat auf seine Lippen. »Aber ich muss dir auch noch etwas sagen.«

»Ja, was denn?«

»Auch ich war eifersüchtig, und zwar als Walter dich geküsst hat. *Irrsinnig* eifersüchtig.«

»Oje«, hauchte sie und kuschelte sich enger in seine Arme. Plötzlich erklang ein Kichern.

Justin legte den Kopf zur Seite. »Worüber war das denn?«

»Ich fürchte, ich muss Euch auch noch etwas sagen, mein Herr«, zog sie ihn auf.

Ihr Lächeln verschwand. Sie atmetet tief durch. »Die Herzoginwitwe hatte Recht, weißt du. Walter hätte nie solche Gefühle in mir hervorrufen können wie du, Justin.« Sie legte eine Hand auf seine Brust, die Finger weit gespreizt.

Er hob gelassen eine Braue. »Macht mein Eheweib mir grade Avancen?«

»Das tue ich«, kam ihre schüchterne, rasche Antwort. »Werdet Ihr Euch darauf einlassen, Mylord?«

Er brach in ein tiefes, irdisches Lachen aus. »Mylady, müsst Ihr da noch fragen?«

Er machte Anstalten, sie zu berühren. Mit einem leichten Kopfschütteln hielt sie ihn jedoch zurück; der Druck ihrer Finger schob ihn zurück in die Kissen. Sie beugte sich über ihn und küsste ihn – zuerst sanft, doch dann mit wachsender Leidenschaft, öffnete die Lippen und legte dabei den Kopf erst zur einen, dann zur anderen Seite. Justin ließ ihr die Freiheit, dabei vorzugehen, wie es ihr in den Sinn kam, kämpfte, um seine Hände ruhig an den Seiten liegen zu lassen und genoss es, wie sie ihn mit ungestümer Hemmungslosigkeit küsste.

Als sie die Zunge an seinem Kinn entlang gleiten ließ, sog er heftig den Atem ein, schloss die Augen und konzentrierte sich auf das Gefühl, das ihre Hand erzeugte, die seine Brust erkundete, von einer Schulter zur anderen strich und über seine Muskeln wanderte. Er empfand so etwas Ehrfurcht. Dies war Arabella, jubelte es in seinem Innern. Arabella, die ihn berührte, Arabella, die ihn begehrte …

Jedes sanfte Streicheln erzeugte eine Schwingung in ihm, durchdrang seinen ganzen Körper … als ob sie direkt sein Herz berührte. Ihre Hand streichelte seine Brust und spielte mit den dichten Haaren. Er spürte, wie sie zitterte, als würde sie annehmen, er könnte sie jeden Moment unterbrechen.

Dazu war er gar nicht im Stande. Und würde es auch nicht sein.

»Lieber Himmel.« Seine Worte waren in dem plötzlich entweichenden Atem fast nicht zu vernehmen, denn nun wanderte ihre Finger über seine Bauchmuskeln, den Beckenknochen, um endlich die Spitze seiner Männlichkeit zu finden. Ihm brach der Schweiß auf der Stirn aus. Ihre vorsichtige Berührung ließ sein Blut pulsieren. Eine Woge von Gefühlen brandete auf, die seine Lenden erfassten. Er hatte eine Erektion; er hörte, wie sie tief einatmete. Ein stechender Schmerz schoss durch seine Lenden. Himmel, dachte er, wenn sie so weitermachte, würde er es nicht mehr aushalten können.

Ihr Mund kehrte zu dem seinen zurück, und er umfing ihren Kopf mit den Händen. Er küsste sie mit Begierde, ihre Zungen umkreisten einander voller Leidenschaft. Sie verlagerte das Gewicht und legte ein Bein zwischen die seinen; ihr Venushügel rieb sich an seinem Schenkel, in einer aufreizenden, rhythmischen Bewegung, im Gleichklang mit dem Rhythmus, in dem ihre Zunge um die seine tanzte. Er spürte noch mehr, fühlte ihre Scham, heiß und feucht auf seiner Haut ...

Es war jenseits des Erträglichen, jenseits des Verstandes. Das brennende Verlangen in ihm geriet außer Kontrolle. Länger konnte er das nicht mehr aushalten. Er packte sie entschlossen und hob sie über sich, so dass sich ihre schlanken Schenkel an den seinen befanden. Ungeduldig zog er ihr das Nachthemd herunter und entblößte ihre Brüste. Er stützte sich auf, umfing eine Brustspitze mit den Lippen und saugte, erst an der einen, dann an der anderen. Mit einer Hand stützte sie sich auf seine Brust, als sie den Kopf zurücklegte, um einen langen Schrei der Lust auszustoßen, keuchend, sich windend, bis ihnen beiden fast die Sinne schwanden. Der Schein der Kerzen schimmerte auf ihren – von seiner Zunge benetzten – feuchten Brustspitzen. So, wie ihr Nachtgewand um ihre Taille lag, die Brüste entblößt und voll, so war der Anblick fast erotischer, als wäre sie vollkommen nackt.

Er berührte sie da, wo ihre empfindsamste Stelle noch vor der Spitze seiner Männlichkeit lag, streichelte ihre erregte Klitoris, samtig und rosa. Doch als sie sich suchend gegen seine Finger drückte, wusste Justin, dass er mehr nicht ertragen konnte. Seine Hände umfassten ihren Po. »Nimm mich«, verlangte er mit gebrochener Stimme. Die

Hände an ihren Hüften, fand er den Weg in ihre feuchte, weiche Enge und füllte sie aus, groß, hart und stark.

Arabella sah an sich herunter und wurde blass. Justin hätte beinahe über ihren Gesichtsausdruck gelacht, doch es wurde wiederum ein lautes Stöhnen daraus.

Dann verfiel er in einen stoßenden Rhythmus. Ihre Haare fielen wie ein glänzender roter Vorhang um sie beide. Sie schmolz bei jedem Eindringen und bog sich bei jedem Zurückziehen. Er liebte sie mit einer Verzweiflung, die er selbst nicht kannte, wusste nur, wie sehr er sie brauchte.

Doch es war noch nicht genug. Nicht annähernd genug. Er rollte herum, bis sie unter ihm lag. Er brauchte sie, so sehr, wie er noch nie irgendetwas oder jemanden gebraucht hatte, und für einen Augenblick dachte er, es würde ihn verzehren. Er hatte irgendwie … Angst. Fast schon Panik.

Unter ihm stöhnte Arabella, klammerte sich an seine Schultern. Sie öffnete die Augen, ihre Pupillen waren riesig vor Leidenschaft. »Justin. Ich will …«

»Ich weiß, Süße.« Er küsste ihre Lippen. Ihren Hals. Seine Stöße beschleunigten sich; er verstärkte seine Bemühungen, sie zu befriedigen. Sie legte ihre Hände auf seine sich auf und ab bewegenden Hüften.

»Ja«, flüsterte sie. »Oh, ja.«

Ein natürlicher Rhythmus ging durch seinen ganzen Körper, bis ihn eine zutiefst männliche Befriedigung überkam. Ja, hallte es in seinem Kopf wider. Oh, ja. Alles, was er brauchte, lag in diesem Augenblick. Genau so. Alles, was er brauchte, war *sie* …

Und das war sein letzter Gedanke, bevor er die Wogen einer süßen Ekstase ihn überrollten.

Neunzehntes Kapitel

Abgesehen von diesem ersten Tag in London, vergingen die folgenden Wochen ohne weitere unangenehme Zwischenfälle. Arabella befand – unter Vorbehalt –, dass sie beide sich ziemlich gut in das Leben als Ehepartner eingefügt hatten. Manchmal blieben sie einfach nur allein zu Hause. Und an solchen Abenden, an denen sie als Ehepaar ausgingen, wich Justin kaum je von ihrer Seite, was Arabella vollkommen zufrieden stellte. Er war aufmerksam und liebevoll, einfühlsam und rücksichtsvoll, sowohl zu Hause als auch in der Öffentlichkeit. Er war einfach, wie Arabella fand, der perfekte Ehemann.

»Ich muss wirklich sagen, Liebes«, stellte Tante Grace eines Nachmittags fest, als Arabella zum Tee vorbeischaute, »du strahlst regelrecht.«

Arabella goss Sahne in ihre Tasse. »Danke«, murmelte sie.

»Darf ich vermuten, dass es irgendetwas mit deinem neuen Gatten zu tun hat?«

Sie errötete. Grace Augen leuchteten. »Er ist also gut zu dir.«

Arabella legte ihren Löffel auf den Tisch. »Tante Grace, darf ich dir etwas anvertrauen?«

»Aber natürlich, Liebes.«

»Ich bin glücklicher, als ich es je in meinem ganzen Leben gewesen bin«, gab sie zu. Es war genauso, wie sie ihrer Mutter geschrieben hatte. »Viel glücklicher, als ich es je für möglich gehalten hätte.«

Grace lächelte zufrieden. »Ist das zu glauben? Vor sechs Wochen noch wolltest du mich davon überzeugen, dass du für die Ehe überhaupt nicht geeignet bist!«

»Es geht nicht darum, verheiratet zu sein, sondern um den richtigen Mann.« Diese Bemerkung entfuhr ihr, ohne dass sie darüber nachgedacht hätte.

»Es gefällt mir außerordentlich, dich das sagen zu hören. Ich könnte es nicht ertragen, wenn du unglücklich wärst.« Sanft drückte Grace ihre Finger. Sie nippte an ihrer Teetasse und stellte sie auf die Untertasse zurück. Arabella bemerkte den Gesichtsausdruck ihrer Tante. Sie schaute drein wie eine Katze, die Sahne stibitzt hatte.

»Tante«, sagte sie, »ich sehe doch, dass dir etwas auf der Seele brennt. Nun sag schon, was ist es?«

»Ach, nichts Besonderes«, entgegnete die Tante fröhlich. »Ich dachte nur gerade, dass ich am besten beginne, mir Gedanken um die Taufe zu machen.«

Arabella verschlug es den Atem. »Tante Grace!«

Diese lachte nur amüsiert. Ihre Augen blitzten noch, als sie beide kurz darauf zur Tür gingen. Arabella wollte sich gerade verabschieden, als sie plötzlich innehielt.

»Fast hätte ich es vergessen«, rief sie aus. »Hast du irgendwelche Briefe von Mama und Papa erhalten?«

Grace schüttelte den Kopf. »Ich fürchte, nein, meine Liebe.«

Arabella runzelte die Stirn. Sie konnte es nicht erwarten, die Reaktion ihrer Eltern auf ihre Vermählung zu erfahren. Und normalerweise schrieb ihre Mutter jede Woche. Komisch, dass noch gar nichts angekommen war …

Es war Tante Grace, die schließlich das Offensichtliche aussprach. »Mach dir keine Sorgen, Liebes. Die Post ist nicht immer ganz zuverlässig, besonders bei diesem weiten Weg von Afrika bis hierher.«

Arabella entspannte sich. »Du hast ja Recht«, murmelte sie. Sie schob ihre Enttäuschung beiseite und lächelte.

»Doch das erinnert mich daran, Kleines, dass ich dich und Justin einladen wollte, uns am übernächsten Mittwoch zum Dinner zu besuchen – nur wir vier, ein Familienessen sozusagen.«

Das war ja noch eine gute Woche hin. »Ich werde erst einmal Justin fragen«, erklärte Arabella. »Aber ich sage Bescheid, wenn es nicht möglich ist.«

Wie es der Zufall wollte, kamen sie auf dem Rückweg genau an dem Stadthaus der Larwoods vorüber. Georgiana stieg gerade in diesem Augenblick aus ihrer Kutsche und winkte ausgelassen, als sie Arabella erblickte. So ließ sie die Kutsche anhalten. Georgiana bat sie nach drinnen, und auf einmal war es bereits kurz vor acht Uhr …

Als sie zu Hause eintraf, kam Justin die Treppe herunter. Auf der letzten Stufe hielt er inne, er hatte so etwas wie einen Vorwurf im Blick. Seine Brauen hoben sich viel sagend, während er die Blicke zwischen ihr und der Wanduhr hin und her wandern ließ, die gerade die volle Stunde schlug.

»Oh, nein!«, rief sie aus und reichte ihren Schirm und die Handtasche einem der im unteren Geschoss beschäftigten Dienstboten. Heute sah Justin besonders umwerfend aus, ausgezeichnete Abendgarderobe und eine blendend weiße Krawatte, die sich von dem dunklen Teint seines Halses abhob. Doch sein Anblick ließ ihr Herz eh immer schneller schlagen.

»Sind wir heute Abend verabredet?« Sie eilte ihm entgegen. »Nur ein paar Minuten, dann bin ich umgezogen. Ganz schnell, ich verspreche es.«

Einer seiner Mundwinkel verzog sich. »Ich hatte schon Angst, du hättest dich verirrt«, sagte er milde. »Sag mir, Liebste, habe ich Grund zur Eifersucht?«

»Wohl kaum.« Arabella lachte und trat näher zu ihm. »Es tut mir Leid, dass ich so spät komme, aber erst hat mich Tante Grace zum Tee eingeladen, und dann bin ich auf dem Heimweg auch noch zufällig Georgiana begegnet.«

»Ah«, sagte er ernst. »Nun gut, solange du dich nicht mit Walter getroffen hast, geht es ja noch.«

Sie blinzelte. »Jetzt sag bloß nicht, du bist immer noch eifersüchtig auf Walter.«

»Und wenn doch?«

Sein besitzergreifendes Verhalten schmeichelte ihr ungemein. »Dann muss ich wohl einfach zusehen, wie ich die Situation noch retten kann.«

In seinen Augen erschien ein deutliches Funkeln. »Ausgezeichnete Idee«, stimmte er zu. »Sollen wir gleich damit anfangen?« Er streckte eine Hand aus.

Atemlos legte Arabella ihre Hand in die seine und lächelte zu ihm auf, als er sie die Treppe hinauf in ihr Schlafgemach geleitete. Er öffnete weit die Tür.

»Nach dir, meine Liebste.«

Arabella trat ein – nur um wie gebannt stehen zu bleiben. Vor lauter Verblüffung vergaß sie zu atmen. Überall waren Unmengen von herrlichen roten Rosen im Zimmer verteilt. Des Weiteren wurde der Raum von Dutzenden von Kerzen erhellt. Überall standen sie, auf dem Schreibtisch, dem Buffet, den Nachtschränkchen. Es sah einfach wunderbar aus. Vor dem Kamin stand ein kleiner Tisch, der mit dem feinsten Porzellan und Kristall gedeckt war.

»Justin.« Voller Erstaunen sprach sie seinen Namen aus. »Wie unfassbar schön!«

Er schloss die Tür und lehnte sich dagegen, um das Spiel ihres Gesichtsausdrucks zu beobachten. »Da stimme ich zu«, sagte er, doch seine Blicke hefteten sich auf ihren Mund, der noch immer vor lauter Fassungslosigkeit offen stand. Er machte eine Geste in Richtung des kleinen Tisches. »Sollen wir zu Abend essen, solange es noch warm ist?«

»Natürlich.« Arabella gestattete ihm, sie an der Hand zu ihrem Stuhl zu geleiten. Er servierte ihr höchstpersönlich, doch sie konnte sich niemals erinnern, was sie an diesem Abend aßen. Alles, an das sie denken konnte, war, wie Justin diese unglaublich romantische Stimmung arrangiert hatte, was sie tief berührte.

Nachdem sie das Mahl beendet hatten, trank sie einen Schluck Wein. Über dem Rand der Gläser trafen sich ihre Blicke. »Das war köstlich.« Noch einmal glitt ihr Blick über das gesamte Zimmer. »Aber du musst mir noch den Anlass für all das nennen.«

Er zuckte mit den Schultern. »Ich dachte einfach, es wäre schön, einen angenehmen Abend mit meiner Frau in unserem Zimmer zu verbringen.«

Das Funkeln in seinen Augen ließ sie erschauern. »Seltsam«, hörte sie sich sagen, »aber ich dachte, wir sind eigentlich jede Nacht allein.«

»Wie! Willst du dich etwa bereits beschweren?«

»Ich habe wahrhaft keinen Grund dazu«, gab sie zurück. »Bis jetzt jedenfalls nicht.« Es lag etwas Schelmisches in ihrem Lächeln.

Ohne den Blick von ihrem zu wenden, nahm er ihr das Weinglas aus der Hand und stellte es beiseite. Er richtete sich auf, ging um den Tisch und zog sie zu sich empor.

»Das klingt ja wie eine Herausforderung.«

»Wirklich?« Insgeheim fühlte sich Arabella von ihrem eigenen Mut überrumpelt. »Ich habe es eher als liebevolle Einladung gemeint.«

Sein tiefes, heiseres Lachen ließ ihr Herz höher schlagen. Sie liebte es, wenn es ihr gelang, ihn zum Lachen zu bringen; denn das tat er nicht besonders oft. Doch wenn, dann bewahrte sie den Moment wie einen Schatz in ihrem Herzen auf. Ihr fiel auf, dass sie ihn nie so entspannt und zufrieden erlebt hatte wie an diesem Abend.

Und dann erinnerte sie sich noch an einen Satz, den er in ihrer Hochzeitsnacht gesagt hatte – als sie in ihrem neuen Nachtgewand vor ihm gestanden hatte. Absichtsvoll ließ sie nun zwei Finger unter den Aufschlag seines Jacketts gleiten. »Für den Augenblick, denke ich, können wir auf dieses ... überflüssige Kleidungsstück verzichten.«

Für die Dauer einer köstlichen Sekunde schien es in seinen Augen zu lodern. Arabella wurde es am ganzen Körper heiß.

Er streifte schnell Jackett und Weste ab. »Alles, was mein Eheweib von mir verlangt.« Sein Hemd verschwand auf die gleiche schwungvolle Weise.

Als er schließlich aus der Hose stieg, fühlte sich Arabellas Mund wie ausgetrocknet an. Nicht nur sein Gesicht war göttlich, sondern auch seine gesamte Erscheinung. Im Kerzenlicht erschien sein Körper deutlich in Licht und Schatten getaucht. Das Bild eines vollkommenen Mannes – Muskeln, Sehnen und männliche Hitze.

Wie um Letzteres noch zu unterstreichen, richtete sich seine Männlichkeit langsam vor ihren Augen auf, stolz erhoben zwischen seinen Schenkeln.

Ihr stockte der Atem. Dass sie dies bei ihm bewirken konnte – dass er sie dermaßen begehrte –, kam ihr immer noch wie ein unbegreifliches Wunder vor.

Als er bemerkte, wo ihr Blick ruhte, lächelte Justin leicht.

»Meine liebste Arabella, es ist ausgesprochen peinlich, nackt hier vor dir zu stehen«, – sein Lächeln wurde breiter –, »wenn du es nicht bist.«

Arabella spürte, wie sie rot wurde. Also dachte auch er gerade an ihre Hochzeitsnacht …

Sie spitzte die Lippen. »Dann wirst du mir vielleicht behilflich sein.«

Sie drehte sich um. Es schien ihm, als würden sich Tausende von kleinen Knöpfen auf dem Rücken ihres Kleides befinden.

»Aber selbstverständlich.« Er trat nah an sie heran. Bevor sie wusste, wie ihr geschah, lag ihr Kleid auch schon um ihre Füße. Schon waren seine Finger in ihrem Haar und zupften die Nadeln aus dem Knoten, worauf die Locken über seine Hände fielen.

Er zog sie ganz nah an sich heran und drückte ihren Rücken an sich. Sie spürte seine Erektion an ihrem Po. Während er ihr Haar zu Seite schob, presste er die Lippen auf ihren Nacken.

»Oh, Gott, du schmeckst so gut«, murmelte er, »so unglaublich gut.«

Beinahe entrang sich ihr ein Aufschrei, als sie sich in seinen Armen umdrehte, um ihm ihren Mund darzubieten. Wieder und wieder trafen sich ihre Lippen; beide waren sie unersättlich, voller Begehren.

»Fass mich an, Süße«, hauchte er gegen ihre Lippen. »Hier.« Seine Stimme wurde tief und kehlig, »fass mich jetzt an.«

Fest umfasste er ihr Handgelenk und zog ihre Hand hinunter … tiefer. Ihre Fingerknöchel streiften seinen Bauch. Die Spitze seines Penis lag glühend in ihrer Hand.

Seine plötzliche Reaktion rief bei Arabella ein Keuchen hervor, doch sie zögerte nicht. Alles, was sie wollte, war, ihm Lust zu bereiten, es war ihr einziger Wunsch und ihre Sorge zugleich. Ohne nachzudenken, ließ sie ihre Finger über seine Erektion gleiten, bis an die Wurzel, und wieder zurück zur Spitze. Seine Größe ließ ihr Herz heftig schlagen. Er war heißer als Feuer, und hart, so unglaublich hart. Sie spürte, wie er pulsierte, ein Pochen, das mit dem ihres Herzens im Einklang zu sein schien.

»So?«, fragte sie flüsternd.

Sie hörte, wie er scharf einatmete. Ermutigt von der Art, wie sein Blick dem ihren standhielt, und erfüllt von einem Gefühl der Macht, die sie erfasste, umfing sie ihn mit der Hand. Geleitet vom Instinkt und der Beobachtung seiner Kinnmuskeln, die sich spannten, strich sie erst mit der einen, dann der anderen Hand an ihm entlang.

Heiß bohrte sich sein Blick in den ihren; die Augen hatte er halb geschlossen. Er glühte sowohl innerlich als auch äußerlich. Seine Stimme klang heiser, voller Verlangen. »Ja, genau so …«

Er wechselte die Stellung, geschmeidig, und glitt noch fester in ihren Griff. Mit dem Daumen erkundete Arabella die Wölbung seiner Spitze, deren Haut sich so unglaublich weich anfühlte wie Seide.

Sein scharfes Einatmen verstand sie als Bestätigung. »Arabella.« Ihr Name kam halb als Stöhnen halb als Lachen heraus. »Hast du irgendeine Vorstellung davon, was du da mit mir machst?«

Sie spürte ihren Puls sogar in den Ohren rasen. Ja, dachte sie benommen. Sie fühlte kleine, fast glänzende Tropfen aus der Mitte seines Schaftes kommen; geschmolzene Leidenschaft, dachte sie unsicher. Und Justin sah in der Tat so aus, als würde er dahin schmelzen

Unvermittelt blickte sie auf das hinab, was ihre Hände umfangen hielten. Gebannt von dem Anblick, konnte sie die Augen nicht abwenden. Mit der Zunge befeuchtete sie ihre Lippen.

»O mein Gott, tu das nicht!«

Er entzog sich ihr. Das Nächste, was sie wahrnahm, war, wie sich seine Arme um ihre Taille schlossen. Es fühlte sich an, als würde er sie an seiner Brust zerdrücken, dann hob er sie hoch und legte sie rücklings auf das Bett.

Er legte sich zu ihr. Aber er küsste sie nicht auf die Lippen, spielte nicht mit ihren vollen Brüsten, wie sie es erwartet hätte. Stattdessen strich sein Mund über ihren Bauch. »Ich glaube, du verdienst auch ein bisschen Folter, nicht wahr, meine süße Hexe?«

Mit seinen breiten Schultern öffnete er weit ihre Schenkel. Mit der Zunge zog er spielerisch eine heiße Spur, an der Innenseite ihres Knies beginnend, empor … immer höher.

Arabella schien den Verstand zu verlieren. Als sie seine Absicht erahnte, streckte sie die Arme aus und ließ sie neben ihren Kopf auf das Kissen fallen. Jedes Mal, wenn er sie liebte, war das wie ein neues Wunder für sie. Sie hatte geglaubt, er hätte ihr vieles beigebracht in den letzten zwei Wochen. Aber in der Tat hatte sie noch eine Menge zu lernen.

»Justin.« Sie konnte kaum noch atmen, geschweige denn reden. Eine erwartende Spannung ließ jede Faser ihres Körpers erzittern, aber ganz besonders dort, wo sein Atem ihre Haut streifte. »In unserer Hochzeitsnacht … als du sagtest, es gäbe noch viel mehr zu küssen … hast du *das* gemeint?«

Sein dumpfes Brummen nahm sie als Bestätigung.

Der Anblick seines dunklen Kopfes an dieser Stelle, im starken Kontrast zu der weißen Haut ihrer Schenkel, jagte ihr Tausende von Schauern über den Rücken.

»Oje«, hauchte sie schwach. »Und was du da tust … ist das mit *lüstern* zu bezeichnen?«

Mit den Daumen strich er über ihren rotgoldenen Flaum und entblößte ihre feuchte, rosafarbene Scham. Langsam senkte er seinen Kopf. »Was denkst du denn?«, murmelte er.

Aber er gab ihr keine weitere Zeit nachzudenken oder etwas zu sagen; keine Zeit für irgendetwas. Sein Mund dort fühlte sich unglaublich vertraut an, schockierend innig; seine Zunge war eine göttliche, erotische Folter, bewegte sich in einem mitreißenden, provozierenden Rhythmus, kreisend, leckend, bis sie glaubte, es nicht mehr aushalten zu können.

Langsam hob er den Kopf, um sie anzuschauen; seine Augen brannten fiebrig und waren unnatürlich hell. »Sag mir, Süße. Magst du das?«

Ihre Hände hielten sein Haar umklammert – doch nicht, um ihn wegzustoßen –, und sie stöhnte: »ja, oh, ja.«

Als er sie erneut berührte, schossen gleißende Flammen durch ihren Körper. Sie wand sich und taumelte am Rande der Glückseligkeit. Als sie zum Höhepunkt kam, vernahm sie wie durch einen Nebel ihre eigenen Schreie, immer und immer wieder.

Justin stöhnte laut. Er konnte es nicht mehr aushalten und schob sich über sie, die Gesichtszüge angestrengt und scharf vor Verlangen. Er verschränkte seine Finger mit den ihren; sein Mund ergriff mit rasendem Drang von dem ihren Besitz.

»Arabella.« Heiser und keuchend stieß er ihren Namen hervor. »Oh, Himmel.« Sein Bauch strich über den ihren, dann drang er tief und hart in sie ein, fand seinen Rhythmus und konnte nicht aufhören, obwohl er bereits kurz davor war, sich zu verlieren. Ihr Körper klammerte sich heiß und fest um den seinen, suchte ihn mit einer Wildheit, die seiner eigenen in nichts nachstand. Er biss entschlossen die Zähne zusammen, um den Höhepunkt hinauszuschieben; er wollte ihr unbedingt noch einmal solche Lust bereiten. Aber, der Himmel sollte ihm beistehen, noch niemals war es so gut gewesen. So richtig. Sie brachte ihn zum Schmelzen – von innen nach außen –, er fühlte, wie sein Herz und seine Seele dahin schmolzen.

Er umfasste ihre Hüften mit den Händen; jeder Stoß brachte ihn der Glückseligkeit näher. Schließlich schrie sie vor Lust auf, was ihn endgültig außer Kontrolle geraten ließ. Er warf den Kopf in den Nacken und gab ein lautes Stöhnen von sich. Sein Höhepunkt kam einer Eruption gleich.

Justins Körper sank auf den ihren. Augenblicke vergingen, bevor einer in der Lage war, sich zu bewegen. Zufrieden und vollkommen erschöpft rollte sich Justin auf die Seite und zog sie an sich.

Er sah, dass sie lächelte, und fuhr die Linie ihrer Lippen mit den Fingerspitzen nach.

»Wieso lächelst du so?«, fragte er leise.

»Ich dachte gerade an Tante Grace«, antwortete sie.

»Oh, schon wieder Tante Grace. Wie schmeichelhaft.«

»Wir sind nämlich zum Dinner eingeladen, am übernächsten Mittwoch, übrigens. Geht das in Ordnung?«

Er rieb die Nase an den weichen Härchen an ihren Schläfen. »Meine Liebe, alles was ich will, ist, dass du zufrieden bist.«

Arabella legte den Kopf in die Mulde an seiner Schulter und blickte zu ihm auf.

Eine dunkle Braue hob sich. »Schon wieder Tante Grace?«, riet er.

Arabella nickte. »Ja«, gab sie, ein bisschen außer Atem, zu. »Justin, es gibt nichts, was sie glücklicher macht, als Feste und andere Anlässe zu organisieren. Ich muss dich also warnen, damit du nicht so überrascht bist über Dinge, die sie sagen könnte …«

»Also noch eine Frau, die sagt, was sie denkt? Ich sehe langsam, du kommst nach der Seite deiner Mutter.«

Seine warmherzige Neckerei löste ihre Anspannung.

»Tja, nun, ich glaube, da wir so schnell geheiratet haben, kann sie es kaum erwarten, mit der Planung der Taufe unseres ... unseres Erstgeborenen zu beginnen.«

»Ach, ist das so?« Er lächelte leicht.

Arabella hielt den Atem an. Er wirkte jedenfalls nicht missmutig bei dem Gedanken. Vorsichtig betrachtete sie ihn. »Wie denkst du über Kinder, Justin?«

Er zuckte mit den Schultern. »Ich will ehrlich sein«, erklärte er. »Bis vor ein paar Wochen habe ich kaum je über eine Heirat nachgedacht, geschweige denn über Kinder.«

Arabella atmete tief ein. »Falls wir jemals Kinder haben«, bemerkte sie ernsthaft, »will ich hoffen, dass sie nach dir kommen.«

Justin erstarrte. Wusste sie, was sie da sagte? Ein Kind, das aussah wie er ... Er erschauerte innerlich. Einen Moment lang konnte er kaum atmen und dachte, er würde gleich ersticken.

»Ich habe das Porträt deiner Mutter in Thurston Hall gesehen.« Arabella seufzte verträumt. »Du bist genau ihr Ebenbild, weißt du. Ich muss zugeben, dass mir die Idee gefällt, eine Tochter mit deiner umwerfenden Augen- und Haarfarbe zu haben. Oder einen Sohn mit deinen edlen Zügen.« Noch immer lächelnd, berührte sie seine Wange.

Justin schreckte zurück. Er konnte nicht anders.

»Gütiger Himmel. Sag das bloß nicht. Denk es nicht einmal.«

Seine plötzliche Strenge ließ ihr Lächeln verschwinden.

Sie setzte sich auf und zog sich das Laken über die Brüste. »Findest du die Vorstellung, Kinder zu haben, denn so schrecklich?«, fragte sie, nun vorsichtig geworden. »Oder ist es, dass du Angst hast, sie könnten aussehen wie ich?«

Er gab einen erstickten Laut von sich. »Um Himmels

willen, Arabella, ich weigere mich, so eine lächerliche Frage mit einer Antwort zu würdigen. Hätte ich Angst davor, wie unsere Kinder aussehen könnten, dann hätte ich dich doch bestimmt nicht geheiratet, oder?«

»Es würde dir also nichts ausmachen, eine Tochter mit flammendroten Locken zu bekommen?«, fragte sie verunsichert.

»Nein«, sagte er knapp.

Das war wohl kaum die Bestätigung, nach der sie sich sehnte. Um sich eine Ermutigung zu verschaffen, streckte sie die Hand aus, um sein Gesicht zu berühren.

Er hielt sie mitten in der Bewegung auf, legte seine Finger um ihr Handgelenk und stieß ihre Hand zurück in ihren Schoß.

Genauso gut hätte er ihr eine Ohrfeige geben können. Ein verräterischer, kleiner Schmerz schien ihr Herz zusammenzupressen, doch nahm sie all ihren Mut zusammen, das Kinn zu recken. »Das Gleiche hast du bereits in unserer Hochzeitsnacht getan. Und jetzt schon wieder. Zweimal«, stellte sie mit leiser Stimme fest. »Justin, warum darf ich nicht dein Gesicht berühren?«

Er schlug die Laken zur Seite und stand auf, wobei er sie so bewusst ignorierte, als habe sie keine Frage gestellt.

Arabella war wie gelähmt. Benommen nahm sie die scharfen Konturen seines Rückens wahr, als er nach seinem Morgenmantel griff. »Justin?«, flüsterte sie.

Ziemlich heftig zog er die Gürtelenden des Morgenmantels fest. »Dieses ganze Gerede über Kinder ist verfrüht.« Er sah sie nicht einmal an, als er das sagte. Er war bereits auf dem Weg zur Tür.

Arabella stand auf. Sie nahm sich ihren Morgenmantel von einem Haken an der Wand. Sie war noch dabei, nach den Ärmeln zu suchen, als die Tür schon ins Schloss fiel.

Sie blieb jedoch unbeirrt – und keine drei Schritte hinter ihm, als er sein Arbeitszimmer betrat.

Ohne Umschweife ging er hastig zu dem kleinen Tisch beim Fenster und griff sich die Kristallkaraffe. Sie presste die Lippen zusammen, als er sich großzügig eingoss, wusste sie doch ganz genau, dass er sich ihrer Anwesenheit bewusst war. Doch er zog es noch immer vor, sie keines Blickes zu würdigen. Stattdessen hob er das Glas an die Lippen, starrte zum Fenster hinaus und wandte ihr den Rücken zu.

Hinter ihm verschränkte Arabella die Arme vor der Brust. »Du hast Recht«, sagte sie ruhig. »Das Thema Kinder kann noch warten, obschon wir diesbezüglich nichts unternommen haben, diese zu verhindern, nicht wahr? Aber ich will eine Antwort auf meine Frage, Justin. Warum darf ich dich nicht im Gesicht berühren?«

Zuerst war sie verwirrt darüber gewesen, dann verletzt. Jetzt war sie entschlossen.

Er leerte den Inhalt seines Glases und streckte die Hand aus, um sich nachzufüllen.

»Bitte, sieh mich an, wenn ich mit dir spreche.«

Er wandte sich um, der Blick seiner grünen Augen war leer. »Müssen wir jetzt darüber reden?«

Jetzt wurde ihr Tonfall genauso spitz wie seiner. »Wann wäre denn ein guter Zeitpunkt? Niemals?«

In seinen Augen flackerte ein unstetes Leuchten. »Wenn es dir nichts ausmacht, Arabella, würde ich meinen Brandy jetzt gerne alleine genießen.«

»Nun, es macht mir aber etwas aus«, gab sie heftig zurück. »Was habe ich dir getan? Was habe ich denn so schrecklich Falsches gesagt? Antworte mir, verdammt noch mal!«

Seine Lippen verzogen sich; es war alles andere als ein

Lächeln. »Keine sehr gewählte Ausdrucksweise für eine Vikarstochter, meine Liebe.«

Arabella starrte ihn an. Seine Lippen waren verkniffen, er wirkte wie versteinert. Es war, als könne sie zusehen, wie er sich innerlich immer mehrzurückzog ... vor *ihr* zurückzog.

Aber warum? *Warum?*

Ihr Puls fühlte sich an wie das Ticken einer Uhr in einem leeren Raum, fast hätte sie geschrien. Reglos stand sie da und war sich auf eine seltsame, unbestimmte Weise, die sie selbst nicht verstand, sicher, dass irgendetwas völlig aus dem Lot war. Hinter seiner schönen Fassade verbarg er etwas, etwas, das er keinesfalls teilen wollte.

Ihre Wut verschwand genauso plötzlich, wie sie in ihr erwacht war. Aber sie hatte ihre Fassung verloren. Sie fühlte sich verletzt und angespannt, und es brauchte jedes Quäntchen ihres Mutes, um an Ort und Stelle stehen zu bleiben.

»Warum guckst du so? Justin, was ist dir passiert?«

Er lachte schmerzvoll. »Mein Gott, keine drei Wochen verheiratet, und man könnte meinen, sie kennt mich ein Leben lang.«

Arabella rang nach Atem. Himmel, was konnte er grausam sein!

»Du warst es doch, der behauptet hat, dass wir uns so ähnlich seien.« Sie schüttelte den Kopf. Ihr Blick wurde flehend. »Warum machst du das? Warum bist du so kalt?«

»Was denn, Arabella!« Er hob beide Hände hoch. »Dir gefällt nicht, was du siehst? Was ich bin? Vielleicht hättest du doch lieber Walter heiraten sollen.«

Seine Worte trafen sie ungemein. »Ich weiß, was du da versuchst, Justin. Du weist mich ab, nicht wahr?«

»Ja, verdammt! Kann ein Mann nicht einmal einen Moment für sich allein sein?«

Mehr als alles in der Welt verlangte es Arabella danach, zu ihm zu gehen. Ihre Arme um ihn zu legen und ihn festzuhalten. Aber irgendwie wusste sie, dass er sie nicht an sich heranlassen, sie von sich stoßen würde. Wie konnte nur ein Abend, der so gut begonnen hatte, ein so hässliches Ende nehmen?

Sie atmete so tief durch, dass es regelrecht schmerzte.

»Etwas stimmt nicht, Justin. Ich weiß es. Ich kann es doch fühlen. Etwas ist vollkommen –«

»Alles ist in Ordnung!«

Die Spannung zwischen beiden war mit den Händen zu greifen. Gepackt von einem Gefühl tiefster Verzweiflung, schlang sie die Arme um ihren Körper, als sei ihr kalt. Es war, stellte sie fest, als wäre sie in ein Fass mit Eis geworfen worden.

»Wird das jetzt immer so sein?« Ihre Stimme war dunkel und leise. Heiße Tränen traten ihr in die Augen. »Werden wir nichts miteinander teilen, außer unserer Leidenschaft? Nichts als das Bett? Kannst du mir *gar* nichts erzählen –«

»Arabella«, brachte er höflich hervor. »Dies ist eine Einladung an dich, zu gehen.« Damit schwang er herum und starrte wieder aus dem Fenster; sein edles, fein geschnittenes Profil lag in silbriges Licht getaucht. Seine Haltung schien reglos, die Züge wie eine versteinerte Maske.

Ein endloses scheinendes Schweigen trat ein. Es war, als habe sie nichts gesagt, als sei sie nicht einmal im Zimmer … als habe er sie vergessen.

Als existiere sie nicht.

»Justin –«

Fluchend drehte er sich herum. »Musst du mir unbedingt nachstellen?«, verlangte er mit unterdrückter Wut. »Habe ich etwa einen Drachen geheiratet? Geh zurück ins Bett und lass mich, zum Teufel noch mal, in Ruhe!«

Sein Blick war wütend. Sein Tonfall grimmig. Beides traf sie bis in ihr Innerstes; es war, als risse ein heftiger Schmerz ihr Herz entzwei.

Arabella zögerte nicht länger. Sie gab einen kleinen schmerzerfüllten Aufschrei von sich und lief davon.

Zwanzigstes Kapitel

Kaum war Arabella aus der Tür, wandte Justin sich um. Ein ziehender Schmerz durchfuhr ihn. Ihm war danach, zu weinen und zu randalieren, so wie es ihm, der ja schließlich ein Ungeheuer war, entsprochen hätte. Er presste die Augen zu. Aber selbst dann noch stand ihr Bild vor seinem inneren Auge. Arabella, wie sie zu ihm aufstarrte, kalkweiß im Gesicht, ihre Verletzung und ihr Schmerz, der sich ihm wie eine Speerspitze mitten ins Herz bohrte.

»Lieber Gott«, flüsterte er. »Was habe ich nur getan?«

Seit sie ihn verlassen hatte, lag eine seltsame Stille im Raum.

Du Bastard, fauchte eine verächtliche Stimme in seinem Kopf. *Du widerlicher Bastard.*

Vor Selbstverachtung drohte sich ihm der Magen umzudrehen. Noch nie im Leben hatte er sich so gehasst wie in diesem Moment. Er hatte schon immer gewusst, dass ein Dämon in ihm steckte. Aber nie, bis jetzt, war ihm bewusst gewesen, wie abgrundtief verdorben er war.

Justin hatte plötzlich das Gefühl, steinalt zu sein und quälte sich zu einem Sessel. Er bekam kaum mit, dass er noch das Glas in der Hand hielt. Mit einem einzigen Schluck leerte er das Glas. Eine bittere, seltsame Dunkelheit bemächtigte sich seiner.

Wie seltsam, dass das Schicksal Arabella in sein Leben gebracht hatte, in sein Bett … und in sein Herz. Langsam, einen nach dem anderen, hatte sie die Schutzwälle niedergerissen, die er um sein Herz errichtet hatte, wie es noch keine Frau zuvor geschafft hatte … und niemals wieder eine schaffen könnte.

Plötzlich ging ihm auf, dass die Ruhelosigkeit, die ihn seit Jahren quälte, seit seiner Hochzeit vollkommen verschwunden war. Mit Arabella war jeder Tag neu und frisch … wie der Morgentau auf einem Blatt, das sich in die Welt hinausreckte, von der Natur geliebt, und in der Sonne glänzte. Es war, als sähe er die Welt zum ersten Mal, nach einer langen, endlosen Reise in der Dunkelheit, aus der er dennoch zurückgekehrt war, um endlich eine lebendige, farbenfrohe Welt vorzufinden. Für Justin war das ein völlig neues und ungewohntes Gefühl.

Und erst die Nächte … lieber Himmel, diese Nächte! Sie war ihm voller Begehren zugeneigt und versagte ihm keinen Wunsch. Sie gab ihm so viel mehr.

Und was tat er?

Genau, wie sie es bereits gesagt hatte. Er hatte sie von sich gewiesen.

Seine Lippen verzogen sich. War das Gottes Strafe für ihn?, fragte er sich düster. Ihn dafür büßen zu lassen, was er für ein Ungeheuer war? Für sein Leben hätte Justin nicht erklären können, was ihn soeben dazu getrieben hatte.

Es war schon so, wie er zu Arabella gesagt hatte. Er war einfach … was er nun einmal war.

Niemals würde er sich ändern, dachte er verzweifelt. Er könnte es gar nicht.

Er wusste einfach nicht, wie.

Allmählich schwand die Nacht. Der Mond ging langsam unter.

Ein paar Stunden darauf waren seine schweren Schritte auf der Treppe nach oben zu vernehmen.

In seinem – ihrem – Schlafgemach lag Arabella, schlafend. Nachdem er sich den Morgenmantel ausgezogen hatte, glitt er zwischen die Laken neben sie, darauf bedacht, sie nicht zu wecken. Im Schlaf drehte sie sich zu ihm herum, als ob sie nach ihm suche; obwohl das bei Gott das Letzte war, was sie tun sollte. Da er wusste, dass er sowieso nicht widerstehen könnte, zog Justin sie in seine Arme.

Ihre Hand legte sich auf seine Brust. Eine Sekunde lang lagen ihre Finger genau auf seinem Herzen. Dann entspannte sie sich und kuschelte sich an ihn, als habe sie jetzt alles, was sie wollte.

Überwältigt von dem Bedürfnis, sie zu berühren, streichelte er mit dem Handrücken ihre Wangen. Danach waren seine Fingerknöchel von Tränen benetzt.

Er erstarrte.

Scham überkam ihn. Seine Arme schlossen sich fester um sie. Er fühlte sich innerlich wie ausgebrannt.

»Arabella«, stammelte er. »Oh, Gott.« Er hatte immer solche Angst gehabt, sie zu verletzen … und jetzt hatte er es getan. Sie hatte seinetwegen geweint. *Geweint.*

Das schwarze Loch in seinem Innern tat sich noch tiefer auf. Sie war so süß und rein, und er war das reinste Ungeheuer. Er hatte es immer gewusst. Sein Vater hatte es gewusst.

Vielleicht war es sogar besser so, dachte er hoffnungslos. Es war besser, sie erkannte schnell, was für ein verdorbener, herzloser Bastard er war.

Sie war zwar in sein Leben getreten und in seinen Armen gelandet, aber bleiben würde sie keinesfalls. Niemals. Am besten nahm er, was er konnte, solange es noch ging – solange es noch dauern mochte.

Denn, weiß Gott, es würde nicht für immer sein.

In seinem Herzen gab es keinen Zweifel.

Vielleicht war es unvermeidlich: Er träumte in dieser Nacht. In seinem Traum befand er sich wieder in Thurston Hall. Eine warme Nacht im Juni. Durch den Nebel in seinem Hirn bemerkte er, dass er wohl wieder einmal betrunken war. Er torkelte herum, landete genau vor der Tür zum Arbeitszimmer seines Vaters …

Die Erinnerung wurde klarer, das Bild wurde größer – wie ein Blutfleck.

Sein Vater versperrte ihm den Weg.

»Wo zum Teufel noch mal hast du dich herumgetrieben?«

»Oh, mein Herr, Ihr wünscht einen Bericht über die nächtlichen Aktivitäten? Vielleicht sollten wir Platz nehmen. Es könnte nämlich etwas dauern, denn meine Abendunterhaltung war interessant, um es mal so auszudrücken. Ich will Euch jedoch lieber warnen, denn es könnte passieren, dass Ihr ein bisschen schockiert sein werdet –«

Wieder hörte er die Stimme seines Vaters, die scharf klang wie die Spitze eines Dolches.

»Lass es sein! Ich habe nicht die Absicht, mir deine schmutzigen Geschichten anzuhören! Mein Gott, du bist betrunken, oder?

Guck dich bloß mal an, du bist ja so betrunken, dass du kaum noch stehen kannst! Und du stinkst nach billigem Parfüm! Mein Gott, du bist in jeder Hinsicht die Brut deiner Mutter! Was hab ich mich für diese Hexe geschämt! Sie hat meinen guten Namen beschmutzt, so wie du es tust!«

Im Schlaf schrak Justin zusammen. Doch immer noch konnte er seinen Vater hören, wie seine donnernde Stimme in sein Bewusstsein drang, durch die Dunkelheit und die Grenzen von Zeit und Tod zu ihm durchdrang – bis es schließlich wieder nur sie beide waren, die vor der Tür des Arbeitszimmers standen.

»Und all die Jahre musste ich mir ansehen, wie du mich anstarrst, mit ihren Augen, ihrem Lächeln. Du hast mich ständig daran erinnert, was sie getan hat, was sie war – eine Hure, die

ihre Beine für jeden Kerl breit gemacht hat, der sie haben wollte.«

»Nein«, murmelte Justin. »Nein.«

»Und du bist keinen Deut besser als sie. Dein Blut ist verdorben, so verdorben, wie sie es war.«

Da lagen Hände auf ihm. Hände, die an seiner Schulter rüttelten. »Justin«, sagte eine Stimme. »Justin, wach auf.«

Noch immer lag er gefangen in der Vergangenheit, eingesponnen in das verworrene Netz seines Traumes.

»Keine anständige Frau wird dich nehmen, Junge. Keine anständige Frau wird dich je haben wollen!«

Er stieß einen Arm nach vorn. »Nein«, schrie er. »Nein!«

Ein spitzer, weiblicher Schrei durchbrach die Nacht.

Er richtete sich auf und wandte den Kopf herum. Arabella versuchte gerade vom Boden neben dem Bett aufzustehen.

Augenblicklich war er wieder bei Verstand. »Arabella! Um Himmels willen, habe ich dich verletzt?« Er zog sie zu sich ins Bett.

»Nein«, sagte sie leicht zitternd. »Mir geht es gut. Wirklich.«

Sie kniete neben ihm auf dem Bett; sie betrachtete sein Gesicht.

»Du hast geträumt, Justin. Und geschrien.«

»Ja.« Er ließ sie los und lehnte sich gegen die Wand. Er presste die Fingerspitzen an die Schläfen, so als wolle er die Erinnerung vertreiben.

Zaghaft berührte sie ihn an der Schulter. »Ist alles in Ordnung mit dir?«

Er gab keine Antwort; er konnte nicht. Noch immer zitterte er.

»Es schien so ... so wahrhaftig. Was hast du geträumt?«

»Mein Vater«, flüsterte er.

Er hob den Kopf. In seinen Augen lagen etwas wie Erstarrung, Einsamkeit und ein Flehen. Er sah so sehr wie ein verletzter kleiner Junge aus, dass sie beinahe aufgeschrien hätte. Sie hatte das seltsame Gefühl, dass er verloren und verunsichert war. Aber warum nur? *Warum?*

Sie redete blind drauflos. »Bitte, Justin. Bitte, rede ... sprich doch einfach mit mir. Ich kann so nicht leben. Mit dieser schwelenden Ungewissheit zwischen uns.« Sie schüttelte kurz, aber entschlossen den Kopf. »Das will ich nicht.«

Da berührte er sie. Mit der Daumenspitze wischte er ihr die Tränen von der Wange. »Ich habe dir schon einmal wehgetan«, sagte er mit einem Anflug von Heiserkeit in der Stimme. »Und es tut mir Leid. Ich will dich nicht wieder verletzen. Aber –« Seine Schultern hoben und senkten sich. »Ich glaube nicht, dass ich es dir sagen kann. Ich glaube nicht, dass ich es überhaupt irgendjemandem ... sagen kann.«

Die Anspannung, die seinen Körper gefangen hielt, war groß. Sie spürte, dass er gegen einen starken inneren Dämon kämpfte.

»Versuch es doch, Justin. Versuch es bitte.«

Ein tiefes Schweigen trat ein.

Schließlich begann er zu sprechen. »Wenn ich es dir sage, wirst du mich hassen.« Seine Stimme klang gepresst und dumpf.

»Nein. *Nein.* Ich könnte dich niemals hassen, Justin. Niemals.«

Sein Gesicht verfinsterte sich. »Auch wenn ich dir sage, dass ich meinen Vater getötet habe?«

»Das hast du nicht. Das könntest du gar nicht. Das hättest du nie getan.« Sie war vollkommen überzeugt und sicher.

»Glaub es einfach, Arabella. Glaub es, denn es ist die Wahrheit.« Er schüttelte den Kopf, als er ihr verwundertes Stirnrunzeln wahrnahm. »Oh, nicht so, wie du denkst.«

»Wie dann?«, forderte sie. »Wie?«

Er betrachtete seine Hände vor sich. »Mit meiner Verderbtheit«, sagte er in einem seltsam angespannten Flüsterton.

»Sag mir, was passiert ist«, bat sie sanft.

Nach und nach erzählte er ihr die Geschichte. Seine Stimme und seine Miene schienen vollkommen emotionslos zu sein. Auch schaute er sie dabei nicht an.

Arabellas Herz begann zu schmerzen, als sie das alles hörte. Langsam bekam sie ein sehr klares Bild von seiner Kindheit. Ein kleiner Junge, der mit allen Mitteln um die Anerkennung seines Vaters kämpfte. Kein Wunder also, dass er erklärt hatte, Sebastian sei für ihn und Julianna mehr Mutter und Vater gewesen als die Eltern ... und dass er und sein Vater sich ständig überworfen hatten. Jetzt verstand sie auch, warum er so rebellisch und verbittert geworden war.

»Als ich siebzehn war, erwischte er mich, wie ich in den frühen Morgenstunden völlig betrunken ins Haus gestolpert kam. Er war außer sich.« Ein raues Lachen entrang sich seiner Brust. »Das war natürlich nichts Neues. Wir hatten eine Auseinandersetzung. Er bezeichnete meine Mutter als Hure. Ich wusste natürlich, dass das stimmte. Meine Mutter war ein eitles Geschöpf gewesen, die genau um ihre Schönheit wusste und sie gezielt einsetzte, um Männer zu becircen. Sie zu verführen. Manchmal glaube ich, dass meine Mutter – wenn sie die Gier nach Leben packte –, die Beine für jeden Mann breit gemacht hätte, nur um meinen Vater zu ärgern. Und mein Blut ist verdorben, siehst du. Es ist *ihr* Blut. Deshalb hasste er mich. Weil ich ihr so ähnlich sah. Er verachtete mich auf die gleiche Art und Weise, lehnte mich genauso ab. Das hat er mir so ... so unglaublich oft gesagt! Natürlich niemals, wenn Sebastian es hätte hören können. Aber in jener Nacht ... er schrie, ich sei ein Leichtfuß. Ich sei genauso wie meine Mutter.«

Arabella war schockiert. »Justin, er war ja wohl die verdorbene Kreatur, doch nicht du ... du doch nicht!«

»Nein. Du hast Unrecht. Ich *wollte* ihn verspotten. Ich wollte ihn *verletzen*!«

»Aber wer könnte dir das vorhalten?«, protestierte sie. »Mein Gott«, brach es aus ihr heraus, »was für ein Mensch sagt solche schrecklichen Dinge zu seinem eigenen Kind!«

»Ah, aber das ist ja genau die Sache, siehst du. Es ist ja durchaus möglich, dass ich überhaupt nicht sein Sohn bin. Dass keiner von uns sein Kind ist – ich nicht, Julianna nicht, vielleicht noch nicht einmal Sebastian.«

In Arabellas Kopf wirbelte alles durcheinander. Ihre Mund öffnete sich.

»Willst du damit sagen, er war gar nicht dein Vater?«

Justin schwieg lange. »Ich weiß es nicht. Verstehst du nicht? Bei dem Ruf meiner Mutter ist es durchaus möglich ... ich habe mich oft gefragt, ob meine Mutter selbst die Einzige ist, die es sicher wusste ... und wenn ja, dann ist es ein Geheimnis, das sie mit ins Grab genommen hat.«

Seine Augen verdunkelten sich. »Das ist mir in jenem Moment eingefallen ... und ich habe ihn damit verhöhnt. Ich habe ihn mit der Untreue meiner Mutter aufgezogen und gefragt, ob er überhaupt wisse, dass seine Kinder wirklich seine eigenen sind.

Er war außer sich vor Wut. Und ich war so schadenfroh! Ich habe gelacht, Arabella. *Gelacht.* Er hat mich angeschrien ... und dann ist er zusammengesackt. Hat sich an die Brust gegriffen. Und ich habe ihn liegen lassen. *Ich habe ihn da liegen lassen.*«

Er verzog seinen Mund. »Mein Verhalten war abscheulich, wie immer. Ich bin noch in derselben Nacht nach London geritten, so dass keiner wusste, dass ich überhaupt da gewesen war. Die Dienstboten fanden ihn am Morgen. Ich habe nie jemandem erzählt, dass ich da gewesen bin, dass ich es war, der ihn umgebracht hat. Keinem, nicht einmal Sebastian.«

Ihr Herz tat ihr für ihn weh, für die Schuldgefühle, mit denen er all die Jahre gelebt haben musste; für die Überzeugung, er sei es gewesen, der seinen Vater getötet hat.

»Justin –«

»Da ist noch mehr«, sagte er in einem Tonfall, der ihr einen Schauer über den Rücken laufen ließ.

Er erhob sich und ging zu dem Spiegel hinüber, der neben dem Kleiderschrank stand. Leise brach seine Stimme das Schweigen. »Erinnerst du dich an die Nacht in Thurston Hall, als das mit McElroy passiert ist? Ich werde nie vergessen, was du gesagt hast. Dass du dein ganzes Leben lang eigentlich nur sein wolltest wie alle anderen, *aussehen* wolltest wie alle anderen. Du hast mich gefragt, ob ich weiß, wie es ist, wenn man vor dem eigenen Spiegelbild zurückschreckt. Zu hassen, was man sieht und zu wissen, dass es nichts, gar nichts gibt, was man dagegen tun kann. Ich weiß, wie das ist, Arabella. Ich *kenne* es. Ich werde nie vergessen, eines Nachts, nicht lange vor der Sache mit meinem Vater … stand ich in meinem Zimmer vor dem Spiegel, und plötzlich, unvermittelt, hatte ich das Glas zerschlagen. Ich habe mich gebückt, eine große Scherbe aufgehoben und an mein Gesicht gehalten …« Er machte eine heftige, eindeutige Handbewegung.

Arabella wurde es eng in der Brust und sie starrte Justin voller Schrecken an; starrte in seine edlen Züge. »Justin«, sagte sie mit erstickter Stimme. »Justin, nein –«

Er ließ die Hand sinken. »Offenbar habe ich es ja nicht fertig gebracht. Aber jetzt weißt du es, Arabella. Jetzt kannst du die Hässlichkeit sehen, die in dem schönsten Mann von ganz England steckt. Jetzt siehst du, was für ein Feigling ich bin. Aber schließlich hast du stets gewusst, wie ich bin.«

»Oh, Gott, Justin. Du kannst doch nichts dafür. Du kannst für gar nichts etwas. Er hat dich vergiftet –«

»Gift. Ja, das bin ich.«

Seine Selbstverachtung ließ sie wieder zu sich kommen. Eine einzige Träne lief unbeachtet über ihre Wange. Sie schlang die Arme um seine Taille, umklammerte ihn und legte ihre Wange an seine Schulter.

»Hör auf damit. Wenn du … wenn du dein wunderschönes Gesicht zerschnitten hättest … ich kann den Gedanken einfach nicht ertragen.«

Er drehte sich um. »Warum klagst du mich nicht an? Warum hasst du mich nicht?«

»Lass das sein«, sagte sie mit Entschlossenheit. »Sag nicht so etwas. Denk es nicht einmal!«

»Hast du nicht gehört, was ich gesagt habe? Hast du gar nichts davon mitbekommen?«

»Ich habe alles gehört. *Alles*.«

»Warum bist du dann noch hier? Wie kannst du noch meine Nähe ertragen? Mich berühren?«

Sie hörte genau heraus, wie er bemüht war, das Gefühl in seiner Stimme zu unterdrücken – und es nicht schaffte. Seelischer Schmerz überwältigte sie. Sie hatte ein Stückchen in seine Seele blicken dürfen, und sie konnte sich jetzt nicht von ihm abwenden. Er brauchte sie. Vielleicht wusste er es selbst noch nicht, aber es war so. Sie könnte ihn niemals verlassen. Sie *würde* ihn nie verlassen.

Sie atmete tief durch. Sie schaute tränenverschleiert zu ihm auf; es war ihr egal, dass Schmerz in ihren Augen lag. »Ich bin deine Frau, Justin. Was für eine Frau wäre ich wohl, wenn ich nicht dein Leben und deinen Schmerz teilte? Eine Frau gehört an die Seite ihres Mannes … und ich gehöre zu dir.«

»Oh, mein Gott.« Seine Stimme wurde rau. »Ich habe dich wieder zum Weinen gebracht.«

»Das ist in Ordnung«, entgegnete sie tapfer mit brüchiger Stimme. »Halt mich einfach fest, Justin. Halt mich, und lass mich nicht mehr los.«

Mit starken Armen zog er sie fest und ganz nahe an sich, genau dahin, wo sie sein wollte. Leidenschaftlich küsste er sie auf die zitternden Lippen, die sie ihm darbot, schlang seine Arme um ihren Rücken und hob sie hoch.

Dieses Mal, als er sie aufs Bett legte, gab es keine Worte mehr, keine Tränen … nichts, als die Großartigkeit, ihm zu gehören.

Einundzwanzigstes Kapitel

Es war der Mittwoch der darauf folgenden Woche. Pfeifend schwang sich Justin auf den Sitz seines offenen Zweispänners. Er kam gerade von seinem Anwalt, und obschon ihn dieser Besuch eine stattliche Summe gekostet hatte, entschied er – mit ausgesprochener Befriedigung –, dass es das durchaus wert gewesen war.

Er kräuselte die Lippen bei dem Gedanken, wie sich die Dinge doch im Laufe des letzten Jahres verändert hatten. Das elegante Londoner Stadthaus war der Anfang seiner Neuerwerbungen gewesen. Dann eine Ehefrau. Und jetzt schließlich ein Landsitz in Kent. Er lachte in sich hinein. Beim Himmel, er war jetzt wohl ohne Frage ein respektabler Gentleman!

Es war schon merkwürdig, überlegte er, wie sein Leben durch eine Ehefrau irgendwie … einfacher geworden war. Normalerweise wäre es andersherum, vermutete er. Bei den meisten Männern war das wahrscheinlich auch der Fall. Aber schließlich musste er auch ehrlich zu sich sein. Wäre seine Frau durch irgendwelche Zufälle eine andere als eben Arabella, dann hätte sich alles anders entwickelt. Höchstwahrscheinlich, dachte er, wäre er hauptsächlich damit befasst, sich irgendetwas auszudenken, um der Heiratsfalle zu entkommen. Zum Teufel noch mal, eine andere Frau als Arabella hätte er eh nicht geheiratet! Da machte sich Justin gar nichts vor. Ob er sie nun kompromittiert hatte oder nicht – hätte er sie nicht gewollt, dann hätte er schon irgendeine Möglichkeit gefunden, eine Hochzeit zu vermeiden.

Aber er fühlte sich alles andere als in den Fesseln der Ehe. Oder an die Kette gelegt. Er hatte überhaupt nicht das Gefühl, in einer Falle zu sitzen. Stattdessen fühlte er sich endlich ... befreit.

Und außerdem, wahrscheinlich zum ersten Mal in seinem Leben, freute er sich auf das, was die Zukunft bringen mochte. In der Tat war er voller froher Erwartung. Und bisher war ihm das, um ehrlich zu sein, immer vollkommen einerlei gewesen, denn jeder Tag hatte dem anderen in seiner Monotonie geglichen.

Aber jetzt war jeder Tag anders.

Als Sebastian in der letzten Woche zur Abwicklung von Geschäften einen Tag in London verbrachte, hatte er erwähnt, dass der Vater eines seiner Freunde gestorben war. Und sein Freund hatte sich entschlossen, den kleinen Landsitz des Vaters zu verkaufen, mitsamt Möbeln und der gesamten Einrichtung. So war Justin die Idee gekommen: Haargenau erinnerte er sich an die Wehmut, mit der Arabella ihm an jenem Abend in Thurston Hall, an dem er sie später im Garten geküsst hatte, gestand, sie habe als Kind niemals ein wirkliches Zuhause gehabt. Denn bei aller Trostlosigkeit seiner eigenen Kindheit – seines ganzen bisherigen Lebens –, war die Sicherheit seines Zuhauses das Einzige gewesen, was er immer besessen hatte. Das war in der Tat etwas, das er stets als selbstverständlich angesehen hatte; nie hatte er darüber nachgedacht, wie es wohl ohne sein würde.

Aber dann hatte er darüber nachgedacht. Oder vielleicht hatte es auch ein wenig mit ihrer Unterhaltung über Kinder zu tun gehabt; dieses Thema war für ihn noch immer ziemlich entmutigend, musste er sich eingestehen. Doch er wusste auch, woran das lag. Als Lebemann, der er so lange gewesen war, hatte er noch niemals zuvor an eine Zukunft in einer Ehe, geschweige denn mit Kindern gedacht. Aber schließlich war das sowieso unvermeidlich, gestand er sich ein. So, wie seine Leidenschaft für seine hinreißende Frau von Tag zu Tag größer wurde …

Kinder, überlegte er erneut. Wenn es so weit war, dann würde er auch bereit dafür sein. Mehr als bereit. Er war dabei, sich zu verändern. Das hatte er staunend mitbekommen. Mit Arabella zusammen zu sein, veränderte alles. Mit ihr an seiner Seite fühlte er sich unantastbar.

Seine Gedanken kehrten zu dem Haus zurück. Kaum, dass Sebastian gegangen war, hatte er begonnen, Erkundigungen darüber einzuholen.

Dann hatte er sich den Landsitz angeschaut. Das Erste, was ihm aufgefallen war, war ein kleiner Kirschbaum, der direkt vor dem Fenster des Salons stand. Er musste lächeln, als er an Arabellas Geständnis dachte, wie sie ihre Mutter damit schockiert hatte, dass sie als Kind gern auf Bäume geklettert war.

Von da an lief alles wie von selbst. Und, so schwer es ihm fiel, es zu begründen: Alles daran schien zu stimmen. Es war einfach vollkommen perfekt …

Ach, er konnte es kaum erwarten, Arabellas Gesichtsausdruck zu sehen, wenn er ihr davon erzählte. Die Vorfreude erwärmte sein Herz. Sie würde ihn mit diesen weit auseinander stehenden Augen auf diese besondere Art anschauen, sich in seine Arme werfen und ihn ungestüm küssen, alles um sich herum vergessen lassend – genauso wollte er sie an diesem Abend lieben, dachte er voller Lust.

Er lächelte breit.

Bei seiner Ankunft stand Arabella vor dem Haus und wollte gerade die Eingangstreppe hochgehen, als er von dem Zweispänner heruntersprang. Als sie ihn erblickte, wartete sie an der untersten Stufe auf ihn. Er beugte sich zu ihr herunter und küsste sie sanft auf die Lippen; er hatte das Gefühl, gleich mit allem herauszusprudeln. »Genau die Person, die ich gerade sehen wollte«, sagte er leichthin.

»Und auch Ihr, Sir, seid genau die Person, die ich gerade sehen wollte. Ich bin soeben von Georgiana zurückgekommen –«

»Na, immerhin warst du nicht einkaufen«, neckte er sie.

Sie runzelte in gespielter Entrüstung die Stirn. »Ach, komm schon. Ich glaube, ich habe noch keinen einzigen Penny von deinem Geld ausgegeben.«

»Ja, außerdem habe ich auch noch keine Beschwerden gehört, dass wir das Haus neu machen müssen. Welch glücklicher Umstand, dass ich mir so eine sparsame Braut genommen habe und mir keine Sorgen machen muss, im Armenhaus zu landen.«

»Warum sollte ich das auch machen wollen? Dieses Haus ist genau so, wie es ist, einfach perfekt.«

Es freute Justin sehr, sie das sagen zu hören. »Wie auch immer«, fuhr sie fort, »jedenfalls habe ich interessante Neuigkeiten zu erzählen.«

»Ich habe auch welche. Aber nur zu. Bitte du zuerst.«

»Danke schön. Also, wie ich bereits erwähnte, war mein Besuch bei Georgiana ziemlich aufschlussreich.«

Justin bot ihr den Arm, um sie die Treppe hinaufzugeleiten. »In welcher Hinsicht?«

»Während ich da war, bekam sie völlig unerwarteten Besuch. Du kommst nie darauf, wer es war.«

Justin schaute sie an. Sie strahlte förmlich. »Da hast du Recht«, sagte er knapp. »Das werde ich wohl kaum.«

Sie rümpfte niedlich die Nase. »Du bist ein Spaßverderber«, klagte sie.

»Liebling, ich kann doch sehen, dass du es kaum aushalten kannst, damit herauszurücken. Warum tust du es nicht einfach?«

»Na gut. Walter war es. Und als ich ging, schienen sie mir ziemlich vertraulich miteinander. Ihre Mutter hat außerdem zugegeben, dass dies bereits Walters dritter Besuch in dieser Woche war.«

Justin hielt in seiner Bewegung inne. »Georgiana und Walter?«

»Es scheint so.«

Ganz so breit wollte Justin eigentlich nicht lächeln – es kam einfach so.

Arabella lachte über seinen Gesichtsausdruck.

»Vielleicht wird das die nächste Londoner Hochzeit.«

»Das würde mich nicht mehr überraschen«, stimmte sie zu und legte ihre Hand in seine Armbeuge.

Ihre Blicke trafen sich und verweilten einen unermesslichen Moment aufeinander. Justin atmete tief durch; auf einmal fühlte er sich bis ins Innerste getroffen. Ihre Augen waren von einem sanften, klaren Blau und leuchteten wie der Himmel über ihnen. Sie sah so glücklich, so unbeschreiblich zufrieden aus. Beinahe hatte er Angst, auszusprechen, welcher Gedanke ihm gerade durch den Kopf gegangen war – um den Augenblick nicht zu zerstören: War es denn so? Machte *er* sie so glücklich? Dass das so sein könnte, war eine Vorstellung, die ihn beinahe auf die Knie sinken ließ.

Mein Gott, war sie liebreizend. Ein warmer Wind spielte mit ein paar heraus gerutschten Locken an ihren Schläfen. Ein zartes Rosa überzog ihre Wangen. Auf ihren Lippen lag ein leichtes Lächeln. Und zu wissen, dass sie seine Frau war, weckte plötzlich ein starkes Verlangen in ihm. Leidenschaft loderte in seinen Adern auf. Der Wunsch, sie zu umfassen, die Treppe hinaufzutragen, die Tür zu schließen und sie zu lieben, bis sie beide vollkommen erschöpft waren, wurde übermächtig.

Er streckte die Hand aus und umfing die ihre, die auf

seinem Arm lag. Gerade wollte er seine Absichten kundtun, als Arthur die Tür öffnete. Sie gingen hinein. Dann war Arthur eine Zeit lang um sie herum, brachte die Post und diverse Einladungen. Als er sich umdrehte, sah er, dass Arabella nach oben verschwunden war.

Das trifft sich gut, entschied Justin, genau da wollte er sie auch haben …

Der Messingklopfer an der Eingangstür war zu vernehmen. Arthur öffnete, und Gideon trat ein.

Justin hob die Brauen. »Schon wieder zurück aus Paris, wie ich sehe.«

»Mein guter Freund, das war mehr als ein Monat. Und bitte vergib mir, dass ich so unerwartet hereinplatze, aber ich dachte, ich würde dich mal bei White's treffen.«

»Ich fürchte, da war ich schon seit Wochen nicht mehr.«

»Ah«, machte Gideon. »Du bist wohl mit anderen Dingen beschäftigt: deiner neuen Braut, schätze ich.«

Eine amüsierte Neugier blitzte in Gideons Augen, aber Justin hatte nicht vor, darauf näher einzugehen.

»Ich will ja nicht unhöflich sein, aber es ist gerade kein guter Zeitpunkt.«

Gideon hob die Hände. »Oh, kein Grund zur Besorgnis«, beteuerte er. »Ich werde mich kurz fassen. Ich bin in der Tat nur gekommen, um unsere Angelegenheit zu klären.«

Justins Blick flackerte. »Das ist nicht nötig«, gab er steif zurück. Verdammt, bis zu diesem Augenblick hatte er die verdammte Wette mit Gideon vollkommen vergessen.

»Oh, doch, das ist es«, beharrte Gideon. »Wir hatten eine Abmachung, dass die fragliche Lady innerhalb eines Monats die Deine sein sollte, und das war sie in der Tat. Zugegeben, ich hätte niemals gedacht, dass du diese Perle dafür tatsächlich heiraten musst …«

»Ich *musste* auch nicht«, gab Justin gepresst zurück.

Gideon zuckte mit den Schultern. »Tatsache ist jedenfalls, dass die Bedingungen unserer Abmachung zur vollsten Zufriedenheit erfüllt sind. Und, wie dem auch sei«, fuhr er fort, »ich bin kein Mann, der seine Schulden nicht bezahlt.«

Zwinkernd ließ Gideon einen Beutel in Justins Hand fallen.

Bevor der noch etwas entgegnen konnte, bemerkte er wirbelnde Röcke hinter sich – Arabella!

»Oh, hallo!«, sagte sie, als sie Gideon bemerkte.

Justin drehte sich halb herum. Er wusste, dass sich in dem Beutel das Geld für die Wette befand. Er fluchte im Stillen. Verdammt noch mal, jetzt konnte er das Geld nicht zurückgeben, ohne eine Szene heraufzubeschwören!

Nachdrücklich stellte er fest: »Gideon war gerade dabei, sich zu verabschieden.«

»Ja.« Gideon machte eine tiefe Verbeugung. »Noch einmal, meine herzlichsten Glückwünsche für euch beide.«

Kaum fiel die Tür hinter ihm ins Schloss, deutete Arabella mit dem Kopf in Richtung des Beutels.

»Oho«, neckte sie ihn. »Ich habe gesehen, wie er dir verschmitzt zugezwinkert hat. Was hat er dir denn da gebracht?«

Justins rutschte das Herz in die Hose. »Nichts von Bedeutung«, sagte er rasch. »Wirklich nicht.«

»Nichts von Bedeutung, was? Hm, das hört sich aber sehr geheimnisvoll an. Vielleicht ist es ein Schatz? Lass uns doch mal nachsehen – wollen wir?« Lachend schnappte sie sich den Beutel aus seiner Hand und schaute hinein.

Ihre Augen weiteten sich. »Bei allen guten Geistern, da

ist ja ein halbes Vermögen drin.« Sie blickte auf; ihr Ausdruck zeigte blanke Neugier. »Macht ihr beide denn Geschäfte miteinander?«

Justin zögerte. »Nein«, antwortete er schließlich.

»Das hätte ich auch nicht gedacht. Es hätte mich sogar außerordentlich gewundert, denn Gideon ist mir noch nie besonders ehrgeizig oder gar fleißig vorgekommen.« Sie schürzte die Lippen. »Ich erinnere mich, dass er ein Freund von dir ist, jedenfalls hat er mich mal um einen Tanz gebeten. Eine ermüdende Angelegenheit war das. Alles, wovon er sprechen konnte, war sein außerordentliches Geschick am Spieltisch an jenem Abend. Ich habe Geschichten gehört über Männer, die dumm genug waren, ein Vermögen auf einen einzigen Wurf zu setzen. Bleibt nur zu hoffen, dass er nicht von dieser Sorte –«

Plötzlich hielt sie inne. Ihr Blick wanderte zu dem Beutel in ihrer Hand.

Ihr Lächeln verschwand. Langsam hob sie den Kopf.

»Justin«, sagte sie unsicher und fuhr fort, »das kann nicht sein. Sicher ist das nicht –«

Sie hielt erneut inne. Ein bittender Ausdruck trat in ihre Augen. *»Justin?«* Ihre Stimme klang verzweifelt.

Für längere Zeit bekam Justin keinen Ton heraus. Seine Augen richteten sich auf Arabella. Ihm war, als sei er plötzlich wie versteinert …

Leise sagte er: »Erinnerst du dich an die Wette, von der ich dir erzählt habe?«

Sie hielt den Atem an. Alles Blut wich ihr aus dem Gesicht. In ihren wunderschönen blauen Augen sah man den Schmerz. Und Justin bemerkte genau den Augenblick, indem er ihr Vertrauen geschwunden war und sie innerlich zusammenbrach.

»Oh, Gott«, flüsterte sie halb erstickt.

Arabella wusste genau, worum es sich hier handelte. Bezahlung für die Wette an den Sieger, der ihr die Tugend genommen hatte.

Das Wissen drang in ihr Herz wie ein stumpfes, rostiges Messer.

Sie war vollkommen verwirrt und reagierte nur noch, als er sie in sein Arbeitszimmer geleitete. Er löste den Beutel aus ihrem Griff und warf ihn auf seinen Schreibtisch.

Arabella blieb stehen. Ihr war, als würde ein eisiger Wind von ihrer Seele Besitz ergreifen. Ihr war kalt, bis in die Fingerspitzen, und sie zitterte am ganzen Körper.

Er stützte sie am Arm.

Rasch kam sie wieder zu sich. »Mit mir ist schon alles in Ordnung.«

»Ja.« Er lächelte leicht. »Ich habe es vergessen. Dir wird ja niemals schwindelig, nicht wahr?«

Seine Hände schienen ihren Arm nicht mehr loslassen zu wollen. »Und das wird auch jetzt nicht geschehen«, ließ sie ihn wissen. Sie entwand sich ihm und ging in die hinterste Ecke des Raumes, weg von seinem Schreibtisch. Sie musste ein wenig Abstand zu ihm bekommen. Sie könnte es absolut nicht ertragen, wenn er sie jetzt berührte.

Ihre Stimme durchbrach das Schweigen. »Ich dachte, du hättest gesagt, es seien fünf Männer an dieser Wette beteiligt gewesen. Fünf Männer im Wettstreit darum, wer mir meine Unschuld raubt. Ich erinnere mich noch genau daran, Justin, dass du behauptet hast, nicht unter ihnen zu sein. Das weiß ich noch ganz genau.«

Er schüttelte den Kopf. »Das war ich auch nicht.«

Arabella gab ein ungeduldiges Zischen von sich. »Das ergibt keinen Sinn!«, klagte sie ihn scharf an. »Du hast doch gerade eben gesagt –«

»Ich weiß, was ich gesagt habe. Aber ich war keiner von jenen, die bei dieser Wette mitgemacht haben.«

Arabella verlor die Fassung. »Lüg mich nicht an!«

»Ich lüge nicht. Und ich werde auch nicht lügen.« Er machte eine Pause. »Gideon und ich haben unsere eigene Wette abgeschlossen. Eine ganz private Wette. Wir haben die Einsätze der anderen Wette verdoppelt.«

»Eine Wette um meine Tugend. Sprich' es ruhig aus, Justin.«

Er schien merkwürdig zurückhaltend. Einige Sekunden verstrichen, und auf einmal wurde Arabella mit jeder vergangenen Sekunde immer wütender. »Sag es schon!«

»Ja. *Ja.* Wir sind übereingekommen, den Einsatz für die Wette um deine Unschuld zu verdoppeln.«

»Das war dann sozusagen ein Wettstreit zwischen euch beiden?«

Er schüttelte den Kopf. »Gideon erzählte mir, dass du ihn bereits äußerst eindeutig zurückgewiesen hättest. Die Wette ging darum, ob *ich* dir die Unschuld nehme.« Eine Pause entstand. »Innerhalb eines Monats«, fügte er milde hinzu.

Und das hatte er ja auch. Das *hatte* er. Oh, mein Gott. *Himmel.* Für den Augenblick eines Herzschlags rief sie sich ihre Hochzeitsnacht ins Gedächtnis zurück, wie er sie so sanft genommen hatte, jede zarte, leidenschaftliche Berührung ... in ihrem Innern zog sich alles zusammen; diese Erinnerung war mit einem Mal beschmutzt. Und jetzt stand er reglos da, an die Schreibtischkante gelehnt, die Arme vor der Brust verschränkt, und beobachtete sie.

Wie konnte er nur so ruhig sein? Arabella war es danach, zu toben und zu schreien, mit den Fäusten auf ihn einzuschlagen. Obwohl sie innerlich vor Wut kochte, zwang sie sich dazu, genauso gelassen zu sein wie er.

»Wie viel?«, fragte sie.

Er sagte nichts.

Ihr Blick wanderte zu dem Beutel. »Ich kann immer noch nachschauen«, erinnerte sie ihn.

»Sechstausend Pfund.«

Sie hatte Recht gehabt. Ein halbes Vermögen. »Nun«, sagte sie kühl, »da warst du wohl ziemlich überzeugt von deiner … deiner Überredungskunst.«

Ein angespanntes, bedrückendes Schweigen entstand. Ihr kam der Gedanke, dass er nicht wusste, was er sagen sollte; und deshalb sagte er gar nichts.

»Oh, aber natürlich«, begann sie laut nachzusinnen, »ging es nie darum, mich zu heiraten …, sondern nur, mich ins Bett zu bekommen.« Sie war völlig hin und her gerissen, ob sie gleich in ein hysterisches Lachen oder vor tiefer, verzweifelter Scham in Tränen ausbrechen sollte. Und in Wahrheit hätte sie ihm ihre Unschuld mit Sicherheit auch ohne Trauschein geschenkt. Aber sicherlich nicht unbedingt in dieser schicksalhaften Nacht, als sie von Georgiana und Tante Grace erwischt worden waren, aber nach einiger Zeit …

Schließlich war er doch der schönste Mann von ganz England, und sie ja nur ein Spielzeug. Und Dummkopf, der sie nun einmal war, hatte sie ihm genau in die Hände gespielt! Denn wenn sie in seinen Armen lag und seine geschickten Lippen die Willenskraft aus ihr zu saugen schienen, wurde ihr das alles einerlei.

Oh, sie hatte tatsächlich vergessen, was für ein Schwerenöter er eigentlich war. Bei Gott, er machte ja nicht einmal ein Geheimnis daraus. Da sie von Tante Grace und Georgiana entdeckt worden waren, war er lediglich dazu gezwungen gewesen, sie letztendlich doch zu heiraten.

Das Gefühl, betrogen worden zu sein, war unglaublich. Welle um Welle brennender Scham schlug über ihr zusammen, eine Scham, die ihren innersten Kern verletzte.

Aber das würde sie ihm nicht zeigen. Egal, wie schmerzvoll es sein sollte: auf keinen Fall würde sie es zeigen.

Stattdessen legte sie den Kopf schief. »Hast du nur deshalb zugestimmt, mich so rasch zu heiraten – damit du noch gewinnst?« Sie gab ihm keine Zeit, zu antworten. »Und ich dachte tatsächlich, du hast dich verpflichtet gefühlt, meinen Ruf zu retten. Oh, armer Justin, du warst gezwungen, deinen berüchtigten Ruf aufzugeben, nur weil du bei einem Kuss erwischt worden bist! Ich frage mich nur – soll man dich dafür bemitleiden oder belobigen? Wenigstens muss man sich jetzt keine Gedanken mehr um das Geld machen, nicht wahr? Wenigstens kenne ich jetzt deine Prioritäten. Geld vor Ehre und so weiter –«

Er reckte das Kinn. »Hör auf, Arabella.«

»Nein!«, fauchte sie.

Eine leichte Röte zeigte sich auf seinen Wangenknochen. »Um alles in der Welt, als ich diese Wette eingegangen bin, wusste ich nicht, dass *du* die Unerreichbare warst!«

»Nun, danke schön für die Bestätigung! Das lässt dich doch mit der ganzen Sache viel leichter fertig werden, nicht wahr? Natürlich hätte sich ein Mann von deinem Aussehen niemals dazu herabgelassen, sich mit so einem Tölpel wie mir öffentlich zu zeigen.«

»So habe ich das nicht gemeint, und das weißt du auch.«

»Es gibt nichts, was du noch sagen könntest, das dich in meinen Augen weniger als Schuft erscheinen lässt.«

Er verzog seinen Mund. »Das ist mir vollkommen klar. Nichtsdestotrotz –«

Arabella beachtete ihn nicht und steuerte auf die Tür zu. Als sie um ihn herumgehen wollte, legte er seine Hände auf ihre Schultern.

Sie hob den Kopf. »Lass mich los«, sagte sie ruhig. »Ich muss mich zum Dinner umziehen.«

Seine Lippen waren so verkniffen wie die ihren. »Das hat Zeit.«

»Nein, hat es nicht! Tante Grace und Onkel Joseph erwarten uns heute Abend.«

Er fluchte. »Gottverdammt noch mal, Arabella, wir gehen nirgendwohin, bevor das hier nicht aus der Welt ist!«

»Oh, doch, das tun wir«, entgegnete sie. »Ich weigere mich, meine Tante und meinen Onkel zu enttäuschen oder ihnen auch nur mangelnden Respekt zu erweisen, indem ich nicht bei ihnen erscheine. Und wenn du mich nicht begleiten willst, dann gehe ich einfach allein. Auf jeden Fall wird diese Auseinandersetzung wohl warten müssen.«

Er ließ die Hände sinken. Was er von ihrer Entscheidung hielt, wusste sie nicht, und es war ihr auch egal. Arabella war sich voll bewusst, wie rebellisch ihr Auftreten war. Sie eilte an ihm vorbei, das Kinn vorgeschoben.

In der Kutsche war die Stimmung sehr gedrückt. Arabella saß verkrampft auf der einen Seite des mit Samt bezogenen Sitzes, Justin auf der anderen. Nicht ein einziges Mal trafen sich ihre Blicke. Sie bot ihm keinerlei Anlass zum Gespräch, und er ihr ebenso wenig. Als die Kutsche vor Onkel Josephs Stadthaus hielt, fiel ihr ein, dass Justin ihr bis jetzt noch gar nichts von seinen Neuigkeiten hatte sagen können. Sie presste die Lippen zusammen. Sie würde nicht danach fragen, nicht jetzt. Es war wohl anscheinend nicht so wichtig gewesen.

Wie durch ein Wunder schafften sie es, bei der Begrüßung der Tante und des Onkels einigermaßen anständig miteinander umzugehen.

Tante Grace hielt Arabellas Hände fest. Grübchen zeigten in den Wangen ihrer Tante. »Ich habe eine große

Überraschung für dich, meine Liebe«, verkündete sie fröhlich.

Arabella lächelte leicht. »Ja, Tante?«

Wortlos und strahlend führte Grace sie in den Salon. Dort erhoben sich zwei Personen gleichzeitig vom Sofa – die eine zierlich und blond, die andere groß und rothaarig.

Arabella blinzelte und schüttelte dann den Kopf, als könne sie nicht richtig sehen. Sie öffnete den Mund. »Mama«, hörte sie sich hauchen. »Papa …«

Und dann brach sie in Tränen aus.

Zweiundzwanzigstes Kapitel

Arabellas Tränen – da war Justin sicher – waren keine Tränen des Glücks. Flehentliche Tränen, wohl eher. Tränen der Hilflosigkeit …

Das Abendessen wurde zu einer schwierigen, verkrampften Angelegenheit. Arabellas Eltern verhielten sich höflich, blieben jedoch zurückhaltend. Justin entging nicht die Tatsache, dass ihre Blicke immer wieder prüfend zu Arabella wanderten. Sie saß mit bleichem Gesicht neben ihm; immer noch sah man die Spuren der Tränen auf ihren Wangen. Regelmäßig biss sie sich in die Unterlippe, als kämpfe sie verzweifelt, um nicht von neuem die Fassung zu verlieren. Eine Zeit lang mühte sich Tante Grace redlich, die ganze Situation durch ihr wie üblich fröhliches, lebhaftes Geplauder zu retten; schließlich verstummte auch sie.

Allen Anwesenden war klar, dass es Arabella schlecht ging. Justin war überzeugt, schlimmer konnte es kaum noch werden.

Da irrte er.

Nach dem Dinner gingen alle in den Salon hinüber. Arabella nahm beim Kaminfeuer Platz, zur Linken ihrer Eltern, die sich auf ein Sofa setzten.

Justin räusperte sich. Angriff war stets die beste Verteidigung, entschied er.

Er wandte sich an Arabellas Eltern. »Mr und Mrs Templeton, es ist offensichtlich, dass Ihr Euch schwerwiegende Gedanken macht«, sagte er lächelnd und entspannt, was in keiner Weise seinem Gefühlszustand entsprach. »Ich fürchte, es wäre uns allen gedient, wenn wir offen miteinander reden.«

Daniel Templeton verschwendete keine Sekunde. »Gut, also dann«, sagte er und hob seine buschigen Brauen. »Erst einmal muss ich sagen, dass die Nachricht von Arabellas Heirat uns vollkommen überrascht hat. Wären wir hier gewesen – da bin ich mir ziemlich sicher –, ihre Mutter und ich hätten es nicht erlaubt.«

Jetzt schien auch Grace den Tränen nahe. Oh, Herr im Himmel, dieser Abend war voller Vorzeichen für eine bevorstehende Katastrophe.

Joseph streckte die Hand aus und ergriff die seiner Frau. »Also, hör zu, Daniel. Unter Erwägung aller Umstände haben Grace und ich so gehandelt, wie wir es für richtig hielten«, verteidigte er sich. »Ihr habt Arabella oft in unserer Obhut gegeben und niemals zuvor unser Urteil in Frage gestellt.«

»Und dazu gab es auch gar keinen Grund. Aber glaub es mir Joseph, du kannst dir sicher unsere Beunruhigung vorstellen, als Catherine und ich erfuhren, dass sie ausgerechnet so einen ...« Er hielt inne. Sein Blick wanderte zu Justin, der mit den Zähnen knirschte. »Na los, sagt es schon«, forderte er ihn auf. »Meine Gefühle werdet Ihr auf keinen Fall verletzen.«

»In Ordnung, also. Wir waren schockiert, als wir erfuhren, dass unsere Tochter einen solchen Mann geheiratet hat.« Daniel hatte vor lauter Abscheu die Lippen zusammengekniffen. »Es muss kaum noch erwähnt werden, dass wir über Euren Ruf bereits bestens informiert waren.«

»Deshalb haben wir uns auch unverzüglich auf die Heimreise begeben«, fügte Catherine hinzu.

»Und was müssen wir feststellen?«, fuhr Daniel fort.

»Ich kenne meine Tochter, Sir. Im Gegenteil zu dem, was sie uns geschrieben hat, ist dies nicht der Anblick einer glücklich verheirateten Frau.«

Aller Blicke hefteten sich auf Arabella.

Justin stockte das Herz. Arabellas Züge waren verkrampft, die Lippen zitterten. Er sah, wie sie angestrengt schluckte und registrierte die Art, wie sie im Schoß an ihren Fingern zupfte.

Ihm wurde es in der Brust zu eng, so dass er einen Moment lang kaum Luft bekam. Es schmerzte ihn, sie so zu sehen. Bei Gott, er erwartete ja nicht, dass sie ihn verteidigte. Aber wenn sie doch bloß *irgendetwas* sagen würde …

»Ich würde behaupten, Sir, Ihr habt eine junge, leicht zu beeindruckende Frau ausgenutzt. Ihre Mutter und ich sind uns schon über das Wesentliche einig geworden. Arabella hat noch nicht das Alter der Volljährigkeit erreicht. Wir haben dieser Ehe nicht zugestimmt. Daher habe ich keinen Zweifel, dass sie sich annullieren lässt.«

Fluchend sprang Justin auf.

Grace rang nach Luft. Catherine wirkte vollkommen verschreckt. Joseph bedachte Justin mit einem stillen, warnenden Blick.

»Bitte.« Arabellas Stimme klang sehr leise. »Würdet ihr alle bitte aufhören, über mich zu reden, so als sei ich gar nicht anwesend? Ich bin kein Kind mehr.« Sie schaute ihren Vater an. »Papa, mach nicht Justin verantwortlich, oder Onkel Joseph und Tante Grace. Die Wahrheit ist, wenn es sich herumgesprochen hätte, dass wir uns … geküsst haben, hätte ich mir keine Illusionen über meinen Ruf mehr zu machen brauchen.«

Daniels Züge wurden milder, als er seine Tochter ansah. »Wir machen alle einmal Fehler, Arabella. Aber dies ist einer, der rückgängig gemacht werden kann. Ich bin ganz sicher, dass wir eine Annullierung erwirken können.«

Justin war fassungslos. Nur mit allergrößter Willenskraft gelang es ihm, sich zu beherrschen. »Sir, ich muss Euch doch daran erinnern, dass dies eine Angelegenheit zwischen Mann und Frau ist. Eure Einmischung ist keinesfalls willkommen. Und jetzt würde ich gerne, wenn Ihr alle so freundlich wäret, einen Augenblick allein mit meiner Frau sprechen.«

Seine Augen richteten sich auf den Pfarrer.

Daniels Brauen zogen sich über der Nasenwurzel zusammen.

»Jetzt pass mal auf, mein Junge, ich bin immer noch ihr Vater –«

»Und wie sehr es Euch auch stören mag, ich bin immer noch ihr Ehemann.« Justins Stimme klang hart und abgehackt. »Und ich würde sie gerne allein sprechen.«

Daniel ließ kein Anzeichen von Nachgiebigkeit erkennen. Und Justin ebenso. Catherine, Joseph und Grace hatten sich bereits zur Tür begeben und warteten dort ab. Justin und Daniel blieben stur sitzen und starrten sich böse an.

Endlich, mit einem ungeduldigen Seufzer, ließ Justin seinen Blick zu Arabella schweifen. »Arabella?«, fragte er sanft. In seinem ruhigen Tonfall schwang sowohl eine Forderung als auch eine Frage mit.

Die Spannung war fast mit den Händen zu greifen. Arabella schaute auf die Hände in ihrem Schoß. Sie blieb so lange still, dass Justin sich schon wunderte, ob sie seine Frage überhaupt wahrgenommen hatte. Als er glaubte, die Geduld zu verlieren, hob sie endlich den Kopf.

»Ich ... bitte, Papa. Es ist in Ordnung.«

Daniel kniff die Lippen noch fester zusammen, stand jedoch auf. Er ging zu ihrem Platz hinüber und drückte ihr einen Kuss auf die feuerroten Locken, die den seinen so ähnlich waren. »Ruf, wenn du uns brauchst«, war alles, was er sagte.

Mit einem Klicken fiel die Tür hinter ihnen ins Schloss. Justin und Arabella blieben allein zurück.

Justin hatte sich nicht von der Stelle bewegt. Arabella widmete sich wieder ihren Händen, die noch immer verschränkt in ihrem Schoß lagen. So bleich und bedrückt hatte er sie noch nie gesehen.

»Tja«, sagte er mit einem sardonischen Lächeln, »das lief ja ausgezeichnet. Ich weiß, dass ich ein Schuft bin, aber ich hätte niemals gedacht, um Erlaubnis bitten zu müssen, mit meiner Frau allein zu sein.«

Arabella hob den Kopf. Ihre Augen blitzten. »Sag bloß nichts gegen Papa!«, fuhr sie ihn an. »Mein Vater ist der liebste und sanfteste Mensch auf der Welt.«

Justin atmete tief durch. Er musste viel vorsichtiger sein. »Ja. Deine Eltern sind anständige, respektable Leute. Und sie sind offenbar sehr besorgt um dich, und ich verstehe absolut, wie verbunden ihr miteinander seid. Und trotzdem ist diese Situation sicherlich … nicht gerade alltäglich.«

Arabella stimmte weder zu, noch stritt sie es ab. Ihr Blick entglitt ihm, da sie den Kopf wieder senkte. Ihre Haltung war voller Verzweiflung.

Justin durchquerte das Zimmer und kniete sich vor ihr nieder.

»Arabella«, sagte er leise. »Willst du mich nicht einmal ansehen?«

Ihre weichen Lippen zitterten, die Lider senkten sich tief, und der Kopf noch tiefer.

Ein dumpfer Schmerz erfüllte seine Brust. Impulsiv streckte er eine Hand aus und umfasste die ihre.

Das war ein Fehler. Voller Zorn entzog sie ihm diese.

»Nein«, flüsterte sie. »Bitte, fass mich nicht an.«

Er spannte den Kiefer und unterdrückte die wütende Forderung, die sich in ihm meldete. Stattdessen sagte er sehr ruhig: »Bitte, Arabella. Lass uns nach Hause fahren und dort darüber reden.«

»Nein.«

»Was?«

Sie schüttelte den Kopf. »Nein. Ich glaube nicht, dass ich nach Hause möchte. Nicht mit dir.«

Seine Augen verengten sich. »Was willst du denn dann tun? Hier bleiben?«

Krampfhaft nickte sie.

Justin atmete tief ein. »Liebling –«

»Lass das! Nenn mich nicht so. Und sieh mich nicht so an!« Ihre Stimme klang unnatürlich hoch und schrill. »Vielleicht hat Papa ja Recht und wir sollten die Ehe wirklich annullieren lassen.«

»*Das will ich nicht*!« Seine Antwort kam sehr impulsiv.

Langsam wanderten ihre Blicke zu ihm. Würde Justin nicht bereits vor ihr knien, dann hätte ihn die Qual, die er in ihren Augen bemerkte, sicher auf die Knie gezwungen.

»Und was ist damit, was ich will?«

Er neigte den Kopf zur Seite, so als wolle er ich direkt ins Herz sehen. »Was willst du denn?«, fragte er sanft.

Ihr Atem ging schwer und stoßweise. »Das weiß ich nicht«, antwortete sie mit einem leichten Kopfschütteln. »Aber wenn du hier bist, kann ich nicht denken. Ich kann nicht denken, wenn du in meiner *Nähe* bist. Ich muss allein sein!«

»Nein. Was du brauchst, bin ich. Dein Ehemann.«

»Mein Ehemann, mein Mann!«, entgegnete sie. »Mein Mann, der mich geheiratet hat, um eine Wette zu gewinnen!«

»Das stimmt nicht –«

»Warum hast du dann nicht die Wahrheit gesagt? Du hast mir von der Wette bei White's erzählt«, forderte sie ihn heraus. »Und warum hast du dann nicht gleich von deiner Wette mit Gideon erzählt?«

Er verfluchte die verräterische Röte, die seine Haut überzog. »Vielleicht hätte ich das tun müssen. Bevor Gideon nach Paris abgereist ist, habe ich ihm gesagt, dass die Wette nicht mehr gilt. Er wollte nichts davon hören. Arabella, glaub mir, diese Wette war mir vollkommen egal geworden.«

Das war wieder das Falsche gewesen. Das merkte er in dem Augenblick, als er die Worte ausgesprochen hatte. Er machte eine hilflose Geste.

»Arabella, es tut mir Leid –«

»Oh, da bin ich sicher – es tut dir Leid, dass ich es gemerkt habe!«

»Es tut mir Leid, dass ich so blöd, so dumm und eingebildet war, auf diese Wette überhaupt eingegangen zu sein! Und, ja, vielleicht bin ich ja selbstsüchtig, aber ich wünschte in der Tat, du hättest es nicht herausgefunden.« Er gestikulierte ungeduldig umher. »Mein Gott, wie kann ich es dir nur sagen? Ich wollte dir nicht wehtun.«

Arabella sagte gar nichts, sie sah ihn nur anklagend an.

»Arabella, der Mann, der sich auf diese Wette eingelassen hat … der existiert nicht mehr. Mit dir zusammen zu sein … jetzt ist alles ganz anders. *Ich* bin anders. Zum ersten Mal in meinem Leben habe ich tatsächlich … Glück empfunden. Und Zufriedenheit. Ich –«, verzweifelt suchte er nach den geeigneten Worten und sandte ein Stoßgebet aus, dass er sie finden möge. »Ich habe mich niemals so gefühlt, Liebste. *Niemals zuvor.* Und es liegt nur an dir, Arabella. Ich weiß es. Ich kann es *fühlen.* Wenn ich an unsere Hochzeitsnacht denke … was wir alles geteilt haben … Es ist so wertvoll für mich, meine Süße. Was wir hatten … nein, was wir zusammen *haben* … Ich möchte das niemals verlieren. Ich will *dich* nicht verlieren.«

Doch sie schüttelte nur den Kopf. Wieder und wieder. Sie lehnte alles ab. Sie lehnte ihn ab.

»Bitte, geh«, sagte sie tonlos.

»Arabella! Tu das nicht. Es kann doch nicht so enden!«

»Es hätte nie beginnen dürfen!«, rief sie aus.

Justin starrte sie an. Sie waren miteinander verbunden. Beim Himmel, sie waren doch verheiratet. Sie gehörten zusammen, im Geiste und in der Seele. Wusste sie das denn nicht?

»Bitte, sag das nicht.« Gegen ihren Willen und jeden Verstand ergriff er ihre Hände. In seinem Inneren brannte alles – die Lungen, die Kehle. Aber am meisten mitten in seinem Herzen.

»Du hast gesagt, eine Frau gehört an die Seite ihres Mannes, Arabella. In der Nacht, als ich dir von meinem Vater erzählt habe, hast du gesagt –«

»Ich weiß, was ich gesagt habe. Aber … es hat sich alles geändert.«

Er vernahm ihre verzweifelten Worte.

Ihm war danach, sie zu rütteln, zu verlangen, dass sie ihm zuhörte. Er wollte sie in die Arme schließen und nie mehr loslassen. Mein Gott, dachte er hilflos, es war, als könne er zusehen, wie sie ihm entglitt, wie sie sich von ihm löste.

»Du hast Unrecht«, flüsterte er. »Nichts hat sich geändert. Nur ich. Nur *ich*.« Seine Blicke waren stechend. Er nahm die Welt nur noch wie durch einen wässrigen Schleier wahr. Er sah *sie* nur noch unscharf. Es war ihm egal, und auch, dass sie es sehen konnte. Alles, was er denken konnte, war, dass er sie zurückgewinnen musste. Er musste es wenigstens versuchen.

»Bitte, Liebling. Wir bringen wieder alles in Ordnung,

das verspreche ich dir. Bloß …« Seine Stimme klang tief und gebrochen. »Komm mit mir nach Hause. Ich – ich flehe dich an. *Komm mit mir nach Hause*.«

Ein gequälter Ton drang aus ihrer Kehle, ein Aufschrei, der ihm das Herz stocken ließ. »Sag nichts mehr. Und sieh mich nicht so an!« Sie entwand sich ihm und lief zur Tür.

Da wurde es Justin bewusst. Es hatte keinen Zweck mehr. Es würde keine Gespräche geben. Keine weiteren Bitten.

Und er verließ das Haus … allein.

Am folgenden Nachmittag stieg Sebastian, eine fröhliche Melodie vor sich hin pfeifend, die Stufen zum Haus seines Bruders am Berkeley Square hinauf. Justin und er konsultierten denselben Anwalt, und da er gerade dessen Büro verlassen hatte, konnte er es nicht erwarten, Justin zu seiner Neuerwerbung zu gratulieren.

Arthur ließ ihn eintreten. »Mylord«, flüsterte er. Dann nahm er Sebastians Hut und Schirm entgegen und fügte hinzu: »Euer Besuch ist höchst willkommen.«

Der Diener machte eine Geste in Richtung von Justins Arbeitszimmer. Sebastian hatte nicht weiter über die offenbare Erleichterung in Arthurs Begrüßung nachgedacht, bis er Justin erblickte.

Der saß in einem Sessel in der Nähe des Kaminfeuers, die noch in den Stiefeln steckenden Beine weit von sich gestreckt. Seine normalerweise perfekte Erscheinung war alles andere als das. Sein Halstuch hing lose, das Hemd war verknittert und schmutzig, das Kinn von dunklen Bartstoppeln bedeckt.

»Grundgütiger!«, rief Sebastian aus. »Du siehst ja furchtbar aus!«

Justin hob zum Gruß eine halb leere Weinflasche hoch. »Danke schön. Darf ich das Kompliment zurückgeben?«

Sebastian blickte in übernächtigte, blutunterlaufene Augen und stieß einen Fluch aus. »Bist du betrunken?«

Justin verzog den Mund. »Noch nicht. Aber ich tue mein Bestes.« Er hob die Flasche an. »Oh, wo sind nur meine Manieren geblieben. Bitte, leiste mir Gesellschaft. Es ist ein fantastischer Jahrgang, das verspreche ich dir.«

Sebastian nahm ihm die Flasche aus der Hand und stellte sie zur Seite. »Und wo zum Teufel steckt Arabella?«

Justins Augen blitzten auf. »Meine liebreizende Frau hat die vergangene Nacht bei ihrer Tante und ihrem Onkel verbracht. Heute Morgen kam ein Diener, um einige ihrer Sachen abzuholen. Ich bin sicher, dass sie zu dieser Stunde damit befasst ist, herauszufinden, ob unsere Ehe nun annulliert werden soll oder nicht. Mit dem Beistand ihrer Eltern, muss ich hinzufügen.«

Sebastians Lippen wurden schmal. »Erspar mir deinen Sarkasmus. Was, zur Hölle, machst du dann hier? Dies ist der letzte Ort, an dem du jetzt sein solltest.«

»Sie will mich nicht sehen.«

»Ach komm, das ist doch absurd.«

»Das hat sie mir gesagt, Sebastian. Sie hat es *zu mir* gesagt. Sie ... sie hat mich verlassen«, brach es aus ihm hervor. »Nein, das ist so nicht richtig. Ich habe sie mit meiner ... meiner Niederträchtigkeit vertrieben. Mein Gott, Sebastian, du hättest sie sehen sollen.«

Sebastian seufzte. »Vielleicht trinke ich doch ein Glas Wein.« Er holte den Wein, goss sich großzügig ein und ließ sich dann in den gegenüberstehenden Sessel fallen. »Erzähl mir einfach, was passiert ist«, bat er Justin.

Sofort begann Justin zu erzählen. Er fing mit dem Ball der Farthingales an und endete mit Gideons Besuch und den Ereignissen des vorangegangenen Abends.

Ruhig hörte Sebastian sich alles an. Einer seiner Mundwinkel hob sich, als Justin geendet hatte. »Tja«, murmelte er. »Ich kann nicht behaupten, dass ich dich beneide.«

Justin betrachtete seinen Bruder. »Dein Mitgefühl überwältigt mich regelrecht.«

Sebastian beugte sich nach vorn. »Das alles bringt euch beide nicht weiter. Im Übrigen denke ich, dass eine Annullierung nicht ganz so einfach durchzusetzen ist, wie Daniel zu glauben scheint. Zum einen hatte Arabella eine offizielle Erlaubnis – die ihrer Tante und ihres Onkels. Und außerdem ist die Ehe ja wohl vollzogen worden, oder?«

Justin bedachte ihn lediglich mit einem verächtlichen Blick.

Sebastian verzog amüsiert den Mund. »Ich muss zugeben, eine dumme Frage.«

»Vielleicht ist es so besser.« Justin starrte mit leerem Blick in eine Ecke.

»Sie ist das Beste, was dir je passiert ist«, hielt Sebastian ihm entgegen.

»Und ich das Schlimmste, was ihr passiert ist.«

»Das ist genau die Einstellung, mit der du überhaupt nichts gewinnst. Justin, manchmal geschehen Dinge, die wir nicht erwarten und die wir nicht kontrollieren können. Vielleicht ist es ja genauso, wie sie sagt. Vielleicht braucht Arabella nur ein bisschen Zeit. Sie wird wieder zu sich finden.«

Justin sagte lange Zeit kein Wort. »Und was, wenn nicht?«

»Dann hilf eben ein bisschen nach.«

Justins Gedanken schweiften ab zu Arabella. Er sah sie so vor sich, wie er sie verlassen hatte, ihre Augen riesengroß und verletzt; ein Schatten der Frau, die er kennen gelernt hatte.

Finsternis legte sich auf seine Seele. »Das kann ich

nicht tun. Und das werde ich nicht tun.« Er sackte in sich zusammen. »Sebastian, ich habe ihr schon genug Leid zugefügt.«

»Und du bist dir sicher, es dabei belassen zu wollen?«

»Was zur Hölle soll ich denn schon tun?« Justin war voller Bitterkeit. »Sie ihren Eltern einfach vor der Nase weg entführen? Das sollte ausgezeichnet klappen. Ihr Vater würde mich wegen Entführung verfolgen lassen!«

»Das glaube ich kaum. Daniel ist ein verständnisvoller Mann. Wenn er sieht, wie unglücklich Arabella ist, wird er seine Meinung ändern. Das gilt auch für Catherine.«

»Sebastian, du hast überhaupt nicht zugehört. Sie *will* mich nicht mehr. Ich glaube, es käme ihr gut zupasse, wenn sie mich niemals wieder sähe. Himmel, sie konnte es ja kaum noch ertragen, mit mir in demselben Raum zu sein.«

»Sie ist verletzt und wütend«, erinnerte Sebastian ihn vorsichtig. »Und du vergisst, dass ich euch schließlich zusammen *gesehen* habe. Sie kann ja kaum ihre Augen von dir lassen – und du umgekehrt genauso.«

Justin stützte den Kopf in seine Hände. Irgendwie hatte er doch gewusst, dass das Glück, das er gefunden hatte, nicht andauern würde –, dass es zu schön war, um wahr zu sein. Denn *sie* war einfach zu gut für ihn. Sein Leben lang war er ruhelos gewesen; mit Arabella war erstmals etwas wahrhaft Wertvolles in sein Leben getreten. Er hatte sich endlich als *Ganzes* gefühlt. Aber jetzt hatte er sie verloren, und es gab niemanden sonst, den er dafür verantwortlich machen konnte.

»Das war vorher«, behauptete er mit Nachdruck. »Und jetzt ist jetzt, und es ist so, wie sie sagte ... alles hat sich geändert.«

»Nein, Justin. Nichts hat sich geändert. Nicht wirklich.«

Justin hob den Kopf. »Ich schwöre, ich will nicht unverschämt sein, aber was, zum Teufel, weißt *du* schon darüber?«

Sebastian lächelte leicht. »In der Tat eine ganze Menge.«

»Was, zur Hölle, meinst du damit? Und wieso, verdammt noch mal, lächelst du so?«

»Falls es dich irgendwie trösten sollte, ich erinnere mich genau an eine ähnliche Unterhaltung mit *dir* vor ein paar Jahren. Lediglich mit vertauschten Rollen sozusagen. Es gab da eine Zeit, in der Devon sich ebenfalls geweigert hat, mich zu sehen.«

Justin presste die Lippen zusammen. »Ja, genau, und wer war daran schuld? Ich natürlich. Ich war derjenige, der dir fast die Chance auf diese Ehe genommen hätte.«

»Oh, nein, es hat nicht an dir gelegen, Justin. Ich hatte die Sache gründlich verdorben.« Sebastian machte eine Pause. »Es scheint, dass wir beide das Talent haben, uns bei den Frauen, die wir lieben, wie Dummköpfe anzustellen.«

Justin wurde ganz still. Er starrte Sebastian so lange an, bis seine Augen ganz trocken wurden und er kaum noch etwas wahrnehmen konnte. Auch fiel ihm das Atmen schwer, und ihm brach der kalte Schweiß aus. Oh, Gott, war es das? Dieses Gefühl, innerlich zerrissen zu sein ? War das Liebe? Es war, als würde ihm jemand ein glühendes Messer tief in das Herz stechen, immer wieder. Ein Brennen auf der Seele … und im Herzen.

Liebe konnte doch nicht so wehtun. Sie *sollte* nicht so wehtun. Liebe sollte doch schön sein und süß, und rein …

So wie Arabella.

Und, Arabella zu lieben … nun das war kein Eingeständnis, das Justin leicht fiel oder das ihm angenehm war. Er hatte sein Leben lang dagegen angekämpft, sich derartige Gefühle einzugestehen.

Doch er konnte jetzt nicht mehr länger dagegen ankämpfen.

Trotzdem vermochte es diese Erkenntnis nicht, dass er den Schmerz in seinem Herzen leichter ertragen konnte.

Im Gegenteil, sie machte es ihm noch viel schwerer.

Dreiundzwanzigstes Kapitel

»Madame«, verkündete Ames. »Ein Besucher für Euch.«

Von ihrem Platz auf dem Sofa aus schaute Arabella hoch. »Für mich?«

Plötzlich begann ihr Puls wild und unregelmäßig zu schlagen. War es vielleicht Justin? Dutzende von Gefühlen nahmen von ihr Besitz. Hoffnung … Angst … und vieles mehr. Das Herz wollte ihr fast zerspringen, als sie vor dem Salon die Silhouette eines hoch gewachsenen Mannes erblickte.

Doch es war nicht Justin, sondern Sebastian.

Sie hätte weinen können. Zwei Tage waren vergangen seit der fürchterlichen Szene in genau diesem Zimmer. Kaum dass Justin an jenem Abend verschwunden war, hatte Arabella sich entschuldigt und war nach oben gegangen. Sie war zu benommen, um irgendetwas außer ihrem eigenen Schmerz wahrnehmen zu können. Und mit Sicherheit nicht den von Justin.

Doch dann, in ihrem Bett, in dem sie schon so viele Nächte verbracht hatte, konnte sie nicht einschlafen. Alles fühlte sich irgendwie … falsch an. Das Bett … war zu leer. Am Morgen darauf schwankten ihre Gefühle zwischen Empörung und Trauer, Verletztheit und Sehnsucht.

Doch nun … Ihr Blick ruhte auf dem Teeservice auf dem Tablett neben ihren Knien. »Möchtest du einen Tee?«

Sebastian lehnte ab.

Arabella biss sich auf die Lippe. »Du warst bei Justin,

oder?« Die Frage war heraus, bevor sie sie hatte zurückhalten können.

»Ja, gestern«, gab er zu.

Sie legte die Hände nervös zurück in ihren Schoß. »Hat er dich darum gebeten, hierher zu kommen?« Bevor Sebastian etwas entgegnen konnte, gab sie sich selbst die Antwort. »Nein, natürlich hat er das nicht. Er ist zu störrisch. Und zu stolz.«

Sebastian lächelte ein wenig. »Wie ich sehe, kennst du ihn ziemlich gut.«

»Wie geht es ihm?« Diese Frage brannte ihr regelrecht auf der Zunge. Wütend sagte sie sich, dass sie das ja eigentlich gar nicht wissen wollte. Aber sie konnte einfach nicht anders.

Sebastian hob eine Braue. »Musst du da noch fragen?«

»Oh«, sagte sie schwach. »Also ist er betrunken.«

»Falls es dir ein bisschen Trost spendet – besser fühlt er sich deswegen auch nicht.«

Er beobachtete sie einen Augenblick lang. »Er weiß nicht, dass ich hier bin, Arabella. Und ich bin auch nicht gekommen, um mich für ihn einzusetzen, falls du das annehmen solltest. Ich bin auch nicht hier, um dich davon zu überzeugen, zu ihm zurückzukehren.«

»Und warum dann?«

»Ich weiß es selbst nicht so genau«, gab er ehrlich zurück. »Aber jetzt, wo ich nun einmal da bin, möchte ich dir gerne etwas sagen. Also, Arabella, bitte hör mich an – wenn du willst.«

Er machte eine Pause. »Es ist merkwürdig«, sagte er nachdenklich, »aber ich musste den ganzen Morgen lang an einen Vorfall denken, der sich vor sehr langer Zeit ereignet hat. Ich kriege es einfach nicht aus dem Kopf … und, wenn ich ehrlich sein soll, so bin ich wahrscheinlich aus diesem Grunde hier.«

Arabella schaute ihn voller Neugier an. »Worum geht es denn?«

»Es war in Thurston Hall«, erzählte er. »Justin war vielleicht acht oder neun, älter auf gar keinen Fall – wenn ich mich nicht völlig täusche. Eines Nachmittags kehrte Justin nach dem Mittagessen nicht in das Schulzimmer zurück. Schon bald waren alle auf der Suche nach ihm. Sie wurden mit der Zeit immer verzweifelter, da er nicht wieder auftauchte. Doch niemand konnte ihn finden – bis schließlich mein Vater ihn entdeckte. Justin saß im Obstgarten in den Ästen eines Baumes und sah zu, wie alle wie verrückt nach ihm suchten. Der Vater schrie ihn an, er solle auf der Stelle herunterkommen. Und ich bin mir nicht sicher, ob Justin Folge geleistet hätte, jedenfalls stürzte er dann vom Baum. Justins Hand stand in einem unnatürlichen Winkel von seinem Gelenk ab; ich wusste sofort, dass es gebrochen war. Ich rannte zu ihm, denn mein Vater hatte einen derartigen Wutanfall, wie ich es bisher noch niemals erlebt hatte.«

Arabella war ganz still geworden. Auf einmal erinnerte sie sich daran, wie Justin ihr diesen einen Baum gezeigt hatte …

»Mein Vater … war alles andere als ein liebenswürdiger Mann, Arabella. Für Justins Schmerzen hatte er überhaupt kein Mitgefühl. Ein Arzt wurde gerufen. Ich konnte mir denken, dass es höllisch wehtat – und Justin war ja noch so ein kleiner Junge! Aber er gab keinen einzigen Ton von sich, als der Arzt den Bruch richtete. Ich erinnere mich, wie ich zu ihm sagte, er solle ruhig schreien. Aber Justin starrte nur unseren Vater an und nahm sich offenbar mit aller Kraft vor, nicht zu weinen – niemals zu weinen. Oh, und ich konnte genau sehen, dass mein Vater nur darauf *gewartet* hat, in seinen Augen konnte ich es ablesen! Aber Justin tat ihm diesen Gefallen nicht«, beendete Sebastian seine Erzählung. »Nicht in diesem Moment, und auch später nicht.«

Er schaute sie an. »Das ist eigenartig, findest du nicht? Ein Kind, das überhaupt nicht, niemals weint?«

Arabellas Kehle schnürte sich zusammen. Vor ihrem inneren Auge hatte sie das Bild von Justin als Kind, hilflos und verletzt daliegend, während sein Vater vor Wut tobte ... Oh, mein Gott, und sie hatte noch über seine Unbeholfenheit gescherzt, als er ihr den Baum gezeigt hatte.

Ihre Gedanken wirbelten durcheinander, und sie ging in sich. Denn sie erinnerte sich noch an etwas anderes, eine Erinnerung, die ihr plötzlich durch den Kopf schoss. Sie wand sich innerlich, als sie daran dachte, wie Justin – es war kaum zwei Tage her – in diesem Zimmer hier gestanden hatte, mit verräterisch rauer Stimme und feuchten Augen ... und was hatte sie dann zu ihm gesagt?

Sag nichts mehr. Und sieh mich nicht so an!

Sie schüttelte ganz leicht den Kopf und sah zu Sebastian auf. »Und woher weißt du, dass er das niemals gemacht hat?«

»Weil ich meinen Bruder kenne«, antwortete Sebastian. Er schien zu zögern. »Arabella, unsere Kindheit war nicht gerade schön –«

»Ich weiß«, sagte sie. »Justin hat mir davon erzählt.« Sie würde nichts verraten über die Nacht, als der Vater gestorben war und wie Justin sich dafür verantwortlich gemacht hatte. Justin hatte es nur *ihr* anvertraut, und sie würde dieses Vertrauen nicht missbrauchen.

Doch Sebastian erzählte bereits weiter. »Julianna kann sich überhaupt nicht an unsere Mutter erinnern. Sie war noch zu klein, als diese uns verlassen hat. Das ist wahrscheinlich ein Segen für sie. Aber Justin ...« Er schüttelte den Kopf. »Ich war stets der Überzeugung, dass es für

Justin am härtesten war. Er brauchte noch dringend eine Mutter, und sie war nicht da. Es hat ihn verändert, denke ich. Und er nahm sein ganzes Leben lang mit Gewissheit an, dass alle anderen glauben – er sei wild, rebellisch und aufsässig. Und die Menschen um ihn herum glauben heute in der Tat, dass er ein Mann ohne Skrupel ist, und ohne Moral. Aber Julianna und ich wussten immer, dass dies nicht der echte Justin ist. Ich denke, du weißt es auch – er ist nicht so, wie er stets vorgibt.«

Das wusste Arabella. O Gott, sie wusste es doch!

»Er ist sein ganzes Leben lang auf der Schattenseite gewandelt, herumgestreunt, auf der Suche nach etwas, von dem er nicht einmal überzeugt war, es tatsächlich haben zu wollen. Aber ich denke, in dir, Arabella, hat er es gefunden. Er ist *anders*, seit er mit dir zusammen ist. Es ist so, als wäre er mitten in einen Sonnenstrahl getreten.« Erneut schüttelte er leicht den Kopf.

»Schick ihn nicht wieder zurück in den Schatten, Arabella. Bitte, tu das nicht. Ich weiß, ich habe eben noch versichert, dass ich mich nicht einmischen möchte. Aber du und Justin, ihr gehört einfach zusammen. Devon wusste das bereits, bevor ich es auch nur geahnt habe. Aber es liegt nicht in meiner Kraft, diesen Riss zwischen dir und Justin … zu kitten, sonst würde ich es tun.«

Er hielt kurz inne. »Bitte«, sagte er dann sanft, »geh ihn einfach besuchen. Bevor du eine Entscheidung triffst, solltest du ihn einfach sehen. Ich denke, du wirst ihn in Kent finden. Er sagte, er hätte da noch etwas zu erledigen wegen des Hauses dort.«

Sie sah ihn verdutzt an. »Was für ein Haus?«

»Der Landsitz dort in Kent. Er hat ihn gerade vor ein paar Tagen gekauft.«

Fassungslos blinzelte sie zu Sebastian auf.

»Du wusstest es gar nicht, nicht wahr?«

Arabella tat einen tiefen Atemzug. »Er hat kein Wort gesagt –« Sie brach ab. War *das* etwa die Neuigkeit, die er ihr hatte erzählen wollen? Oh, du lieber Himmel. Gideon war gerade da, und dann – danach hatte sie ihm gar keine Chance mehr dazu gelassen.

Verschwommen nahm sie wahr, dass Sebastian sich erhob.

»Ich muss wieder los. Devon erwartet mich.«

Arabella brachte ihn zur Haustür und kehrte dann in den Salon zurück. Dort stand noch ihr Tee, unberührt und kalt.

Ein schmerzhaftes Gefühl erfasste ihr Herz. Sebastians Besuch hatte ihr deutlich vor Augen geführt, was Justin als Kind alles hatte ertragen müssen – von der Mutter verlassen worden zu sein, und vom Vater grausam behandelt. Arabella hatte das untrügliche Gefühl, dass alles noch viel schlimmer gewesen war, als Justin es angedeutet hatte und Sebastian auch nur ahnte. In der Nacht, als ihr Justin von seinem Albtraum erzählt hatte, war sie noch davon ausgegangen, er habe seinen Vater geliebt, habe ihn trotz der Schmerzen, die dieser ihm zufügt hatte, immer noch geliebt. Doch sie konnte sich Justin als den stolzen, störrischen Jungen vorstellen, den Sebastian ihr beschrieben hatte; denn genau so ein Mann war er auch. Auch wenn ihm etwas wehtat, niemals würde er es zeigen.

Trotzdem hatte er sie angefleht, mit ihm nach Hause zu kommen. *Angefleht,* mit Tränen in den Augen …

Die Tränen des Jungen, der niemals weinte.

Und sie hatte sich von ihm abgewendet.

Dann, auf einmal, weinte auch sie – stille Tränen, die ihr die Wangen herunterliefen.

Ihr wurde sodann bewusst, dass die Mauern, die er um sein Herz errichtet hatte … nicht dazu dienen sollten, andere nicht hereinzulassen – *sie* nicht hereinzulassen! –, sondern, sein Herz zu schützen, sich gegen weiteren Schmerz zu wappnen.

Sie hatte versagt, und das auf eine äußert schreckliche Art und Weise!

Warum hatte er sie denn geheiratet?, fragte sie sich unter Qualen. Wenn er sie nur hätte kaltherzig verführen wollen, so hätte er es tun können. Wäre er hartnäckig gewesen, dann hätte sie ihm nicht widerstehen können.

Stattdessen hatte er sie geheiratet, dieser Mann, der im Ruf stand, ohne Skrupel zu sein. Und sie wollte von ganzem Herzen glauben können, dass das, was sie in diesen kurzen, kostbaren Wochen der Ehe geteilt hatten, mehr war als nur körperliche Leidenschaft. Mehr als bloßes Verlangen …

Tief in Gedanken versunken, bekam sie plötzlich mit, dass ihre Eltern, Onkel und Tante den Salon betreten hatten. Hastig wischte sie mit dem Handrücken ihre feuchten Wangen ab.

Ihre Mutter ließ keine Zeit verstreichen und sagte unumwunden: »Wir haben gerade den Marquis von Thurston weggehen sehen. Ich hoffe, sein Besuch hat dir keinen Kummer bereitet, Arabella. Ist mit dir alles in Ordnung?«

»Mir geht es gut, Mama«, sagte sie und lächelte dabei.

»Oh, Arabella, wie schön, dich wieder einmal lächeln zu sehen! Wir haben uns wirklich nicht getraut, dich aufzumuntern, und deshalb haben wir die Köchin gebeten, dein Lieblings–«

»Ich bleibe nicht zum Dinner, Mama.« Sie erhob sich, doch plötzlich drehte sich alles in ihrem Kopf. Ihr Vater trat an ihre Seite und stützte sie.

Sie blinzelte. »Oje«, sagte sie. »Wie merkwürdig. Das ist bereits das zweite Mal in den letzten paar Tagen.«

Ein besorgter Blick wanderte von ihrer Mutter zu Tante Grace. Arabella sah von einer zur anderen. »Was ist?«, fragte sie.

Doch dann blieb ihr vor Erstaunen der Mund offen stehen, als sie es begriffen hatte. »Oh. *Oh!*« Das Letzte Oh klang fast wie ein Aufschrei.

»Es ist sicher die Erschöpfung«, verkündete ihre Mutter rasch.

Arabella legte eine Hand auf ihren Bauch. Ein merkwürdiges Gefühl bemächtigte sich ihrer. »Vielleicht auch nicht«, entgegnete sie weich.

Ihre Mutter atmete tief ein. »Arabella, nein. Nein! Sag bloß nicht, dass du von *diesem Kerl* in guter Hoffnung bist –«

»Mama!« Arabellas Stimme klang scharf. »Gib Acht, was du sagst! *Dieser Kerl* ist mein Ehemann. Mein *Ehemann*. Und er heißt Justin. Es würde mir schon gefallen, wenn du anfängst, ihn auch so zu nennen.«

Ihre Mutter schien völlig verwirrt. »Arabella«, flüsterte sie. »Wie sprichst du denn mit mir?«

Arabella trat einen Schritt vor und nahm die Hand ihrer Mutter. »Mama, ich bin kein Kind mehr. Und zwar schon lange nicht mehr. Du und Papa wart in den letzten Jahren so viel unterwegs; ich glaube, ihr seht mich deshalb einfach noch als Kind. Aber ich bin jetzt eine Frau, und zwar eine Frau, die weiß, was sie will.« Sie zeigte ein kleines Lächeln. »Als du und Papa nach Afrika gereist seid, bin ich nicht mit euch gekommen. Selbst als die Ballsaison begann, bin ich euch nicht hinterhergefahren. Ich hatte das Gefühl, irgendwie nicht im Gleichklang mit mir selbst zu sein. Aber jetzt weiß ich, was nicht gestimmt hat – oder eher, ich weiß, was *richtig* ist.«

»Ich gebe zu, dass du kein Kind mehr bist. Aber Arabella –«

»Mama«, unterbrach sie ihre Mutter. »Du hast dich

auch nicht nach gesellschaftlichen Konventionen gerichtet, als du Papa geheiratet hast.«

»Ja, aber –«

Arabella legte einen Finger an die Lippen und erstickte damit den Protest ihrer Mutter. »Du und Papa, ihr seid euren Herzen gefolgt. Tante Grace und Onkel Joseph ebenfalls. Und nichts anderes werde ich tun.« Ihr Blick wanderte zu ihrem Vater. »Papa, es wird keine Annullierung geben.«

Das angestrengt wirkende Gesicht ihrer Mutter entspannte sich. Auch ihr Vater schaute sie an. »Arabella, bist du dir sicher, dass du das willst?«

»Allerdings, Papa.« Ihre Augen waren klar und strahlten. »Ich gehe nach Hause zu meinem Ehemann. Ich hätte ihn nie alleine wegschicken dürfen. Und es würde mich glücklich machen, würdet ihr ihn mit offenen Armen in unsere Familie aufnehmen.«

Daniel brachte ein kleines Lächeln zu Stande. Er legte einen Arm um seine Frau. »Es ist so schwer, das eigene Kind dermaßen verletzt zu sehen, Arabella. Wir wollten doch einfach nur, dass du glücklich bist.«

Das Lächeln der Mutter war von ein paar Tränen begleitet. »Genau, Liebes. Das ist das Einzige, worauf es wirklich ankommt.«

Arabella war in diesem Moment von ihren Gefühlen überwältigt. Nie hatte sie ihre Eltern mehr geliebt als in diesem Augenblick. Sie küsste sie beide.

Onkel Joseph hatte bereits den Raum verlassen, um eine Kutsche rufen zu lassen, während Tante Grace die Zofe instruierte, Arabellas Sachen zusammenzupacken.

»Nun, Tante, ich sehe schon – du kannst es kaum abwarten, mich wieder loszuwerden.«

Grace begann zu kichern, legte dann jedoch eine Hand vor den Mund, damit Catherine nicht mitbekam, was sie sagte. »Mein Liebes«, flüsterte sie. »Ich wundere mich nur, wie lange du gebraucht hast, um einzusehen, was mir schon vor längerer Zeit klar war.«

»Ja – wann denn?«, neckte Arabella sie.

»Nun, an diesem ersten Abend auf dem Fest der Farthingales, als du mit deinem Zukünftigen an uns vorbeigetanzt bist. Du hast ziemlich verwirrt ausgeschaut. Und er schien völlig gebannt. Was hatte ich für große Hoffnungen in dieser Nacht!«

»Tante Grace!« Arabella öffnete vor lauter Erstaunen den Mund. »Da schon?«

»Schon da.«

Arabella drückte sie ganz fest an sich.« Du weißt, du warst immer meine Lieblingstante.«

»Kind, ich bin deine einzige Tante.« Die Augen der Tante funkelten vor Vergnügen. Sie klatschte in die Hände. »Oh, du schöner Tag!«, trällerte sie vor sich hin. »Ich fange gleich heute Abend mit den Planungen für die Taufe an!«

Arabella kicherte unsicher. »Vielleicht ist das noch ein bisschen verfrüht«, ermahnte sie Tante Grace, »aber, na ja, lange sollte es wohl nicht dauern.«

Vierundzwanzig Stunden später saß Arabella in einer Kutsche, die durch die Landschaft von Kent holperte. Es war spät geworden, bis sie schließlich London verlassen hatte, und kaum dass sie unterwegs waren, wurde das Gefährt durch einen Unfall, der die ganze Straße blockierte, aufgehalten. Voller Widerwillen verbrachte sie die Nacht in einem am Wege gelegenen Gasthof.

Obwohl sie nun eigentlich gar nicht so weit von London entfernt war, wähnte sie sich in einer anderen Welt. Auf beiden Seiten der Straße bedeckte saftiges grünes Gras die hügelige Landschaft. Sie saß auf der Kante der Sitzbank und schaute – innerlich aufgewühlt – aus dem Fenster der Kutsche,.

Sebastian hatte ihr eine Wegbeschreibung gegeben, die unter anderem ein Dorf mit einem uralten keltischen Kreuz mitten auf dem Dorfplatz aufzeigte. Eifrig suchte sie die Gegend nach den beschriebenen Stellen ab. Nun war es nicht mehr weit, nur noch wenige Meilen.

Als die Kutsche um eine Kurve gebogen war, tauchte ein kleineres Herrenhaus auf. Arabella beugte sich nach vorn, und das Haus kam immer näher. Sie hielt den Atem an, fasziniert von den steinernen Türmchen, die an den Ecken der Vorderseite emporragten. Es war unbeschreiblich reizvoll und übertraf all ihre Erwartungen und Wünsche. Es war genau das Haus, das sie sich immer schon als ihr Zuhause erträumt hatte …

Als die Kutsche hielt, sprang der Kutscher rasch vom Bock, um ihr beim Aussteigen behilflich zu sein.

Arabella stieg aus. Ein süßer ihr unbekannter Duft von Blumen schwebte in der Luft. Sie ließ den Blick umherwandern, bis er an den niedrigen Ästen eines Kirschbaumes hängen blieb, der vor dem Haus stand. Eine wehmütige Sehnsucht durchströmte ihre Brust. O ja, sie konnte sich vorstellen, hier jeden Morgen für den Rest ihres Lebens aufzuwachen.

Sie lief die breiten Steinstufen hoch und wollte nach dem Messingklopfer greifen. Doch die Tür wurde aufgezogen, noch bevor sie ihn zu fassen bekam.

Sie blinzelte. Eine kräftige männliche Gestalt stand im Türrahmen. Er trug Stiefel, enge Reithosen und ein weißes Hemd, das ein Stück der dunkel behaarten Brust sehen ließ.

Das Herz wollte ihr zerspringen. »Hallo, Justin«, sagte sie atemlos. Eine Woge des Begehrens erfasste sie. War es erst wenige Tage her, dass er sie berührt und geküsst hatte?

Herrgott, es kam ihr wie eine Ewigkeit vor. Sie sehnte sich danach, sich an ihn zu schmiegen und den Schmerz zu vergessen, den ihre beiden Herzen hatten erleiden müssen. An nichts mehr zu denken, nur noch die Wärme seiner Arme zu spüren, die sie umschlangen.

Doch er schien das anders zu empfinden. Denn während ihr Herz ein Freudensprung machte, als sie ihn erblickte, schaute Justin sie voller Anspannung und wie versteinert an. Seine Lippen waren fest zusammengepresst.

»Ich habe den Verdacht, es ist meinem Bruder zu verdanken, dass du jetzt hier bist?«

Seine unfreundliche Begrüßung war nicht das, was sie sich erhofft hatte. Es brauchte jedes Quäntchen an Mut und Hoffnung, das sie aufbringen konnte, um ihm in die Augen zu sehen. »Sebastian hat mir gesagt, wo du bist«, entgegnete sie ruhig, »aber ich bin von selbst gekommen. Und er will nur das Beste für dich, und das weißt du auch.«

In Justins grünen Augen blitzte es auf. Sie dachte, er würde aufbegehren, aber er sagte nichts.

»Meinst du, ich könnte hereinkommen?« Zaghaft brachte sie die Frage vor, und einen Moment lang dachte sie voller Zweifel, er könne ihre Bitte verneinen.

Endlich trat er beiseite. Arabella stellte ihre Tasche auf einen Tisch in der Eingangshalle und folgte ihm nach links in einen großen Salon.

Sie drehte sich langsam herum. »Warum hast du nichts von diesem Haus erzählt?« Ein leichtes Lächeln umspielte ihre Mundwinkel. »Justin, ich finde es fabelhaft! Ich habe noch niemals zuvor etwas so Wunderschönes gesehen –«

»Ich verkaufe es«, unterbrach er sie knapp.

Sie sah ihn mit zusammengekniffenen Augen an. Ihr Herz schlug plötzlich so heftig, dass ihr sogar die Brust davon schmerzte. »Und weshalb?«

»Weil ich es erst gar nicht hätte kaufen sollen. Deshalb. Ich bin nur hier, um ein paar Dinge mit dem Gutsverwalter zu klären.«

Arabella schüttelte den Kopf. »Bitte, überstürze nichts. Der Kauf dieses Anwesens … davon wolltest du mir an jenem Nachmittag erzählen, nicht wahr?«

Seine Augen blitzten. »Das ist jetzt egal.«

Arabella fühlte einen tiefen Schmerz in ihrem Inneren. Justin war so distanziert, so weit entfernt von ihr. »Es ist nicht egal. Bitte, Justin«, bat sie ihn. »Können wir nicht miteinander reden?«

»Was gibt es denn noch zu bereden?«

»Ich würde meinen, eine ganze Menge.«

»Ich würde meinen, gar nichts.«

Er drehte ihr den Rücken zu und trat ans Fenster. »Du verzeihst mir sicher, wenn ich dich nicht zur Tür bringe.«

Sein ganzes Verhalten war kalt und abwehrend. Arabella starrte ihn betroffen an. Er war ja so stur. So arrogant und stolz. Meine Güte, er wollte tatsächlich, dass sie wieder ging! Eine Welle der Verzweiflung erfasste sie, doch sie kämpfte dagegen an.

»Wenn du versuchst, mich so zu vertreiben, musst du dir noch sehr viel mehr Mühe geben«, sagte sie sehr leise und stellte sich vorsichtig neben ihn. »Denn ich werde nicht gehen. Nicht, bevor du mir nicht ins Gesicht gesagt hast, dass … dass du mich nicht mehr zur Frau haben willst.«

Kurz bevor sich ein verräterisches Zittern in ihrer Stimme bemerkbar machte, richtete sie ihre Augen auf ihn.

Endlose Sekunden vergingen.

Schließlich schienen seine versteinerten Züge sich zu lösen; ein Zucken lief über sein Gesicht. Er starrte zur Decke; die Sehnen an seinem Hals traten stark hervor.

Ohne ein Wort drehte er sich herum. Er ging zum anderen Fenster und schaute hinaus – die Arme vor der Brust verschränkt.

Doch bevor er sich so hastig von ihr abwandte, konnte sie etwas in seinen Augen sehen, etwas, das sie beinahe aufschreien ließ.

Sicher war sie sich jedoch, als sie seine Stimme vernahm, leise und halb erstickt.

»Geh, Arabella. Geh einfach weg und lass mich in Ruhe!«

Ihr Herz zog sich zusammen. Sie stand da wie angewurzelt. Das, was Sebastian ihr erzählt hatte, stand plötzlich wieder deutlich vor ihren Augen. Sie dachte an den kleinen Jungen, der nicht weinen wollte, egal, wie sehr es auch wehtat. Und eine endlos scheinende Sekunde lang konnte sie deutlich in sein Innerstes sehen – wie er sich jetzt fühlte: seines Stolzes beraubt, und auch so verletzlich.

Und auf einmal wusste sie, warum Sebastian sie aufgesucht hatte. *Schick ihn nicht zurück in den Schatten,* hatte er gebeten.

Und das konnte sie nicht. Sie würde das niemals tun. Eine Erkenntnis kam ihr in diesem Augenblick – dass sie ihn vor sich selbst in Schutz nehmen musste. Und das würde sie schaffen, ja – sie konnte es!

Es war, als bräche ein Damm in ihr. Sie schlang von hinten ihre Arme um seine Taille und legte die Wange gegen sein Hemd. Sein ganzer Körper spannte sich an, doch er zog sich nicht vor ihr zurück, wie sie es befürchtet hatte.

»Du kannst es nicht aussprechen, nicht wahr?«, flüsterte sie mit unsicherer Stimme. »Wenn du es könntest, dann würdest du es tun.«

Seine Finger legten sich um ihre Handgelenke. »Arabella –«

Heiße Tränen traten ihr aus den Augen, und sie hielt sie nicht zurück. Sie drangen durch den dünnen Stoff seines Hemdes. »Es tut mir Leid, dass ich dir wehgetan habe, Justin. Es tut mir ja so Leid.«

Justin erstarrte. Dann wandte er sich um und blickte in ihre angstvoll geweiteten Augen.

Nachdem sie nun endlich den Anfang gemacht hatte, konnte sie sich nicht mehr zurückhalten. »Wir waren beide solche Dummköpfe! Es war falsch von mir, dich abzuweisen – ich hätte einfach zuhören sollen! Du sagtest, du hättest dich geändert, du seiest nicht mehr derselbe Mann, der diese verdammte Wette mit Gideon eingegangen war. Und das weiß ich jetzt auch. Es ist nicht zu spät für uns. Nein! Du wirst mich nicht so leicht los. Und ich werde dich niemals mehr verlassen, Justin, egal was du sagst oder tust. Und ich werde auch nicht zulassen, dass du mich verlässt.«

»Arabella, hast du eine Vorstellung davon, was du da sagst?«

Sie schmiegte sich an ihn und weinte nun ganz offen. »Ja. Ja!«

Seine Arme umfassen ihren zitternden Körper. »Weine nicht mehr«, sagte er heiser. »Oh, mein Gott, bitte weine doch nicht mehr.« Er strich ihr über das zerzauste Haar. »Ich liebe dich, Süße. Ich liebe dich.«

»Und ich liebe dich auch«, rief sie aus. »Oh, ja, das tue ich!«

Er stöhnte auf. »Du solltest das nicht –«

»Nein, sag das nicht! Du darfst das nicht einmal denken!« Sie blickte ihm direkt in die Augen. »Du glaubst, du bist es nicht wert, geliebt zu werden. Aber das bist du. Siehst du das denn nicht? Ich liebe dich *für* alles, was du bist, und nicht *trotz* allem! Und ich liebe dich sehr. Und das wird auch immer so sein.«

Er starrte sie an, als könne er nicht glauben, was er da hörte.

»Bist du dir ganz sicher?«

Ihre Augen verdunkelten sich. »Ja. Oh, ja.« Sie hielt den Atem an und legte ihre Finger auf seine raue, stoppelige Wange.

Er zog sich nicht zurück, sondern ließ ihre Finger dahin wandern, wohin sie wollten – über den Nasenrücken, die Wangenknochen, und über die Lippen. Ihre Blicke trafen sich. Er legte seine Hand auf ihre Finger, presste seinen Mund in ihre Handfläche und küsste sie dort.

Noch einmal weinte Arabella, aber dieses Mal lächelte sie durch den Tränenschleier. Mit einem Stöhnen zog er sie in seine Arme. Mit unglaublich sanften Lippen küsste er ihre Tränen fort, und ihre Herzen waren wieder vereint.

Schließlich trat er ein Stück zurück und lehnte die Stirn gegen die ihre. »Soll ich dir unser neues Zuhause zeigen?«

Ihre schmalen Finger lagen in seiner Armbeuge. Er führte sie durch das ganze Haus. Sie kamen wieder in Salon zurück. Mit einem zufriedenen Lächeln beobachtete Justin, wie Arabella aus dem Fenster sah und einen entzückten Ausruf von sich gab.

»Oh, es wäre herrlich, dort einen kleinen Landgarten anzulegen, hinter diesem wunderbaren kleinen Baum. Ich würde Primeln und Akelei pflanzen.«

Ein Lächeln lag auf seinen Lippen. »Dieser Baum war eigentlich der entscheidende Auslöser, dieses Haus zu kaufen. Ich habe dich als Mädchen vor mir gesehen, das von Ast zu Ast geklettert ist.«

Arabella wollte ihr Lächeln unterdrücken, vermochte es aber nicht. »Nun«, sagte sie leise, »ich glaube, sagen zu können, dies ist der perfekte Ort, um Kinder großzuziehen.«

»Da stimme ich dir voll und ganz zu.« Er zog sie in seine Arme.

Die Finger sanft auf seiner Brust, schaute sie, plötzlich ernst geworden, zu ihm auf. »Justin, hast du gehört, was ich soeben gesagt habe? Es ist der perfekte Ort, um Kinder großzuziehen. *Unsere* Kinder.«

Einen Moment runzelte er die Stirn. Dann blickte er an ihr herunter. »Was«, fragte er frei heraus, »willst du etwa sagen, du … wir …«

»Es ist zu früh, um sicher sein zu können«, beeilte sie sich zu antworten. »Aber bei mir gibt es *niemals* eine Verspätung«, fügte sie hinzu. »Und ich bin seit einer Woche über den üblichen Termin hinaus.« Sie atmete tief durch. »Macht es dir etwas aus, so bald schon Vater zu werden, wo du doch gerade erst ein Ehemann geworden bist?«

Seine Antwort kam ohne Zögern. »Aber überhaupt nicht«, sagte er sanft. »Und sollte es noch nicht der Fall sein, dann sollten wir uns aber der Aussicht mit aller Hingabe widmen.«

Ihre Augen weiteten sich; sie waren so blau wie der Himmel, dachte Justin. Er lachte und verschloss ihre Lippen mit einem langen Kuss. »Wie dem auch sei«, sagte er, nachdem er den Kopf gehoben hatte, »es gibt nur noch eines, das ich wissen möchte.«

»Und was könnte das sein?«

Er deutete mit dem Kopf in Richtung des Eichenbaumes vor dem anderen Fenster. »Du wirst unserer Tochter aber nicht beibringen, kopfüber an *dem* Baum da zu baumeln?«

Und dann schenkte er ihr dieses Lächeln, das alle Frauen weich werden ließ … *besonders* aber sie. Arabella lachte und legte ihre Arme um seinen Nacken. Oh, wie sehr sie ihn doch liebte!

Epilog

Sieben Jahre später

Der vierjährige Grayson Sebastian Sterling zerrte am Rockzipfel seiner Mutter. Arabella lächelte ihn an. Seine Augen hatten die Farbe eines warmen Sommerhimmels.

»Ja, mein Liebling?«

Seine Augen funkelten schelmisch. »Mama«, sagte er kichernd, »ich kann Lizzies Unterhosen sehen.« Er zeigte mit seinem rundlichen Finger nach draußen.

Arabella drehte sich um und schaute aus dem Fenster des Salons.

Kopfüber, am niedrigsten Ast des Kirschbaumes, baumelte ihre Tochter Lizzie und lächelte ihre Mutter an, um sodann dem kleinen Bruder die Zunge herauszustrecken.

Als Arabella aufkreischte, weckte sie damit das Baby, das bis dahin glückselig an ihrer Schulter geschlummert hatte. »Justin, sie tut es schon wieder! Oh, was sollen wir bloß mit ihr machen? Wie um alles in der Welt kommt sie an diesen Ast heran?«

Justin blickte von seiner Zeitung hoch und überlegte kurz. »Ich vermute, es hat irgendetwas damit zu tun, dass ihr Pony erst mit und dann ohne seine Reiterin daher trottet.«

Kurz danach konnte sie beobachten, wie Justin nach draußen rannte. Lizzie packte den Ast und zog sich hoch. Sie versuchte noch, weiter zu klettern –, aber so schnell, wie sie auch war, ihr Vater war schneller. Mit kräftigen Armen langte er hinauf und holte seine Erstgeborene von ihrem gefährlichen Sitz herunter.

Fünf Minuten später hatten die Eltern ihre drei Kleinen der Obhut der Kinderfrau übergeben. Arabella ließ sich auf dem Sofa nieder.

»Oh, Himmel«, jammerte sie. »Ich weiß schon genau, dass sie das morgen wieder tun wird, wenn unsere Gäste aus London eingetroffen sind. Die Herzoginwitwe wird vollkommen schockiert sein! Oh, die unsäglichen Kapriolen dieses Mädchens werden noch mein Herz ruinieren.«

Justin hob eine Braue. »Süße«, murmelte er, »der Herzoginwitwe wird es nicht das Geringste ausmachen. Und außerdem, gewöhn dich lieber schon mal dran – unsere Lizzie wird garantiert einmal ebenfalls zum Stadtgespräch, genau wie du es warst.«

»Du machst es nicht gerade besser«, klagte Arabella. »Und es hilft auch nicht unbedingt, wenn Mama und Papa immer über ihre Streiche lachen. Das spornt sie nur noch mehr an.«

Justin lachte leise und zog seine Frau in die Arme. Er beugte den Kopf herunter und küsste sie; es wurde ein lang andauernder, leidenschaftlicher Kuss, der eine Woge von Gefühlen in ihm auslöste. Das Leben war so gut, entschied er. Er befand sich längst nicht mehr als unwert, geliebt zu werden. Keine Albträume verfolgten ihn mehr in seinem Schlaf. Er träumte nur noch von der Zukunft, einer Zukunft, die er liebte, ebenso wie jeden Augenblick seines Lebens mit Arabella. Denn sie war es, die seine Seele von den Schuldgefühlen befreit hatte, und sie war es, die jeden Tag schöner scheinen ließ als den vorangegangenen.

Einige Stunden später gingen die beiden in das Kinderzimmer, um ihren Kindern Gutenachtküsse zu geben; ein allabendliches Ritual, das sie niemals ausließen.

Elise – oder Lizzie, wie ihr Kosename war – hüpfte noch immer auf dem Bett herum, als sie in das Zimmer kamen.

Die Sechsjährige hatte die flammendroten Locken ihrer Mutter und ihres Großvaters geerbt, doch ihre Augen funkelten grün wie zwei Smaragde und waren ebenso kristallklar wie die von Justin.

Gray lag bereits in tiefem Schlummer. Arabella beugte sich hinab und küsste ihn auf die Wange, während Justin ihm mit den Fingern durch das Haar fuhr, das ebenso seidig und schwarz war wie das seine.

Die kleine Tessa, die am ehesten ihrer Tante Julianna ähnelte, lag in ihrer Wiege. Sie hatte feine, anmutige Züge und haselnussbraunes Haar. Beide Eltern lachten über die Art, wie Tessa schmatzend an ihrem Daumen nuckelte und mit dem kleinen Po hin und her wackelte, bevor sie sich auf die andere Seite rollte.

Draußen im Flur schob Arabella die Hand unter einen Arm ihres Ehemannes und lehnte den Kopf an seine Schulter. »Wir haben die allerhübschesten Kinder bekommen, nicht wahr?«

»Das haben wir allerdings«, pflichtete er ihr bei.

Da sie die Kinder nun in ihren Betten wussten, suchten Arabella und Justin ihr eigenes auf. Arabella kuschelte sich eng an ihn.

Mit den Fingerspitzen zeichnete er die Linie ihrer Lippen nach. »Warum lächelst du so?«

»Was stimmt damit nicht?«

Er hob eine Braue. »Nichts. Nur, dass du dabei irgendwie so geheimnisvoll aussiehst.«

Arabella ließ die Finger über scinc nackte Brust wandern. »Oh, du kennst doch all meine Geheimnisse, weißt du das nicht mehr?«

»Tue ich das?«

»Na ja, alle außer einem«, neckte sie ihn.

»Und was könnte das sein?«

»Nun, ich habe gerade darüber nachgedacht«, sagte sie

unumwunden, »dass wir vielleicht noch eine Kinderfrau anstellen müssen.«

»Arabella«, entgegnete er in gespielt drohendem Tonfall, »wechsele jetzt bitte nicht das Thema.«

Es klang so voller Unschuld, als sie behauptete: »Oh, das tue ich doch gar nicht.«

Justin seufzte auf. »Ich gebe ja zu, Lizzie ist schon ein kleiner Wirbelwind –«

»Nicht wegen Lizzie.«

Justin stützte sich auf einen Ellbogen und starrte sie an. »Weshalb denn dann?«

Arabellas Lächeln wurde breiter.

Seine Augen weiteten sich. »Was denn«, sagte er schwach, »willst du etwa sagen …« Er musste schlucken, und er schaute sie ungläubig an. Er spreizte seine langen Finger auf ihrem Bauch und schüttelte noch leicht benommen den Kopf. »Du meine Güte, und Tessa ist doch erst vier Monate alt. Kann man das glauben?«

»Erinnerst du dich, wie ich einmal sagte, du würdest einen ausgezeichneten Vater abgeben? Und das bist du in der Tat«, erklärte sie mit Nachdruck »Genauso wie ein perfekter Ehemann.«

»Und?«, fragte er mit einem schelmischen Blitzen in seinen Augen.

»Und ein unglaublich beständiger und wunderbarer Liebhaber.«

Und daraufhin machte er sich daran, dies – zu ihrer hellsten Freude – aufs Neue unter Beweis zu stellen.

Später, als Arabella gerade kurz vor dem Einschlafen war, erklang plötzlich ein Lachen.

Arabella hob den Kopf von Justins Brust und blinzelte ihn benommen an. »Was ist denn los?«

Nun war es an ihm, sie zu necken. »Ich habe nur gerade nachgedacht.«

»Und worüber?«

»Über Tante Grace.«

Erneut lachte er; es klang tief, voll und etwas heiser. Arabellas Herz wollte fast zerspringen.

»Was ist mit Tante Grace?«

»Na, was schon? Wir haben doch Neuigkeiten für Tante Grace, wenn sie morgen kommt, oder? Sie wird außer sich sein vor Freude.«

Arabella fiel in sein Lachen ein. »In der Tat«, stellte sie fest. »Schon wieder eine Taufe, die es zu planen gilt …«